BLACK

9, rue Victor-Massé – 75009 Paris
www.naive.fr
Dépôt légal : premier semestre 2012

NL237 – N° d'édition : 237
ISBN : 978-2-35021-290-6

Busty

BLACK

Roman

naïve

Ma plus grande crainte, c'est de mourir avant que personne ne connaisse ma musique. Maintenant, c'est cool, parce que j'ai fait un album. Si je mourais demain, je serais quand même satisfaite, d'une certaine façon.

À la sortie du premier album, *Frank*

Tu bois deux rickstasys, et là, faut surtout pas bouger. Tu restes assis, et tu attends que les oiseaux se mettent à gazouiller.

(Rickstasy : trois doses de vodka,
une de Southern Comfort, une de
liqueur de banane, une de Baileys.)

1.

Je ne suis là pour personne

J'aurais dû me dire : il va me prendre pour une pétasse qui se la joue, malgré la bonne image que j'ai essayé de donner jusque-là, et qui me vaut de l'avoir chez moi à 2 heures du matin. J'avais fait très attention à me distinguer de l'autre femme. Je ne suis pas une blondinette à bracelets qui tintent chaque fois qu'elle vérifie que ses mèches sont bien en place, moi, je suis une dure sexy qui a fait un disque. Donc je n'ai pas réfléchi, d'autant plus que j'étais soûle, et en train de choisir la musique. La tentation était trop forte. Et puis ça me paraissait normal, donc j'ai sorti le disque de la pile et je lui ai dit : « Voilà, c'est mon disque. » Il a regardé la pochette, a ouvert le boîtier, s'est mis à commenter le livret : « En train de rouler un pétard dans la cuisine, c'est tout toi, a-t-il dit devant la première photo. Et en train de jouer au billard. Par contre, celle-là... ouvrir son sac dans la rue avec une pose de pute... » Il a rigolé. J'ai rigolé aussi. Il n'a pas voulu l'écouter. Je ne lui ai pas demandé s'il en avait envie, bien sûr, mais il n'a pas réclamé. Ça ne l'intéressait pas. Ce n'est pas grand-chose, mais rien que ça, je me suis sentie flouée. J'aurais dû comprendre à ce moment-là que j'allais disparaître. Me jeter corps et âme dans cette relation et pfiou – disparaître. J'ai dit : « Bon, voilà, chouette livret », en faisant un peu la gueule. Il a haussé les épaules. On a mis un autre disque.

C'est vrai que ç'aurait été bizarre de s'embrasser et de faire l'amour avec mon disque en fond sonore.

Je ne sais plus comment on est arrivés chez moi, parce que bien sûr j'avais bu. Encore un petit trou noir. Boire de l'eau en arrivant m'a fait du bien... c'est une bonne méthode pour boire plus d'alcool ensuite, le taux d'alcool dans le sang diminue.

Je me suis cachée pour boire de l'eau aux toilettes. Je ne le dis jamais quand je commence à voir des étoiles, je ne me plains pas. Si je ne vacille pas, je veux continuer à boire comme un homme. Lui, il était au salon, il a attendu que je sois sortie des toilettes pour me parler. « Juliette dort ? » J'ai répondu que non, qu'elle était partie voir ses parents. Je ne lui ai pas dit avant parce qu'il aurait pris ça pour une invitation pas franche à me sauter, « Ma coloc n'est pas là » assortie d'une œillade. C'est mieux d'être franc. C'est mieux de ne pas essayer d'être subtil en tout cas.

Ça a marché de toute façon. Quand je suis revenue des toilettes il était sur le canapé, il n'avait pas allumé d'autre lampe que la petite en entrant. Il était magnifique. J'avais envie qu'il n'y ait plus de distinction entre lui et moi, envie d'être une partie de son corps, qu'il soit dans ma chair, qu'on n'en parle plus, qu'on le fasse, simplement.

Voilà. Ma première nuit avec Blake.

Il m'a humiliée de nouveau le lendemain, quand il a pris mon album et a trouvé la photo où j'ai huit ans. J'étais partie faire du café et je l'ai retrouvé au lit, l'album sur les genoux, un petit sourire en coin. « Tu étais trop mignonne. » Sans gêne.

Encore un grand coup à mon image de dure. Sur cette photo, j'ai l'air d'une fifille à papa, toute sage et toute tranquille, la personne que je veux être aujourd'hui n'a plus aucun rapport avec cette gamine à couettes et petit blazer d'écolière. Évidemment, on a tous l'air un peu con en uniforme. Mais la gueule que je fais là-dessus, mon Dieu ! Je ne sais même pas pourquoi j'ai un double de cette photo.

Lui ne voulait pas me rabaisser. Il avait même l'air un peu ému. Mais c'est impoli de fouiller ; et ouvrir un album photo sans permission, c'est carrément de l'intrusion caractérisée. Je n'ai jamais voulu qu'il sache à quoi je ressemblais à cet âge-là. On renaît au début d'une histoire d'amour. On essaie d'être glamour, sexy. Quand je lui ai parlé pour la première fois, j'ai fait ma voix la plus chaude possible. C'est ça une proposition franche. « Allons boire un verre », d'une voix chaude. Je faisais ma dure.

Il m'a dit : « Tu étais trop mignonne », et je lui ai repris l'album photo en rigolant alors qu'intérieurement j'étais verte. Vous ne l'auriez pas été, vous ? Il avait aussi dû voir les photos de moi bébé, à trois ans devant le sapin de Noël, dans le bac à sable. Je suis redescendue direct, en disant que j'allais chercher le café – il me fallait être un moment seule, et puis dès que je l'ai été j'ai voulu le retrouver. Et ça a toujours été comme ça depuis. Être loin de lui ? Absurde. Je pensais à lui qui m'attendait là-haut, chaud, vivant. Il n'y avait que cet endroit-là au monde. Et maintenant qu'il n'est plus là, les autres endroits continuent à me paraître froids, noirs, sans douceur, sans chair et sans plaisir. C'est ce qu'ils sont, de toute manière.

J'étais bien sûr déjà amoureuse. Ma dureté avait fait long feu... il m'avait bien attendrie pendant la nuit. Il m'avait reconnue comme la midinette que je suis. Pourquoi ne pas me montrer mignonne, chou comme une gamine de huit ans ? Je suis montée le retrouver, bien sûr, il avait repris l'album photo, le salaud, et il l'explorait. C'était dégueulasse mais c'était une preuve d'intérêt. Et puis si je n'étais pas d'accord, je n'avais qu'à me fâcher plus tôt. Pourquoi avais-je voulu être seule, déjà ? Pourquoi suis-je seule maintenant ?

Je surveille mon téléphone. Pourquoi ce con n'appelle-t-il pas ?

Blake avait quelqu'un d'autre, voilà, c'est ça le problème, un mauvais timing, c'est pour ça qu'on s'engueulait. Enfin non, pas forcément, il y a toujours des tas de raisons de s'engueuler avec Blake, qui est le genre à disparaître, sans donner de nouvelles – paraît-il que c'était pour se droguer tranquillement avec ses potes, mais il n'avait qu'à se droguer avec moi –, et moi j'avais perdu confiance, j'en revenais toujours à cette autre fille. Une autre très différente de moi, donc indépassable dans son genre. Petit nez, cheveux méchés, blonde bien sûr, petite, robe bleue. Finalement, ça devait être ça son genre de femme. Faire ma dure m'a paru la meilleure approche avec un type qui roulait des mécaniques comme Blake, mais il suffisait de la regarder elle pour voir qu'en fait il aimait les gentilles filles. Il veut sa maman.

Je suis si gentille, en plus ! Je crois, en tout cas. Je fais de mon mieux. J'aime bien avoir le dernier mot mais j'ai bon fond. Quelle connerie. Quelle connerie de vouloir un homme déjà pris.

Bien sûr que je savais qu'ils étaient ensemble : le jour où je l'ai rencontré, elle était là. Elle le suivait des yeux en permanence quand il jouait, et de temps en temps elle venait l'encourager à la table, trop près de lui pour ne pas être sa copine. Sa façon d'agiter la joaillerie qu'elle portait au poignet. Sa joliesse, sa finesse. Moi, je n'ai pas ces gesticulations de gourgandine, c'était la première fois que je les enviais. Mais très vite j'ai compris qu'il m'avait remarquée, qu'il ne l'embrassait pas devant moi, que ses attentions l'agaçaient. Et bêtement je me suis dit, j'ai d'autres avantages, ma grande gueule, ma gouaille, mon sex-appeal... Le diable *versus* l'ange, quelque chose comme ça, même si j'exagère, et j'ai joué à fond là-dessus. Elle est partie, et n'est pas revenue avec lui jouer au billard. Elle a bien raison, elle n'a pas le style. Elle ne jouait pas, du reste.

Je ne la connaissais pas, je ne lui devais rien. J'aurais pu fermer les yeux, me dire que ce n'était pas une vraie relation.

Mais je me suis renseignée. Donc je savais. Ça ne fait pas de moi la méchante de l'histoire. Juste l'idiote. On pourra me dire maintenant : « Tu n'as que ce que tu as mérité », c'est sûrement vrai, mais en fait je n'ai pas eu le choix. Je le voulais *lui*. Vous savez ce que c'est, vouloir quelqu'un, avec vos tripes. Qu'il y ait cette blonde, dans le paysage, alors que lui me voulait tout aussi clairement, ne changeait rien. Je me suis dit : elle va dégager, c'est tout. À mes yeux c'était simple. La passion devait l'emporter.

J'avais tort. Je lui aurais fait à manger aussi bien qu'elle, mais il ne venait pas chez moi pour manger, il venait pour me sauter. Le petit confort, c'était chez elle. Pourquoi pas chez moi ? Ne me demandez pas. Blake a trouvé plus simple de rester comme il était. Aller se ravitailler chez sa bonne femme et la trombiner paisiblement la nuit venue. Je sais qu'avec moi ce ne sera jamais comme ça. Ce ne sera jamais simple. Quand je demande pourquoi pas chez moi, c'est de la mauvaise foi, une éclatante mauvaise foi, il faut croire que moi aussi j'en suis capable : parce que la réponse, je la connais. Moi, je suis un problème. D'abord parce que je suis la seconde femme : jamais on n'aurait pu être en paix. Et puis parce que je suis chiante, une source constante d'embrouilles, toujours un peu raide – si j'étais une note de musique, je serais toujours un peu au-dessus, toujours un peu fausse –, et puis toujours à forcer les choses et le trait, je n'accepte rien comme ça vient, je veux toujours qu'on soit mieux, bien ne suffit pas. Pourquoi, je n'en sais rien.

Je ferais peut-être mieux de téléphoner à quelqu'un, mais je les ai déjà tous tellement soûlés avec cette histoire, ils n'en peuvent plus de ma monomanie, et moi ça ne m'intéresse pas de voir les gens si je ne peux pas leur parler de lui, ça me fait trop souffrir de me retenir. Et puis, honnêtement… si seulement quelqu'un pouvait me faire du bien ! Mais il n'y a que lui.

À quelle heure il passe, l'autre ? Il m'avait quand même bien dit 19 heures ? Je ne me souviens plus. Je vais le rappeler. Ses projets ont dû changer entre-temps. C'est toujours fatigant les mecs qui dealent des drogues dures. Il est19 h 30, une demi-heure que je l'attends.

Il est 19 h 30 et je suis déjà soûle. Et c'est ma deuxième cuite de la journée. Je n'ai pas traîné, mais je ne traîne pas ces temps-ci, ce n'est plus mon genre. J'ai une bouteille au pied de mon lit, ça permet de commencer la journée de façon dynamique… Pas de perte de temps, économie d'énergie, efficacité, tous ces mots réfrigérants. Quelle stupidité. Mais je ne peux pas dormir tout le temps. Alors je bois au lever, la première gorgée quand j'ouvre un œil, parce que mon premier regard devrait être pour lui. Je ne sors même plus de verre, et c'est pas grave si je bois tiède, qu'il soit froid ou chaud l'alcool réchauffe pareil.

J'ai perdu ma bouteille. Oh, SOS, bordel. Je l'ai laissée sur la table, ça doit être ça. Comme je m'ennuie sans toi, Blake.

Les problèmes commencent quand on n'arrive plus à contrôler son cœur et sa tête. Je suis en plein dedans. Je n'arrête pas de penser à cette première fois où nous avons fait l'amour. Sale journée. Je suis remontée dans ma chambre, donc, il a lâché l'album et nous avons refait l'amour, avec plus de tendresse que la première fois, c'est vrai que la première fois avait été assez sauvage et silencieuse, puis nous avons parlé de nous, timidement et sans rien attendre puisque c'était un début. Voilà. Pas d'engueulade. J'ai repris l'album photo, je lui ai montré ma famille. Il a écouté avec beaucoup d'intérêt les histoires de fréquentations jazz de ma grand-mère et a dit que je lui ressemblais, parce qu'il avait compris que ça me ferait plaisir. Il comparait nos traits, a caressé ma bouche en m'expliquant que l'arc de ma lèvre supérieure était plus marqué, avec ce petit creux au milieu, ça m'a tuée, et puis il a aussi dit que je ressemblais à mon frère en train de faire le con sur des photos de vacances : « Vous vous ressemblez tellement. » Il a dit que lui ne ressemblait pas tellement à ses parents et ça a eu l'air de lui plaire. Je guettais les signes de tendresse sur son visage : ça se voit dans les yeux, dans le sourire, quand quelqu'un vous aime un peu. On a beau essayer de continuer à se faire des illusions quand ils ne sont pas là, ces signes ; ce sont les bons, et s'ils ne sont pas là, c'est mauvais signe, et c'est tout. Ils étaient là. Comment se fait-il qu'il se soit défilé comme ça, alors ?

Ça fait trois semaines. La semaine dernière, j'ai ressorti l'album, et j'ai eu un atroce pincement au cœur devant ma photo de classe. Bien sûr, c'est lié à un souvenir spécifique, Blake qui m'en parle, c'est à ce lien-là que j'ai mal. Je n'arrive pas à le couper. Les objets du quotidien me le rappellent aussi, même ceux que je fais fonctionner quasi sans y penser, comme la bouilloire (ou, mettons, le tire-bouchon). Il est partout. Maintenant, tout ce qu'il a touché a un goût amer. Moi comprise. Je ne peux plus me voir nue, ça me dégoûte, et il faut absolument que je change ce corps pour marquer le coup. Alors voilà, bravo, je me suis fait deux tatouages en quinze jours. Mais chaque nouveau tatouage me sépare du corps qu'il a aimé, donc il n'y a pas de solution.

Je ne peux plus me toucher non plus, ça me donne envie de pleurer.

Bref. Il a dit qu'il aimait bien les vieux, que sa famille à lui était jeune, sa mère surtout. Il me l'a décrite comme une sorte de Sue Ellen. Quarante-cinq ans, une permanente, plein de maquillage, un petit penchant pour le gin. Je me suis dit : ça va être marrant, une belle-mère qui picole ; en même temps, je me suis demandé si ça allait être si facile. Les gens ne cessent de me surprendre. Je l'aurais plutôt vu issu d'une famille assez stricte. Et j'ai appris petit à petit que c'était assez vrai : éducation privée et tout le toutim. Je n'ai jamais vu de photo de sa mère, moi. Je n'ai pas non plus de photo de lui en dehors de deux ou trois sur mon téléphone.

Au début, je vomissais tout le temps. L'herbe et l'alcool vont tellement mal ensemble. Et lui, ça ne le dérangeait pas. Il n'est vraiment pas comme tout le monde. Il me disait : « Je suis vraiment désolé pour toi. Je n'aime pas que tu sois malade. » Je me recouchais auprès de lui avec l'impression qu'un truc rance m'imprégnait tout entière, lui m'embrassait quand même. Je pensais vraiment qu'il était amoureux. Si ce n'est pas un geste d'amoureux, ça, qu'est-ce qui en est un ? Il m'appelait « baby baby baby ». Quand ça le prenait, il pouvait être le plus tendre des hommes ; et pourtant.

Rien de neuf, les mêmes sanglots que toutes les bonnes femmes qui m'ont précédée. Maintenant, je tiens redoutablement bien l'alcool – la cocaïne aide, c'est vrai. Je n'en prends pas beaucoup, j'écris, surtout, et ça me permet d'écrire plus longtemps. Les gens du label m'appellent, je ne décroche pas, parce que la plupart du temps je suis soûle, mais ils seraient surpris. J'écris beaucoup.

J'écrirai encore. Je ne sais pas pourquoi écrire sur lui me donne tellement l'illusion de sa présence, tout en me rappelant bien sûr à chaque instant qu'il est absent, et que je suis seule.

Il se moquait aussi de ce coussin avec Patrick Swayze. J'ai l'habitude. On m'en a fait des blagues là-dessus. Tu dors avec, etc. Normal. J'ai des réponses toutes prêtes, mais ces temps-ci le petit numéro d'ado enamourée que je sors habituellement (avec des variantes) me paraît à la fois fadasse (alors qu'il ne l'est pas) et ridicule. Ça, il l'est ! Swayze, je trouve ça convivial, tout le monde sait qui c'est, à part les vieilles personnes, et encore, même ma grand-mère le connaît. Mais c'est un peu du second degré. Je m'en fous de Patrick Swayze. Je m'en suis toujours foutu. Ce n'est pas un ancien *crush* d'ado. Pourquoi a-t-il fallu que tu sois lâche comme les autres, couillon comme un autre, pourquoi suis-je donc aussi dépendante nom de Dieu ? Je vais en trouver un autre. Si je pouvais avoir envie d'un autre homme, en ce moment, je serais la plus heureuse des femmes. Je vais aller boire un coup ailleurs, cette maison me plombe le moral.

Il fait toute une tournée à Camden. Il m'appellera quand il sera dans le coin. Un Italien soi-disant rapide dont Blake m'a donné le numéro la semaine dernière. Rapide en effet. Il est déjà en retard de trois quarts d'heure. Je suis angoissée à l'idée qu'il ne passe pas, et je veux tenir sans l'appeler. Je m'abstiens bien d'appeler Blake, c'est vrai, je ne l'ai pas appelé, c'est ma première semaine totalement sans lui. Je peux ne pas l'appeler là tout de suite, mais pour ça j'ai besoin de compagnie et d'un autre verre. Dehors le risque est moindre.

Je me suis promis de ne plus jamais l'appeler. J'ai développé des stratégies quand je sens monter le besoin. Sortir en est une. Je pourrais l'appeler en public, bien sûr, je pourrais si je n'avais pas de dignité, mais je ne le ferai pas.

Je prends mes affaires très vite.

Ça ira mieux dehors. Dehors je pense à lui différemment, la réalité prend le dessus, c'est triste aussi mais ça ne me bouleverse pas jusqu'au tréfonds de l'âme. Dehors, on est bien obligé de se concentrer sur le dehors, l'action extérieure et non l'action intérieure.

Il faut parfois que je me fasse violence pour sortir.

Dehors, ça caille, mais avant d'en conclure que c'est une mauvaise idée, j'anticipe la chaleur qui m'attend au pub. Je n'avais qu'à prendre un blouson.

Le téléphone sonne, ce n'est pas Blake, c'est Catriona – pas envie de lui parler.

Et… victoire, il est au bout de la rue. Quel soulagement. Je vais pouvoir retourner chez moi avec lui. Plus de froid.

L'alcool aidant, j'oublie deux secondes durant – je vous assure ! – son nom, mais de toute façon il m'a vue et il me fait un grand sourire. « Ça va ? me demande-t-il, tu n'as pas froid comme ça ? » Sans commentaire. Il a une grosse parka et une écharpe, lui. Le mec vit dehors, quasi. C'est la première fois qu'il vient chez moi, d'habitude on se voyait plutôt au pub, devant le billard. On rentre.

« Tu veux un thé ? » Il rigole. Ça y est, il a vu le coussin Patrick Swayze. « Quand est-ce que tu nous fais une reprise de "I've Had the Time of My Life" ? »

Je ne savais même pas qu'il était au courant que je chantais.

Mais suis-je bête. Il a simplement dû remarquer la guitare à côté du canapé.

« On voit que tu te souviens encore de tes années de jeune fille ! » Il rit à s'en taper sur les cuisses. Un peu trop fort proportionnellement à la drôlerie de ses blagues, donc. Il chantonne un moment « I've Had the Time of My Life » et m'arrête tandis que je mets de l'eau dans la bouilloire. « Tu n'as pas plutôt un truc plus fort ? » Je marmonne « Désolée… », j'éteins la bouilloire, mets un disque puis sors deux bières du frigo. Il me tend les pochons, je lui file les billets. « Comment s'appelait le type qui chantait cette chanson ?

– Bill Medley. Je l'ai apprise à l'école. » Je ricane – oui, j'arrive à rire – pendant qu'il fait deux lignes généreuses sur la pochette d'un CD que je viens de lui donner. Un CD de Beck. Je ne l'écoute plus.

Pause pour sniffer...

« Qu'est-ce que tu fais de beau ces temps-ci ? Tu vas toujours au billard ?

– Non, pas en ce moment. Je sortais avec un mec là-bas et on a rompu. »

Air interrogateur.

« Tu nous as vus ensemble.

– Ah oui, c'est vrai, pardon. Blake Civil.

– Tu l'as revu, lui ? »

C'est parti tout seul. Il fronce les sourcils. « Je n'aime pas donner ce genre de renseignement. C'est compliqué.

– Il était accompagné ? »

Il cède. « Il était avec un mec.

– Il avait l'air en forme ? »

Il rigole. « Tu sais ce que c'est. Il n'a pas souvent l'air en forme, si ?

– Il est très pâle naturellement.

– Il t'a trompée ?

– Pourquoi il m'aurait trompée ? »

Silence.

« Je vois que tu as de la peine, mais les questions que tu poses ne servent à rien. Si c'est fini, c'est fini. Si vous devez vous retrouver, vous vous retrouverez... Tu vois, ma sœur, elle était avec un mec depuis seize ans. Ils ont deux gosses, deux petites. Un jour, le mec lui dit : j'ai rencontré quelqu'un, il fait ses valises, se barre avec l'autre, et deux jours plus tard il vivait avec elle. Ma sœur n'a rien fait ; elle en bavait comme toi, et elle n'a rien fait. Eh bien trois mois plus tard, qui sonne à la porte l'air tout penaud ? Hein, qui ?

– Son mec.

– Non, en fait, l'autre femme, qui pétait un câble ! » Il rigole, très content de lui. « Mais il est revenu tout de suite après. La morale de cette histoire, c'est... c'est que les mecs reviennent. Les filles de passage, elles sont de passage. Sa femme, c'est sa femme. »

Belle histoire, sauf qu'en l'occurrence c'est moi la fille de passage. Je sniffe une autre ligne. « Moi, ce que je vois dans cette histoire, c'est un lâche et une femme amoureuse qui va maintenant devoir tout supporter de lui. Parce qu'il va la tromper encore, pourquoi se gêner maintenant qu'il sait que c'est possible et qu'elle le reprendra quand même. Il peut même aller vivre avec une autre femme, pas de problème. Elle, elle restera. »

Il hausse les épaules. « Je l'ai jamais aimé, son mari. Mais c'est son mari, et elle, c'est sa femme. Voilà. On est combien ici à croire au mariage ? Quand ils se sont dit oui, ils le pensaient.

– Ouais. Mais l'amour ce n'est pas l'habitude. Ce n'est pas être habitué à quelqu'un et donc, fatalement, revenir auprès de lui. L'amour c'est autre chose.

– T'énerve pas ! Je te dis ce que je sais, c'est tout. Et ce que je sais, c'est que l'amour se transforme, et qu'au final ça revient toujours à ça : l'amour, c'est être bien avec quelqu'un. On a le droit de penser qu'on va être mieux avec quelqu'un d'autre et de se tromper. L'erreur est humaine. » Il rit. « Mais moi, en fait, je suis conservateur. Je suis un dealer conservateur. Ma copine, je ne la tromperai jamais. J'en ai de la chance d'être un mec bien ! Mais c'est parce que je suis bien avec elle.

– On peut être bien et mal à la fois.

– Arrête tes conneries, dit Tony. C'est pour les masos, ça ! Il vaut mieux tirer un trait. »

Je ne suis peut-être pas faite pour l'amour. Je suis tellement en colère contre Blake, une colère étouffante.

La première chose dont je me souviens ensuite, c'est du regard rempli de terreur que le dealer – Tony – plonge dans mes yeux. Qu'est-ce qui se passe encore ?

La pièce a bougé. Je suis allongée sur le canapé et la lumière me fait mal aux yeux. Vous savez, ces petits scintillements qui viennent vous brouiller la vue parfois, sans raison ? J'ai ces petits scintillements aussi. La croix qu'il porte au cou par-dessus son sweat-shirt n'a jamais autant brillé... Il me dit que je me suis évanouie.

Je réponds que c'est impossible, que je ne me suis jamais évanouie de ma vie. Il rigole, me prend par le bras. « Ça n'a duré que deux ou trois minutes. Je vais te faire du thé, ensuite on va aller s'acheter des frites. Tu m'as fait peur, gamine. Je trouvais que tu avais changé, en fait c'est que tu as maigri.

– Non, j'ai juste un nouveau tatouage. » Il rigole. Je bouge, je me fais un oreiller avec le coussin Patrick Swayze.

J'ai de la chance, je me remets vite, mais toute trace de peur n'a pas disparu dans ses yeux.

Je m'en veux de l'avoir inquiété. Je suis ridicule. Quand je me lève pour faire le thé, il me dit : « Montre ça, on ne voit que le bas. »

Je soulève ma manche pour dévoiler sur mon bras la femme en short qui représente ma grand-mère, prénom tatoué à côté.

« C'est ma grand-mère.

– Cynthia, c'est son prénom ?

– Oui. Elle m'apaise quand je la regarde. Tu sais, quand tu te sens vraiment seul... Tu as besoin d'avoir quelque chose de tangible à quoi te raccrocher, et tu as besoin de ne même pas avoir à y penser. Un tatouage, il est là, tu le vois en passant devant une glace, ou juste en tournant la tête. Il est là. Pas besoin d'y penser, il t'attrape au tournant.

– Il est joli. Moi aussi j'adorais ma grand-mère. Mais tu veux que je te dise, sœurette, tu changes de sujet. Et tu vas m'écouter quand même. Tu es un petit oiseau décharné, là ! Il faut faire gaffe à toi, manger un peu. » Cette sollicitude est grotesque venant d'un dealer, même catholique.

« Qu'est-ce que tu fais de tes journées, là ? »

Je soupire et je débite mes horribles platitudes habituelles. Elles me donnent envie de pleurer.

« Je vis les pires journées de ma vie. J'écris tout ce qui me passe par la tête, tout ce que je ne peux pas lui dire. Je parle à quelqu'un pour qui je suis morte, personne, disparue, basta. Il me manque terriblement. Notre séparation est récente ; c'est normal d'être un peu réduite à néant. J'attends de remonter la pente.

– Tu en feras une chanson, dit-il. Et puis tu en rencontreras un autre. »

C'est une petite maman, ce mec, il philosophe comme dans le courrier du cœur. Je me lève. Je bois une gorgée de thé pour lui faire plaisir, quoiqu'il s'en foute sûrement. J'ai honte de lui raconter ma vie comme ça.

Heureusement qu'il s'en fout.

Il allume une cigarette, regarde son portable, puis se tourne vers moi, sourcils froncés. « Au fait, ton téléphone a sonné pendant que tu t'es évanouie. Je l'ai entendu sonner, je ne sais pas où il est... »

Je réponds : « Ce ne sera sûrement pas lui », en espérant que ce soit quand même lui, et surtout pas Catriona qui s'inquiète.

En fait, c'est papa. « C'est bien d'avoir son père, dit immédiatement Tony, qui m'énerve de plus en plus.

– Je crèverais sans mon père. Tu as des enfants, toi, non ?

– J'en ai trois ! Que des garçons. Alors je me rattrape avec toi. Sois prudente, hein. Faut pas se mettre la tête à l'envers pour un mec. »

Les chagrins d'amour, ça se soigne comment alors ? Je ne vais pas regarder *Dirty Dancing* en bouffant des glaces, si ? On n'est pas dans une série télé.

« Bon, j'ai eu des messages aussi, il faut que j'y aille, moi, maintenant...

– On n'était pas censés aller acheter des frites ?

– Si, allons-y si tu veux... Ce qu'il y a, c'est que moi je suis pressé, maintenant.

– Laisse tomber.

– On m'attend dans un haut lieu de drague homosexuelle, dit-il. Je ne peux pas rater ça.

– Je m'en voudrais. Pas de problème.

– Tu ne me poses pas de question sur le haut lieu en question ?

– Si, bien sûr...

– Une sorte de rave pour étudiants d'une école d'art. Tu es sûre que tout ira bien ? Si tu veux, tu peux m'accompagner chez les artistes, tu trouveras peut-être quand même un homme à ton goût là-bas.

– Je n'aime pas les artistes. » Il me demande si tout ira bien, en regardant sa montre. « Mais oui, regarde, je marche, je parle, je respire, tout ira bien. »

Non, ça n'ira pas. Je le raccompagne : dans l'encadrement de la porte, mains dans les poches de son vieux caban bleu, il me dit : « Fais confiance au temps », comme une mémé qui connaît la vie, mais avec un petit clin d'œil cool, et dans le fond de la pièce, j'entends mon téléphone me signaler un nouveau SMS. Je sais bien que ce n'est toujours pas Blake. Elle l'a lui, moi j'ai l'alcool. Ça n'est pas si grave. Tony a raison : ça passera.

C'est Dan qui veut savoir si je veux aller boire un verre. S'il voyait l'état dans lequel je suis, il changerait d'avis. Il y a aussi un SMS que je n'ai pas entendu arriver : Juliette, qui s'emmerde chez ses parents et veut savoir comment je vais. Je ne réponds pas.

Je ressors acheter des frites. Je n'ai pas faim mais Tony doit avoir raison, ça ne peut pas faire de mal, et ça m'occupera.

Il y a un monde de dingue dans les rues, un samedi soir c'était inévitable. Un mec que j'ai dû croiser une ou deux fois au pub me dit : « Vas-y ma grande », deux filles me sourient à l'entrée du magasin, où on vend kebabs, frites, sandwiches, pizzas, un peu tout ce qu'on veut – sauf de l'alcool fort. Comme je ne sais plus bien ce qu'il me reste à boire, je passe dans le magasin d'à côté pour acheter une bouteille de gin. La radio du magasin passe une merde impossible à identifier. Il y a trop de bruit pour écouter la musique, de toute façon. C'est dans le vide qu'on entend le mieux le son. C'est bien sûr aussi dans le vide intersidéral qu'est ma vie sans Blake que j'écris mes meilleures chansons. Eh oui. Je sais bien que c'est de loin ce que j'ai écrit de mieux. Allez va, il restera bien quelque chose de cette triste histoire d'amour ratée. Les chansons. Le tatouage « Blake » que j'ai sur le sein, aussi. Cette blague. Je ne l'effacerai pas, ne le transformerai pas non plus.

Je n'ai plus froid. En fait, la scène pourrait presque être gaie : une jeune femme qui mange tranquillement des frites bien grasses dans Camden, pépère. Mais il me manque tellement. J'ai envie de vomir.

Putain. Je me suis évanouie, j'ai envie de vomir. Si j'étais enceinte ?

Ce serait bien. Il reviendrait. Et j'aurais un petit alien, avec tout ce que je bois.

Mais bon. Ça va déjà mieux après quelques frites. Je me suis sans doute un peu avancée.

Nous n'aurons donc jamais d'enfant ensemble. Ce n'est pas la première fois que ça me traverse l'esprit. Une chose parmi d'autres que nous ne ferons pas. Nous ne ferons plus rien ensemble. Je ne le reverrai jamais, c'est sûr, c'est décidé. Et je me mets à sangloter dans la rue.

Autant pour la scène gaie.

Heureusement, les gens ne font pas très attention à moi, je pleure discrètement, le nez dans mes frites. Ils ne se rendent pas compte.

Ne vous retournez pas.

Il paraît que ce qui ne vous tue pas vous rend plus fort ; alors là, je ne pense pas. Du tout. Ce qui ne vous tue pas vous donne envie de vous taper la tête contre les murs. Et ça s'arrête là.

Chez moi, j'allume la télé histoire de me changer les idées : c'est un feuilleton, le brun avec une cravate trompe la fille en robe à paillettes et elle va le découvrir. Ça ne me change pas les idées. Je me sers un verre de gin, je me fais une ligne de coke, je finis les frites, j'attends que la fille trouve l'e-mail compromettant que le brun a envoyé à sa maîtresse et je zappe. Mais même les pubs pour gel douche me rappellent Blake. Celle-ci invite plus ou moins à se masturber sous la douche... c'est irréel d'indécence à demi déguisée. Pourquoi se déguiser ? Je zappe encore, je rebois une gorgée, je tombe sur un clip de soul remarquablement proche de la pub qui vient de s'achever, question gestuelle.

Un jour, je ferai moi aussi des clips totalement indécents, et on arrêtera de me dire que je fais du « new jazz ».

Ce n'est pas ma première rupture, bien évidemment. La douleur est plus forte cette fois-ci, car les sentiments sont plus forts. Tout était plus fort – le sexe, les disputes, les retrouvailles. Après ça je ne peux pas me contenter de fumer un pétard. C'est bien normal. J'ai passé un niveau. Mon cerveau a besoin de plus hautes doses d'adrénaline, mon cœur d'émotions plus fortes.

Voilà pourquoi à la fin je lui en demandais tant (et bien sûr c'était trop).

J'ai scié la branche sur laquelle j'étais assise.

Je suppose que si je visais un prix Nobel je commencerais par me faire rogner une partie du cortex. C'est ma logique, ça. Vous voulez faire un mètre quatre-vingts ? Amputez-vous donc le mollet.

Mais essayer de m'adapter à lui, dire oui à tout, attendre, n'aurait servi à rien. J'ai beau être soûle et amoureuse... il ne m'échappe pas que se couper le bout des doigts de pied pour rentrer dans des chaussures trop petites n'est pas très malin non plus. Si ça ne vous va pas, ça ne vous va pas. J'ai bien le droit d'être une grande gueule. Il m'a aimée parce que je suis une grande gueule, avec des grands sentiments. S'il m'a aimée.

Je suis mal. Je suis vraiment mal. Mais la bonne nouvelle, c'est que je suis sûre que ça peut être encore pire ! Quand je passais ma journée par terre dans la cuisine en écoutant « I Can Never Go Home Anymore », c'était pire.

Maintenant c'est un clip de rap, les mecs font mine de tirer avec des pistolets, de côté, et à les regarder on a l'impression que c'est aussi facile que de lancer une balle en mousse. Allez-y, les gars. J'ai déjà vu ce clip avec Blake, il m'a expliqué que c'était n'importe quoi. Si on essayait vraiment de tirer comme ça on partirait à la renverse. La preuve, la plupart des flics tirent à deux mains tant la déflagration est intense.

Une vidéo des Black Eyed Peas. Fergie va finir par ressembler à une fille de la famille Trump, on ne sait plus s'il lui reste un centimètre carré de peau d'origine. Je comprends la démarche : au départ, elle devait vraiment être très ordinaire. C'est impossible d'être ordinaire pour une chanteuse de pop.

Je ricane toute seule jusqu'à ce qu'à l'écran, dans le clip suivant, un couple se mette à un frotti-frotta des plus sérieux : je repense, comme toujours, comme toutes les cinq minutes, à Blake, et la douleur habituelle se propage à tout mon corps. Un samedi soir, et je n'ai pas de rendez-vous. Il paraît que Marilyn Monroe s'est butée pour cette raison précise.

J'éteins la télé, et je vais écrire encore une chanson, j'espère un peu meilleure que ce que je viens de voir. J'ai besoin de parler à Blake, et ces nullités m'ont motivée.

2.

Ghost

Dans le film *Ghost World*, la lycéenne paumée jouée par Thora Birch trouve une raison de vivre en découvrant la chanson « Devil Got My Woman » de Skip James, qu'elle passe des heures à écouter les doigts de pied en éventail. Elle aura une aventure amicale-amoureuse avec l'homme qui lui a vendu le disque, homme tout sauf fantasmatique dont elle avait commencé par se moquer avec une admirable cruauté. C'est Steve Buscemi, affublé de costumes marronnasses et rétif au shampooing, le genre de type qui cocherait toutes les cases au test « Êtes-vous un perdant ? » selon les critères américains et selon les siens (il n'est pas bizarre au sens sexy du terme, bien sûr). Mais il lui ouvre d'autres voies que celles, toutes tracées, dans lesquelles elle refuse de s'engager à la sortie du lycée. Elle ne prendra pas d'appartement avec son amie d'enfance devenue serveuse par défaut (rebelle un jour, petites chemises proprettes le lendemain), elle vendra pendant vingt-quatre heures du pop-corn dans un cinéma, se désolera de voir son père retourner avec une ex-belle-mère dont elle se croyait débarrassée, et finira – métaphore pour le suicide si on adopte une lecture pessimiste – par prendre avec sa petite valise un bus vide qui ne passe normalement plus à cet arrêt. C'est une créative, qui passe son temps à dessiner, à inventer des manières d'enjoliver le monde, de le rendre plus drôle, mais rien ne l'enthousiasme vraiment. Vaguement attirée par la musique et par l'art, elle déchantera vite : quand, obligée de suivre des cours de rattrapage en arts plastiques, elle expose une œuvre qui dénonce le racisme souterrain, elle déclenche un mini-scandale parmi l'assistance, peu ravie du miroir qu'elle leur tend, et perd tout espoir d'entrer dans l'école d'art dans laquelle son professeur lui avait trouvé une place. *Ghost World* parle aussi de vide et de désintérêt pour le monde tel qu'il est, bien sûr, monde fantomatique aux yeux de l'héroïne du film, peuplé de pantins, qui n'a rien prévu pour elle, et dans lequel elle ne se voit pas vivre de toute manière.

L'histoire d'Amy Winehouse est autrement plus extraordinaire, mais elle commence un peu de la même façon. Interrogations, dépression, famille décomposée, et une chanson qui change tout. Préadolescente, Amy a déjà des tendances dépressives marquées, qu'elle évoquera notamment dans *Rolling Stone* en 2007 : « Peut-être que je souffre de dépression. Ce qui n'est pas si rare. C'est le cas de beaucoup de gens. Mais je crois que comme j'avais un frère aîné, j'ai beaucoup donné dans le "comme la vie est déprimante" avant même d'avoir douze ans. Je lisais J. D. Salinger – ou d'autres lectures de mon frère – et je me sentais insatisfaite. » Sa situation familiale ne vient rien arranger. Ses parents se séparent lorsqu'elle a neuf ans, et divorceront officiellement trois ans plus tard. Son biographe Nick Johnstone romance-t-il un peu quand il raconte qu'« à travers le mur, elle entend un morceau de musique qui lui remonte le moral, la réconforte, lui redonne une raison de vivre » ? Peut-être pas. Le « Devil Got My Woman » d'Amy Winehouse sera donc « Round Midnight » que son frère écoute dans la pièce voisine. À l'époque surtout fan de hip-hop (et de Madonna, qu'elle écoute tous les jours jusqu'à ses onze ans), la jeune fille découvre les complaintes d'Ella Fitzgerald, de Sarah Vaughan, de Dinah Washington : « mes principales sources d'inspiration à l'époque où j'ai commencé à travailler ma voix. Le jazz est le premier style de musique, après le hip-hop, à m'avoir parlé, à m'avoir émue ».

Le jazz vient aussi de son père, grand admirateur de Sinatra et des grands du jazz, et de sa grand-mère Cynthia, chanteuse de jazz qui manqua épouser le musicien et propriétaire du club du même nom Ronnie Scott. Il a sûrement à voir avec le lien familial et sa continuité, à un moment où la famille Winehouse est en plein chaos : son père, Mitchell (Mitch), est déjà souvent absent, que ce soit par obligation professionnelle, ou parce qu'il est parti honorer une autre femme, Jane, qu'il épousera par la suite. À comparer bien sûr avec la future histoire d'amour que vivront Amy et Blake Fielder-Civil : quand ils tombent amoureux, il est déjà en couple, il repartira un temps dans les bras de l'« autre femme », avant de retomber dans ceux d'Amy... tout en la trompant allègrement si on veut bien en croire les tabloïds. Et, si l'on se fie toujours à ces derniers, elle ne sera pas en reste.

Amy se décrit comme une enfant « souriante, plutôt gentille, assez nerveuse ». Jusqu'à ses neuf ans. « Quand mes parents se sont séparés, explique-t-elle au journaliste Tom Doyle du magazine *Q*, je me suis dit : "Je peux porter ce que je veux, jurer, me maquiller, c'est vraiment cool". » La séparation de ses parents coïncide avec les débuts de ce que le journaliste appelle sa « rébellion », mais aussi avec les débuts d'une dépression, et d'une forme de « bipolarité » qui, précise-t-elle, n'a jamais été diagnostiquée comme telle. Lors de l'interview qu'elle accorde à *Q*, Amy évoque des sautes d'humeur, une grande tristesse, et la sensation de plonger comme un avion qui s'écrase. Reconnaissant par ailleurs candidement qu'elle a une personnalité addictive, elle raconte qu'elle réclamait déjà à sa mère pharmacienne des médicaments pour la remettre d'aplomb quand elle n'avait pas envie de se lever le matin... Dès l'adolescence, elle se voit prescrire des antidépresseurs, et il y a fort à parier qu'elle demande aux substances, quelles qu'elles soient, de lui remonter le moral, de calmer ses sautes d'humeur, ses angoisses. Comme elle le demande à la musique… Il n'est pas encore question de drogue ou d'alcool, mais elle cherche déjà différents moyens de s'apaiser et de jouer avec ses limites (et ses nerfs) : c'est à neuf ans qu'« une sorte de curiosité morbide » la pousse à tenter l'automutilation, confie-t-elle toujours à *Q*. Elle connaîtra ensuite des conduites anorexiques et boulimiques, dont les problématiques – tester les limites du corps, par exemple – sont par certains côtés similaires. Puis, les joints. À l'époque de sa rencontre avec Blake, Amy fume pour 250 euros d'herbe par semaine. Elle dit avoir « arrêté de fumer de l'herbe et reporté toute son énergie sur lui ». Quand il part, elle se rabat sur l'alcool. Quand il revient, il lui fait découvrir l'héroïne, qu'elle adore instantanément (dixit Blake). Tout en continuant de boire, elle finira bientôt par consommer toutes ces substances en même temps, au point que même Peter Doherty dira d'elle qu'elle est « hardcore ».

Que faire de cette vie, de cette longue plage de temps – ou courte, si je veux – qui se déroule devant moi, qu'en faire sachant que, inéluctablement, elle aura une fin ? Il y a un rapport très clair entre l'addiction et la dépression, l'angoisse. On peut raisonnablement émettre l'hypothèse que l'addiction est une réponse à l'angoisse du vide : on remplit sa vie de manques et de désirs successifs. Lesquels peuvent porter sur un même objet ou plusieurs en même temps, une drogue, l'alcool, la nourriture, un homme, etc., varier dans le temps… et perdre de la vigueur ou en gagner selon les circonstances. Dans le cas d'Amy, le comportement addictif se propage à tous les domaines : la vie affective, les parents dont il est si difficile de se détacher, et bien sûr la vie amoureuse. Amy, qui porte fièrement le tatouage « Daddy's girl » sur l'épaule, une pin-up censée représenter sa grand-mère sur le bras, et un « Blake » sur le sein, a tout bon, elle est même accro aux tatouages – et à la douleur qu'ils provoquent, avoue-t-elle à *Q*. Cas d'école. Cas de dépendance absolue aussi : elle n'est pas seulement accro à son Blake, mais va jusqu'à lui ressembler. Elle devient maigre comme lui, se couvre de tatouages de marin, comme lui, se fait, donc, un tatouage en forme de poche sur la poitrine portant le nom de Blake : comme si elle revêtait son uniforme…

Et bien sûr, elle se met à ses drogues préférées.

Elle choisit désormais des objets qu'elle ne peut plus contrôler (Blake) ou des substances plus dangereuses, volontiers associées à Blake d'ailleurs : drogues dures, alcool. Ce qui forcément provoque une certaine angoisse, alors qu'ils viennent déjà soigner des angoisses. Cercle vicieux… Mais tout de même, ils soignent. Ils soignent peut-être même l'angoisse d'être toxico (ou permettent de l'oublier).

Le premier tatouage d'Amy est une Betty Boop, la mini-pin-up aux accroche-cœurs créée par les studios Fleischer au début des années 1930. Dans un des tout premiers dessins animés dont elle est l'héroïne, *Snow White*, où la petite pin-up joue Blanche-Neige, Koko the Clown (Cab Calloway à la voix) chante « Saint James Infirmary Blues » tandis que la méchante Reine le transforme en fantôme blanc aux longues jambes d'insecte. D'après la chanson, le narrateur a perdu sa bien-aimée, qui gît sur un lit d'hôpital, si belle et froide. Où qu'elle aille désormais, et elle aura beau chercher de par le monde, elle ne trouvera jamais « un homme aussi gentil que lui ». Phrase curieuse, qui a l'air de dire qu'elle peut, elle, encore se promener ici-bas, tandis que lui a disparu. Le sens est bien sûr tout autre : impossible de dire où elle s'en est allée, lui quoi qu'il en soit va en mourir. Ses dernières volontés ? Il faudra l'enterrer dans tel costume, faire venir un orchestre de jazz, et avant toute chose lui donner à boire. La peine de cœur fait de vous un fantôme vivant qui attend la mort. On l'entend beaucoup dans les chansons d'Amy, qui donne dans l'amour à mort, pathétiquement si on veut, et s'efface devant son Blake. « *Your shadow covers me* » (« Tears Dry on Their Own »), « *The dark covers me* » (« Wake Up Alone »), « *I died a hundred times* » (« Back to Black »)[1] : c'est dit.

À la mort d'Amy, Daniel Salvatore Schiffer a écrit dans *Le Nouvel Observateur* une (non-)comparaison entre Lady Gaga et elle, s'attachant à montrer ce qui esthétiquement parlant sépare les deux chanteuses. Il évoque à grand renfort de références un double dandysme : une esthétique du paraître pour l'interprète de « Paparazzi » et une esthétique de la disparition pour celle de « Back to Black ». Il cite la « joie de descendre » de Baudelaire, oppose à « l'excès » de Gaga le « retrait » d'Amy, sa « pathétique déchéance, jusqu'à la suppression de soi ». Sans doute est-il un peu radical : l'affirmation de soi est aussi présente chez Amy, une affirmation de soi à la Lady Gaga, maquillage violent, chignon extravagant, tatouages en augmentation constante. Elle aussi cultive une esthétique du paraître, en fait une esthétique du masque. Mais plus encore une esthétique du fantôme. Fantôme d'autres femmes : Amy Winehouse est coiffée comme Ronnie Spector, s'inspire des chanteuses de jazz, des Shangri-Las, de sa grand-mère dont elle s'est fait tatouer l'image et le nom. Fantôme de ce qu'elle était avant : disparition, donc, de la rondelette Amy qui s'étiole jusqu'à

1. « Ton ombre s'étend sur moi » ; « l'obscurité s'étend sur moi » ; « je suis morte cent fois ».

devenir maigrissime. Les chœurs masculins de « Back to Black », autant de voix de fantômes pour souligner sa peine. Elle ne parle bientôt plus qu'en chanson, refusant plus ou moins de faire de la promo, et elle n'en dit pas très long dans les rares interviews (télé ou écrites) qu'elle donne. Elle s'y montre intelligente, mais se trouve, on le suppose, idiote. Jamais assez bien. Ou alors ça l'ennuie. Mais tout paraît l'ennuyer sans Blake. Et souvent on a l'impression qu'elle ne vit que pour lui. Une vie dans l'instant, et dans la dépendance, c'est-à-dire dans un drame perpétuel si l'objet de son amour est absent. Elle est le fantôme d'elle-même dès qu'il part. Quand Blake, qu'elle vient tout juste d'épouser, est emprisonné, elle parle de lui en concert, porte dans son célèbre chignon un cœur à son nom, est inconsolable.

Le personnage est paradoxal car, si dépendante qu'elle soit de Blake, elle semble tout de même se consoler dans d'autres bras (pour guérir de sa dépendance ? ou tout simplement pour prendre du bon temps...) et présente par ailleurs une figure « forte », tout sauf fantomatique. Amy jure, appelle un chat un chat, reproche aux hommes d'être moins couillus qu'elle, annule, tempête, emmerde tout le monde, n'en fait qu'à sa tête. Ses premiers modèles sont les meneuses des groupes TLC et Salt'n'Pepa, avant d'être les femmes à poigne du jazz. Et bien sûr qu'elle ne tient pas à passer pour une petite chose fragile – ça a plus de gueule qu'une geignarde, c'est ce qu'on attend d'elle, c'est ce qu'elle attend d'elle-même surtout. Elle a la faiblesse en horreur. Dit-elle autre chose quand elle explique qu'elle aime rajouter à ses chansons « une petite *punchline* pour pouvoir en rire quand [elle] y repense, au lieu d'y repenser et de [se] dire ah quelle misère ». En somme, elle aimerait pouvoir dire : « Ça, c'était une situation un peu merdique, mais je m'en suis sortie » ? Sur *Back to Black*, l'ironie mordante côtoie la fragilité et l'extrême douleur. Amy est une bad girl traditionnelle : tous pare-chocs dehors, maquillée comme une voiture volée, et un cœur d'artichaut en dessous. Une bad girl qui soutient son homme envers et contre tout (« *if my man was fighting some unholy war, I would be behind him, straight shook up beside him, with strength he didn't know* »[1]). Si elle veut un homme plus fort qu'elle, c'est peut-être pour pouvoir se replacer dans la position d'une enfant, d'une enfant qu'on protège, qui n'a pas, justement, à se montrer forte, parce que c'est trop dur. Et en échange, elle prendrait soin de son homme à l'ancienne, elle qui s'est plainte qu'un ex-petit ami ne la laissait pas le gâter... Elle aura sûrement fait hausser des sourcils, en exprimant le désir d'arrêter relativement rapidement sa carrière musicale pour se consacrer à mari et enfants. Là encore, ce n'est pas une question de féminisme ou de non-féminisme, mais plutôt un ras-le-bol des paparazzis, des douleurs de l'écriture, des nécessaires départs en tournée ; et probablement rêve-t-elle encore d'une famille idéale, comme si ses parents ne s'étaient jamais séparés, et comme si entre elle et Blake, ça pouvait marcher comme pour tous les autres.

Amy a vraiment voulu cette carrière. Quand elle découvre sa voix, en gros, à la puberté – et au moment de la séparation de ses parents –, elle entre dans une école très reconnue de jeunes talents, la Sylvia Young Theatre School, pour laquelle elle a obtenu une bourse, ce qui, reconnaît son biographe Nick Johnstone, n'est pas un mince exploit. C'est que sa voix est miraculeuse. Contralto, une voix grave, capable d'aller

1. « Si mon homme allait mener une guerre impie, je serais derrière lui, bouleversée, à ses côtés, et avec une force qu'il n'imaginait pas » (« Some Unholy War », sur *Back to Black*).

« du *ré* 3 profond au *mi* bémol 6 qu'elle atteignait en voix de tête » selon Éric Dahan dans *Rock & Folk*, une voix d'une puissance faramineuse, surtout pour une fille si frêle. Dans la mini-dissertation requise pour postuler, elle a écrit non sans une certaine naïveté son envie d'être célèbre et sa volonté de faire oublier aux gens leurs ennuis, avec sa voix. Après s'être fait plus ou moins virer en 1998, pour turbulence, et pour une sombre histoire de piercing – on n'est pas très tolérant dans cette Fame Academy – elle persévère. Elle forme un groupe de hip-hop avec Juliette nommé Sweet'n'-Sour (« aigre-doux », hommage transparent à Salt'n'Pepa, « sel et poivre »), entre à la BRIT School for Performing Arts and Technology, et trouve, grâce à la directrice de son ex-école, une place provisoire au sein du National Youth Jazz Orchestra. Elle commence à se produire dans des clubs à l'âge tendre où Billie Holiday et Dinah Washington ont commencé ou à peu près. Bref, elle y croit. Sans pourtant montrer l'ambition d'une Madonna... Après avoir interrompu ses études à la BRIT, elle intègre avec une certaine décontraction l'équipe de l'agence de presse WENN, dirigée par le père de sa meilleure amie, Juliette Ashby. À l'époque, elle veut être journaliste ou réceptionniste, au choix : « Je voulais toucher à tout. J'ai toujours été comme ça, à changer d'idée. Pour ça, je n'ai pas de problème de fierté – ça ne me dérange pas de servir le thé. » Elle n'a jamais eu les dents qui rayent le parquet, même pas la peine. Pour elle, tout est allé spectaculairement vite, sans qu'elle ait spécialement besoin de s'éreinter : quand Tyler James, éphémère « réponse britannique à Justin Timberlake », qu'elle a rencontré à la Sylvia Young Theatre School, fait passer une des démos d'Amy à un ponte du label qui l'a signé, et à qui appartient également une agence artistique (celle des Spice Girls notamment), l'agence se rue sur elle et sa voix exceptionnelle. Logique : elle débarque en pleine vague nu jazz au Royaume-Uni, juste après la signature de Norah Jones chez Blue Note. Son premier album, *Frank*, sera donc d'obédience jazz-R & B, ce qui est tout à fait dans les goûts de la jeune fille à l'époque. Elle changera de genre sur *Back to Black*, mais les deux albums suivent le même principe : un style rétro modernisé (jazz, soul et hip-hop sur *Frank* ; pop et soul sixties sur *Back to Black*). Tout réussi qu'il soit, *Frank* est moins inspiré que *Back to Black*. Sa conception a duré longtemps, et surtout elle n'a pas encore trouvé la grande muse que sera Blake. Leur relation qui se conclut prématurément, croit-elle alors, parce qu'ils étaient « trop jeunes pour des sentiments aussi intenses » ou parce qu'il « avait déjà quelqu'un dans [leur] cercle de relations », est en effet le sujet de la plupart des titres du second album. La thématique de la déception amoureuse, qui dominait déjà sur *Frank* (en dehors de l'ovni « October Song », où Amy pleure son canari...), est cette fois abordée de façon beaucoup plus dramatique. *Exit* les chansons de mufle, dans lesquelles Amy se moquait d'un homme trop *lady boy* (« efféminé ») pour elle, ou prétendait qu'une infidélité avec un homme qui ressemble à son petit ami n'en est pas vraiment une, *exit* les chansons douces-amères sur des conflits amoureux, saupoudrées d'un soupçon de révolte et d'ironie (« Cherry », en hommage à une meilleure amie plus cool que son mec, qui s'avère être sa guitare), *exit* la satire violente des groupies de footballeurs (« Fuck Me Pumps »). Si la déclaration d'amour « There Is No Greater Love », comme « Take the Box », annonce *Back to Black*, et la violence de ses sentiments, les peines de cœur évoquées sur *Frank*, sans être anodines, ne sont pas, semble-t-elle nous dire elle-même, l'affaire d'une vie. Trop d'ironie pour ça.

Même s'il n'est pas dépourvu d'humour et de distance, ce qui fait la force de *Back to Black*, c'est son drame : l'écriture au plus proche de la douleur et le son évoquant les girls bands (Crystals, Shangri-Las...) et leurs mélos adolescents aux fins tragiques. « Comparativement, le hip-hop est beaucoup plus affaire de posture, d'attitudes, dira Amy. Dès qu'on en vient aux choses de l'amour, c'est toujours "je ne t'aime pas" ou "je n'ai pas besoin de toi", alors qu'à l'époque ces groupes chantaient des trucs comme "tu me brises le cœur" ou "je vais mourir pour toi". Il y a un aspect non seulement romantique, mais aussi quasi héroïque dans toutes ces histoires. » Ce sont des discours beaucoup moins convenus qu'il n'y paraît : un monde dominé par l'ironie (et par la platitude, dans la musique au moins...) et dont les valeurs suprêmes sont l'« affirmation de soi » et l'individualisme laisse peu de place à l'aveu d'une passion amoureuse dévorante et destructrice, qu'Amy n'est pourtant, bien sûr, pas la seule à ressentir. *Back to Black* obtient dès sa sortie un succès phénoménal : cinq Grammy Awards, il est, à la fin de décembre 2007, six fois disque de platine en Angleterre. On ne tarde pas à s'arracher la jeune femme dans le monde entier. Alors qu'en coulisses tout commence à déraper... Elle retrouve Blake, ils se droguent, se marient, se battent, leurs parents s'en mêlent. Blake part en prison pour avoir proposé de l'argent à un barman qu'il avait amoché, Amy en profite pour boire et se droguer de plus belle, et sa vie se transforme en un feuilleton pour tabloïd, qu'on suit jour après jour, fasciné. Dans un monde où show-business rime bien souvent avec pipeau, Amy Winehouse détonne formidablement : elle chante extrêmement bien des choses extrêmement dramatiques qui lui sont arrivées pour de vrai, sur des thèmes classiques ou furieusement à la mode (la désintoxication). Et, réciproquement, la vraie vie rejoint ses chansons : non, pas de désintoxication, et oui, elle continue à soutenir son homme envers et contre tout. Elle va le voir au tribunal, lui fait des déclarations d'amour publiques... et à son corps défendant, satisfait le voyeurisme à un point inédit. Les problèmes de drogue et d'alcool d'Amy, son histoire d'amour à rebondissements multiples avec Blake et son caractère jusqu'au-boutiste apparaissent comme autant de gages d'authenticité. Comment l'ignorer dès lors, elle a « *the real thing* », le vrai truc, on l'a ressenti d'autant plus clairement devant le défilé de jeunes femmes soul guimauve auxquelles elle a ouvert la voie. Duffy, Adele, Amy McDonald ne simulent pas forcément l'émotion, en revanche elles ont moins de talent, et sont nettement moins spectaculaires. Elles se droguent pas (en tout cas pas autant...), elles ne taclent pas le chanteur de U2 alors qu'il ne leur a rien fait, elles n'épousent pas des toxicomanes tatoués, elles ne sont pas filmées en train de tripoter des bébés souris en compagnie de Peter Doherty. Et puis Amy est sympathique, elle boit des coups, elle est amoureuse, elle est drôle, elle ne joue pas les mégastars. C'est une héroïne populaire, dont on suit les aventures au pays de l'anéantissement avec une stupeur mêlée de terreur. Elle est au sommet mais fait tout pour libérer la place rapidement, s'arrête d'écrire au moment– même où ce qu'elle a dire intéresse tout le monde, a rêvé de cette carrière mais la démolit le plus possible...

Problèmes de drogue, de santé, et déboires sentimentaux, on sait tout ça. Amy avait encore beaucoup d'autres sujets d'angoisse. Elle n'a jamais tellement soigné sa voix : cigarettes, joints, héroïne, crack, dans cet ordre, sont a priori déconseillés à une chanteuse... Une façon de tous les emmerder, sûrement, soi-même comprise. La voix, un monstre intime, à nourrir ou à détruire... On ne sait pas comment elle a reçu ce cadeau. Probablement en partie comme une bénédiction, qui lui a permis de signer sur un claquement de doigts... Mais s'en sentait-elle digne ?

Avait-elle l'impression que cette voix lui appartenait vraiment ? Ou la considérait-elle comme un héritage lourd à porter : celui, entre autres, des grandes dames du jazz aux vies mouvementées ? Pour son ami Kristian Marr, qui a donné une interview aux tabloïds peu de temps après sa mort le 23 juillet, « peut-être n'était-elle pas consciente de son talent, ou terrifiée par ce qu'il pourrait lui apporter – je crois que c'était un peu des deux ». Amy l'a dit en effet : « Quand vous écrivez des chansons, votre valeur est en fait basée sur la dernière chose que vous avez écrite, donc vous n'êtes pas forcément un narcissique absolu ». C'est un euphémisme. Il faut toujours faire mieux – autant dire que ce n'est jamais assez bien. Et la si désirable célébrité planétaire que son talent lui a value très rapidement a finalement, une fois acquise, des côtés terrifiants : si, en février 2007, peu après la sortie de *Back to Black*, Amy dit ne pas s'en rendre très bien compte (et heureusement, car, ainsi qu'elle l'appréhende, « si je pensais vraiment être célèbre, je me buterais ! Parce que ça fait peur »), c'est peut-être qu'elle n'a encore rien vu. Pourchassé vingt-quatre heures sur vingt-quatre par les paparazzis, on ne s'appartient plus, et Amy n'a sûrement pas l'identité forte qui serait requise pour le supporter (si toutefois c'était supportable, ce dont on se permettra de douter). Au contraire, elle demande justement à un homme (Blake et lui seul) de lui insuffler cette force, tant et si bien que ce qui la définit le plus ne lui appartient pas : son corps, son image s'affiche dans les journaux tous les matins ; l'objet de son amour, Blake, elle ne le possède jamais tout à fait (de moins en moins, d'ailleurs) ; quant à ses chansons, son histoire, tout le monde les connaît. Et un des talents d'Amy, raconter des histoires autobiographiques simplement et comme si elles n'avaient rien de spécial, revient à se mettre à poil, à l'instar de ses chanteuses préférées. Cette dépossession d'elle-même est d'autant plus extrême qu'elle paraît consentie. On comprend qu'elle n'ait plus de pudeur, se balade en soutien-gorge et danse nue sur son balcon en vacances. Ce n'est plus vraiment à elle, tout ça.

En 2009, elle gagnera son procès contre l'agence de paparazzis Big Pictures : il sera désormais interdit de la photographier chez elle et jusqu'à cent mètres de sa résidence. Mais cette interdiction d'approcher vient un peu tard, et elle est, de toute façon, célébrissime...

Autre problème : c'est le désastre amoureux qui l'a le plus inspirée, et Amy en est évidemment consciente. Sa voix, cette bénédiction, lui sert à raconter des histoires tristes : celles de *Back to Black*, album écrit pour Blake lors de leur première rupture, « en pleurant pour lui sur le sol de la cuisine ». Il faut donc la démolir souterrainement, cette voix, même si elle est une source de bonheur et de fierté, même si elle lui a ramené Blake, qui rapplique après la sortie du disque. C'est une voix douloureuse, et une voix qui l'empêchera par ce qu'elle implique de trouver un bonheur durable auprès de lui : la célébrité qui entrave ses mouvements, les sépare fatalement, leur gâche tout ce qui ne cafouillait pas déjà entre eux. L'amour fait du bien et est une torture, la drogue soulage et sabote son corps, sa voix, sa carrière et ses relations, la musique est synonyme de succès et de souffrance, la célébrité idem, ses chansons, sa voix, idem. S'il faut être malheureuse comme les pierres pour écrire un chef-d'œuvre, est-ce que ça vaut le coup ? C'est une âme en peine qui se débat entre des exigences internes contradictoires, toutes très fortes. Mariée en mai 2007, elle divorce en juillet 2009, perd Blake, perd aussi l'inspiration dirait-on... Si elle essaie bel et bien de se sortir de ses problèmes d'addiction (avec succès, sauf pour l'alcool), elle peine à mener à bien ses divers projets (pas de troisième album[1], pas de titre sur la BO de *James Bond*, des concerts tragiquement ratés, comme son ultime concert à Belgrade)... Il semblerait qu'elle soit, de toute façon, morte de tristesse. Blake venait d'avoir un enfant avec une autre, elle avait rompu avec son petit ami Reg...

Les quelques semaines qui suivent sa mort, on ignore si c'est une cuite monstrueuse, une overdose ou au contraire la privation d'alcool qui l'a tuée. Mitch, le premier, avance cette dernière hypothèse, tout à sa volonté de protéger la mémoire de sa fille alors que tout le monde pense à une overdose (d'héroïne) – et on l'imagine torturé par cette possibilité : qu'eux, ses parents, l'aient tuée à force de vouloir la désintoxiquer. Protège-moi de mes désirs... ou ne m'en protège pas car sans eux je ne saurais vivre. Elle est finalement morte d'avoir trop bu alors que son corps s'était désaccoutumé, comme les junkies qui font un « Sid Vicious », c'est-à-dire après une (trop) longue période d'abstinence meurent d'une dose qui n'aurait pas eu de conséquence fatale avant la désintoxication.

Amy Winehouse savait qu'elle allait mourir jeune, voilà ce que proclamaient des gros titres juste après sa mort. Elle l'avait en effet dit, par le passé, et répété au cours d'une interview téléphonique le 19 juin 2012, juste après le désastre de Belgrade. « Je n'en ai plus pour longtemps... Il va m'arriver quelque chose », déclare-t-elle alors, sous l'influence du désespoir post-ratage et post-rechute... et sans doute aussi parce qu'elle savait à quoi elle s'exposait.

1. Bien sûr, le cynisme des labels est tel qu'à sa mort on se dépêche de sortir un soi-disant « troisième disque ». Produit à l'arrache, ce *Lioness : Hidden Treasures* est en fait essentiellement une compilation de chutes de studio, de premières versions de titres bien connus et de reprises. Mais il est sorti à temps pour Noël 2011, ce qui est le principal, n'est-ce pas.

L'alcool ou la drogue à haute dose reviennent à vouloir oublier la vie réelle, à vouloir s'annihiler – à vouloir un peu, en somme, mourir. Mais il ne s'agit pas simplement d'autodestruction, bien sûr. Il s'agit aussi de risque. De plaisir. Et d'automédication... La vie n'est pas quelque chose de très drôle, elle l'est plus quand on est ivre ou défoncé, et l'alcool et la drogue sont des systèmes de protection contre la vie et l'anxiété très efficaces... tant qu'ils ne génèrent pas une angoisse plus grande que celle qu'ils viennent soigner – et c'est en général le cas quand on veut s'arrêter. Amy a dû vivre les dernières semaines de sa vie dans un état insupportable, où se mêlaient les déceptions diverses, la peur de remonter sur scène, la peur de boire, de ne pas boire. De trouver la paix et de ne pas la trouver... Elle ne recherchait pas la tranquillité, du reste. Accro à l'adrénaline, à la tension, elle était aussi accro au danger, et sûrement au manque et à l'anxiété – l'accro a besoin de l'anxiété aussi : sans elle pas d'addiction, or sans addiction il n'y a plus que le vide... La poule et l'œuf. Si le problème était simple, il serait plus facile de s'en sortir.

3.

Après le white swan

« Il faut remonter la rue à droite après le pub The White Swan, je ne me souviens plus du nom de la rue, là tu verras une série de maisons en brique, après une maison rose et une maison jaune. Il habite dans la maison jaune, au numéro 19. » Elle la regarda avec un petit sourire. « N'est-ce pas que je suis une bonne détective ?

– Tu es sûre ? demanda Amy en fronçant les sourcils.

– Je suis sûre. Je l'ai suivi en allant à mon cours de piano hier soir.

– Et après ? Qu'est-ce que ça me donne de savoir où il habite ? Je ne vais pas aller me poster devant chez lui pour l'espionner. Je ne suis pas une psychopathe.

– Je pensais que tu aurais voulu le savoir, c'est tout. »

Amy décida de lui faire un peu la gueule pour lui prouver qu'elle n'était pas une psychopathe. En plus, si elle avait sauté de joie en apprenant où il habitait, Anita lui aurait demandé quand elle irait, lui aurait fait promettre de tout lui raconter ensuite, ou alors elles y seraient allées ensemble, quelle horreur ! Et elle lui aurait sûrement fait une blague à un moment ou à un autre, parce que c'était irrésistible, parce que c'est ce qu'Amy redoutait le plus... et parce que rien ne faisait autant rigoler Anita, qui elle avait déjà de l'expérience avec les garçons, que de proposer des plans drague invraisemblables qui n'avaient aucune chance de marcher et se termineraient en humiliation publique.

Amy voulait que ce soit Nick son premier. Nick était plus vieux, dans la classe au-dessus, et Amy pensait qu'il avait déjà une copine, une fille avec qui on le croisait de temps en temps, mais elle n'en était pas sûre car on le croisait beaucoup plus souvent avec des mecs. Et encore plus souvent seul. Il avait une tête de solitaire.

Elle ne savait pas au juste pourquoi elle l'avait choisi. C'était sûrement par défaut. Elle l'aimait mieux que tous les autres cette année-là, et voilà. C'était compliqué. Elle avait beau aimer la compagnie des garçons, dès qu'ils tentaient une approche physique elle fuyait. Une peur étrange, qu'elle aurait réussi à vaincre avec Nick, elle en était sûre. Nick, c'était autre chose. Elle pensait parfois à l'embrasser, se souvenait des gloussements nerveux d'Anita, qui parlait langue, technique, frissons, et puis retrouvait son sérieux et prenait une mine rêveuse – que de la pose. Lui semblait moins poseur qu'un autre.

Elle ne lui avait jamais parlé, elle avait déjà galéré pour savoir son nom. Ça n'irait pas loin cette histoire.

Il était sûrement trop bien pour elle.

Elle fit semblant de se concentrer sur le cours, griffonna un troisième « *Amy loves Nick* » sur sa trousse, en se demandant pourquoi au juste elle était ridicule à ce point. Elle savait bien que ce n'était pas ça, l'amour. Pas la peine de chanter « Over the Rainbow » en s'extasiant, hein. L'amour, c'était une chose haïssable et difficile. L'amour faisait souffrir. Après avoir fait battre votre cœur comme un fou, l'amour se décomposait et vous le regardiez vous échapper impuissant, le cadavre de votre bel amour. Deux personnes qui se demandaient ce qu'un jour elles avaient bien pu se trouver et se regardaient en chiens de faïence au petit déjeuner, gênées par la présence de l'autre, son odeur, incapables de se toucher et prêtes à se bondir dessus au moindre prétexte. Elle ne savait plus où elle avait lu cette phrase. Elle avait un peu de mal à croire que ses parents s'étaient aimés comme des fous – qui pourrait aimer sa mère de la sorte ? –, mais c'était comme ça que ça se terminait pour eux, elle le voyait bien : sa mère était agacée et irritée par son père et lui était las et se sentait coupable d'être las. En tout cas, c'est ce qu'elle l'entendait dire au téléphone (elle ne savait pas à qui).

Et les chansons qu'elle écoutait ne disaient pas autre chose : c'était sans arrêt douleur, souffrance, trahison.

Mais elles parlaient aussi de cœur qui palpite, de sexe, d'amour fou.

Elle lisait *Kenny aime Junie*, une histoire d'amour entre adolescents. C'était ce qu'elle voulait, de la romance. Elle n'avait pas envie de souffrir, mais elle avait l'impression de déjà souffrir et sans rien vivre d'intéressant, alors...

Dire qu'elle n'avait jamais eu le cœur qui batte fort pour un garçon. Elle ne savait même pas ce que c'était, désirer quelqu'un. Si personne, jamais, ne tombait amoureux d'elle ? Si à force d'attendre, elle ne faisait jamais l'amour ? Elle avait peur mais jura de se faire un garçon, Nick ou un autre, avant la fin du premier mois d'école, juste pour voir comment ça faisait. Mais sans jamais laisser les sentiments gâcher une saine expérience sensuelle de jeune préadolescente. Et puis elle se dit qu'elle avait surtout envie d'être éperdument amoureuse.

À côté d'elle, Anita prenait des notes.

Être amoureux, c'est quitter ses amis. À la sortie de l'école, elle traîna vaguement dans le quartier, car elle pensait qu'il valait mieux attendre la nuit tombée, et vers 17 heures, heure à laquelle elle pensait bien qu'il allait être rentré, elle suivit le chemin que lui avait indiqué Anita. Le White Swan n'était pas si près que ça de l'école, mais elle le connaissait car c'était un pub plein d'étudiants, dans lequel elle s'imaginait bien aller boire la nuit plus tard, quand elle serait plus vieille, plus sexy. En marchant, elle chantonnait

« Follow the Yellow Brick Road », pour rigoler. Elle n'allait pas voir le Magicien d'Oz.

C'était la première fois qu'elle faisait ce chemin de nuit. Le quartier devenait un poil glauque, sa mère lui aurait interdit d'y aller. Mais ça... c'était son problème. Sa mère se plaignait tout le temps : sa chambre était mal rangée, elle écoutait des chansons un peu hardcore pour son âge, pas question de faire ci, de faire ça, et non, ça tu n'as pas l'âge, et d'ailleurs elle avait réussi à lui transmettre ses angoisses. Elle avait peur que sa fille grandisse ? Eh bien Amy aussi... Elle avait même un peu peur qu'on voie ses seins, et ça c'était de la faute de sa mère. Il fallait qu'elle comprenne, et elle comprendrait. Amy ne pouvait pas rentrer dans son jeu sinon elle finirait comme elle, inquiète, cocue et malheureuse.

Elle regardait tout, avait envie de tout visiter. Elle entra finalement dans une épicerie, et chercha quelque chose à acheter pendant que le type derrière la caisse lisait son journal en levant de temps en temps les yeux pour vérifier qu'elle ne piquait rien. Elle se sentait rougir intérieurement d'être presque prise pour une voleuse. Évidemment qu'elle n'avait pas d'argent. Elle parcourut deux ou trois magazines, puis les coups d'œil suspicieux du propriétaire l'irritèrent assez pour qu'elle se casse en claquant la porte. Les gens étaient cinglés. Quand deux mètres plus haut elle fit coucou à un petit chien, sa propriétaire, une vieille coriace, lui jeta un regard de traviole à lui donner envie de changer de trottoir. La bonne femme avait dû la prendre pour une racaille voleuse de chiens. Avec son uniforme, c'est vrai qu'elle avait tout à fait le look.

Elle finit de remonter la rue, et se posta devant le White Swan, jusqu'à ce que les regards curieux des consommateurs qui buvaient leur bière sur le trottoir ne l'en chassent. Elle maugréa. Quand trouverait-elle sa place ? Elle était curieuse de ce monde-là, le monde des adultes. Mais c'était le regard insistant d'un jeune homme blond qui l'avait décidée à partir, un regard pas malveillant, non, mais un regard intrusif, qui détaillait ses formes, essayait de le faire en tout cas, et lui avait fait peur. Il était beaucoup plus vieux qu'elle, peut-être dix-neuf ans, il buvait seul.

Elle prit la rue à droite. Son cœur battait fort. Elle aurait dû être rentrée depuis longtemps maintenant. Qu'allait dire sa mère ? Pourvu qu'elle n'ait pas appelé, que son frère ne l'ait pas dénoncée. Et que Nick soit à la maison, lui. L'absurde de la situation la frappait de plein fouet, là, maintenant qu'elle allait devoir se demander que faire devant sa maison – chouette maison, d'ailleurs. Bon standing. Mais que faire, à part se tourner les pouces ? Attendre quoi ? Un signe de Dieu ? Un miracle ? Qu'il sorte, lui dise : « Oh Amy, je rêvais de cet instant depuis des mois » ? Les fenêtres étaient éclairées, mais bien sûr il n'y avait rien à voir. Ou alors il aurait fallu s'approcher vraiment près. Et si ça se trouve sa chambre était en haut, la plupart du temps c'est comme ça, les chambres en haut. Et les chambres en haut étaient éteintes. Elle s'installa sur le trottoir d'en face. Elle n'avait aucune envie de rentrer chez elle.

Elle pourrait peut-être écrire un poème et ensuite aller lui chanter une sérénade. Ça se fait, chez les amoureux transis. Un mec qui lui écrirait un poème... Il faudrait vraiment qu'il soit très moche et très con pour qu'elle dise non.

Elle rit toute seule, mais commença quand même à penser à des phrases. Des phrases dépourvues du prénom Nick. C'était un poème adressé à un inconnu, en quelque sorte.

Elle était un peu exaltée ? Normal. Et pour une fois, elle pourrait dire à Alex que ce n'était pas la faute des hormones. Ce n'était pas tant la présence éventuelle de Nick à dix mètres que la liberté qui l'exaltait. La liberté, bordel.

D'habitude, elle allait toujours quelque part, et avec quelqu'un. Ces purs instants de liberté la changeaient. Ils lui ouvraient des horizons. Et c'est en ouvrant des horizons qu'on écrit des poèmes.

Elle était bien, franchement. À l'abri du vent, pas au chaud, mais presque. Elle était assise en face de chez Nick, sur les marches d'un bâtiment public quelconque, déserté depuis longtemps par des fonctionnaires rentrés chez eux à l'heure réglementaire ; il y avait juste ce qu'il fallait de bruit dans la rue, pas beaucoup de voitures. Elle ne regrettait pas d'être venue. Elle sortit son carnet de cours pour noter les phrases qui lui venaient.

« Hello. »

Le garçon vint d'autorité s'asseoir près d'elle. Elle répondit par un petit salut en se demandant comment réagir devant cette invasion de son espace personnel. Elle ferma son carnet. Il avait plus l'air chez lui qu'elle, alors pouvait-on vraiment parler d'invasion et d'espace personnel ?

« Je viens m'abriter du vent pour rouler, dit-il, je ne viens pas t'emmerder. »

Elle lui jeta un coup d'œil à la dérobée, alors qu'il sortait un paquet de cigarettes de sa poche. Il était noir, habillé en jean et sweat-shirt, exactement comme elle s'habillerait tous les jours s'il n'y avait pas école, avec quelques années de plus. Il n'allait pas à son école, ou alors elle ne l'avait pas remarqué. Il lui proposa une cigarette.

« Je ne fume pas, dit-elle, en espérant y mettre ce qu'il fallait de crânerie pour rester cool tout en avouant quelque chose de manifestement pas cool.

– Ben commence pas alors. Tu habites le quartier ? Tu vas à l'école dans le coin ? C'est la première fois que je te vois ici.

– C'est la première fois que je viens, répondit Amy. Je vais à une école un peu plus loin, Sylvia Young.

– Elle a l'air cool cette école, dit-il. C'est pour les petits génies, c'est ça. Les petits Mozarts.

– Non. Il y a quelques tordus super précoces, mais pas tant que ça.

– Jack.

– Amy.

– Tu t'es retrouvée là comment ? C'est une école super chère.

– J'ai passé une audition. J'adore les concours de talents débiles... En vacances l'année dernière, à Chypre, je suis montée sur scène, j'ai fait une chanson, et ma mère a bien voulu que je postule. Après, j'ai eu une bourse. Et voilà. Je suis là.

– Et tu n'as pas des devoirs à faire ? Des titres de *Fame* à répéter ? »

Elle détestait cette supériorité qu'affichaient les gens plus âgés quand ils se jugeaient inférieurs pour une raison ou une autre.

« Je les ferai plus tard, dit-elle en haussant les épaules. Et ce n'est pas *Fame*.

– Tu as quel âge ?

– Quatorze ans.

– Moi seize. Et qu'est-ce qui fait qu'une jeune fille de quatorze ans se retrouve ici, alors ? »

Il se moquait d'elle. Il avait dû lire dans ses yeux qu'elle n'avait en fait que douze ans. Ça se voyait, quand elle mentait. Sa mère le lui avait dit des dizaines de fois. Tant pis. Elle le trouvait plutôt cool, et elle continuait à vouloir l'impressionner.

« J'écris une pièce de théâtre, dit Amy. C'est l'histoire d'une fille qui tombe amoureuse d'un garçon et va voir où il habite en sachant qu'il ne l'aimera jamais.

– La vache… Tu en veux ? »

Amy tira une bouffée du joint et se mit à tousser lamentablement. À chaque fois c'était pareil.

« Oui, la vache. Et donc je me mets dans la peau de la fille qui va voir où habite le garçon. J'essaie de voir ce qu'elle ressentirait, comme ça, esseulée. »

Il ne la croyait qu'à moitié. Il se demandait si elle n'était pas une psychopathe, lui aussi, si ce n'était pas lui le garçon en question. Si elle ne l'avait pas, en fait, repéré depuis très longtemps et s'asseyait là juste dans l'espoir d'enfin lui parler…

« Et elle ressentirait quoi ?

– Du dépit. De la tristesse… Et puis elle se sentirait libre, aussi, peut-être. Le garçon… le garçon, lui, serait gêné. Imagine que tu découvres qu'une fille t'attend, comme ça… hein ? » Elle le regarda bien dans les yeux, comme pour dire : je sais que tu as pensé que je parlais de toi, loser, alors qu'en fait pas du tout.

« J'aimerais bien, mais je ne me sens pas très concerné, dit l'inconnu. Je n'habite plus ici. J'ai déménagé il y a un an. Je viens encore ici pour fumer tranquillement, et parce que j'y ai des bons souvenirs. Alors, ils se rencontrent ?

– Oui, inventa Amy. Ils se rencontrent mais il fait semblant de ne pas la voir.

– Ah. »

Il fumait, la conversation languissait. Elle relança : « Pourquoi tu as déménagé ?

– Si je te raconte, je serai dans la pièce ? » Il a haussé les épaules.

« Oui, peut-être, ça dépend.

– Il faut que ce soit suffisamment dramatique ? »

Tout d'un coup elle eut peur de ce qu'il allait dire : peut-être que ses parents s'étaient retrouvés au chômage ou qu'ils étaient morts, ou… elle ne savait pas.

« Non, pas forcément. Il y a suffisamment de choses tristes comme ça dans cette pièce, je te rassure. Dis-moi.

– Mes parents se sont séparés, dit l'inconnu. Tu vois, c'est à la fois dramatique et pas vraiment, ça arrive à tout le monde. Je ne vois plus mon père, ça, par contre, c'est un peu dramatique.

– Moi aussi, mes parents se sont séparés. Je vis à East Finchley maintenant, avec ma mère. À côté du cinéma Phoenix. Mais je vois toujours mon père. »

Sa tête tournait un peu, elle butait sur les mots. C'était agréable.

« De toute façon j'ai changé de vie. J'ai arrêté l'école, j'ai un boulot. Quand j'ai fini je viens ici, parfois, parce que c'était bien. C'était surtout beaucoup plus facile.

– C'est quoi ton boulot ?

– Livreur.

– Je n'aime pas trop l'école non plus, même si c'est plutôt sympa. Je voudrais être comédienne. Je joue déjà dans des pièces de théâtre. Je chante, aussi. »

Il ne lui demanda pas de chanter.

« Moi, j'ai un groupe de rap, dit-il. J'aime Mos Def. Busta Rhymes.

– C'est cool. Pas facile, la diction, hein ? Parler distinctement, au bon rythme, et avec le ton. Je travaille ça sans arrêt au théâtre.

– En plus il faut que ça ait l'air naturel.

– Moi, naturellement, je surjoue, pour compenser ma timidité. J'essaie de bosser là-dessus. Je voudrais vraiment y arriver. Hé, tu sais quoi, tu pourrais venir voir la pièce dans laquelle je joue le mois prochain. Et j'irai voir ton groupe.

– On ne fait pas vraiment de concerts, encore. »

Amy voyait qu'il commençait à en avoir marre. Il devait la trouver entreprenante, elle était juste défoncée.

À cet instant, Nick sortit de la maison d'en face. Il ouvrit la porte, la ferma à clé, et, les poings enfoncés dans les poches de son blouson, fila vers un destin meilleur. Si Amy n'était pas déjà occupée à parler avec l'inconnu, elle aurait tenu le moment miraculeux qu'elle réclamait. Il lui aurait suffi de traverser la rue, de lui dire bonjour. Il se serait arrêté, car il la connaissait tout de même de vue, ils auraient discuté, et ensuite, qui sait. Elle porta la main à sa bouche, écœurée par tant de chance et de malchance cumulées, et eut comme une sensation de fourmis dans les jambes. Elle pensait à ce qu'elle avait lâché pour mener cette conversation banale et étrange avec un inconnu. Elle lui jeta un coup d'œil en douce. Il était beau, en plus. Hé hé.

Elle était volage, donc.

4.

D'OÙ TENEZ-VOUS CETTE VOIX EXTRAORDINAIRE ?

Naturellement, elle n'est pas comme tout le monde, c'est ça qu'elle veut dire avec son petit tatouage. Janis servit une tasse de thé, puis deux, puis mit deux toasts à griller, pas trois car elle ne s'attendait pas à ce qu'Amy descende tout de suite.

C'était une enfant si adorable. Avec ses petites crises de gamine, et timide, mais globalement facile, très drôle, et maintenant on ne pouvait plus lui faire entendre raison. D'un autre côté, mieux valait une crise d'adolescence maintenant, ça lui éviterait peut-être de péter les plombs soudain à quarante ans, comme son père.

Elle aussi trouvait qu'elle n'était pas comme tout le monde à son âge.

« Amy ! »

C'était la deuxième fois qu'elle appelait, pour le même résultat nul, personne en bas, pas de réponse en haut. Janis soupira. Elle savait bien ce qui clochait, Amy ne voulait pas croiser son père. Janis se réjouissait secrètement de voir que pour une fois c'était Mitch qui avait des problèmes avec elle, après lui qu'elle en avait. Mais il fallait bien aller voir sa grand-mère, elle n'y couperait pas.

« Amy, je rentre. »

La chambre était plongée dans l'obscurité, sa fille pelotonnée sous ses couvertures. Ça sentait l'herbe. Janis alla ouvrir les rideaux.

Grognement sous la couette.

« N'ouvre pas la fenêtre, gémit Amy, s'il te plaît, s'il te plaît.

– Ça pue. »

Elle ouvrit puis lui dit de descendre d'un ton sans appel, rappela qu'elle avait promis, que c'était prévu depuis longtemps, essaya d'ignorer le fait qu'il s'était indubitablement passé quelque chose depuis et puis termina par un hasardeux : « Ton père ne va pas te faire un scandale à l'hôpital, Amy. »

Tout en sachant que la mauvaise foi n'échappait pas aux gosses.

« J'ai prévu d'aller chez Juliette à midi, dit-elle. J'irai voir Cynthia après les cours demain ou mardi. »

Janis soupira. Elle non plus n'avait aucune envie de voir Mitch, mais annuler sous un prétexte quelconque était strictement impossible : Mitch le prendrait comme une déclaration de guerre, et ils s'entendaient trop bien en ce moment pour qu'elle coure le risque de tout gâcher. Les problèmes de leurs enfants adolescents, voilà ce qui les liait désormais, et ça fonctionnait bien. Sauf quand Mitch lui reprochait de ne pas avoir d'autorité sur sa fille : il fallait donc que sa fille vienne absolument, sa propre fierté était en jeu.

« Tu as promis. »

Amy était sensible à ce type d'argument. C'était une fille qui savait très bien faire la différence entre le bien et le mal, et qui tenait parole.

« Je préfère la voir toute seule », répondit-elle sous les couvertures.

La lumière maussade d'un autre jour de pluie avait envahi la chambre. Et un froid piquant.

« Pourquoi papa doit-il être là ? plaida-t-elle.

– Parce qu'il va la voir tous les jours », répondit Janis.

Amy grogna.

« Dis-moi que tu l'empêcheras de m'engueuler devant Cynthia.

– Je ferai le maximum », promit Janis, qui n'avait pas l'intention de bouger le petit doigt, attendu qu'en l'occurrence elle était parfaitement d'accord avec Mitch. Elle avait toujours trouvé les tatouages obscènes et agressifs sur une femme : à ses yeux, même Betty Boop, c'était agressif. Pourquoi sa fille tenait-elle à changer le corps qu'elle avait mis au monde, c'était aussi la question qu'elle se posait sans pouvoir en parler à Amy car ç'aurait été lui dire en quelque sorte « tu ne serais rien sans moi », et elle savait qu'aucune adolescente n'avait envie qu'on lui mette sous le nez le lien qu'elle avait pour toujours avec sa mère. Elle avait peur de ce qu'Amy répondrait, par ailleurs.

Elle avait prévenu Mitch dès qu'Amy lui avait montré le tatouage. Il avait appelé sa fille immédiatement et, même si Janis ne connaissait pas la teneur exacte de leur conversation, elle avait bien compris au comportement d'Amy ensuite – agressif, silencieux, renfrogné – qu'il s'était chargé de prononcer des mots qu'elle n'avait pas osé prononcer pour sa part. Mitch ne lui en avait pas davantage parlé : au téléphone, la veille, il s'était contenté de lui rappeler qu'elle, Alex et Amy étaient attendus à l'hôpital aujourd'hui. Janis aussi avait évité le sujet parce qu'elle s'attendait à de nouveaux reproches. Et pourquoi n'as-tu pas empêché ta fille de faire cette connerie, et pourquoi es-tu incapable de la contrôler, etc. ?

Alors qu'il était impossible de la contrôler. Amy fuyait la maison pour aller on ne sait où, fuyait l'école... Janis avait encore reçu un mot la prévenant que sa fille avait séché les cours et se disait que sa fille en profitait pour fumer des pétards – pas dans la rue, espérait-elle – ou se faire sauter par son nouveau petit ami. Et elle était fatiguée. Mais Amy s'en foutait, Amy avait ses propres problèmes.

« Prépare-toi. Tu ne vas pas décevoir ta grand-mère.

– Mais elle rentre mardi ! Je n'aurai qu'à aller la voir mardi ! »

Janis s'impatientait. Amy finirait par venir, elles le savaient très bien toutes les deux. Elle avait été désolée, presque paniquée d'apprendre que Cynthia devait subir une nouvelle opération du genou, et sa grand-mère ne comprendrait pas son absence. Elle serait déçue et peinée, ce qu'Amy souhaitait éviter par-dessus tout.

« Si tu me protèges de papa. Il me court avec ses conseils, qu'est-ce que ça peut lui faire que je me fasse un tatouage, toi ça ne t'emmerde pas, pourquoi lui ça l'emmerde ? »

Janis ne dit rien.

« Et sa femme va être là. »

Amy avait parlé de Jane comme sa femme uniquement pour lui faire mal. Et ça lui faisait certainement mal à elle aussi.

« Je ne crois pas, pourquoi serait-elle là ?

– Pour nous emmerder ?

– Habille-toi, on n'en parle plus. Il y a des toasts en bas. »

Elle entendait Alex faire les cent pas en bas en les attendant.

Amy ne voulut rien manger.

Un quart d'heure plus tard, ils étaient dans le métro. La conversation roulait sur le chat (qui n'était pas revenu depuis deux jours) et Amy faisait la gueule en tripotant son écharpe d'un air mélancolique. « Je déteste les hôpitaux », maugréa-t-elle.

On était dimanche, et l'hôpital était plein de visiteurs. Des familles, des gens qui avaient tous au minimum le cœur serré. Amy détournait le regard. Elles en avaient déjà parlé, à l'occasion de la première opération de Cynthia il y avait de cela bientôt un an, Amy trouvait obscène de voir la souffrance des autres sans rien pouvoir faire. « Tu n'as qu'à devenir médecin », avait répliqué son frère, que cette souffrance touchait aussi beaucoup mais pour qui c'était un mal obligé, pas plus, pas moins. Amy avait levé les yeux au ciel. « Comme si j'avais le cerveau nécessaire. Comme si j'avais la patience. En plus, l'intérieur du corps humain me dégoûte. »

Janis connaissait les lieux. Elle était aussi allée voir sa tante ici, et bien sûr Sally. Depuis, sa tante était morte dans une autre aile de ce même hôpital, et Sally, une fois guérie, avait divorcé et déménagé. Ses deux enfants ignoraient ces deux épisodes, ils étaient trop jeunes à l'époque, mais Alex serra fort la main de sa mère en approchant de la chambre.

Amy ne pensait qu'à elle, et à sa grand-mère, à leurs souffrances à elles deux. Pas Alex, il devinait instinctivement ce genre de choses. Les gosses en savaient toujours plus qu'on ne leur disait. Mais peut-être ne pensait-il pas à sa grand-tante, qu'il avait si peu connue, juste à la possibilité de croiser la nouvelle femme de son père et à la souffrance qu'il imaginait que cela causerait à sa mère. Cela ne lui en causerait aucune. Plus maintenant. Janis soupira. Elle était la seule à penser à sa tante morte.

Amy marchait l'air maussade, les mains dans les poches, son petit sac de soirée ballottant sur ses hanches. Quelle idée de prendre pour aller à l'hôpital ce sac à paillettes violet... mais elle ne le quittait plus depuis qu'elle avait réussi à se le faire offrir par Alex pour son anniversaire la semaine précédente. Vingt livres. Ce truc coûtait vingt livres.

Ils croisaient des infirmières à intervalles réguliers, dont une avenante qu'Alex regarda avec insistance. Janis faillit lui donner une petite tape, comme s'il s'était agi de son mari.

Janis frappa à la porte et entra la première, Amy planquée derrière pour éviter son père. Il n'était pas là. Cynthia était seule, elle lisait un magazine, au fond de son lit, la jambe légèrement surélevée, un foulard multicolore noué dans les cheveux. Elle leva la tête, et leur fit un sourire rayonnant, surtout à Amy bien sûr. Cynthia et Amy s'adoraient. Janis, elle, eut droit au sourire de convenance habituel, celui qu'on adresse à la femme qui vous a volé votre fils, c'est bien ça ? Et n'a pas été capable de le satisfaire. L'ex.

« Alors, comment allez-vous ? »

Cynthia répondit sans la regarder. « Merci pour les chocolats, c'est adorable. Ça va. Ça ira. Je ne marche pas encore terriblement bien, j'ai encore de la rééducation, et après... Après il faudra bien que je marche, de toute façon.

– Ils te renvoient chez toi comme ça ? s'inquiéta Amy. C'est dégueulasse !

– Oh, c'est ce qui est prévu. Mais j'ai aussi des examens à faire. » Elle leva les yeux au ciel, une manie qu'Amy lui avait prise.

– Quels examens ?

– Des trucs de routine, chérie.

– Mitch n'est pas là ? demanda Janis l'air de ne pas y toucher.

– Ils sont partis à la cafétéria boire un café. » Amy se renfrogna. Elle n'avait pas relevé le « ils », que sa grand-mère avait avalé le plus possible.

« Tiens, ma petite, tu vas m'emmener faire un tour.

– C'est raisonnable ? s'enquit Janis.

– Mais oui. Ma petite-fille va bien m'empêcher de tomber. Tu me passes mon gilet et mes béquilles, et on y va. »

Amy lui prit le bras : « Tirons-nous de cet endroit sinistre, Cynthia. Si tu veux, on s'enfuit. »

Janis trouvait toujours un peu bizarre qu'Amy ne l'appelle pas mamie ou grand-maman ou allez savoir quoi, mais Cynthia, comme une personne qui n'appartiendrait pas à la famille.

« Je ne pourrais pas et ce n'est pas dans mon intérêt, ma grande, mais on va déjà aller faire un tour dans le jardin. L'air frais me manque. »

Cynthia avait toujours vécu avec un jardin à proximité.

« On va vous accompagner, dit Janis.

– Non, c'est notre petit moment à toutes les deux. On se retrouve à la cafétéria dans un quart d'heure, mes chéris. Je vais aller me promener avec ma petite-fille, je suis sûre qu'elle a des tas de choses à me raconter. »

Elle parlait comme une poule des années 1940, jusque dans les intonations. En son temps, c'était une vraie starlette, elle avait toute la panoplie, petit chemisier, jupe crayon et manteau de fourrure. Amy avait adoré voir les photos de cette époque.

Cynthia prit ses béquilles et se leva assez péniblement.

Ses années folles étaient loin.

Mais comme elle disait parfois, « quand je me retourne j'ai mon futur devant moi ».

Amy avait un peu peur qu'elle tombe. Bien sûr que son genou était faible, et Amy pensait qu'elle avait mal même si elle jurait le contraire. Son visage était un peu crispé parfois. Elle appela l'ascenseur, pria pour qu'elles ne soient pas obligées de passer devant la cafétéria.

La conversation était plus difficile que d'habitude. Elle n'avait jamais considéré sa grand-mère comme une personne âgée, plutôt comme une chanteuse glamour qui avait fait tourner toutes les têtes à vingt-cinq ans. La voir dans un hôpital, au milieu d'autres personnes âgées, lui faisait prendre une conscience inquiète de sa fragilité réelle, et du fait que la vie était tout de même courte, même si Cynthia avait juste un problème au genou.

« Ne me regarde pas comme ça, grogna Cynthia. Je vais y arriver, dans ce jardin ! Je ne suis pas impotente, bon Dieu.

– Tant que tu blasphèmes tout va bien », rigola Amy. Elle haussa les épaules. « Ne t'en fais pas, je ne m'inquiète pas, je sais bien que dans une semaine tu vas gambader comme un lapin ! » Elle baissa la voix. « Le problème, en fait, c'est avec papa. Il est de bonne humeur ?

– Tu vas me forcer à jurer encore. Je sais ce que tu vas me dire, jeune fille. Ton père m'a tenue au courant.

– Pour le tatouage ? soupira Amy, les yeux dans le vague.

– Oui, dit Cynthia. Mais surtout tu fais l'école buissonnière, paraît-il. La prochaine fois viens voir ta grand-mère, si tu n'as pas envie d'aller à l'école ! Tu n'as quand même pas dix petits amis à satisfaire. »

Écoutez-moi ça.

Amy sourit. « C'est pas marrant, cette école. Que des filles... Je préférais l'école Sylvia Young. Mais bien sûr, ils n'ont pas voulu de moi. »

Une petite vieille passa en fauteuil roulant, conduite par deux infirmières qui discutaient. À chacun de leurs pas, les béquilles de Cynthia claquaient sur le sol impeccable. Amy détestait ce bruit.

« Tu étais assez bonne, tu le sais bien. Tu ne voulais pas travailler, tu préférais te faire des piercings. »

Amy rit de bon cœur.

« Toi, tu ne trouves pas ça grave, le tatouage ? J'en étais sûre. Mes parents font des histoires pour un rien.

– Ne détourne pas la conversation », protesta sa grand-mère d'un ton amusé. Pourtant elle continua sur le même sujet. « Ton père m'a expliqué que tu étais rentré toute fière de toi, “Regarde, maman, je me suis fait tatouer”... tatouer quoi déjà ?

– Betty Boop. Dans une pose classique. Avec une mini-jupe. Je te montre si tu veux. Si tu me dis où se trouve la cafétéria, que j'observe un périmètre de sécurité autour.

– C'est dans le coin. À vrai dire je ne sais pas trop, je n'y suis jamais allée, dit Cynthia. J'ai un room service, moi, tu imagines bien.

– C'est comment ?

– Le chef n'a pas changé depuis la dernière fois... Jardinière de légumes, bœuf trop cuit. Mais je peux m'estimer heureuse, car je peux encore manger. Tu sais ce que je pense, quand je vois tous ces gens âgés ? On devrait pouvoir s'arrêter de vieillir, à un moment donné. Le corps atteindrait un certain seuil de vieillesse et de déglingue et ne le dépasserait pas, après quoi on continuerait à vivre à ce stade de vieillesse. Ils n'existeraient pas, tous ces vieux qui perdent la tête et l'usage de leurs jambes, et doivent appeler une infirmière pour qu'elle les aide à pisser. »

Ce seuil existait déjà, se disait Amy. Les gens mouraient.

« On n'aurait pas à les regarder, déjà. C'est vrai qu'ils ne sont pas beaux à voir », dit Cynthia en ricanant presque.

Amy ne répondit pas. Les histoires de vieux la terrifiaient, et bordel, elle n'était pas venue ici pour entendre ce genre de réflexions déprimantes. Elle était là pour remonter le moral de sa grand-mère, sa grand-mère n'était pas là pour le lui démolir. Elle aurait préféré continuer à parler du tatouage, finalement, et ne sachant quel autre sujet aborder elle le remit sur le tapis tandis que Cynthia lui expliquait : « Amy, je suis contente de te voir, il n'y a qu'à toi que je peux dire ce genre de choses ». « Ce n'était pas pour provoquer maman que j'ai fait ça, dit-elle. Je voulais juste un tatouage.

– Et lui montrer à qui elle a affaire, sourit sa grand-mère. Voilà, pour le jardin, il suffit de passer par là. »

Amy ne dit rien. Elle avait remarqué. C'était indiqué partout, et à chaque panneau elle crevait d'envie d'être déjà dehors.

Le parc était très spacieux, parsemé de jeunes et de vieux qui se baladaient plus ou moins péniblement. On voyait quelques fauteuils roulants, souvent à l'arrêt, comme si c'était encore trop dur. Amy sentit un petit sanglot monter dans sa gorge et se retint à temps.

Le ciel était gris, Amy se demanda si son gilet suffirait à protéger Cynthia, mais elle n'avait pas l'air de souffrir du froid. Sa grand-mère, c'était une guerrière.

« Il n'y a qu'à aller sur ce banc. C'est dur, les béquilles, quand on n'a pas l'habitude. »

Amy baissa un peu son jean pour lui montrer son tatouage. Elle frissonnait. Mais ça devait faire partie de la punition, se les geler en exhibant son forfait. Elle voulait bien accepter ça, étrangement.

« Tu ne le regretteras pas ?

– Il est vachement joli, tout le monde me fait des histoires pour un tatouage vachement joli, tu t'en rends compte ? Où est le problème ? On fait des trucs définitifs très souvent, non ? Il n'y a pas que moi. » Sa grand-mère acquiesçait sans mot dire. Amy n'aurait su dire ce qu'elle pensait exactement. « De toute façon, je ne le vois même pas... En fait c'est un défi qu'on s'est lancé, avec Juliette, et tu sais comme je suis stupide. Quand on me dit "t'es pas cap", ça m'énerve tellement que je ferais n'importe quoi.

– Et elle, elle s'est fait tatouer ?

– Non. Les défis, il n'y a que moi qui les relève. C'est elle qui les trouve, c'est moi qui les fais. Tu te souviens quand on était en primaire. C'était pareil, avec des trucs certes plus cons mais moins... indélébiles. »

Elles s'étaient installées sur un banc, en face d'une allée valeureusement arpentée par des petits vieux tout cassés. C'était le coin des vieux. Génial. Amy essayait de ne pas les regarder.

« Tu m'as apporté ce dont on était convenues ? Pardon, ce que je t'avais mis au défi de faire ? »

Amy sortit de son sac le paquet de cigarettes.

« Tu peux remercier le père de Juliette.

– Merci. Je t'adore, petite. »

Cynthia et Amy en allumèrent une chacune. Cynthia savourait.

« Ne t'imagine pas que je te soutienne dans ton envie de fumer, hein, dit la grand-mère. Mais une vieille comme moi, si je ne peux pas fumer de temps en temps... Si je ne le fais pas à mon âge, quand est-ce que je le ferai ? »

Amy ne disait rien. Elle regardait la fumée s'envoler vers les nuages.

« Et ce type, là, dont tu m'as parlé... Justin... Il l'a vu, ce tatouage "Betty Boop" ?

– Je te trouve bien curieuse... Tu ne crains plus rien maintenant que tu as eu ce que tu voulais ! »

Cynthia gloussa – Amy adorait son rire – et son gloussement se transforma en petite quinte de toux.

« C'est prévu pour la semaine prochaine. On a choisi le jour, même. C'est d'un romantisme. »

Amy leva les yeux au ciel et eut une moue sarcastique. En fait, elle était ravie qu'ils aient enfin trouvé un jour, même si, question romantisme, c'est vrai qu'on pouvait mieux faire. C'était une petite chose précieuse qu'elle avait rangée dans un coin de sa tête et qu'elle attendait avec impatience.

« Je sais comment c'est... il faut s'arranger, prévoir un jour où les parents ne seront pas là, dit Cynthia. Il est gentil ? C'est important qu'il soit gentil. »

Amy ne savait pas trop quoi répondre. Elle n'était pas en papier de soie !

« Je l'aime beaucoup », avança-t-elle d'un ton hésitant. Elle ne l'aimait pas tant que ça. Elle se serait expliquée, mais elle eut la sensation que Cynthia ne tenait pas spécialement à en parler, car celle-ci profita du passage d'une petite vieille pour l'alpaguer : « Bonjour ! »

Il s'avéra que c'était une connaissance, l'occupante d'une chambre voisine supposa Amy, qui visitait le jardin avec son fils. Elle était toute ridée, toute souriante, et sa permanente avait viré au bleu. Le fils était un brave type de quarante ans avec un début de brioche. Il reluqua Amy, qui lui renvoya un regard noir.

Cynthia présenta Amy, Annie présenta Paul. Amy lui serra la main du bout des doigts. Encore un putain de porc.

Afin de s'éloigner, elle prétexta la recherche d'une poubelle où jeter les mégots. Annie était tellement vieille ! Et son fils tellement moche.

Elle dépassa les vieux, arriva dans une clairière où deux femmes enceintes étaient assises avec leur mari les yeux pleins d'étoiles. Ça sentait l'aile maternité à plein nez. Amy déposa les mégots dans une poubelle à côté d'une femme énorme, et la proximité de la naissance et de la vieillesse la fit flipper d'un coup. Elle retourna chez les vieux en faisant la grimace. Elle venait de sentir quelques gouttes sur ses cheveux. La pluie, en plus. Elle allait encore friser, putain... D'un autre côté, c'était parfait. Elles allaient rentrer. Même si ça signifiait qu'Amy devrait affronter son père ; de toute façon, il était inutile de repousser, se dit-elle, fataliste. Surtout si c'était sous la flotte.

Leur quart d'heure de solitude était largement écoulé.

Tandis qu'Annie et son fils s'éloignaient, elle se pencha vers Amy. « Et as-tu apporté l'autre chose indispensable dont nous avions parlé ? »

Amy sortit des chewing-gums au citron de son sac. Effectivement indispensables.

« Elle a quoi comme maladie, Annie ?

– Je ne sais pas bien, dit Cynthia. Plusieurs choses en même temps. Jamais rien de grave. Enfin, à chaque fois, elle dit que c'est une broutille, mais j'ai l'impression qu'elle ne quitte plus beaucoup l'hôpital. Elle était déjà là l'année dernière quand je me suis fait opérer soi-disant une bonne fois pour toutes.

– C'est horrible, dit Amy.

– Quoi, l'hypocondrie ? »

Avant de rire franchement, chacune vérifia que la remarque faisait sourire l'autre. « On est affreuses, constata Amy.

– J'ai toujours été affreuse, dit sa grand-mère. Ce n'est pas si mal. Tu verras. Eh. Eh, tu as oublié de me chanter une chanson, Amy.

– OK... Mais après tu me donneras une pièce, parce que chanter devant tous ces malades... j'ai l'impression d'être un clown chargé de distraire les gens dans les hôpitaux. » Sa grand-mère sourit. C'est vrai qu'elle aimait les affreux et les cyniques. « Ou alors, non, plutôt, tu chanteras mes louanges auprès de mon père, parce qu'il se trouve que moi aussi, j'ai été affreuse, apparemment.

– Je te défends toujours », argua Cynthia.

Elles s'arrêtèrent assez loin de la porte, dans un coin discret – de toute façon, le jardin s'était vidé, et Amy lança les premières notes de « Summertime ». Un choix classique. Sa grand-mère écoutait, les yeux fermés, un air de satisfaction intense se peignait sur son visage. Elle était fière. Amy était surprise de voir combien elle était fière.

En chantant, Amy songeait aux baisers fiévreux qu'elle échangeait avec Justin devant les escaliers de son lycée pour filles, un lycée qu'elle avait en horreur et qu'elle quitterait bientôt. Elle avait rencontré Justin l'été dernier. Summertime. Elle songea que penser à l'amour en chantant était une bien belle chose et l'entraînait vers des sommets. Il lui semblait chanter comme elle n'avait jamais chanté.

« Bon Dieu, lança Cynthia, d'où tiens-tu une voix aussi extraordinaire… »

Amy ne dit rien. C'était exactement ce que lui avait demandé le type qui lui avait fait passer un entretien pour entrer dans une (nouvelle) école des arts du spectacle. « D'où tenez-vous cette voix extraordinaire ? » Quelle question. Elle tenait forcément sa voix de Cynthia.

Elle ne chantait plus. Rien ne lui en donnait envie, prétendait-elle, et ce n'était pas la peine d'insister.

« Au fait, Jane est là », dit Cynthia deux secondes avant de franchir la porte de la cafétéria.

Amy détestait cette façon de procéder. Je te préviens, mais deux secondes avant. Je te dis un truc, mais tu n'as pas le temps de répondre. Il n'en avait jamais été question. Et sa pauvre maman…

Elles se retrouvèrent en face de Mitch, Jane, Janis et Alex. Janis ne faisait pas spécialement la gueule, à vrai dire ils avaient tous l'air assez gais. Comme tout le monde ici, ils se forçaient un peu.

Alex avait un croissant aux amandes devant lui, les autres buvaient du café ou du thé.

« Salut papa, dit Amy d'un ton sec en lui faisant une bise du bout des lèvres.

– Salut, jeune fille tatouée, répondit Mitch d'un ton faussement enjoué. Alors vous avez fait un bon petit tour ? Sale temps, quand même.

– Bonjour Jane, continuait Amy. Qu'est-ce qu'ils servent de bon ici ? Le café est buvable ?

– Comment vas-tu ? » s'exclama Jane. Elle portait une robe bleue brillante d'une laideur irréelle. Son père était en costume. Ils allaient sûrement quelque part après.

« Ça va. Jolie robe. »
Alex s'étouffa un peu sur son croissant.
« J'adore ton petit sac, dit Jane. C'est très joli. »
Amy la remercia, écœurée.

Le bruit de la pluie qui s'écrasait maintenant en grosses gouttes sur les vitres était dominé par le brouhaha des conversations. Les cafétérias des hôpitaux étaient aussi bruyantes que le McDo, constata Amy, mais la bouffe avait l'air nettement moins bonne.

Son père ne lui laissa pas le temps de s'asseoir. « Viens avec moi, on va te chercher un café.

– Je n'ai pas soif...

– Ça ne se fait pas, de ne pas consommer, Amy. »

Inutile de protester. Elle se posta devant la vitrine pleine de gâteaux et de sandwiches, en tâchant de ne pas écouter Mitch qui la tançait à voix basse. Et ton tatouage, et tes notes, et si tu allais un peu en cours pour changer, et je suis sûr que c'est ce garçon avec qui tu traînes qui a une mauvaise influence sur toi, et ce n'est pas parce que tu veux changer d'école qu'il faut absolument te mettre tout le monde à dos dans celle-ci.

« OK, dit Amy. Ce n'est pas la faute de Justin, c'est la mienne. Je m'en fiche, d'avoir de bonnes notes. Je serai chanteuse, et si je ne suis pas chanteuse, je serai serveuse, caissière, mère au foyer, éventuellement pute puisque tu as l'air de penser que je finirai comme ça.

– Tais-toi donc, dit Mitch. Je ne penserais jamais ça de ma fille. Tu as envie d'être caissière, tu es sûre ? Tu sais que c'est un boulot harassant ?

– Alors serveuse en rollers, lança Amy d'un ton désinvolte.

– Avec ce que tu fumes, tu te casserais la gueule toutes les trois secondes. Intéresse-toi à un peu à ton avenir, Amy.

Ce n'est pas chez le tatoueur que tu vas apprendre à gagner ta vie. »

Elle avait déjà entendu ça cent fois.

« Je n'aurai qu'à travailler chez un tatoueur, persifla Amy.

Exactement ce qu'il ne fallait pas dire, mais elle en avait superbement marre... C'était moche ici, elle s'en prenait plein la gueule, il pleuvait, sa vie était pourrie, ses parents incroyablement collants, son mec n'arrêtait pas de lui demander de la thune pour s'acheter de l'herbe alors que si la vie était bien faite ça devrait être à lui de tout payer...

Soudain, elle se mit à chanter. Sa voix s'éleva au milieu de la cafétéria, monstrueuse, pure, énorme. Les gens se retournaient, une mamie bougonnait, la plupart ouvraient de grands yeux idiots tandis que s'envolaient vers eux les paroles célébrissimes de « Summertime ». Elle les avait hypnotisés. Quand elle s'arrêta, un petit garçon aux joues rouges applaudit. Personne ne l'engueula.

Mitch restait silencieux. Il ne lui avait pas même dit « Tais-toi » quand elle avait commencé. Il était fier d'elle.

La dame à la caisse leur offrit leurs cafés latte.

Amy n'avait absolument pas pensé à Justin cette fois, elle n'avait songé qu'à faire taire son père, et ça avait marché comme sur des roulettes. Et voilà le travail. La famille ne lui parlerait plus que de ça pendant le reste de la visite. C'était à se demander si la musique n'allait pas tout bonnement la sauver.

5.

LES BILLES DU MISSISSIPPI

« Je crois qu'elle s'impatiente, qu'elle en a marre de l'école, même de cette école-ci. Et puis je pense qu'elle prend très mal le fait qu'on ait diagnostiqué cette petite tumeur chez Cynthia. Il faudrait qu'elle aille voir quelqu'un. »

Depuis que Mitch était revenu s'installer à la maison, il y a un peu plus d'une semaine, ses parents n'arrêtaient pas de comploter dans son dos, dans celui d'Alex aussi pour être honnête. Elle les entendait dans la chambre d'à côté, même pas besoin d'écouter aux portes. La voix de Mitch portait.

Au début, tout en doutant qu'il reste bien longtemps – il était marié avec une autre femme, bon sang ! –, Amy était folle de joie de voir revenir son père, même sans autre explication. Mais si c'était pour qu'on discute de tous ses faits et gestes en permanence... Ce n'était pas comme avant, de toute façon. Elle était grande, ils en avaient tous bavé, elle était en fait encore surprise d'entendre son père claquer la porte le soir en rentrant du boulot. Après, il allait dans la chambre qu'elle appelait maintenant « la chambre de maman », et ils discutaient. Ils discutaient comme des maniaques, de leurs gosses, des antidépresseurs qu'avait commencé à prendre Amy, de ce qu'ils pouvaient faire pour qu'elle aille mieux, de Cynthia, et de l'enfance de Mitch.

Ils attendaient la nuit pour parler de leur relation, supposait-elle. Et puis ils faisaient l'amour. Maintenant qu'elle savait ce que c'était, le sexe, elle n'éprouvait plus ni curiosité ni envie de rire ni envie de chialer de dégoût en entendant ses parents le faire – n'empêche qu'elle avait perdu l'habitude et qu'elle se sentait toute petite en entendant sa mère geindre. Elle était contente pour eux quand même.

Elle se tritura les seins à la recherche d'une éventuelle boule cancéreuse. Non, toujours rien. Ouf. Si seulement Cynthia était là pour lui tirer les cartes... En s'habillant, Amy repensa aux pratiques de pseudo-voyance de Lester Young qu'elle avait découvertes récemment dans une biographie de Billie Holiday. Le saxophoniste, en lançant ses « billes du Mississippi », déterminait la « couleur » de la journée à venir en fonction des chiffres qui sortaient. Le 7 et le 11 étaient favorables, le 2, le 3 et le 12 attiraient le diable. Amy n'avait jamais sorti les dés. Elle se contentait des dates. Mitch était revenu le 3. Ils avaient trouvé la tumeur de Cynthia le 2 ; pourtant, elle était bénigne, tous les médecins disaient qu'elle était bénigne.

Aujourd'hui, on était le 11.

Normal, aucune boule dans son sein, et aujourd'hui lundi, c'était la journée cool : anglais et chant. Mais elle en profitait à peine parce que le lendemain c'était la journée noire. Mardi : quatre heures de maths, une de physique, l'enfer. Quelques semaines seulement s'étaient écoulées depuis la rentrée, elle prenait encore ses marques, mais elle savait déjà qu'à ce compte-là elle allait rapidement se mettre à sécher le mardi (au moins jusqu'au cours de théâtre de 15 heures). Elle ne pourrait pas s'en empêcher, ses parents ne pourraient pas non plus l'en empêcher... c'était comme ça. Ce n'était pas une histoire de flemme... enfin pas seulement. Elle avait mieux à faire. La vie l'attendait dehors.

La vie : David. Sur celui-là, son père ne disait rien car il était juif, et faisait de bonnes études. La vie : les soirées avec David, Juliette, Tyler, Catriona et Rick, et ses concerts du week-end. Les chansons, monter sur scène une grosse boule dans le ventre. Pour ses parents, ça faisait au moins un sujet de satisfaction. Et ils avaient beau gueuler parce qu'elle sortait trop et avait trop d'activités d'adulte (activités non précisées car ils étaient aussi pudiques qu'elle, mais « avec protection », espéraient-ils), ils étaient aussi immensément soulagés qu'elle ait choisi de reprendre des études après des mois à faire des petits boulots. Bien sûr qu'elle ne se voyait pas vendeuse. Et par-dessus tout, elle ne voulait pas rater sa chance de faire carrière dans la musique. Quand on voulait quelque chose, il fallait se lancer à fond.

Elle avait vite déchanté : les cours lui paraissaient surtout sympas de loin.

Et à côté de ça, elle recevait déjà des louanges pour ses prestations en concert, alors...

Là aussi, c'était Cynthia qui avait lancé le mouvement. Elle pensait qu'aucune heure de colle ne pourrait contrarier le destin de chanteuse de sa petite-fille. Elle lui avait même dit ça devant ses parents, le premier soir où elle était venue l'écouter au club de jazz. Elle ne tarissait pas de compliments.

En l'écoutant, Amy pouvait sentir ses rêves devenir réalité. Non pas réalité, mais forte probabilité, car Cynthia avait vécu et aimé dans ce milieu-là, le milieu de ceux qui avaient réussi dans la musique, et si son expérience dans le show-biz ne lui conférait aucun don de médium, elle n'en était pas pour autant moins qualifiée qu'un autre pour en parler. Elle se sentait comme un poisson dans l'eau à l'intérieur des clubs, on le sentait, elle était chez elle.

L'hérédité. C'était un domaine qui passionnait Amy. Plusieurs fois, elle était allée à la bibliothèque chercher dans des bouquins auxquels elle ne comprenait rien quels gènes, quel talent, quelle tare aussi pouvaient se transmettre d'une génération à l'autre. Sa ressemblance avec sa mère lui plaisait et la terrifiait. Elle n'osait pas le lui dire quand elle se sentait moche – ce qui arrivait souvent. Et elle ne savait pas, en fait, d'où elle tenait sa voix, si elle la garderait, si ce n'était pas qu'un épisode magique dans sa vie. C'était impossible qu'une voix disparaisse, Amy n'allait pas muer, mais allez dire ça à quelqu'un qui parfois rêvait qu'à son réveil un matin elle se retrouvait muette, essayait de parler sans qu'un bruit sorte de sa gorge. C'était comme se retrouver aveugle.

Elle irait voir Cynthia demain, après les cours.

Elle ramassa ses affaires, les fourra dans son sac à dos, et sortit de sa chambre, une clope au bec. « J'y vais ! » cria-t-elle en direction de la chambre de ses parents. Personne ne répondit. Son père devait encore gamberger sur le lit, comme il y a deux jours lorsqu'en entrant dans la chambre elle l'avait trouvé allongé en chien de fusil sur la couette, la tête dans ses mains. Il était à moitié dingue en ce moment.

Elle dévala les escaliers, prit son manteau, et se demanda où était passé Alex, avant de décider qu'elle s'en fichait. Elle sortit en claquant la porte derrière elle. Ses parents ne l'avaient pas entendue, lui sembla-t-il. Il était étonnant d'ailleurs que Mitch ne soit pas déjà parti. Et puis soudain elle entendit la voix de sa mère : « N'oublie pas qu'on se retrouve tout à l'heure pour ta robe du mariage de Becky ! »

Sa cousine se mariait la semaine suivante. Le 22. Deux 2. Amy avait tendance à penser que ça ne lui porterait pas chance. De toute façon, le mariage... elle savait ce qu'elle en pensait.

Le trajet était long. Il fallait aller jusqu'à Croydon. Et après se taper un bout de banlieue grise avant d'arriver à son école futuriste... oui, vraiment futuriste, avec des bouts de bâtiment qui avaient l'air de tenir debout par la volonté de Dieu, et des hublots comme sur un bateau. Elle aimait bien cette école, les salles de répétition, les cours de chant, l'ambiance... il y avait moins de compétition ouverte et d'ambitieux qu'à Sylvia Young. C'était plus détendu. La BBC face à MTV, en quelque sorte. Mais il y avait tellement de monde ici qu'on se sentait tout petit quand même.

Elle s'était déjà fait remarquer – le prof de chant qui avait applaudi « son talent naturel » devant tout le monde, et elle s'était demandé si elle n'allait pas l'embrasser –, mais en croisant un tel ou un tel dans les couloirs, elle n'était même pas sûre de savoir s'il était dans la même année qu'elle tellement les têtes changeaient selon les cours. Elle n'était proche de personne. Au cours de théâtre, l'endroit où elle aurait pu se faire des amis le plus facilement (plus facilement qu'en cours de chant, car son niveau était trop au-dessus des autres), elle n'arrivait pas à plaisanter avec les élèves parce qu'ils répétaient une pièce sur la maladie : quand elle jouait le rôle de la garde-malade Helen, elle avait envie de chialer à cause de sa grand-mère, sans pouvoir le dire à personne car ce n'est pas un sujet dont on parle à un inconnu ou presque. Et il faut bien le dire aussi, elle préférait qu'ils la trouvent tous bonne comédienne plutôt qu'ils sachent qu'elle ne jouait pas vraiment, qu'elle souffrait pour de bon.

Bien sûr elle avait peur pour elle aussi : dans les livres qu'elle avait feuilletés en tremblant, elle avait cherché si les tumeurs étaient héréditaires, et à quel pourcentage, et avec quelle gravité, mais en vain, ils donnaient bien des chiffres mais ça dépendait des cas, et il y avait de tas de paramètres aux noms imbitables à prendre en compte. Elle avait trouvé des photos dans un livre de biologie et était restée plusieurs minutes à regarder la page. Sa grand-mère avait donc ça.

Mais il ne s'agissait que d'une tumeur bénigne, se répétait-elle, ce qui lui avait été confirmé par l'interprétation des chiffres selon Lester Young.

Elle accéléra pour éviter la pluie, et accessoirement rejoindre au plus vite l'école. Personne dehors, la cloche avait sonné... Il ne lui semblait pas être partie en retard pourtant. C'était navrant. La faute du métro. Voilà ce qu'elle dirait à la prof. Elle était sympa, ça passerait, et si ça ne passait pas tant pis.

Elle ralentit, à quoi bon se presser maintenant... mais en entrant dans la cour de son pas tranquille, elle se retrouva d'un coup au milieu d'une foule invraisemblable d'élèves, qui n'avait a priori rien à faire là, sous la pluie, à cette heure déjà indue. 8 h 10, quand même.

Tout avait l'air normal à part ça, aucun signe d'affolement.

Amy pensa à un exercice d'alerte incendie, mais quand le directeur apparut en haut de l'escalier B, son comportement lui fit comprendre qu'il se passait quelque chose. Il n'avait pas l'air content du tout, et il se la pétait drastiquement moins que lors de l'entretien prérentrée, celui où il lui avait parlé de sa « voix extraordinaire ».

Le directeur n'avait pas pensé au micro – lui, le boss d'une école de spectacle ! –, mais en voyant les élèves se diriger (lentement) vers les escaliers, Amy comprit la teneur du message : « Veuillez regagner vos salles de classe ».

« Qu'est-ce qui se passe ?

– Un prof et un mec qui travaillait ici ont disparu », répondit le type le plus proche d'elle, un garçon qui se la jouait un peu new wave avec des cheveux noirs de jais désordonnés et des Docs.

Amy l'avait déjà croisé deux ou trois fois. L'école était pleine de ce genre de gars arty, qui ne l'intéressaient absolument pas.

« Tu plaisantes, dit-elle, c'est incroyable. Qui ça ?

– Letterman, un prof de violon. Et le mec s'appelle Jack Durfield... C'était mon prof, ajouta le gamin en la prenant par l'épaule.

– Désolée », marmonna Amy, pas très à l'aise.

Elle ne voyait absolument pas de qui il s'agissait. À côté d'elle, une fille de son cours de chant, qui s'appelait Marianne, ou Sally Anne, dit très fort : « Moi aussi, j'ai déjà fait des fugues, pas besoin d'en faire un fromage. »

C'était une fille un peu enveloppée, avec (conséquemment) ce qu'il fallait là où il fallait. Elle avait des mèches brunes, blondes et rousses, et arborait sans arrêt des tenues extravagantes, plus des bracelets punk, des foulards et des bagues fluo qui bien sûr n'impressionnaient personne à part ses parents. Beaucoup d'élèves ici se donnaient du mal pour se rendre intéressants : c'était l'idée, devenir une star, et elle n'était pas la seule à abuser du Diacolor. Amy soupira. Marianne expliquait à sa voisine que la première photo parue d'elle dans un journal était un avis de recherche. « J'étais toute mince à l'époque »...

« Ils ont juste... disparu ? demanda Amy.

– Oui, volatilisés. Comme ça.

– Il faisait quoi, le mec qui travaillait ici ?

– Je ne sais pas. Pion... ou homme de ménage, je ne sais pas.

– Ben ils ne sont pas forcément morts.

– Pas forcément, mais la police est à l'intérieur du lycée, précisa le mec en haussant les épaules.

– Putain ! » lâcha Amy.

Elle avait deux joints sur elle.

« Ils vont revenir, dit-elle. Il n'y a pas de raison. Bon cours de violon. »

Au lieu de monter les escaliers, elle tourna à gauche vers le terrain de sport. Elle croisa Marianne, qui la fusilla du regard. « Tu ne vas pas en cours ?

– Trop bouleversée, marmonna Amy.

– Super excuse… Tu te fous de moi…

– Mais lâche-moi, tu es avec les flics ou quoi ? »

Marianne la regardait, médusée.

« Qu'est-ce que tu regardes ? dit Amy. Tu n'as jamais vu un nez percé ? »

Elle tourna les talons, Marianne aussi.

Où étaient les flics ? Ils n'allaient pas la fouiller, quand même ? Juste deux joints pour fumer avec David tout à l'heure.

Qu'est-ce que c'était encore que cette histoire ! Ils n'étaient pas morts. Ils étaient amants et avaient décidé de… eh bien… s'enfuir ensemble… ou s'offrir un petit voyage… Comme le disait Marianne, ce genre d'histoire arrivait fréquemment.

Dix minutes plus tard, elle était en train de fumer le premier de ses joints, postée sur le talus à côté du terrain de sport. Une planque où aucun flic ne viendrait la chercher – à moins de la confondre, à distance, avec un des deux disparus, mais même un flic n'était pas si stupide. Et elle les verrait venir si jamais ils devaient la prendre pour cible, avec leurs matraques et leurs molosses.

Elle gloussait toute seule. Elle n'avait pas croisé un seul flic, avec ou sans chien. Même pas de voiture de police devant, elle l'aurait remarquée. S'ils étaient venus, ils étaient partis. Le mec de tout à l'heure racontait n'importe quoi. Amy secoua la tête toute seule. Elle aurait pu garder ses pétards. Là, maintenant, elle manquait à l'appel. Ils allaient croire qu'elle avait disparu aussi.

C'était presque drôle.

Amy se releva péniblement, épousseta sa jupe. Elle avait raté la première heure, ce n'était pas un drame, mais mieux valait rejoindre la civilisation maintenant, ce n'était pas en restant assise dans son coin qu'elle allait apprendre le fin mot de l'histoire.

Elle ne comprenait même pas pourquoi ils n'avaient pas fermé l'école. Désolée, mais dans *Twin Peaks*, à la mort de Laura Palmer, le proviseur avait renvoyé les élèves chez eux pour la journée. C'était le minimum.

Elle se trompa de salle trois fois avant de trouver la 306 où elle avait cours. Elle vacillait de toute façon.

Elle frappa en rigolant nerveusement. Mme Gialopini accepta froidement ses excuses criantes d'insincérité et lui indiqua sèchement une place au premier rang, à côté d'une brune qui s'appelait Betty, croyait savoir Amy. Mais Amy voyait presque trouble et ne croyait plus savoir grand-chose. Elle se concentra sur le tableau et la silhouette de Mme Gialopini, qu'elle aimait bien, qu'elle était navrée d'humilier en arrivant en retard. Elle soupira. Sur le tableau, était inscrit « *Disappear here* ». Amy fixa les mots écrits à la craie et en resta sur le flanc. Qu'est-ce que c'était encore. Elle se retourna vers Betty l'air sidéré, à deux doigts de devenir paranoïaque pour de bon, et Betty lui dit : « C'est dans un livre. »

« Pour ceux qui prennent le cours en route, cette phrase est tirée d'un livre de Bret Easton Ellis, *Less Than Zero*. Je ne l'ai pas choisie par hasard, mais bien sûr en pensant aux deux personnes qui sont aujourd'hui portées disparues. Cette phrase ne fait pas allusion à... » Mme Gialopini se racla la gorge. « ... à un fait divers ; en réalité ce livre parle d'une jeunesse dorée qui ne voit pas que faire du temps qui lui est imparti. Le livre a trois héros, Clay, Blair et Julian. Clay fait des études dans l'est des États-Unis, Blair est mannequin, Julian est toxicomane et essaie de monter diverses affaires qui ne marchent pas. »

Amy avait vu le film. Elle respira un grand coup en pensant à la scène finale : Julian, que ses amis s'apprêtent à emmener on ne sait où dans l'espoir de l'éloigner de mauvaises influences et d'un dealer sadique (non, un dealer normal, sûrement, à ce niveau-là ce ne sont pas des plaisantins) meurt dans la Corvette rouge, et le monde s'écroule. Amy sortit ses affaires, déchira une page de son cahier de notes et inscrivit « A-t-on des nouvelles des disparus ? » en petites lettres noires avant de la faire passer à Betty.

Elle en accusa bonne réception en poussant un grognement.

Mme Gialopini lisait des passages dans le livre, un exemplaire emprunté à la bibliothèque sans doute deux minutes avant le cours. Ce n'est pas parce qu'elle était traumatisée qu'il fallait faire partager son émotion à toute sa classe. Quelle prise en otage. Amy faisait de son mieux pour ne pas écouter, simplement attentive au crissement du stylo de Betty sur sa feuille. Ce fut bref.

Sur la feuille qu'elle récupéra était simplement inscrit le mot « NON » en majuscules. En retour, Amy écrivit : « Mais c'est qui ces gens ? »

Comme Betty avait répondu « D'après le directeur, il y a des avis de recherche dehors » (déjà !!), son premier mouvement, dès que la cloche sonna, fut de partir en quête d'un avis de recherche.

Une fois dehors elle trouva sans peine. Il suffisait de suivre le mouvement. À un nouvel attroupement autour d'une cabine téléphonique, elle devina qu'un avis était placardé sur la paroi. Les gens – elle comprise – étaient tellement prévisibles.

Elle bouscula les inconnus, demandant au passage si oui ou non, il y avait des nouvelles. Comme si elle était de la famille. Les gens haussaient les épaules.

Devant les deux photos affichées au-dessous d'un sinistre « *missing* » et des numéros à appeler, elle eut le vertige. Letterman, le quarantenaire à gauche, ne lui disait rien. Toujours rien. Jack, en revanche. Jack, elle l'avait rencontré. Jack, se persuada-t-elle, était le garçon qu'elle avait rencontré quatre ans plus tôt quand elle pistait un garçon de son école, Nick. Elle s'était assise, Jack était venu fumer avec elle, et le voilà qui était porté disparu sur une affiche. Elle n'avait même pas remarqué qu'il bossait à la BRIT.

Elle allait mener l'enquête se dit-elle, réflexe d'enfant, réflexe Club des Cinq, mais elle allait le faire. Elle l'avait croisé, n'avait rien fait pour lui, et maintenant il avait disparu. C'était une histoire terrible, probablement.

Elle s'écarta.

Elle gardait un bon souvenir de lui. C'était une présence amie venue de nulle part, décida-t-elle, et elle pouvait représenter exactement cela pour lui aujourd'hui. Il ne lui avait pas dit où il habitait, elle allait donc... déjà, refaire le chemin qu'elle avait fait lors de leur rencontre, et se poster au même endroit, sur les marches, parce que si ça se trouve, il s'était réfugié là, il était simplement en train de fumer des clopes en pensant au bon vieux temps – et l'absurdité de son raisonnement se faisait de plus en plus évidente tandis qu'elle imaginait Jack fumer ses clopes pendant quoi ? huit heures d'affilée ?

Il fallait au moins ça pour qu'on signale une disparition. Elle ne l'y trouverait pas. Donc elle irait simplement en son hommage. Elle laissait de toute façon tomber les cours de chant de 10 heures. Faire des « oooh » et des « aaah » alors que la vie d'un être humain était en jeu ?

L'école était désormais loin derrière elle, juste avant de prendre le métro, elle tomba sur un autre avis de recherche, qu'elle arracha d'une main décidée. Il y avait deux numéros de téléphone ; elle avait besoin des numéros de téléphone.

Elle passa un long moment solitaire devant la maison où Nick habitait jadis. Cette fois, personne ne vint s'asseoir à côté d'elle. Elle se demanda où était passée la jeune fille qu'elle avait été. Passant la main sous son manteau, elle vérifia qu'aucune boule n'était apparue à l'intérieur de ses seins depuis ce matin, puis elle fuma son second pétard. Plus elle regardait le visage de Jack sur la photo de l'avis de recherche, et plus il s'éloignait, lui aussi.

Elle rentra chez elle.

Arrivée à la maison – elle détestait les maisons vides –, elle essaya de se convaincre à nouveau de l'importance de rechercher Jack par ses propres moyens, malgré son évident manque de ressources. Elle refusait de laisser ce travail aux flics, aux autres, elle refusait d'être comme tout le monde, d'attendre les bras croisés, et il fallait bien qu'elle trouve un truc à faire maintenant qu'elle avait séché. Elle alla se chercher une bière, et la but quasiment cul sec. Elle crevait de soif à cause de l'herbe.

Elle sortit l'annuaire pour y chercher leurs numéros, ce qui l'excita considérablement : elle se rapprochait du but ! Mais en le consultant fébrilement elle imagina tomber sur une mère folle d'angoisse ou sur un colocataire éploré et elle le referma aussitôt. Elle se rendait compte petit à petit qu'elle ne pouvait rien faire. C'était encore à l'école qu'elle avait le maximum de chances d'avoir des nouvelles fraîches. Elle était stupide. En voulant faire cavalier seul, elle s'était condamnée à l'isolement et à l'ignorance : tout ce qu'elle voulait éviter. Décidément, il fallait bien réfléchir avant de faire sa maligne, et décider qu'on ne voulait pas être comme tout le monde.

C'était frustrant. Elle était défoncée, sans rien de précis à faire, rien d'autre à contempler que la photo de Jack et sa propre connerie, abyssale. Il ne lui fallut pas longtemps avant de dévaliser le frigo. Elle mangea un sandwich thon-œuf-tomates et trois yaourts à l'abricot puis s'assit dans un fauteuil du salon, mal à l'aise. Il fallait absolument qu'elle apprenne à se faire vomir. Elle alluma la télé, contempla de nouveau la photo de Jack. Elle n'était même plus sûre que c'était bien lui qu'elle avait rencontré devant chez Nick. Si ça se trouve, elle était folle.

Son cours de chant n'était pas fini, il était à peine 11 h 30. Elle avait le temps, elle mit un disque de Ray Charles, essaya de dormir, en vain, et finalement alla faire les magasins à Camden, sans spécialement prospecter pour une robe à porter au mariage de sa cousine. Sa mère ne la laisserait jamais se pointer dans une de ces robes super décolletées. Elle n'oubliait pas cet adage appris dans les séries télé : une personne disparue qui n'était pas retrouvée dans les vingt-quatre heures était morte. L'angoisse montait. Elle était folle, boulimique, et elle n'avait rien à faire.

Amy aimait ces moments de concentration dans la lumière : ils abolissaient le temps. Avant de monter sur scène, le temps qu'elle allait y passer la terrifiait : elle allait devoir chanter trente longues minutes, une demi-heure de sa vie dont on avait décidé pour elle, qu'elle ne récupérerait jamais, et durant laquelle elle devrait rester parfaitement attentive à sa voix, aux instruments, aux paroles. Elle avait peur… et dès qu'elle était sur scène, le temps n'existait plus sinon son découpage en sonorités, en notes – c'était en fait un temps que l'on vivait plus vite, plus intensément, qui passait beaucoup plus vite que n'importe quelles autres trente minutes (sexe excepté).

Le trac restait un gros problème. Elle ne se croyait pas capable de retenir l'attention du public durablement. Les premières fois, la peur était presque paralysante. Ensuite elle avait trouvé un certain réconfort à la présence d'autres musiciens, avait appris à se reposer sur eux, et puis elle était devenue accro à la trouille et à l'impression qu'elle produisait sur les spectateurs. Il suffisait de boire un peu avant. Ensuite... chanter ne lui demandait pas beaucoup d'effort. Si elle était concentrée, elle y arrivait sans problème. Si elle était distraite, comme elle ne l'était jamais assez pour s'en moquer totalement, ça ne se voyait pas toujours : elle s'arrangeait pour donner le change.

Ce soir, elle était distraite.

Six jours plus tôt, on avait retrouvé le corps de Jack Durfield – un peu avant que les vingt-quatre heures fatidiques ne soient écoulées, le 12, donc, jour défavorable. Il s'était pendu. On parlait d'une histoire d'amour qui avait mal tourné entre lui et le prof, et rien dans l'apparence de Letterman, réapparu le lendemain, inconsolable, après avoir cherché Jack partout, ne démentait quoi que ce soit, mais Amy était persuadée, elle, que Jack s'était tué pour une tout autre raison, qui collait bien mieux avec ce qu'elle avait entrevu de sa personnalité, et avec l'image romantique qu'elle se faisait de son avenir à elle. Les espoirs déçus. Il aurait voulu faire carrière dans la musique, sans doute aussi être élève à la BRIT comme elle, et il devait se contenter de surveiller les élèves, et de les envoyer chez le proviseur. Comme il devait être amer. Amy n'avait jamais pensé sérieusement au suicide, mais c'était ce qu'elle redoutait le plus aussi, la déception, le vide, se retrouver seule, assise sur une petite pile d'espoirs avortés... Les journaux avaient aussi abordé cette hypothèse, mais bien sûr, ils avaient préféré causer tragédie gay et racisme. La façon dont ils s'étaient emparés de l'histoire l'écœurait et la passionnait tout à la fois. Des journaux à l'idéologie douteuse quand il s'agissait de gangs, de football, de tout le reste en vérité, avaient d'un coup retourné leur veste, déplorant « le geste fatal d'un jeune à la famille déchirée et aux nombreux problèmes d'intégration ». Le prof était voué aux gémonies. Et il leur paraissait normal d'aller fouiller dans le pantalon des gens comme ça... Les traces sur les draps, voilà ce qu'ils voulaient tous voir. Amy aussi, du reste.

Il ne lui avait vraiment pas paru homosexuel, quand elle l'avait rencontré devant chez Nick. Il ne l'avait pas draguée parce qu'elle était beaucoup plus jeune, c'est tout.

À l'école, deux jours après sa mort, on avait rassemblé les élèves dehors en son hommage, à un moment où il ne flottait pas, coup de chance. Le directeur a prononcé un discours qui prêchait la tolérance, les vertus de la communication et a tenu à rappeler que les minorités étaient évidemment les bienvenues à la BRIT, mais que l'histoire personnelle de chacun faisait que, bien sûr, certains élèves vivaient mal leur différence... Là, bien entendu, on était loin du style tabloïd, le directeur n'allait pas disserter sur les difficultés d'être noir, pauvre, et homosexuel en même temps. Quoi qu'il en soit, on parlait de tout ça avec hypocrisie et finalement, une fois que le potentiel de scandale avait été exploité, le moins possible. Letterman ne s'exprimait pas. Il n'enseignait plus pour l'instant.

Amy se demandait pourquoi, comment, ce que ça faisait de vouloir mourir, et de vouloir mourir seul. Elle n'arrêtait pas d'y penser. Toute la semaine, elle avait essayé d'écrire une chanson, que pour l'instant elle avait appelée « Swing » par pure provocation. Elle pensait à « Strange Fruit », la chanson de Billie Holliday sur le lynchage, se sentait écrasée par la puissance de cette chanson-là, indépassable, beaucoup plus importante et intéressante que tout ce qu'elle pourrait jamais pondre sur Jack. Que pouvait-elle dire au juste sur lui quand elle l'avait si peu connu ? Elle avait pensé se faire un tatouage en son honneur, histoire de sacraliser leur lien, et du coup avait beaucoup erré à la boutique de Tommy, sans rien voir qui lui plaisait hormis un tatoueur récemment embauché à qui elle avait fait du charme par ennui, automatisme, et parce qu'elle se souvenait de la façon dont Jack avait oublié de la draguer.

Ses amis avaient été impressionnés par la mort de Jack et l'horreur de leurs pseudo-retrouvailles. Juliette lui avait dit : « J'ai toujours su qu'il t'arriverait quelque chose de bizarre comme ça un jour ». Amy avait été étonnée, et puis finalement pas tant que ça... Oh oui, ç'avait été une semaine mouvementée, la plus mouvementée de sa vie. Elle avait, donc, couché avec le nouveau tatoueur de chez Tommy, trompant David pour la première fois en presque trois mois. Ils avaient fait l'amour de façon assez brève et presque distante. L'amour de gens occupés. De gens occupés ailleurs. C'était le lendemain de l'enterrement de Jack.

La moitié de l'école était là, Amy aussi. Comme si elle l'avait vraiment connu, elle était allée parler aux parents de Jack, leur avait raconté comment elle avait connu leur fils. Ils avaient eu un sourire, ce qui avait vraiment plu à Amy. « Ah, oui, c'est vrai qu'il avait eu un groupe de rap... » Ils s'étaient regardés, avaient souri, puis s'étaient fermés, mais Amy avait cru bon, à la suite de leur brève conversation, de les inviter au concert qu'elle donnait avec le Youth Jazz Orchestra le samedi suivant dans un club assez chic.

David était venu ce soir, ses parents aussi, et ceux d'Amy. Pas ceux de Jack, bien sûr, ils avaient autre chose à faire. Elle se doutait bien qu'ils ne viendraient pas, ça n'aurait eu aucun sens.

Elle essaya de se concentrer. Elle regardait ses parents fraterniser avec ceux de David. Les deux premières chansons passées, ils s'en foutaient un peu qu'elle chante, ils échangeaient des petites blagues sous cape avec Mitch. Sa mère faisait la gueule et n'écoutait pas non plus.

Amy connaissait ça par cœur. Mitch était encore allé voir ailleurs. C'était sûr. Jane ou une autre, comme disait sa mère, il rencontrait tellement de femmes dans son métier... c'était un véritable supplice de Tantale. Son père n'était qu'un affreux sale coureur et elle était en passe de devenir comme lui. Ou alors ils s'étaient simplement engueulés mais de toute façon c'était écrit, il allait repartir. Sa propre mère allait mieux, il pouvait retrouver sa vie d'avant, plus besoin de la gentillesse et de la sollicitude de Janis.

Ils ne voulaient pas le lui dire car la pauvre, elle souffrait déjà bien assez avec cette histoire horrible à son école, mais ils ne pourraient pas faire semblant tellement plus longtemps.

Qu'est-ce qu'elle en avait à foutre ? Elle se doutait que ça arriverait. C'était eux les adultes soi-disant tellement plus clairvoyants, qui y avaient bêtement cru, en dépit de toute vraisemblance.

Amy s'ennuyait. Le problème des clubs de jazz, c'est qu'il n'y avait que des bourgeois, et des vieux, surtout, tellement de vieux. Elle avait envie d'être mise en avant bien sûr, mais dans un autre contexte. Les vieux... qu'est-ce qu'ils pouvaient lui faire tous ces vieux. Elle n'entendait même pas vraiment « vieux » au sens habituel d'âge, il y avait des vieux comme sa grand-mère qui sont jeunes pour toujours, et puis il y avait des jeunes et des moins jeunes qui de toute manière avaient toujours été vieux. Souvent, les amateurs de jazz étaient déjà vieux. Coincés, sérieux. Il s'agissait pourtant d'une musique si belle. Ça la rendait folle. En même temps, qui d'autre pouvait bien aller voir le National Youth Jazz Orchestra ? dans un endroit pareil en plus... Des CSP+, des jeunes abrutis bien nés qui essayaient d'impressionner une nouvelle conquête, des vieux qui fêtaient leur anniversaire en famille, en tentant de concilier leur amour pour le jazz et les centres d'intérêt de leurs enfants, lesquels détestaient le jazz mais feraient peut-être un effort s'ils voyaient des jeunes sur scène. Bref surtout des manipulateurs blasés, si on y réfléchissait deux secondes. Décidément, elle préférait jouer dans les pubs.

Elle termina la chanson, attendit les applaudissements. Elle savait qu'ils viendraient quoi qu'il arrive, l'assistance était composée de mecs super réglo bien que bavards. Elle fit une pause, regarda le public puis son boss, Arnie, et vit à la fois qu'il désapprouvait son manque de professionnalisme (elle ne disait rien au public, ne remerciait pas, n'annonçait pas la prochaine, d'ailleurs elle en avait oublié le titre alors ça ne risquait pas d'arriver...) et qu'il ne s'attendait pas à autre chose de sa part. Elle n'avait pas envie de chanter, elle n'avait pas envie de dire merci. Elle ne le ferait pas. Faire les choses par automatisme était la pire raison de les faire. Au contraire, se demander pourquoi on les faisait, et pourquoi on n'arrêterait pas de les faire, voilà qui ouvrait des perspectives beaucoup plus passionnantes. Elle devait remercier parce que c'était la tradition, ça, d'accord. Mais dire merci à ces gens qui ne lui paraissaient même pas sympathiques et avaient passé leur temps à causer pendant sa prestation ?

Arnie lui fit donc les gros yeux, elle l'ignora.

Ils commencèrent une de ses compositions, qu'Amy n'aimait pas, essentiellement parce qu'elle ne l'aimait pas lui. Quel emmerdement. Et pas le choix. Elle faisait le maximum pour avoir le plus de choix possible, justement.

Amy avait compris lors de l'hommage dans la cour qu'elle ne resterait pas plus longtemps qu'il ne fallait à la BRIT. Ils ne tarderaient pas à la virer si elle continuait à sécher sur la durée : très bien. Elle préférait mettre ça sur un CV, plutôt qu'un diplôme. Ses parents en penseraient ce qu'ils voudraient. Elle allait aussi utiliser le National Youth Jazz Orchestra au mieux : en trouvant un moyen d'en sortir.

Amy recueillit les applaudissements d'un air faussement ravi avant de rejoindre sa famille. Ou ce qu'il en restait. Elle allait quitter l'école. Elle le leur annoncerait quand eux auraient le courage de lui dire qu'ils se séparaient de nouveau. Bien fait. Elle embrassa David et fit un petit sourire de loin à Arnie.

6.

Swing

« Et voilà ! Les pétards et le porno, j'ai les mêmes centres de distraction qu'un homme. »

Juliette se marra. « C'est vrai que tu regardes quand même beaucoup Juanita. »

Juanita était la barmaid de leur pub préféré du moment, juste à côté de Camden Lock. Elle était immense, avait plusieurs tatouages difficiles à porter, notamment une tête de mort sur l'épaule, elle s'y connaissait beaucoup en musique, et elle était argentine.

Amy s'intéressait aux barmen, elle trouvait fascinant de vivre avec des gens bourrés sous le nez en permanence. Et pour les rencontres, qu'est-ce que ça devait faciliter les choses !

« Juanita est une femme comme celle que je voudrais devenir. Peut-être pas physiquement, c'est sûr, je suis déjà bien assez grosse comme ça. Mais une femme qui en a. Qui sait plein de choses. »

Juanita parlait beaucoup musique, mais surtout, elle était rock'n'roll, et si elle était habituée à ce qu'on parle musique avec passion, Amy n'était pas habituée à ce qu'on soit rock'n'roll. Surtout une femme, et surtout une femme de plus de trente ans.

« Elle sait plein de choses parce qu'elle est vieille, dit Juliette, qui se méfiait un peu de Juanita. Par contre elle n'est pas si grosse que ça, et toi non plus... tu exagères.

– Si, elle est grosse et moi aussi. On se reconnaît entre nous. Vous, les minces, vous pensez juste « elle a cinq kilos de trop », mais nous, on sait. On sait qu'on n'est pas mince et pas comme il faudrait.

– Tu ne seras pas contente tant que tu ne seras pas filiforme, répliqua Juliette. Je te signale que tu parles comme les pétasses que tu honnis. En plus, tu vois des gros partout. »

Amy sourit, mais elle était vraiment énervée. Le manque de nourriture, sûrement, qui la rendait irritable. Elle était allée déjeuner avec toute l'équipe des toiletteurs chez qui elle avait bossé l'année dernière, et les avait regardé s'enfiler des frites en se contentant, pour sa part, d'une salade Caesar constituée essentiellement de verdure et d'air. « Rien à voir. Je suis au régime donc j'y pense beaucoup, c'est normal. Tu sais bien que les régimes attaquent d'abord le cerveau, et après seulement les hanches et les cuisses... »

Juliette soupira. « Encore un régime ? Ça veut dire qu'on ne va plus au pub ?

– Je meurs si je ne vais pas au pub.

– Juanita te manquerait trop. En ce moment tu es vraiment attirée par les gens plus âgés, hein.

– Je ne sais pas. On apprend des choses avec les gens plus âgés... Les hommes plus âgés sont sexy et ils baisent mieux, dit Amy d'un air gourmand, alors qu'en réalité, parler de sexe avec Juliette ne l'excitait pas du tout.

– Complexe d'Électre. »

Juliette lisait beaucoup, elle était encore à l'école, elle faisait de la philo, elle voyait des névroses partout – même son père qui profitait de ses insomnies pour réparer ses montres était brutalement devenu un névrosé.

« Bof, dit Amy, qui n'était pas sûre de savoir ce qu'était un complexe d'Électre. Chris m'apprend plein de choses. Mais tu sais ce qu'il dit, lui ? Il dit qu'il y a un âge où les gens s'arrêtent d'apprendre. Ceux qui travaillent, je veux dire, ils n'ont plus le temps de lire ou de se cultiver vraiment.

– En fait, il est nostalgique.

– Ben oui, faut bien qu'il y ait au moins un avantage à être avec une fille aussi jeune. Tu retrouves ta jeunesse.

– Il y en a plein d'autres. Le cuisseau ferme, tout ça.

– Je n'ai pas de complexe d'Électre, dit Amy, qui d'un coup n'hésitait plus sur la signification de l'expression. Chris ne ressemble pas des masses à mon père. »

Amy aimait les hommes qui lui résistaient, qui ne se laissaient pas posséder. Donc les coureurs, souvent – et beaucoup d'hommes étaient des coureurs, ne serait-ce que par ennui. Mais Chris n'avait jamais montré la moindre disposition à la tromperie, il lui échappait parce qu'il savait plus de choses qu'elle, et non il n'était pas comme son père. C'était un intellectuel, presque. Et puis il n'était pas du tout macho comme son père. Il était moins jovial aussi.

Avec une moue très dramatique, Amy reposa le magazine sur le lit.

« Normalement ça me fait rire, mais là je suis un peu obligée d'imaginer ce que ton frère en fait, et en fait j'ai presque l'impression de le voir à l'œuvre. Dire qu'il les laisse traîner comme ça, ses revues... c'est irréel. Et si on lui volait celle-ci ? Tu crois qu'il s'apercevrait de son absence et que ça le ferait flipper ?

– C'est une idée un peu sadique, répondit Juliette. Il faut peser le pour et le contre... Bon, il n'avait qu'à être là, aussi, on ne fouillerait pas dans sa chambre comme ça.

– On n'a pas fouillé, dit Amy. La revue était juste sous son lit. Et on n'est pas là pour fouiller, de toute manière. On est juste venu lui piquer le disque de Blur.

– Ouais… Je ne sais pas trop si ça tiendrait devant un tribunal. » Soupir. « J'ai envie de me tirer. Si tu savais comme j'ai envie de me tirer. »

Elle soupira et chantonna « On peut attendre longtemps… ». C'était une citation de Sweet'n'Sour, leur groupe de jadis. « Bon alors, et avec Chris ? Attends : on repart dans ma chambre, ça m'énerve de parler ici, j'ai l'impression que mon frère écoute ce qu'on dit.

– Ce genre d'impression doit porter un nom en psychanalyse, dit Amy. Paranoïa. »

Alors, Chris. Bien sûr, si Amy gardait les détails personnels pour elle, Juliette suivait en gros leur histoire d'amour depuis sa naissance autour de la machine à café chez WENN.

Chris. Des heures et des heures de conversation, des baisers à en perdre haleine. Elle n'avait jamais éprouvé autant de plaisir avec personne. Amy n'avait plus honte de rien, et même si elle continuait à se trouver un peu dodue, pour la première fois de sa vie, elle pouvait se dire qu'avoir un corps l'arrangeait. C'était très libérateur. Non seulement elle avait trouvé une nouvelle source de bonheur, le plaisir, mais c'était comme si elle avait réglé un problème jusque-là non identifié. Elle ne disait pas ça à Juliette. Ça faisait partie des détails vraiment trop personnels.

« Ça commence, répondit Amy, très prudemment. » Trop prudemment, songea-t-elle, si bien qu'elle voulut se corriger immédiatement et fit part d'un enthousiasme qu'elle jugea aussitôt démesuré. « On s'entend tellement bien que c'est suspect. Il me fait rêver. Je ne pense qu'à lui et j'ai l'impression de devenir complètement stupide. J'écris des chansons sur lui, enfin tu te rends compte… »

Juliette sourit. Évidemment, présenté comme ça, ça ne paraissait pas très sérieux, son histoire de chansons… Elle n'était pas au courant, alors quoi de plus normal. Amy reculait encore le moment de lui annoncer la grande nouvelle. Ce n'est pas qu'elle savourait l'attente, elle était plutôt très embêtée. Elle n'aurait su expliquer pourquoi : si elle s'était vraiment penchée sur la question, elle aurait sûrement identifié des trucs pas très jolis de rivalité entre copines, qui la motivaient, et l'avaient toujours motivée. Des petites luttes inavouables à qui aurait le plus beau mec de la soirée, qui plairait le plus, qui serait la moins comme tout le monde. Des luttes pas très importantes. Et jusqu'ici rien n'avait pu écorner leur amitié, elles avaient même partagé un mec sans que cela fasse de vagues. Le mec en question avait rompu avec Juliette pour être avec Amy, et ensuite avait rompu avec Amy pour retourner avec Juliette, avec laquelle il avait rompu depuis. Ça avait fait quoi ? Une vaguelette.

Ce mec était une blague. Une nuit, Amy lui avait demandé : « Est-ce que ça t'arrive de penser à d'autres filles quand on couche ensemble » (à Juliette par exemple...), et il avait répondu : « Non, je pense à moi. »

Mais cette fois, il était question de musique – or l'amitié des deux filles avait toujours été basée sur la musique d'une certaine façon, même quand elles s'étaient rencontrées, à l'école primaire. À l'époque, elles jouaient à imiter Shirley et Pepsi, les choristes de Wham !

« C'est grâce à ton père que je l'ai rencontré, et je serai donc – moue comique – éternellement reconnaissante à ton père de m'avoir trouvé ce boulot...

– Il y a un “mais” qui arrive ? »

Juliette fit semblant de s'indigner. Elle ouvrit la porte de sa chambre, se laissa tomber sur le lit. Le timing était parfait.

« Il y a un “mais”, mais il est plutôt cool, dit Amy très vite. Un directeur artistique vient me voir en concert vendredi prochain. Le mec de Brilliant 19, tu sais, je t'en avais parlé. »

Juliette ne sauta pas au plafond, ne battit pas des mains, ne hurla pas. Elle ralluma le pétard qu'elles venaient de retrouver dans sa chambre.

« Celui qui a signé Tyler James.

– Voilà. Lui. Il a écouté la cassette que Tyler lui avait envoyée de ma part, et voilà, il vient me voir, maintenant.

– C'est super, Amy. Tu te rends compte ? »

Juliette n'avait pas spécialement l'air jalouse, elle était simplement sidérée. Ensuite elle se mit à dire exactement tout ce qu'Amy attendait.

« Tu as une chance, mais une des ces chances ! » et tout le toutim, mais elle ne paraissait toujours pas jalouse, juste follement excitée. Amy était partiellement soulagée : elle ne lui en voulait pas. Maintenant, encore fallait-il qu'elle ne se retrouve pas en position de force. Elle redoutait qu'entre elles il y ait un maître et un esclave, ça l'obsédait. Elle voulait l'égalité absolue. Ou alors, s'il devait y avoir une perdante, elle voulait être celle-là. Elle aimait beaucoup Juliette.

Elle se demanda ce qui lui avait valu ce succès, si c'était la chance ou si c'était sa volonté de gagner, son goût, tout de même, pour la rivalité – il devait bien exister puisqu'elle se posait la question en ces termes. Ça ne pouvait pas venir de nulle part, lui aurait dit l'autre grande psychologue de Juliette.

Quel succès ?

Pour l'instant, on parlait juste d'un directeur à la con qui allait venir la voir en concert. La Rolls-Royce et les salles combles étaient encore loin, et comme une idiote, bien sûr, elle y pensait déjà.

Elles étaient encore plus loin pour Juliette. C'était injuste et Juliette aurait dû lui en vouloir. Lui en vouloir de façon spectaculaire.

« C'est pas la peine de s'exciter. Si ça se trouve ça ne donnera rien, dit-elle d'un ton sec. J'aime autant parler de nos positions préférées avec Chris, si ça ne te dérange pas.

– Tu l'as su quand ? Sérieusement tu l'as su quand ?

– Avant-hier, dit Amy. Mais je ne l'ai dit à personne. Je n'arrivais pas à y croire. Je ne l'ai même pas dit à mes parents. La seule à qui j'ai failli le dire, c'est à l'autre salope de Sarah que j'ai rencontrée dans la rue. »

Mensonge.

« Sarah, singea Juliette, celle qui sait tout parce qu'elle passe à la télé. Elle va pouvoir se la fermer maintenant. Tu l'as rencontrée où ? »

Amy ne répondit pas, elle n'avait pas envie de dire à Juliette qu'elle l'avait rencontrée en allant boire des verres au pub de Juanita en solo, justement dans l'espoir de digérer toute l'affaire, et qu'elle avait annoncé la nouvelle à Juanita. Juanita lui avait payé des pintes et lui avait dit qu'elle mettait les pieds dans un monde super excitant.

« Pfff. Elle ne sait pas tout. Elle répète tout. Nuance. Elle répète ce que le producteur lui a dit, après ce que le réalisateur lui a dit ; jamais elle ne réfléchira deux secondes avec sa propre petite tête de moineau, et le pire c'est que ça marche, ça impressionne les gens pour de vrai. Bordel. »

Elle revit Sarah avec sa crinière rousse et ses grosses créoles, en train de se pavaner, comme d'habitude, et d'essayer de voir si les passants la reconnaissaient à cause d'un pauvre petit passage télé à 23 heures... Elle pouvait même de nouveau l'entendre se vanter – « On me regarde, c'est presque un peu gênant ». Non, c'est toi qui scrutes les gens, forcément ils te regardent en retour. Sarah était partie toute vexée. Et il ne fallait pas croire, elle était extrêmement représentative des filles qui traînaient dans le milieu du spectacle, qui était, songea Amy, un réservoir inépuisable de morues sans aucun talent particulier, et toutes calquées sur le même modèle : fascinées par exactement la même chose, employant exactement les mêmes expressions à la mode, et portant exactement les mêmes vêtements de pouffiasses. C'était avec ces femmes qu'il devait exister une vraie rivalité, pas avec cette bonne vieille foldingue de Juliette avec qui elle avait fait les quatre cents coups, sa meilleure amie pour toujours.

Plutôt s'en prendre aux morues. Dirigés vers des gens ignobles, les sentiments un peu bas comme cet esprit de compétition deviennent presque nobles.

« Tu ne l'as même pas dit à Chris ?

– Il est à Wimbledon.

– Je sais bien, dit Juliette. Mais bon, il rentre chez lui tous les soirs, il aurait pu t'appeler...

– Il m'appelle, dit Amy. Mais je ne lui ai pas dit. »

Et ça, c'était vrai, elle avait peur de se montrer trop bêtement enthousiaste devant Chris, beaucoup plus au fait des aléas de la vie et beaucoup moins naïf, et peur de sa réaction – qu'il la vexe, qu'il la démoralise, par exemple, ou qu'il relève à peine, qu'il lui cause tennis pendant des heures alors qu'elle n'en avait rien à faire.

« Je me souviens encore quand tu préparais cette démo, dit Juliette après un silence.

– Ben oui... finalement j'ai eu raison de mettre la chanson sur Jack, tu sais.

– Le mec qui l'a écoutée n'a dû rien comprendre !

– Je me doute ! »

Juliette lui avait déconseillé de se servir de cette chanson, qu'elle trouvait trop triste et trop compliquée pour une démo. C'est vrai, Amy y parlait du saut dans l'inconnu de Jack et ce n'était pas gai ; par ailleurs elle parlait de blues et redoutait d'être trop jeune pour ce sujet – elle était même hantée par cette idée d'immaturité. Mais il fallait bien se lancer. La chanson lui tenait à cœur et c'était son saut dans l'inconnu à elle. Et puis, très modestement, elle avait trouvé quelques jolis accords de guitare (qui eux pour le coup n'étaient pas trop compliqués). Le seul problème, c'est que la chanson durait neuf minutes.

Amy ne savait pas pourquoi la mort de ce quasi-inconnu continuait à lui porter chance. Elle se sentait vaguement coupable, et c'était un sentiment avec lequel elle allait devoir apprendre à vivre, car elle réussirait toujours mieux que Juliette ; en effet, la rencontre avec Nick Shymansky, directeur artistique chez Brilliant 19, lancerait sa carrière de façon presque immédiate. C'était ainsi. Il lui proposerait de la manager, et elle devrait ensuite se lancer dans l'écriture d'un premier album.

« Je peux venir ? » demanda Juliette.

Amy haussa les épaules.

« Je comptais inviter Sarah », ironisa-t-elle avec un sourire.

Juanita, en revanche, ne pourrait pas venir.

« Bon, dit Juliette. Tu vas signer et ensuite on fera comme on a dit, on prendra notre appartement ensemble. Sauf si tu préfères habiter avec Chris.

– Tu déconnes, dit Amy. Chris et moi, on n'arrivera jamais à rester ensemble si on vit sous le même toit. Il ne me supportera jamais. Il ne me connaît pas aussi bien que toi. »

Juliette lui passa le joint, satisfaite. Tout irait pour le mieux. Elle eut un pincement au cœur en imaginant que peut-être, un jour, Amy serait une superstar, et pas elle. Amy prendrait pitié et lui offrirait peut-être la première partie de ses concerts. Elle se força à sourire. Elle ne prévoyait pas, bien sûr, qu'un jour le *Guardian* consacrerait un article à leur amitié, article qu'elle lirait avec tristesse, désolée d'apparaître d'une part comme « la meilleure amie d'Amy Winehouse » – il n'y avait pas mieux pour pourrir une carrière – et d'autre part comme une sorte de profiteuse, tentant vaguement d'attirer la lumière à elle avec un article qui ne changerait évidemment rien à sa vie. En avril 2007, Juliette expliquerait au *Guardian* qu'il n'y eut jamais de rivalité entre elles deux : « depuis le début nous avons toujours eu les mêmes buts, les mêmes ambitions. Je chante et j'écris aussi, la voir réussir nous a rapprochées. Il n'y a pas de jalousie. Certains de ses amis ont commencé à se comporter bizarrement avec elle, à être un peu éblouis par son nouveau statut. Moi, si je vois Amy à la télé, je me dis juste "Tiens, revoilà Amy la tête de nœud" ».

Sûrement, sûrement, mais Juliette, chanteuse-compositrice la nuit, travaillerait alors dans le télémarketing le jour et aurait du mal à joindre les deux bouts tandis qu'Amy... C'était, bien sûr, impossible à prévoir.

Juliette ne prévoyait déjà pas qu'elle et Chris se sépareraient au bout de neuf mois seulement. Alors le reste... Elle ne prévoyait pas Blake, la drogue, rien, elle ne prévoyait pas de jouer un jour auprès d'Amy le rôle d'une présence bienveillante mais impuissante. À qui Amy écrirait une chanson, même – qui ne sortirait jamais.

7.

Mon cœur a été volé

Il s'appelle Alex. Il est grand, une baraque, impressionnant. Je suis fière de le tenir par la main dans la rue. Pas que j'aie réussi à le mater, non. Ce n'est pas ça qui me rend fière... je suis fière parce qu'il est costaud et qu'il pourrait tous les allumer. Mais il ne le fera pas, c'est un gentil, il n'y a rien à mater, il est doux comme un agneau. C'est un homme posé, très calme, le genre qui vous prépare une tasse de thé quand vous rentrez. Donc nous vivons une histoire calme, qui me laisse du temps pour le reste, le brouillard qu'est devenu le reste devrais-je dire, mégapromo, mégashow-business. Tout à l'heure, j'ai rendez-vous avec une bonne femme qui écrit pour le *Guardian*, et je ne suis pas inquiète, je sais où il est – au travail –, je sais qu'il m'aime toujours.

Il me coache même pour les interviews. Vu qu'il bosse chez EMI il pense qu'il sait mieux, et j'ai beau lui dire que je n'en ai pas besoin, que j'ai l'habitude, ça lui est égal, il préfère me materner trop que pas assez. « Le *Guardian*, c'est super important. » Comme si je ne le savais pas ! Au début, je trouvais ça chouette et émouvant ; maintenant j'ai compris : en fait, il voudrait me donner des consignes. Je vois bien le problème : je parle trop de Blake.

C'est vrai.

Qu'est-ce que j'y peux, moi, si j'ai tant écrit sur lui ? Les journalistes m'en parlent tout le temps, je suis bien obligée de répondre. Je comprends que ce soit pénible à lire – d'ailleurs je lui ai dit de ne pas lire mes interviews, c'est lui qui insiste, il doit m'observer comme on observe un petit animal étrange dont on ne comprend pas bien encore le fonctionnement... –, mais ça ne signifie pas que je ne suis pas bien avec lui ; rien de ce que je fais n'a cette signification... quand je bois beaucoup ça ne veut pas dire que je ne suis pas heureuse à ses côtés, par exemple... Ce qui est fatigant, en revanche, c'est qu'il prenne tout en mauvaise part. Moi non plus je ne suis pas encore habituée à lui.

Je suis habituée à l'opposé. Il ne se drogue pas, il ne fait pas de crise de nerfs, il n'est pas agressif, et surtout on peut compter sur lui. Ça, c'est formidable. Il adore la musique, il a des tonnes de disques, des pirates des Specials, des Equals et j'en passe, et ce n'est pas un loser, loin de là, il est trop intelligent pour moi, même. Il est... parfait, quelque chose comme ça. Blond, bien élevé... c'est mon contraire. Je veux bien que les contraires s'attirent. Je veux bien. Mais j'ai du mal à suivre, du coup. Alex est déjà le contraire de Blake, alors moi où suis-je dans tout ça ?... Et avant je sortais avec Chris, un gentil journaliste mi-Alex (pour le côté intello calme) mi-Blake (pour le côté je te lâche sans explication). Allez savoir. Je suis sûrement beaucoup plus proche de Blake, et je ne cherche sans doute pas mon contraire. Je regarde les couples autour de moi histoire de comparer, mais il n'y a pas de grande histoire d'amour en marche – nous sommes au bar de l'Holiday Inn Camden Lock, l'ennui total... J'espérais voir quelques couples illégitimes, éventuellement des call-girls comme ma chère Billie Piper dans cette série dont j'ai fait le générique, gloire ! (Je me souviens du coup de fil de Billie, ravie, et des tractations avec les hommes de télé faussement cool, et près de leurs sous précisait ma nouvelle publiciste, car j'ai une publiciste, maintenant, nommée Tracey...) Mais à cette heure-là... Au bar, il n'y a que des hommes et des femmes d'affaires, tous au café. Il y en a sûrement qui couchent ensemble, cela dit.

Bon. Je suis arrivée plus tôt mais c'était une erreur. L'attaché de presse, Ron, est tout le temps au téléphone, ce n'est pas comme si on se marrait. Et puis j'ai découvert en arrivant que j'avais quatre interviews. Il ne m'a pas présenté les choses comme ça, hier au téléphone. Il m'a dit : « Il n'y en aura que pour une matinée », le roublard. Et quand bien même ce serait vrai, ce n'est pas tout à fait pareil que « Tu as quatre longues interviews demain ».

Il me regarde l'air fâché. « La journaliste est là dans cinq minutes. Ce n'est pas celui que je croyais, j'aurais voulu Simon. » Il me l'a déjà dit. Il ne sait pas quoi me dire.

Je me fais payer un autre verre de vodka.

Je lis sur sa tête ce qu'il en pense, mais il ne peut pourtant pas dire non. J'ai vendu trop d'albums. Il est grand, tatoué, et il ne peut rien me dire. Quelle minuscule revanche.

Il ne me rappelle pas du tout Blake. Physiquement ce n'est pas ça. Et alors je ne risque pas d'avoir envie de me le faire ; il est tellement surexcité, on dirait un trader... même avec des tatouages et un tee-shirt de Motörhead. Les gens des maisons de disques ressemblent beaucoup plus à des traders qu'on ne le croit.

Mais pourquoi chercher toujours des ressemblances, des différences et des contraires ?

Moi qui suis coiffée comme Marge Simpson, ne devrais-je pas plutôt conserver une prudence de bon aloi sur la question ? Hein ?

La journaliste arrive, une fille en trench noir, normale, blonde, l'air sérieux, qui commande un café et a l'air un peu surprise de me voir déjà en train de m'alcooliser : à la fois surprise et flattée, comme si ça confirmait l'opinion qu'elle avait de moi, comme si je lui disais « tu as raison ». Oui, tu as bien raison de penser qu'une fille qui chante qu'elle ne veut pas aller en rehab va se taper un verre de vodka à midi, mais ce n'est pas parce que je suis alcoolo, ou parce que je frime, c'est parce que ça me détend avant les interviews. Elle va écrire que je bois. Sûrement. C'est la vie.

J'ai prévenu Ron : « Ne me laisse pas avec un verre vide. »

La journaliste me fait un sourire franc (tu parles...). Elle sort son magnétophone. Elle me demande comment je vais, je réponds bien, ça va bien. Suis-je surprise par le succès de la chanson « Rehab » ?

Sa question m'énerve un peu, car, un, il est difficile de trouver une réponse et, deux, ils me la posent tous, et il est d'autant plus difficile de trouver plusieurs réponses. Je lui sors la classique, tant pis, démerde-toi. « Je suis contente de voir que beaucoup de gens se reconnaissent dans mon refus de la cure de désintoxication... Non, je suis surprise, c'est vrai, parce que c'est une chanson qui au début était une blague. Je chantais juste le refrain à Mark Ronson dans la rue, je n'avais rien écrit, ça m'est venu comme ça, j'étais en train de lui raconter l'histoire que je raconte dans "Rehab", et c'est lui qui a dit : "Allons-y, c'est drôle, c'est une bonne chanson". Je l'ai écrite très vite et on l'a enregistrée aussitôt. J'ai eu beaucoup plus de mal avec d'autres chansons.

– La plupart des chansons parlent de peines de cœur, on sent que vous avez souffert. »

Bien vu.

« Tout le monde a des chagrins d'amour. C'est la vie. »

Elle me sourit avec compassion. Elle attend que je raconte comme j'ai souffert. C'est embarrassant.

« En fait il y a tellement de stars qui font tout un flan avec leurs cures de désintoxication, et blablabla, et j'aurais pu mourir... que c'est bien d'avoir un autre son de cloche. Mais quand je l'ai écrite, en tout cas, je ne pensais pas du tout à ces histoires de stars en désintox... Je ne ressemblais à rien, en écrivant cet album, j'étais vraiment malheureuse. Il n'était pas question de star ou de paillettes, j'avais perdu l'homme que j'aimais, j'étais très mal... Ce que veut dire cette chanson, c'est qu'on s'inquiète trop vite. Picoler du matin au soir quand on est en plein chagrin d'amour, c'est peut-être... normal, plus qu'inquiétant... Non ?

– Sauf peut-être quand ça devient une habitude.

– J'aime beaucoup boire. Mais je ne ferai pas ça toute ma vie... c'est juste que je ne sais pas m'arrêter. Mais si je ne commence pas, tout va bien.

– Et si vous commencez ? »

Je rigole. Elle veut du sensationnel mais je n'ai rien de sensationnel à dire. Je fais signe à l'attaché de presse de me recommander un verre.

« Je bois jusqu'à ne plus me souvenir de rien. »

Je hausse les épaules.

« Des tas de gens font ça. C'est drôle jusqu'à ce qu'on se réveille le lendemain avec des bleus qui viennent d'on ne sait où... et parfois l'alcool me rend agressive, et parfois j'ai des black-out, mais j'en ai quand même besoin pour ne pas devenir folle, pour ne pas bouillir seule dans mon coin. Vous voyez ce que je veux dire ?

– Vous pensez que c'est un exutoire ?

– J'ai des sautes d'humeur. Je me soigne comme je peux. En fait j'ai l'habitude, ça fait des années que ça dure.

– Quand est-ce que ça a commencé ?

– Peut-être quand mes parents se sont séparés. Ça a déclenché chez moi une certaine envie d'envoyer tout balader... Mais je ne le faisais pas. C'est vers treize ans peut-être que j'ai accusé le coup. Et ça a empiré... À quinze ans j'étais persuadée d'être bipolaire. En plus je prenais la pilule... enfin pardon, non, j'avais seize ans bien sûr, sinon ce serait illégal (je ris)... Écoutez, ma mère était pharmacienne, si j'avais besoin de quelque chose je lui en parlais, et elle avisait. Je prenais des antidépresseurs aussi, et je crois que la combinaison avec les hormones de la pilule m'a fait péter les plombs. C'est à ce moment-là que j'ai commencé à être vraiment déprimée. Je n'étais pas une adolescente très facile. Je ramenais des mecs à la maison, quand ma mère rentrait du boulot elle nous trouvait en peignoir dans le salon, en train de regarder la télé en fumant des pétards. Ça ne passait pas très bien. »

On rigole. Puisque ça lui plaît, je continue.

« C'est à cet âge-là aussi que j'ai pris du Valium pour la première fois, pour équilibrer. Il y avait beaucoup de médicaments chez nous. Je n'y connaissais rien, mais le Valium, bien sûr que je connaissais de nom, alors je me servais. Je faisais trop de mélanges, je pensais que ça arrangerait les choses, mais non. »

Pourquoi je lui dis ça ? C'est faux.

Et j'adore les mélanges.

« Vous avez trouvé une solution pour aller mieux ?

– À part l'alcool ? Non. Pas vraiment. Je suis comme je suis. Ma solution a été de partir, je pensais que mes problèmes s'arrangeraient une fois que j'aurais quitté le foyer familial. Mais ce n'est pas ce qui s'est passé : je commençais ma carrière, j'avais beaucoup plus de choses à faire. C'était excitant, mais aussi angoissant, je suppose.

– Est-ce que la musique vous aide ? Racontez-moi, par exemple, votre premier gros concert... j'étais à votre concert pour les NME Awards, la semaine dernière, un très bon concert d'ailleurs. Racontez-le-moi de votre point de vue. »

Mais ça fait trois questions en une, ça. Elle prend des libertés.

« J'aime bien l'Astoria. Ce concert-là était bien, il y avait une bonne ambiance, j'ai vu les Noisettes avant, et j'avais très envie de jouer... c'était agréable, j'étais en forme, il me semble.

– Il y avait cette fille qui criait : "Je t'aime Amy" dans la fosse... »

Je me souviens. C'était sympa mais elle me perturbait beaucoup, toujours à gueuler alors que je ne m'y attendais pas.

« Oui, je me souviens... En fait, ce qui est incroyable, c'est de voir les gens venir tout spécialement pour vous. Ça fait peur aussi.

– Comment réagissez-vous au succès ?

– Comme avant un concert : ça me fait peur, et je trouve ça génial. Voir son nom sur un album... quelle expérience incroyable et terrifiante !

– Vous avez peur de monter sur scène ?

– J'ai toujours eu un peu peur de monter sur scène ; sans vouloir en faire des tonnes, c'est difficile de surmonter le trac... mais à partir du moment où j'ai eu mes rituels, ma scénographie, mes choristes, tout ça bien installé, c'est devenu beaucoup plus facile. Maintenant, je ne dirais pas que c'est comme dans mon salon, mais j'ai mes petits lampadaires sur scène, mes amis, tout le confort.

– Vous n'avez pas répondu à ma question : est-ce que la musique vous aide ?

– Fallait pas me poser quatre questions en même temps. (Je rigole.) C'est bon de pouvoir tirer quelque chose de bien de périodes de souffrance... Si vraiment je dois être malheureuse, alors je suis tout de même privilégiée dans mon malheur, si je peux écrire des chansons qui en parlent, et ne soient pas totalement noires... parce qu'il y a de l'humour, aussi, dedans. Heureusement. Ça veut dire que j'en suis sortie. La musique des autres m'aide aussi. C'est un autre monde. »

Pile quand je prononce ces paroles, le serveur arrive avec ma vodka. La fille m'adresse un regard entendu. Je rêve.

« L'alcool aussi met le monde à distance. Vous n'aimez pas le monde tel qu'il est ? »

Elle pose vraiment des questions épuisantes. Conséquence, je réponds n'importe quoi.

« J'ai eu une enfance privilégiée et j'ai actuellement beaucoup de chance, je ne peux pas me plaindre. Je ne vais pas sortir des trucs de hippie comme quoi ce serait tellement mieux si tout le monde s'aimait. Ce n'est pas possible. S'il n'arrivait jamais rien de mal, personne n'écrirait de chansons. Et surtout pas moi, parce que je ne parle que de choses qui me sont arrivées, et je ne fais pas dans le conte de fées.

– Voyez-vous toujours l'homme qui vous a inspiré l'album ? »

Et voilà. Je suis obligée de donner tous les détails parce que j'ai eu le malheur d'en faire un sujet de chanson. C'était pareil avec *Frank*.

« Non. Enfin, si. Blake et moi sommes toujours amis, nous nous voyons de loin en loin. Et puis vous savez, forcément, quand je chante ces chansons, je nous sens proches l'un de l'autre. Tant que je n'aurai pas composé d'autres chansons, je n'aurai pas tout à fait tiré un trait. Ces chansons... elles sont très influencées même par les groupes que nous écoutions ensemble. Les chanter c'est presque encore être avec lui et souffrir pour lui.

– Vous souffrez encore en pensant à lui ?

– Non... Dites-moi si mon nez s'allonge.

– D'où vient votre amour pour les Shangri-Las ?

– Je les ai toujours aimés, les girls-bands, elles parlent de mon genre d'homme, « *the leader of the pack* », les motos, c'est vraiment un type d'homme qui me fait fantasmer depuis que je suis en âge de fantasmer, j'ai grandi avec. Et je dois aimer les tragédies. Quand je me suis séparée de Blake, j'écoutais en permanence « I Can Never Go Home Anymore ». Je vivais dans cette chanson. « Les anges l'ont prise pour amie ». C'est d'une telle tristesse. J'avais écouté cette chanson avec Blake. On l'écoutait sur le jukebox du pub, en faisant des billards. Voilà. Nous étions trop jeunes pour que ça marche. C'était trop perturbant. Mais je ne regrette pas d'avoir eu des sentiments aussi intenses pour lui, l'intensité, c'est quand même ce qu'on demande à un artiste, et c'est pareil pour ma "bipolarité", ou mes tendances dépressives – c'est là qu'un artiste puise son inspiration, non ? Sinon, on se contente d'être heureux.

– Vous avez l'impression qu'il faut être malheureux pour écrire ? »

Elle me déprimerait presque...

« Je ne sais pas. J'ai souvent des idées noires. Je ne sais pas si elles rendent ce que je fais meilleur. Mais je compose souvent à la suite d'épisodes douloureux, c'est vrai. Quand j'ai commencé à bosser sur le premier album, je n'y arrivais pas, je n'écrivais que des conneries. De vraies conneries, attention, une chanson sur les singes, par exemple, et on passait tout notre temps à boire des cocktails à Primrose Hill... Et puis quand ma grand-mère est tombée malade, une chanson m'est venue très vite, et puis quand j'ai rompu avec mon petit ami de l'époque j'ai été beaucoup plus inspirée aussi. Mais il ne faut pas être trop malheureux pour écrire, c'est sûr. Un trop grand malheur vous rend stérile, incapable de faire quoi que ce soit.

– Blake a aimé l'album ?

– Il y a des chansons qu'il a trouvées trop personnelles... En fait, il y a des chansons qu'il déteste pour cette raison. Mais je sais bien qu'il est flatté.

– Vous écrivez aussi sur des choses heureuses ?

– C'est difficile d'écrire uniquement sur une chose heureuse. On sait que ça ne va pas durer, car ça ne dure jamais... Je ne peux donc pas écrire quelque chose qui aille dans ce sens. Il y aura au moins un peu de gris dans le blanc.

– N'êtes-vous pas plus heureuse maintenant, pourtant ? Tout vous sourit, vous êtes célèbre...

– La célébrité ne m'intéresse pas. Ça sonne peut-être faux, mais c'est comme ça. Être reconnue dans la rue, c'est amusant, et la plupart des gens sont sympas, mais je n'y pense pas beaucoup et ce n'est pas quelque chose qui me rend heureuse. Ce n'est même pas étourdissant. »

Je mens un peu. Bien sûr que c'est étourdissant.

Elle se penche vers moi. Je sais déjà de quoi elle va parler.

« J'imagine que vous avez retrouvé l'amour ? »

Gagné.

« Vous avez de ces expressions, on se croirait dans un soap... Je vis avec un autre homme, qui me donne ce dont j'ai besoin en termes d'amour et de sécurité.

– Est-ce que la chanson « He Can Only Hold Her » parle de lui ?

– Elle parle de plusieurs choses... de moi, bien sûr, et dans cette chanson, quand je dis que mon cœur a été volé, je fais allusion à Blake... mais je ne parle pas de l'homme avec qui je suis maintenant dans cette chanson. Ce n'est pas lui, l'homme qui n'arrive pas à me satisfaire. Je ne parle pas d'un cas en particulier, de personnes en particulier. Je suis toujours insatisfaite quand je suis amoureuse. J'ai peur que ça se termine. Et si je n'ai pas peur que ça se termine, c'est que je m'emmerde et que je vais aller voir ailleurs si l'herbe est plus verte. Je ne suis jamais en paix, finalement... Mais ce n'est pas grave. Je dois avoir besoin d'insécurité aussi. Pas de malheur, attention. D'insécurité.

– Ça vous fait peur ?

– Oui et non. J'espère que la vie sera clémente envers moi. Comme tout le monde.

– Vous souhaitez une vie confortable ?

– Pas si en atteignant le confort je dois rater des aventures excitantes.

– Vous avez beaucoup maigri ces derniers mois. Que faut-il en conclure ?

– Que j'ai arrêté de fumer de l'herbe, et donc que je n'ai plus faim en permanence. Il y a eu mon chagrin d'amour aussi, ça ne m'a pas vraiment donné de l'appétit. Je ne sais pas... quelles autres causes... le désir de changer, sûrement. Nouvelle vie, nouvelle tête, comme dirait *Cosmopolitan*. Ça m'agace que dans mon cas on considère automatiquement l'amaigrissement comme un signe de maladie. J'étais un peu dodue, j'ai maigri, d'habitude on félicite les femmes pour ça, c'est complètement con, mais je préférerais ça. Il n'y a pas grand-chose à dire là-dessus. Je fais du sport.

– On a du mal à vous imaginer dans une salle de sport.

– Détrompez-vous. J'y vais, avec mon maquillage, ma peinture de guerre, et je reste jusqu'à être crevée. Je vais dans les salles pour hommes, tellement plus motivantes, et ils m'encouragent.

– Vous avez beaucoup de tatouages ?

– Treize. C'est mal barré, hein ? J'ai fait le premier à quinze ans. On peut devenir accro aux tatouages. Je suppose que c'est ce qui est en train de m'arriver ! J'adore les regarder, c'est bon d'avoir de belles images à regarder, plutôt que simplement la tronche que vous voyez dans le miroir tous les matins.

– Est-ce qu'il n'entre pas un peu de haine de soi là-dedans ?

– Ce n'est pas forcément parce qu'on se hait qu'on veut voir autre chose dans le miroir… Après, oui, la douleur fait partie de l'expérience du tatouage. C'est une façon de souffrir pour ce que vous aimez. Mais il n'y a pas que de la souffrance dans cette douleur. Ça soulage… je ne sais pas pourquoi, ça soulage, et ça défonce un peu.

– Vous allez faire enlever votre tatouage "Blake" ?

– Non.

– N'y a-t-il pas un rapport entre le tatouage et l'automutilation ?

– Si vous le dites. L'automutilation, je n'ai presque jamais fait ça, ça ne me viendrait plus à l'idée aujourd'hui. Et non, je ne crois pas, non, l'automutilation, on fait ça pour faire sortir quelque chose de soi, non ? Le tatouage, c'est un peu le contraire. On fait ça pour rendre cette chose éternelle. Pas éternelle, bien sûr, mais pour la faire durer aussi longtemps qu'on vivra. C'est un souvenir. Le rappel de quelque chose que vous avez vécu. Je garderai le tatouage que j'ai fait pour Blake pour me rappeler à quel point je l'ai aimé et à quel point j'ai été stupide.

– Vous avez des regrets ?

– À mon âge ? Vous me demandez ça à mon âge ? J'ai vingt-trois ans.

– Des regrets à propos de… je ne sais pas, des choses qui sont désormais impossibles.

– On va dire que c'est votre dernière question. » Comme c'est une réponse assez brutale, je m'en veux et je réponds plus sincèrement, quoique à côté de la plaque. Dans le fond, elle me gonfle et j'ai hâte d'en finir. « J'ai toujours essayé de retirer le maximum d'une situation… Mais j'ai au moins un vrai regret : autant je suis bonne au billard, autant, putain, je n'ai jamais gagné un seul bras de fer de toute ma vie. »

Ça ne me dérange pas de parler de moi, ce qui m'ennuie, c'est la répétition. Mêmes questions, mêmes réponses. Du coup, j'ai l'impression que je n'ai rien à dire. Et à chaque fois, les journalistes me parlent de Blake. Blake, Blake et encore Blake. Au lieu d'être un exercice d'autopromotion vaguement hypocrite, ça se transforme en séance d'analyse carrément déplaisante.

Un autre journaliste attend. Lui, j'ai l'impression de l'avoir déjà rencontré pour *Frank*.

J'explique à Ron que j'ai besoin de m'isoler cinq minutes.

« Quoi, dit-il, en regardant la journaliste qui range ses affaires. Elle a été pénible ?

– Pas particulièrement. J'ai juste besoin de m'isoler deux secondes et de fumer une clope.

– Nous avons encore trois interviews derrière », dit-il, pratique. Nous ? Surtout moi.

Il a un regard légèrement soupçonneux, comme si j'avais l'intention de me défoncer à toutes les drogues du monde pendant mes cinq minutes de chère solitude. Ils me font rire, tous.

Devant l'hôtel, j'appelle mon manager pour signaler que quatre interviews, c'est trop, et Raye me répond : « Allons donc », puis, en rigolant : « Je t'aurais appelée de toute façon car aujourd'hui est un grand jour, j'ai eu un coup de fil de *Glamour* qui voudrait “les conseils maquillage d'Amy Winehouse” dans un prochain numéro. Tu es célèbre !

– Sans déconner. C'est la seule interview que je veux bien faire !

– Tu plaisantes », proteste-t-il.

Toujours planquée dans mon recoin, j'allume ma deuxième clope et j'envoie un SMS à Blake. « J'ai encore parlé de toi en interview. » J'inspire à fond. Je regarde le ciel. J'ai sa réponse deux secondes plus tard. « Just Friends ? », comme ma chanson.

Quelle ordure.

Je réponds : « Jamais ».

Ensuite, j'ouvre le SMS d'Alex, que j'ai reçu plus tôt. « Bon courage ma chérie. » Je ne réponds pas.

Je rentre dans l'hôtel et j'annonce que je vais m'en aller. On n'aura qu'à reporter les interviews. Ron me regarde, paniqué. « Tu plaisantes ! » dit-il, comme Raye : décidément ils me prêtent un grand sens de l'humour.

« Pourquoi je te ferais une blague aussi idiote ? Mes blagues sont meilleures que ça. Je repars. J'en ai marre. Je n'ai rien d'autre à dire. Là je suis bourrée, je vais raconter n'importe quoi, on ne veut pas ça, ni toi ni moi.

– Amy... »

Je me tire. Je repense à la chanson « He Can Only Hold Her ». Je ne réfléchis pas vraiment à ce que j'ai pu mettre dans les mots que j'écris : quand c'est fait, c'est fait, si j'y pensais trop ça deviendrait angoissant (est-ce que j'ai bien fait de parler de ça ? est-ce que ça n'est pas trop personnel/idiot/vraiment insultant/totalement déplacé ?), mais plus j'y pense et plus je me dis qu'effectivement il est peut-être bien question d'un ennui confortable avec Alex, alors que mon cœur appartient à Blake. C'est très possible.

Et je viens encore de lui envoyer des SMS sous l'influence de l'alcool, ma spécialité.

Seigneur ! S'il me répondait « Viens chez moi tout de suite » ou bien « J'arrive chez toi », je lui écrirais aussitôt « D'accord », en bonne petite esclave.

Si moi je lui faisais ce genre de proposition par SMS, il ne répondrait même pas, il se laisserait aimer comme un salaud de pacha.

Je regarde mon téléphone. Il affiche déjà un appel manqué de Ron, rien de Blake. Il attend peut-être que je l'appelle. Mais plutôt crever : je vais rentrer chez moi et passer une sale journée, probablement au lit, probablement avec une bouteille, et le téléphone tout à côté de moi.

Je n'aurais pas dû envoyer les SMS, je n'aurais pas dû planter les interviews suivantes... je n'aurais pas dû emménager avec Alex... et dire qu'on me demande si j'ai des regrets ! Mais j'ai des regrets tous les jours ! Je suis furieuse après moi-même tous les jours. Pourquoi ? Parce que je n'ai pas de volonté. Je ne résiste jamais à aucune tentation. Et je me veux du mal. Revenir avec Blake ? Je devrais le détester. La fin de notre histoire était si moche... Mais non, pauvre débile que je suis, je lui ai pardonné... Je l'imagine revenir tout penaud. « Je sais que tu ne peux plus m'aimer, mais aime-moi. » Et je lui dirais : je n'ai jamais cessé de t'aimer. Parce que c'est sûrement vrai. Ou alors il ne dirait rien de tout ça, c'est plus vraisemblable, mais il viendrait chez moi. Il pourrait parfaitement venir chez moi tout à l'heure, pendant qu'Alex est au travail. On pourrait faire l'amour. Il pourrait me faire crier.

Ce n'est même pas la peine de me lancer des défis, d'essayer de me dire « je vais faire attention, essayer de faire autrement, d'être fidèle, de tenir les promesses que je me fais ». Je ne tiens pas parole. Eh non. C'est bien ce que je disais. Je ne gagne jamais aucun bras de fer. Mais... si je tenais parole, si je me fixais des objectifs, si j'oubliais Blake pour me consacrer bien pieusement à Alex, qui sera pour moi bientôt un genre de doudou, alors jamais je n'aurais eu les couilles d'écrire une pauvre chanson de ma vie, et jamais je ne pourrais même prétendre à récupérer ce que je veux le plus au monde, Blake.

8.

Shore Club, Miami

Sore Club, plutôt. Oui, parfaitement, *sore* comme « endolori ». J'ai mal aux mâchoires et des courbatures partout tellement nous faisons l'amour. Je crois que maintenant la chaleur m'évoquera toujours Miami et un bonheur sans nuages, béat, presque le bonheur d'un bébé dans le ventre de sa mère : tranquille, rien à faire, la nourriture arrive par le tuyau et je suce mon pouce.

J'ai écrit une carte postale à papa, une autre à maman. Au bord de la piscine, s'il vous plaît... Sur une de leurs chaises longues, à la lueur d'une de leurs petites loupiotes, avec du boogie-woogie dans mon iPod, et plein de mojitos. J'attendais Blake.

Cela donnait : « Mon papa. Je t'écris encore sous mon nom, le tien, et quand tu recevras cette carte je serai une femme mariée. C'est un moment que nous voulons garder pour nous. Je suis folle de bonheur. Je pense à Cynthia, que j'aurais voulu avertir aussi, sachant qu'elle manque et que vous manquez à Mrs Amy Civil. » Au-dessus de « quand tu recevras cette carte », j'ai inséré une petite étoile qui renvoyait au bas de la carte et en bas j'ai inscrit : « Enfin ça dépend de la poste... ». Papa maudit en permanence la poste anglaise. Voilà, petite private joke.

La carte pour maman m'a pris plus de temps. Normalement, le mojito me fait réfléchir à toute allure et trouver pile la bonne expression, mais là ça n'a pas marché, donc j'ai demandé un bout de papier à un serveur pour préparer ce que j'allais écrire : c'est plus facile quand je vois les mots écrits noir sur blanc, quand je peux raturer, réorganiser. Il m'a apporté un bloc-notes en zyeutant mes tatouages, mes seins et les cicatrices sur mes bras. Je me suis torturée un peu, puis j'ai écrit : « Ma maman. Je vais me marier. Je t'aime. Mrs Amy Civil. »

J'étais toute seule et je n'avais plus aucune idée de l'heure car le temps est distordu quand on est sous coke... mais en tout cas je ne voyais pas revenir Blake, et dans ma solitude je me suis demandé s'il n'avait pas changé d'avis entre-temps, si bien que je n'ai pas donné les cartes au maître d'hôtel pour qu'il les poste. Et en fait je me sentais un peu nerveuse, parce qu'il a cette manie, Blake, de me laisser quand j'ai pris plein de coke. Lui va chercher de quoi descendre et de quoi remonter, et moi je reste seule. Tout à l'heure, quand j'ai voulu l'accompagner, il m'a dit : « Non, ce sont des gens sordides », et bien sûr je n'ai pas envie de voir des gens sordides, j'en vois assez comme ça à Londres sous la pluie. Puis il m'a expliqué : « Tu es trop connue, ce sera difficile, et moi je veux protéger ma chérie. »

Moi, je veux le protéger aussi, vu qu'il ne sait pas se protéger tout seul. Je ne voudrais pas qu'il tombe sur des ordures. Des ordures qui le reconnaissent, car lui aussi est connu maintenant : on peut, je suppose, dire qu'on est connu quand on a sa photo sur le blog de Perez Hilton, et il l'a eue, plein de fois. Des ordures qui essaieraient de lui soutirer plus d'argent sous prétexte qu'il est avec une femme fortunée, et là Blake, comme je le connais, ferait des histoires, et ça pourrait mal se terminer... Je me fais du souci mais c'est normal, j'ai parfois l'impression de vivre dans un film de gangsters avec lui et je ne vous dis pas comme ça me plaît... Ça me fait frissonner de plaisir et d'angoisse, plutôt. Car les deux vont très bien ensemble.

Non, il ne changera pas d'avis. Pourquoi changerait-il d'avis ? Il m'a demandée en mariage très officiellement le 23 avril et je m'en fous d'avoir payé la bague et les alliances. C'est aujourd'hui qu'on se marie. Hier soir, j'ai sorti les alliances et la licence de mariage, je lui ai dit : « Mets ça demain à mon doigt », et il a dit oui. Demain. Comme prévu. Comme Tracey nous l'a arrangé. Il m'a embrassée pendant très longtemps. Il est d'accord. Je le sais bien. C'est lui qui m'a demandée en mariage. Maintenant j'écoute « My Funny Valentine », j'essaie de ne pas penser. C'est la version de Miles Davis. On arrive à ne pas penser en écoutant Miles Davis. Herbie Hancock au piano. On ne sait jamais où il va. Et il finit toujours par s'en sortir. J'en ai écouté des inécoutables, quand il est méga défoncé à l'héro c'est quasiment à jeter. Mais ça, c'est purement et simplement merveilleux.

Je m'inquiète à vrai dire surtout à propos de ce que Blake est en train de faire maintenant. La fois où nous avions rendez-vous avec ce mec sur un parking... Il m'a dit : « Il faut aller voir la voiture verte tout au bout. » Ce n'est pas bien, ça ne devrait pas être comme ça. Ils étaient tous armés. De temps en temps j'oublie même que c'est illégal, tellement j'en prends. Je sais bien, ils doivent s'organiser. Même Blake veut une arme maintenant...

Non, nous allons nous marier à la mairie de Miami.

C'est une ville spéciale pour moi. J'y ai beaucoup bossé, et je l'ai aimée sans avoir jamais fantasmé dessus, contrairement à New York, par exemple. Avant même de poser un pied sur le sol new-yorkais, je savais ce que j'attendais de la ville, le Harlem de Billie Holiday, Ferrara, Basquiat, Madonna, Woody Allen, Blondie, les Ramones et divers rappeurs, et *The Warriors*. Plus les taxis jaunes, Ground Zero, le métro vingt-quatre heures sur vingt-quatre, Saint Marks. Je n'ai pas été déçue et on ne peut pas être déçu quand on a déjà tout coloré et rêvé à l'avance : on force la réalité à coller au rêve.

Miami, c'est autre chose. C'est la ville de *Scarface* et de Will Smith, mais bon, avant de venir y bosser pour *Frank*, je l'avais surtout vue dans *Deux Flics à Miami* et *Les Experts*. La lumière rasante, c'est exactement ça, comme à la télé. Les palmiers, les piscines, South Beach, mais il n'y a que cette fois-ci que j'ai vraiment visité. Sam, le pote de mon producteur Salaam Remi, nous a emmenés de bonne grâce.

Il doit avoir des idées derrière la tête. On verra. Je ne suis pas là pour enregistrer. Je dois revenir à Londres pour les Ivor Novello Awards, de toute façon.

Liberty City. « C'est le quartier noir et il y a plein de drogués, a résumé Sam. C'est chez moi. Là que j'ai grandi. »

La seule Blanche que j'ai croisée, il lui manquait la moitié des dents de devant. Et puis il y avait moi, la polytoxicomane n° 1 du Royaume-Uni, et pour l'instant j'ai encore mes dents, sauf une, mais rien à voir avec la drogue (j'ai mordu dans un glaçon, et quand elle s'est déchaussée, je l'ai retirée toute seule, bon Dieu). Liberty City, c'est un peu le Londres des *crackheads* en dix fois plus étendu. Mais vraiment : avec dix fois plus d'espace, chacun sa maison et sa bagnole... pas comme à Londres, bien sûr.

Bien sûr, ce n'est pas la vraie ville. La vraie ville, c'est le clinquant, les touristes, la plage. La façade. Et derrière il y a ça, et c'est moins vrai, car les ghettos sont partout les mêmes.

Moi, je veux toujours voir les ghettos et les quartiers pourris, j'aime les gueules tordues, les drogués et les gens qui ont pris des coups. Blake aussi, on s'est moins défoncés exprès pour être en état d'y aller. Voir nos copains américains.

Et puis je ne voulais pas que Sam explique à Salaam que je suis dans un état épouvantable.

« Regardez, moi, j'ai grandi là », a commenté Sam. Il nous a montré une baraque dégueulasse avec un panneau « Chien méchant ». « Bien sûr, ça a été refait depuis. Je n'ai pas grandi dans une maison aussi jolie... » Il rigolait. Tu parles d'un retour aux racines. Quand il a arrêté la voiture, on a vu le chien, un gros berger allemand, galoper pour se poster devant la grille. « Maintenant, j'habite dans un condo, une copropriété, comme tout le monde, piscine privée et tout le toutim. Et ces mecs... » Ces mecs qu'on voyait traverser la rue n'avaient pas de piscine, eux, pas de travail, et la gueule déglinguée.

Ils sont tous armés, disait Sam. « Et moi aussi. » Et paf, il a ouvert sa boîte à gants et a sorti un flingue. Blake et moi on l'a regardé, saisis. « On est trop en Amérique, chérie », a résumé Blake. Dans le ghetto, tu veux dire. Appeler ça Liberty City, quelle ironie. Je suis allée à Little Havana et Little Haiti aussi. J'ai visité une boutique vaudou, causé espagnol avec mon accent de merde, le vendeur m'a offert une image sainte pour me protéger.

Blake a quand même réussi à tout gâcher en allant voir un groupe de types manifestement toxicos pour leur demander ce qu'ils avaient. Je voyais Sam devenir livide. Il n'a pas posé de question.

Il n'a peur de rien, Blake. Il lui arrivera forcément des ennuis un jour, et à moi aussi. J'ai la trouille. Cet hôtel n'est plus du tout le paradis sur terre.

Je repense à la Blanche édentée, à la baraque de Sam, au chien méchant et au flingue, aux têtes fantomatiques de ces Blacks tout émaciés. Moi, je n'ai aucune raison de me droguer à part que j'aime ça. Et je n'ai pas honte les gars, presque pas, car, quand la honte et le découragement pointent leur nez, j'en reprends...

Le jour se lève. Je regarde les lumières s'éteindre une à une au bord de la piscine.

Pile quand je me demande si je dois envoyer un SMS à Perez Hilton disant que je me suis mariée (non, je déconne), Blake revient. Je lui dis à quel point je suis heureuse de le revoir, je l'embrasse, mais il est super tendu. Il me dit : « Je t'ai cherchée dans la chambre et tu n'étais pas là, et regarde, tu ne portes même pas ta bague de fiançailles.

– C'est trop précieux. Je la laisse là-haut. Je n'ai pas confiance.

– Pas confiance en quoi ? Tu la laisses là-haut où n'importe quelle femme de ménage pourrait la tirer...

– Je ne vais pas aller me baigner avec, Blake. Ça n'est pas fait pour. Ce n'est pas une bague de plongée, Blake. »

Il a l'air d'accord. Il regarde la piscine, d'un bleu paisible et totalement virginal. « Tu t'es baignée en m'attendant ? »

Je hausse les épaules. « J'ai du mal à me dire que je suis assez bien pour cette bague de toute façon. »

Je dis n'importe quoi. La preuve que je suis assez bien, c'est qu'on va se marier. Je lui dis que la mairie ne va pas tarder à ouvrir. Il sourit.

« Ça attendra qu'on ait pris ce que j'ai rapporté. »

Et là je vois clairement, comme dit Juliette, que les problèmes qui ont miné le début de notre relation sont ceux qui auront sans doute sa peau : la drogue par-dessus tout, et le doute – mais même si je m'en rends compte, je n'en tiens pas compte et je souris et je veux aller jusqu'au bout, et puis, je veux de l'héroïne moi aussi.

Après nous allons nous marier.

Putain. Je vais me marier. Nous remontons dans notre suite design – c'est la suite nuptiale – et Blake me raconte ses tribulations de chasseur de drogue à Miami. Pas grand-chose d'inquiétant, j'avais tort d'avoir peur. Décrétant même que « maintenant, on ne passera plus que par ce type », il me décrit un « clone de Nas avec des "grillz", et des fringues de rappeur comme on ne fait qu'en rêver à Londres ». Je chasse le dragon et je gerbe, et je me dis... gerber le jour de son mariage... à 6 heures du matin... et puis je m'en fous. Je le sais maintenant, que je ne pourrai que louvoyer avec la vie normale. Faire tout à moitié alors que je voudrais pouvoir profiter de tout pleinement. Des gamins qui seront en photo partout dès qu'ils auront pointé le bout de leur nez et que je ne pourrai jamais emmener à l'école, un mariage où il y aura toujours des paparazzis pour faire la cinquième roue du carrosse. Alors les traditions... Quelque chose de vieux, quelque chose de bleu... qu'est-ce que j'en ai à faire de tout ça.

Je reviens auprès de Blake, qui me demande si ça va mieux. Je dis que oui, mais je vais prendre l'air sur le balcon.

Notre suite donne sur l'océan. J'ai sous les yeux quelque chose de vieux et quelque chose de bleu.

À cette heure-là, il y a presque uniquement des joggeurs sur la plage. On est à Miami, le temple des beaux corps nus et bronzés, c'est littéralement fasciste, tellement que je n'irai jamais à la plage à Miami de ma vie. Déjà qu'à la piscine de l'hôtel on ne croise que des filles qui pourraient poser dans *Playboy*... Et dire qu'elles me regardent avec admiration ! Je n'arrive pas à penser que c'est la revanche que j'attendais... la revanche qu'attendait la grosse Amy toute à ses rêves de gloire. Mon Dieu ce que je suis contente de ne plus être cette personne.

Quand je me rallonge à côté de lui, Blake me prend dans ses bras. Il est tout mou à cause de l'héro. Il sue un peu.

« On va se marier tout à l'heure ?

– Oui, chuchote-t-il. Remets ta bague. Je voulais te prendre des fleurs ce matin mais les magasins n'étaient pas encore ouverts. Je t'aime, ma geisha chérie, ajoute-t-il en s'endormant à moitié, sans vérifier que je remets la bague et surtout sans me faire l'amour, alors que je ne suis jamais si bien que quand je fais l'amour avec lui.

Je le regarde dormir. Ses cheveux – je lui ai dit cinquante fois de ne jamais se faire la boule à zéro, son début de calvitie est si sexy –, son torse, ses bras, ses tatouages. J'aime cet homme plus que moi-même. Les rideaux volent. Et je pense du coup à une scène dans le film *The Blackout*, qui se passe peut-être bien à Miami maintenant que j'y réfléchis. La scène où Modine qui vient de replonger dans l'alcool et la coke embrasse et caresse les rideaux dans sa chambre. Les rideaux représentent plus ou moins le corps de la femme aimée qui a disparu pour toujours de sa vie. J'ai été dans le même état pour Blake, et lui aussi en a bavé, maintenant je le sais... moi plus, parce que je suis une petite nature affolée. Mais c'est fini, tout ça. Nous ne souffrirons plus comme des bêtes. Nous sommes faits l'un pour l'autre. Nous allons nous dire oui, il m'aime et je l'aime.

Je vais peut-être m'endormir aussi et faire des rêves de bientôt jeune mariée.

Quelque chose de neuf : le costume de Blake. Quelque chose d'emprunté... là je sèche. Ai-je un truc dans ma valise emprunté à Violetta, Juliette, ou Catriona ? Je ne pense pas.

Je suis défoncée, très défoncée. J'ai un point chaud qui court à l'intérieur de la tête. Un point fulgurant. Et un autre point froid dans la nuque. Je suis parfaitement détendue et j'ai les yeux qui se ferment.

Où est-il ?

Juste là. Quand je me réveille, Blake est en caleçon, et ouvre à une femme de chambre qui pousse un chariot plein de victuailles sous cloche.

« J'ai pris un petit déjeuner "nordique", avec bagel au saumon et œufs brouillés, et un petit déjeuner "classique américain", avec pancakes, saucisses, œufs au bacon et bloody mary. »

Je me relève.

« Je veux bien les saucisses et les œufs au bacon. »

Je n'ai pas mangé depuis hier après-midi, mais c'est de la gourmandise. Je n'ai plus vraiment faim, et de toute façon je suis ballonnée, mon ventre est enflé comme une baudruche. J'essaie de ne pas y penser. Je sais que c'est disgracieux, et ça n'est pas non plus très confortable, on n'en parle jamais avec Blake mais il doit avoir le même problème.

« J'ai demandé un bloody mary supplémentaire... dit-il en engouffrant un toast. Désolé si je t'ai réveillée, j'avais trop faim.

– Tu as bien fait de me réveiller. Il faut que je me prépare un peu, car je me marie aujourd'hui. »

On trinque. On s'embrasse.

J'ouvre l'ordinateur de Blake et je cherche « Miami mairie ». Il y a peut-être un endroit spécial pour les mariages. Je note l'adresse sur mon bras.

« Et les témoins ? dit-il. On n'a pas pensé aux témoins.

– On prendra des gens au pif dans la rue.

– Sinon on appellera les gens que je connais à Miami. »

Je hausse les épaules. Un dealer comme témoin de mariage ?

Blake se glisse près de moi. Alors que j'ai la bouche pleine d'œufs au bacon, il me chuchote à l'oreille en me prenant par la taille : « Il faudrait des témoins blondes qu'on pourrait ensuite ramener dans notre chambre d'hôtel. » Quel con. Mais ce n'est pas la peine de s'engueuler pour ça alors qu'il fait si beau dehors et qu'on va se marier.

Je me borne à lui envoyer son maillot de bain fleuri à la gueule.

Il me dit : « Je plaisantais, mon amour de jeune épouse », et je me dis « ça passera pour cette fois », comme une vieille épouse résignée. C'est parti. Je veux bien que ma vie ressemble à ça, moi !

Je cherche quelque chose d'emprunté, mais à part le sac rouge de voyage, que je n'ai jamais rendu à Juliette depuis que le chien de Catriona a pissé dessus, je ne vois pas. De toute façon nous redescendons à la piscine pour boire des cocktails avant de passer à la mairie. Je regarde les blondes en maillot de bain, Blake ne les regarde pas du tout. Je me laisse caresser par le soleil.

Ça va être merveilleux.

Je demande au serveur – qui n'est pas celui de ce matin, mais ils changent régulièrement – si la mairie est loin, Blake me fait les gros yeux, et le serveur me répond de commander un taxi, « qui sera là dans les cinq minutes ».

Quand on s'éloigne, je demande à Blake : « Quoi ? Pourquoi tu me regardes comme ça ?

– Il est peut-être déjà en train d'avertir les paparazzis.

– Qu'est-ce que ça peut faire ? Tu ne veux plus y aller, c'est ça ? Tu ne veux plus te marier ?

– Mais si, quel rapport ? Allons-y. »

Je le vois le rapport, moi. Il a peur.

Nous remontons, c'est lui qui insiste, toujours à cause des paparazzis. Il me dit que nous sommes déjà en photo partout, là, au bord de la piscine, il a vu les journaux du matin, et il en a assez. Il se demande combien de paparazzis se sont pris des coups de poing dans la gueule pour moins que ça.

C'est vrai que c'est flippant d'être photographié à son insu.

Une fois arrivés là-haut, on s'habille pour le mariage, et ça nous distrait des considérations anti-paparazzis, qui tout de même prennent une part trop grande de mon temps et de celui de Blake – ça l'obsède. Blake va mettre son costume Armani, moi je vais mettre la robe imprimée de petites ancres, pour mon marin, ça va de soi. Il vient sans arrêt me distraire pendant que je me maquille, d'abord il me caresse un peu les seins, puis les hanches... et puis le téléphone se met à sonner. Je ne décroche pas, mais quand ensuite un SMS arrive, je l'ouvre : c'est une fille qui veut m'inviter à une fête, mais je ne sais même pas qui c'est, et encore moins si la fête a lieu à Miami, Londres ou Tokyo. Je veille bien à ne pas ouvrir les autres SMS, et à n'écouter aucun message, je suis en vacances, quasiment en lune de miel. Et ça n'empêche personne de m'appeler, ni manager, ni publiciste, on a l'impression que j'ai plus de temps pour eux justement parce que je ne suis pas censée travailler. Comme si j'allais décrocher dans de telles conditions.

J'écoute parfois mes messages, quand je m'ennuie, que je n'arrive pas à dormir, ou que je me réveille hébétée, en sueur, sans aucune idée de l'heure. Ça m'arrive relativement souvent et ce n'est pas désagréable du tout. Mais je les supprime aussitôt, car ces gens, sous couvert de me demander mon avis, décident en fait très bien tout seuls pour moi. Et ils s'étonnent que j'annule ensuite ! Alors qu'ils se bornent à me dire « il faudrait vraiment que tu fasses ceci », confirment ensuite que je le ferai, sans rien me dire, et je suis mise devant le fait accompli, on me dit « souviens-toi, demain tu as ceci ou cela », et je n'ai plus qu'à m'exécuter !

On cherche les passeports.

Blake ne prend jamais le sien pour ne pas faciliter la tâche aux flics si jamais il se fait arrêter ; moi, je ne prends jamais le mien parce que sinon je le perdrais constamment.

Tandis que Blake retourne la chambre en gueulant : « Mais putain, où il est ! », je prends le sac rouge, a priori celui où le mien est resté, et je vide les poches sur le lit. Il est dans la poche intérieure.

Celui de Blake est dans la poche du pantalon qu'il avait en passant la douane. Logique.

Nous sommes prêts. Les alliances, elles, ont toujours été en lieu sûr, la licence de mariage aussi. Drogués, mais pas totalement désorganisés, loin de là. La drogue demande beaucoup d'organisation.

Je vais me marier.

Je dis à Blake : « Viens », et je nous prends en photo dans les bras l'un de l'autre devant le miroir de la chambre. Malgré le désordre de la chambre, la photo rend pas mal.

« Il faut un photographe pour le mariage », dit Blake, et un instant je pense qu'il cherche encore à gagner du temps, mais il appelle immédiatement un de ses amis à Miami.

« Il m'a dit qu'il voulait faire des photos de toi, qu'il bosse pour un canard du coin, aucune idée si c'est vrai, il ne m'a rien montré, mais voilà. »

Le mec est d'accord pour le faire gratuitement. Il discute un peu histoire de savoir ce qu'il pourra faire des clichés (sous-entendu : pourra-t-il les vendre ?), moi toutes ces histoires me soûlent. Je pense déjà au nombre de journalistes qui vont se pointer si jamais quelqu'un à la mairie est prévenu et décide de faire de la pub à l'endroit où il travaille. C'est comme ça aux États-Unis, ils sont complètement fascinés par l'image et par la thune. Il faut donc faire au plus vite et le plus discrètement possible.

Je regrette vraiment que Raye ne soit pas là. Avec lui tout est simplifié comme par magie.

Ça me tue d'avoir besoin de quelqu'un pour me simplifier la vie.

Je regarde Blake remplir le formulaire, les bras passés autour de sa taille. Il me dit : « Quelle jeune épouse crampon... » et me roule une grosse pelle, puis il me passe le formulaire et donc je signe « Amy Civil ». Le clerc nous regarde sans attendrissement excessif, pensant sans doute, selon qu'il a vaguement entendu parler de moi ou pas, soit que les célébrités sont des exhibitionnistes finis, soit que ces deux jeunes punks tatoués n'ont vraiment aucune pudeur. C'est ce genre de mec. Collet monté, l'air d'un vigile qui s'emmerde. Le décor est moyennement à la hauteur aussi, tout en bois, avec des bureaux partout, des chaises d'une austérité quasi monacale... je n'imaginais pas que Miami à certains endroits pouvait ressembler à une église pourrie en Cornouailles, mais c'est un fait. Il faut dire aussi qu'on ne pouvait pas aller dans la salle réservée aux mariages des gens « normaux ».

Je regarde ma signature et, en plus de l'émotion, j'éprouve un sentiment auquel je ne m'attendais absolument pas : de la fierté.

Merde. Je regarde Blake en rigolant. Il est tout ému, lui aussi. Les vœux de mariage. La tête me tourne un peu, la faute de la drogue ou des cocktails – ou des deux. Si j'avais su, j'aurais bu davantage, parce que là j'ai le cœur qui vacille et bat drôlement. Très irrégulièrement.

Je ne sens que la main de Blake dans la mienne.

Le témoin, l'ami photographe de Blake, Marcus (pas de blonde, donc...), nous félicite. Je l'embrasse, en priant pour qu'il ne nous repropose pas de la coke. On n'aurait pas dû se faire une ligne avec lui tout à l'heure. Je n'aurais pas ces palpitations. J'ai beau me dire que de temps en temps je ne réagis pas très bien à la drogue, et que ce sont des choses qui arrivent, je regrette un peu d'en être là le jour de mon mariage.

Je n'ai pas été malade, je ne me suis pas évanouie au moment de dire « Oui », je ne crois pas que ma main ait tremblé en signant ou que ma voix ait hésité… c'est le principal… Et puis pile quand je trouve que ça va mieux, mon estomac fait une sorte de bond que je dissimule tant bien que mal, et d'un coup des tas de pensées négatives me viennent : « c'est ça ton mariage, regarde, tu n'es même pas en état », voilà ce que je me dis, et je m'en veux, tout en étant par ailleurs folle de bonheur. C'est la drogue. Tu te marres – ensuite, tu paies.

J'avais encore les cartes postales sur moi. Je les ai laissées dans ma veste tandis qu'on allait faire la séance photo dehors, dans le parc de la mairie. Pas un souffle de vent dans les arbres. C'était une sorte de paradis vert et Blake n'avait aucune idée de ce que je ressentais. Aucune.

Je l'embrasse devant l'objectif et à l'intérieur je suis quand même un peu malade.

On n'y verra que du feu sur les photos. Si ni Marcus ni Blake n'ont remarqué quoi que ce soit, ce serait bien le diable, comme on dit…

Je viens de me marier et c'est sûrement le plus beau jour de ma vie. Je regarde Blake et je remercie le ciel.

L'air frais me fait du bien. Et tandis que j'appelle Tracey, je sens comme une sorte d'ivresse m'envahir, quelque chose d'incroyable, de doux et de très puissant en même temps. Elle me demande si je me sens bien. Je réponds : « À ton avis ? Je viens de me marier ! »

Et puis nous rentrons. Le photographe a le bon goût de s'éclipser (sans reproposer de coke, ce radin !), mais d'abord il a fallu qu'on le ramène chez lui en taxi, et Blake et lui n'ont pas arrêté de causer de rap à deux balles et de fêtes dans les hautes sphères gangsta. Je ne sais pas où il l'a trouvé, ce type. Il me regardait comme si j'étais une sorte d'extraterrestre, alors qu'il parlait à Blake avec une sorte de respect mêlé de camaraderie de toxicos. Ils ne faisaient pas du tout attention à moi, alors je lui ai demandé s'il bossait vraiment dans le rap, comme une midinette et en même temps un peu vicieusement.

Ma tentative de fraterniser avec ce connard show-biz a échoué, après, comme je l'ai forcément un peu mal pris je n'ai rien dit de tout le trajet.

Quand j'en parle à Blake, couchée sur notre lit conjugal, il se renfrogne un peu.

« Tu ne le connais pas, rétorque-t-il.

– Je trouve juste ça dommage qu'on ait fait faire nos photos de mariage par ce type super désagréable.

– C'est un bon photographe et il n'est pas du tout désagréable ! »

Je suis dégoûtée. Si seulement Blake pouvait être autrement, parfois...

« Tu aurais voulu quoi ? demande-t-il en se marrant. Que je te roule des pelles pendant tout le trajet alors que lui restait à se tourner les pouces en essayant de regarder ailleurs ? C'est vrai que ça aurait été tellement poli.

– Pas tellement moins que de me laisser moi me tourner les pouces.

– Il faut toujours que tout tourne autour de toi, Amy... tu fais toute une histoire pour ça le jour de notre mariage. »

Je me tourne vers lui en murmurant : « Pardon, mais tu fais tellement chier. Ne nous engueulons pas aujourd'hui. S'il te plaît, Blake. »

Nous avons commandé des burgers, nous avons mangé. Blake faisait toujours un peu la gueule. Et puis nous avons commandé à boire et il s'est détendu. Moi aussi. Je me suis dit qu'on avait probablement été tous les deux assez émus par le mariage. Un engagement pareil remue sans doute des choses assez violentes chez nous deux, enfants de divorcés... Blake et moi en avons déjà parlé. Pas de gaieté de cœur, parce que je ne veux surtout pas l'entendre dire que nous ne resterons peut-être pas toujours ensemble, même si la logique le veut... je sais bien que le fameux « quelque chose d'emprunté », ces temps-ci, c'est surtout qu'on s'emprunte l'un l'autre, plus question de se donner à l'autre jusqu'à ce que la mort nous sépare. Depuis que nous nous sommes retrouvés, nos discussions à ce sujet se sont toujours terminées dans des effusions. Pleurs, confidences, etc. Moi je veux y croire, franchement : jusqu'à ce que la mort nous sépare.

Je le lui redis. Il me répond : « Jusqu'à ce que la mort nous sépare. »

On ne s'emmerdera jamais ensemble. On sera toujours défoncés, et drogués au sexe.

On fume un peu du crack que Blake fabrique lui-même à partir de la coke, on s'engueule deux minutes pour le reste d'héro, pas trop puisqu'il repartira en chercher et qu'on a encore de l'herbe, après tout on n'est dépendants ni l'un ni l'autre, et puis j'ai envie de prendre l'air, même si je me sens mieux, donc je propose de redescendre près de la piscine. Pourquoi rester enfermé alors qu'on peut fumer des pétards au bord de la piscine ? C'est vrai, on peut, et sans devoir répondre à aucune remarque désobligeante. Hallucinant, quand on pense que fumer un pétard dans la rue à Londres est quasi passible de taule. Ici, on a la bénédiction des serveurs, qui ne disent rien, ne voient rien, n'entendent rien.

Blake finit par dire : « D'accord », en haussant les épaules.

Je prépare un pétard, on a des réserves. Et je m'allonge à côté de lui au soleil couchant.

Je repense à mes parents l'année de mes neuf ans, attablés au salon, en silence. Et puis papa est parti. Et il apprendra mon mariage dans les journaux.

Je n'ai pas posté les cartes. À quoi ça servirait, maintenant ? Elles arriveront bien trop tard.

Je pourrais les appeler. Mais je suis si bien là avec Blake... J'ai la flemme. Il y a même de la musique. C'est un hôtel incroyable... Quel autre hôtel diffuserait des chansons de Kasabian au bord de la piscine ?

Blake et moi allons encore nous faire mal voir. Nous dansons un peu comme des cons, au milieu des filles en maillot de bain ou robe de soirée, je n'arrête pas de rire.

Je le contemple à la lueur des loupiotes au bord de la piscine. Plus tard, on remontera dans notre jolie piaule et il me fera jouir fort. Je me laisse tomber sur sa chaise longue, il beugle et rigole à la fois quand j'atterris sur lui. Moi ? Je pourrais chialer de bonheur. Je suis mariée à l'homme de ma vie.

Blake se met soudain à brailler que sa jambe est tout ankylosée. Je me relève immédiatement. Au moment où je m'assieds par terre à côté de lui, sur un coussin, un petit papillon débarque et se met à voleter autour de nous. Et Nina Simone se met à chanter dans les haut-parleurs.

9.

ROAD TO NOWHERE

« Comment ça, Blake est là ? »

Vickie lança son mégot sur les rails.

« Je lui ai pris un billet. Elle ne veut pas y aller sans lui. Je n'avais pas le choix... »

Vickie maudissait Raye de lui tenir la grappe, mais, à moins de vouloir vraiment le brouiller avec Blake, elle ne pouvait évidemment pas continuer cette conversation dans le train.

Elle s'entendit dire : « Je n'y peux rien si elle ne veut pas voyager sans lui ! » Un ton pareil, en s'adressant à son boss... Et puis : « Elle était injoignable. Heureusement que Blake a décroché. Sans lui, si ça se trouve, elle ne serait même pas dans le train, et le concert serait planté. »

Ce qu'elle voulait dire, surtout, c'est « heureusement que j'étais là ». Le téléphone d'Amy sonnait dans le vide, et c'est seulement quand Vickie l'avait appelé que Blake avait daigné répondre à son portable (sur lequel Raye venait de l'appeler cinq fois). Il n'aimait pas Raye, et faisait exprès de l'ignorer. Blake était bien le seul à rire de ce petit jeu. Dans les bons moments, Vickie aurait pu en sourire, à la rigueur : en tant qu'assistante de Raye, elle devait toujours composer avec les humeurs de tout le monde, artiste, manager, tourneur, sans pouvoir l'ouvrir elle-même, et elle appréciait de voir son patron se faire snober, lui aussi. Mais on appelait peu Blake dans les bons moments. On l'appelait surtout quand on ne trouvait pas Amy, alors qu'elle était attendue ailleurs, et en ces occasions personne n'avait besoin de tensions ou de travail supplémentaires.

Quoi qu'il en soit, s'occuper d'Amy Winehouse était devenu un enfer. Annulations, « surmenage », alcool, drogues... il était impossible de savoir ce qu'elle prenait exactement, et Vickie n'en voyait plus la fin. Elle avait annulé Liverpool, T In The Park, Oxygen, le festival Nuke en Autriche, elle avait été photographiée par Terry Richardson en train de se scarifier, elle avait épousé un toxicomane ingérable. Elle devenait elle-même ingérable. Elle disait « oui », puis « non », puis « on verra ». Ne faisait plus que les interviews qu'elle ne supporterait pas de rater. Chaque jour était pour Vickie un combat contre l'artiste qu'elle était censée défendre, et de surcroît elle éprouvait une douloureuse empathie envers elle.

Le concert de la veille, en Cornouailles, avait été honteux : Amy, furieuse d'avoir oublié des paroles, s'était frappé le crâne avec le micro et avait craché sur la foule. Elle avait quitté la scène pendant « Valerie » et s'était effondrée en larmes dans les toilettes. Ensuite elle avait refusé de monter dans le bus qui transportait l'équipe technique, les musiciens et les choristes, et réclamé qu'une voiture la reconduise à Londres. « Je veux juste être à la maison avec mon mari », pleurait-elle. Elle avait promis de faire le concert du lendemain si et seulement si elle avait le droit de passer la nuit chez elle.

Vickie retourna s'asseoir dans le train.

Amy dormait, le visage enfoui dans le rideau. Le coussin qu'elle avait placé sous sa tête avait glissé. Blake jouait à un jeu sur son téléphone. Son polo était déchiré sur le côté droit, constata Vickie. C'était sans doute fait exprès, il était tellement attaché à son look.

Ils échangèrent des banalités au passage.

« Pourvu que le train ne soit pas en retard, dit Vickie.

– Ouais, dit Blake. Déjà qu'on a failli le rater... »

Il retourna à son jeu, Vickie s'assit à sa place, juste derrière eux.

Raye l'avait presque engueulée. « Quand ils sont ensemble, ils ne font que boire et se défoncer, Amy va se démolir la tête, et rater le concert. Ce type est une mauvaise nouvelle, tu n'aurais pas dû payer son billet. »

Si elle avait refusé de le faire, Amy serait restée à Londres, Raye le savait très bien.

Ils étaient partis en catastrophe. Vickie avait aidé Amy à faire son sac chez elle, pendant qu'elle farfouillait à la recherche de ses produits de beauté : aussi savait-elle qu'il ne renfermait rien d'illégal, mais Blake avait emporté son petit bagage lui aussi, qu'elle aurait bien passé aux rayons X tant la réussite du concert dépendait de son contenu. Bien sûr, tant qu'ils ne passaient pas de frontière, il pouvait emmener ce qui lui chantait, et ils allaient seulement à Liverpool, pour un concert qui avait été annulé pour raisons médicales (le fameux « surmenage » d'Amy) et reprogrammé.

Elle croisait les doigts. On ne pouvait plus rien dire à Amy. Elle ne faisait plus que ce qu'elle voulait.

Vickie était épuisée. Elle avait suivi presque toute la dernière tournée anglaise, et n'avait plus le temps de s'occuper d'aucun des autres artistes de Raye. Amy voulait tout le temps qu'elle soit là, parce que, elle, « elle l'écoutait », parce que, elle, « c'était une copine ». Il fallait déployer des trésors de compréhension avec elle. Elle avait effectivement besoin d'une amie qui la suive dans ses déplacements – et maintenant il lui fallait son mari aussi. Amy était terrorisée de se voir dans les journaux, épuisée par les paparazzis, ébahie par tous les prix qu'elle recevait,

Amy n'en revenait pas d'avoir eu dans le public de son concert à New York les fameux rappeurs Jay Z et Mos Def, et le bluesman Dr John, et allez savoir qui encore. Mark Ronson, bien sûr, venu recueillir les félicitations pour son formidable boulot de producteur sur *Back to Black*.

Il y eut un mouvement devant elle. Un bruit de baisers.

Amy se réveilla. Se leva pour prendre son cardigan dans sa valise. Elle avait encore des cernes.

« Putain ! » murmura Blake. Il avait probablement perdu une partie. « Merde ! »

Amy se rassit en souriant.

Ils se relevèrent deux minutes plus tard.

« On va au bar », dit Blake, sans inviter Vickie.

Elle savait ce que ça voulait dire : cuite express, Amy qui s'écroule. Elle ne pouvait rien faire. Rien.

Respectant la hiérarchie, elle envoya un SMS à Raye, « ils sont partis au bar », et les suivit deux minutes plus tard, son téléphone à la main.

« Ils ne veulent pas me servir à boire, déclara Amy d'un ton monocorde dès que Vickie pénétra dans la voiture-bar. Ils disent qu'il est trop tôt et qu'ils n'ont pas d'alcool. Essaie de les persuader, Vickie, s'il te plaît. »

Vickie n'essaya même pas de lui recommander de prendre plutôt un café. Ça la mettrait de mauvaise humeur. Blake lui sauva la mise, si on peut dire.

« J'ai à boire dans mon sac », dit-il, tout haut, comme s'il se fichait totalement de ce que pouvait en penser Vickie. À boire. Et quoi d'autre ? De l'héro, du crack, quoi ?

L'heure suivante se passa plutôt bien. Vickie envoyait des SMS à tout le monde (road manager, Raye, label...) pour confirmer qu'Amy arrivait, Amy rigolait en lisant un magazine et si, évidemment, elle buvait un peu à la gourde que lui passait Blake, un Blake de bonne humeur lui aussi – il devait avoir battu son score au jeu sur son téléphone, pensa méchamment Vickie –, elle restait dans de bonnes dispositions. La seule remarque un tant soit peu négative qu'elle eut fut : « Qu'est-ce que je préférerais être à la plage en train de boire un cocktail ». Elle regardait la sélection « maillots de bain » de *Glamour*. Ensuite, la situation se dégrada. Il y avait des photographes à l'arrivée du train ; les passagers, qui se rendaient compte d'un coup qu'ils avaient voyagé à côté d'Amy Winehouse, ne voulaient pas la laisser repartir sans qu'elle leur laisse un souvenir (photo, autographe, éventuellement mèche de cheveux) de ce fameux voyage « en compagnie d'Amy Winehouse » qu'ils avaient vécu sans le savoir ; et il fut impossible d'aller chez McDonald's chercher à manger à Amy, parce qu'elle était attendue à la salle immédiatement. Vickie eut beau protester qu'elle irait lui acheter son Big Mac plus tard, pendant qu'Amy ferait ses balances, Amy était renfrognée, c'était trop tard. « C'est chiant, ma vie est chiante, j'ai envie de dormir », expliquait-elle dans la voiture qui les menait à la salle. Elle ne bâillait pas : dire qu'elle avait envie de dormir était seulement une autre façon de dire « je n'ai pas envie d'être là, je préférerais dormir que vivre ces prochaines heures ». Sur place, elle salua à peine son road manager, qu'elle retrouva dans sa loge (une loge qui n'était pas, comme Vickie le demandait désormais, pourvue de rideaux et d'une seule entrée, pour la tranquillité de l'artiste), et fut manifestement agacée de le voir soulagé de son arrivée. « Je suis épuisée. Je vais me coucher. C'est possible d'avoir un lit dans les loges ? » La recette du désastre, se disait Vickie, qui n'avait pas pensé à vérifier qu'elle n'emportait pas de Valium dans sa trousse de toilette, ou quoi que ce soit d'autre. Mais le lit fut installé. Le lit de camp du fils du producteur du festival. Il était à la taille d'Amy une fois qu'elle avait enlevé ses talons.

Elle ne dormit pas. Quand Vickie revint de chez McDonald's, vingt minutes plus tard, elle était soûle, en train de rouler des pelles à Blake, et elle n'avait plus envie de monter sur scène.

« Je ne dis pas ça pour t'emmerder, répétait-elle, c'est juste la vérité. Je pense que je travaille trop. »

Personne n'allait le nier. Elle avait passé la majeure partie de cette dernière année à tourner ou à faire de la promo.

« Et il fait trop froid pour un mois de juillet, non ? »

Blake la prit dans ses bras.

« Tu as froid parce que tu es fatiguée, dit-il en la prenant dans ses bras. Elle n'a pas arrêté de dormir depuis qu'elle est revenue de Werchter, fit-il remarquer à Vickie, comme si c'était sa faute.

– Il faut en parler à Raye », répondit Vickie avec un geste d'impuissance.

Amy tremblait. Vickie se disait qu'elle ne pouvait pas s'éloigner deux secondes, décidément, pas deux secondes.

« Tu as pris quelque chose ? » demanda-t-elle franchement. Elle pouvait lui poser cette question. Elles étaient assez proches.

Blake s'interposa. « Elle n'a rien pris. Mais j'ai demandé à un roadie d'aller acheter de la coke, dit-il. Je ne peux pas la laisser dans cet état-là.

– Aux frais de qui ? demanda Vickie. Je n'ai pas de liquide.

– Le road manager paiera. Ce n'est pas lui qui lui fait cet emploi du temps de malade ? »

Elle avait tout de même l'air d'avoir pris quelque chose de sérieux. Elle n'était pas seulement soûle. Et son mari qui lui achetait de quoi continuer, aux frais de la princesse, et en profitait pour s'en mettre plein le nez au passage. Vickie était furieuse, et bien sûr ne pouvait rien dire.

« Fais le concert, s'il te plaît, dit Vickie. On ne peut pas l'annuler, celui-ci. C'est déjà un concert reprogrammé. »

Elle avait conscience de la supplier.

Amy la regarda dans les yeux : « Je vais faire celui de ce soir. Les autres, je ne pourrai pas. Je me sens mieux, maintenant. Putain, je les ferai plus tard. Une autre fois. »

Elle alla prendre une bière dans le frigo. « Tu en veux une Blake ? Et toi, Vickie ?

– Repose-toi, dit Vickie.

– Ça ira. »

Amy s'assit, alluma une clope, passa son paquet à Blake. « J'ai quoi après, de toute façon ? Encore plein de festivals ?

– Londres, le 20, et le 25, Benicàssim... »

Ensuite Lollapalooza, aux États-Unis, Øya, en Norvège...

Amy soupira.

« Bon, je vais voir comment se débrouillent mes musiciens, dit-elle. Ou toi tu y vas, Blake ? »

Cela voulait bien sûr dire : « Va voir ce que fabrique le roadie parti en quête de coke. »

Vickie connaissait leurs codes par cœur. Elle dit qu'elle allait les laisser.

« T'en fais pas, elle changera d'avis, dit Blake tandis qu'Amy allait (encore) fouiller dans le frigo.

– Non, grommela Amy. Je suis trop crevée. Vas-y, Vickie, tu peux prévenir les gens. Je ne pourrai pas. Les médecins m'ont dit que je me surmenais. Tout le monde s'en fout de ma santé, mais moi il faut bien que j'y pense, bordel. »

Quelle admirable mauvaise foi. Quand elle voulait, elle en avait des tonnes. Vickie pouvait encore l'entendre dire « j'ai trop de dates, j'ai à peine eu le temps de me remettre de ma rupture avec Alex, et d'ailleurs c'est parce qu'on ne se voyait plus jamais qu'on a rompu ». C'était très partiellement vrai. Amy lui avait expliqué comment ça s'était passé : Blake l'avait appelée, ils étaient retombés dans les bras l'un de l'autre... D'après Amy, « c'était inévitable », et d'ailleurs à l'époque elle avait encore des appels d'Alex, qui espérait la récupérer. Mensonges, mensonges. Quand elle était soûle, elle pouvait dire et faire n'importe quoi. Elle l'avait vue frapper Alex, une seule fois, mais sérieusement – comme une psychopathe – et craignait le pire avec Blake, qui ne lui semblait pas le genre à résister longtemps à la tentation de répliquer, malgré tout le mal qu'elle l'avait entendu dire des « étalages de virilité » devant deux roadies qui faisaient des blagues de cul. Elle l'avait vue fondre en larmes parce que son briquet ne marchait plus. Et par ailleurs elle avait vu une Amy complètement avinée inviter dans sa loge une petite fan coiffée comme elle et lui chanter des chansons en sifflant de la vodka à même la bouteille entre deux titres.

À 19 heures, Amy dormait.

Vickie reçut un coup de fil de Raye – pas trop tôt –, qui refusait de s'affoler au sujet des concerts qu'elle ne voulait plus donner, refusait d'annuler bien sûr, et également d'appeler Amy à ce sujet, parce que sinon « elle ne monterait jamais sur scène ce soir, on en reparlerait plus tard et on verrait avec son médecin ». « C'est au coup par coup avec elle », ajouta-t-il ; ce soir, ça se passait bien pour l'instant, c'était le principal. Il fulmina un peu contre Blake et ses envies de coke, puis raccrocha. Il rappela Vickie cinq minutes avant le concert pour vérifier qu'elle montait sur scène (oui, elle était réveillée, bien décidée à monter, elle s'échauffait dans les loges, et Blake plaisantait en imitant l'accent du directeur de la salle qui était venu la saluer), et cinq minutes après pour vérifier qu'elle y était (oui, elle y était, elle chantait, Raye pouvait entendre « Tears Dry on Their Own » en fond sonore).

Elle avait commencé par s'excuser au micro de s'être « dégonflée » la dernière fois. Cela signifiait-il qu'elle avait changé d'avis et ne se dégonflerait pas lors des festivals suivants ? Vickie l'espérait, sans trop y croire. On verrait bien.

Elle suivait le concert depuis le côté de la scène, à quelques dizaines de mètres d'Amy. Pour elle aussi, les concerts étaient des moments de tension épouvantable. Pour le road manager, à côté d'elle, l'affaire était dans le sac – après lui avoir parlé comme à une moins que rien tout à l'heure, il se retournait vers elle en mimant « super concert ». Mais Vickie, elle, ne serait vraiment soulagée qu'après le rappel, et encore, si Blake et Amy ne décidaient pas de faire les guignols, de tout casser dans leur chambre, ou de rater le train de retour. Cela ne l'empêchait pas d'apprécier le spectacle, effectivement parfait. Peut-être grâce aux remontants que Blake avait envoyé chercher par un roadie, mais ça, elle ne voulait pas le savoir. Quand elle était en forme, Amy était tout simplement merveilleuse. « Back to Black », le titre préféré de Vickie, fut somptueux. Les choristes riaient, heureux d'être là, heureux que ça se passe bien. C'était une grande artiste et même s'il était extrêmement difficile de bosser avec elle, ça valait le coup de continuer, rien que pour cette raison.

« Elle est surdouée, hein ? »

Blake, qui se baladait entre la salle, les loges, le côté de la scène, venait de surgir derrière elle. Vickie acquiesça.

« Les artistes devraient avoir le droit de jouer quand ils veulent, dit-il. Ce n'est pas l'usine. »

C'était aussi pour ce genre de réflexions que Blake n'était pas aimé de l'équipe ; là-dessus, il avait tout de même un peu raison. Il s'embarqua dans un discours auto-justificateur plein d'emphase : la coke était arrivée, il devait avoir besoin de parler. « C'est ma femme, dit-il, je tiens à ce qu'elle reste en vie et qu'elle ne devienne pas complètement folle. Mais je ferai le maximum pour qu'elle fasse les concerts suivants. Sa carrière est très importante pour elle. Et pour moi aussi. »

Elle n'arrivait pas à savoir s'il pensait vraiment ce qu'il disait, combien de temps il le penserait, et si, effectivement, il interviendrait auprès d'Amy. Il changeait d'avis comme de chemise, et de toute manière disait beaucoup de choses uniquement pour plaire à son interlocuteur. Et parfois uniquement pour lui déplaire. Il ne savait pas comment s'imposer, à part ça ils étaient bien pareils, tous les deux, songea-t-elle. Les deux côtés de la même pièce. Et depuis qu'ils étaient ensemble, Amy cultivait surtout ses similitudes avec lui. La mauvaise foi ? Blake. La drogue ? Blake. Les nuits blanches ? Blake. Seule la dépression précédait Blake. La dépression, l'alcool, la violence et les brusques accès d'affection. Mais ils avaient augmenté depuis qu'il était revenu dans sa vie.

Vickie pensait bien qu'Amy prenait de l'héroïne, même si elle l'avait toujours nié. Elle prenait bien garde à frapper avant d'entrer dans les loges, ne fouillait pas, bref n'avait aucune preuve, et ces cernes et cette fatigue constante pouvaient très bien s'expliquer par son agenda chargé, et sa tendance à picoler et à rester debout pendant des nuits d'affilée – mais elle lui avait confié que Blake en prenait parfois, et c'était presque un demi-aveu. Raye lui disait qu'il ne savait pas, qu'avec ou sans héroïne elle était déjà dans un sale état, qu'il faudrait de toute manière essayer d'avoir une discussion sérieuse avec elle sur une éventuelle cure.

Blake en prenait.

Vickie ne la connaissait pas assez pour savoir si cette raison suffisait.

10.

Hôtel Sanderson, Londres

Blake posa sa valise et en sortit immédiatement son matériel de toxico : alu, pipe, briquet. Il était de mauvaise humeur.

Elle s'allongea sur le lit et feuilleta fébrilement le *Daily Mirror*, qui affichait leurs visages en pleine page, avec en insert la photo de la mère de Blake, Georgette, interviewée en long et en large.

« Elle m'a dit qu'elle était accro à l'héroïne et à la cocaïne. Elle tenait la main de son mari... »

Amy tremblait. « Ne dis à personne où on est. N'appelle personne.

– Si, je vais appeler ma mère, lança-t-il depuis la salle de bain. C'est dégueulasse.

– Oui, c'est dégueulasse. » Elle ne résista pas à l'odeur de l'héroïne. En marchant vers la salle de bains, elle maudit sa belle-mère et la terre entière, elle-même comprise. Elle se demandait si elle trouverait un jour, sinon la paix, au moins une solution à ses problèmes, et si elle la trouverait ailleurs que dans l'héroïne qui la protégeait de tout. L'anonymat bien sûr. La solution était dans l'anonymat. Personne ne pourrait la suivre ou lui faire la leçon. Mais elle adorait l'attention.

Elle s'assit sur le rebord de la baignoire. Ils fumèrent en silence, puis Amy repensa au journal et repartit. « Un coup c'est "je picole et je me mutile", un coup c'est "je fume de l'héro et je fais une overdose après trois jours de fête non-stop". Ils savent tout. Et maintenant ça. Je n'en peux plus. Et elle ne nous a rien dit ! »

Le ton montait, à la mesure de sa détresse. Les articles s'étaient multipliés dans les tabloïds depuis qu'elle s'était écroulée la veille du festival d'Øya, en Norvège. Toute l'affaire s'était retrouvée dans les journaux. Blake l'avait emmenée aux urgences, elle avait annulé son concert, elle avait subi un lavage d'estomac, avait été shootée à l'adrénaline, elle était partie en cure. Les versions de l'histoire différaient un peu selon les journaux. Kétamine, coke, ecstasy, vodka, whisky, puis héro. Clinique du Priory, puis clinique de Causeway. D'autres révélations surgissaient sans cesse, ils étaient toujours plus près. Elle avait envie de mourir.

Et maintenant ça. Elle était trahie par des proches.

C'était la première fois, et elle s'habituerait. Si, parfaitement, elle s'habituerait... Mais il lui faudrait du temps.

« C'est un vieil article maintenant, Amy. » Blake s'en foutait. Ah, il était bien, maintenant, avec son héro et sa bonne femme. Sa mère pouvait faire ce qui lui chantait. « C'était il y a dix jours, on s'est revus depuis, ça va. On est partis de la cure, on ferait mieux de continuer à la jouer profil bas.

– Non, ça ne va pas ! On s'est revus après et elle n'a rien dit, c'est encore pire. »

Elle se leva.

« Pourquoi elle parle aux tabloïds, d'abord ? »

Blake la regardait dans le miroir de la salle de bains. Amy détestait ça. Pourquoi ne pouvait-il pas se tourner pour lui parler comme tout le monde ?

« Pour payer la cure, Amy. Pour payer la cure. »

Blake adressa un regard sinistre à son double dans le miroir et baissa les yeux vers l'aluminium qui leur avait servi à fumer de l'héroïne. Il vacillait. Il se retint au lavabo. « Ça va, dit-il d'un ton neutre. Et ton père, il n'en raconte, pas, des conneries ? Il a demandé que j'aie une interdiction de t'approcher, super beau-père... J'ai jeté le papier à la poubelle. Comme on va jeter ce torchon de *Daily Mirror* à la poubelle. Un partout. »

Il mentait. Ce n'était pas possible autrement. Mitch n'était pas tapé à ce point-là ; du reste, de la part d'un tiers, ce genre d'intervention n'était sûrement pas recevable.

« Pourquoi tu ne m'en as pas parlé ?

– Je te l'ai dit, dit Blake. Mais tu n'as pas retenu parce que tu étais défoncée.

– Où et quand ?

– Il y a deux jours, dit Blake. Un truc comme ça. Je ne sais plus. Mais c'est vrai. »

Amy se rassit sur le bord de la baignoire, devant son décourageant reflet. Elle en avait assez que la discussion revienne encore et toujours à Mitch, alors qu'il n'avait pas essayé d'interdire à Blake de l'approcher, sûrement pas, et n'avait pas, lui, donné d'interview au *Daily Mirror*.

Elle retourna dans la chambre et s'allongea sur le lit, tête dans les coussins. Elle voulut reprendre le journal, au moins pour finir l'article. Mais elle n'arrivait plus à lire, les mots se mélangeaient. Merde, merde, merde.

« Il est persuadé que tout est de ta faute, ça lui fait du bien de se dire ça, dit Amy. Je sais que c'est horrible. Ne l'insulte pas, ne l'appelle pas super beau-père, ça ne sert à rien. On en a déjà parlé cent fois, tu le sais bien, moi je démentis comme je peux quand on dit que tu me fais du mal, mais je ne peux pas les empêcher de causer. Et je ne peux pas empêcher ta mère de raconter ses conneries, persuadée en plus qu'elle fait le bien...

– Qu'est-ce qu'elle dit ? De toute façon je ne serais pas surpris, ma mère raconte beaucoup de conneries, c'est son mode de vie. »

Elle lui lança le journal. Quand elle se levait, sa tête tournait.

Elle se rallongea.

« Incroyable, grommelait-elle, incroyable que je ne voie cet article que maintenant. Il a fallu que je harcèle cette publiciste de merde pour savoir, ils me cachent tout. Comme si je n'avais pas déjà assez de problèmes comme ça, en plus les membres de ma propre famille me cachent des choses et donnent des interviews à mon insu pour raconter ma vie, même pas pour expliquer leurs pauvres opinions de merde, pour raconter ce que j'ai fait, ce que j'ai dit, c'est comme d'être espionnée par sa propre famille. »

Elle pleurait. Elle agrippa la couette matelassée, se frotta les yeux dessus, laissant des taches de mascara sur le tissu. Elle aurait voulu tout déchirer. Ou mourir. Mais la couette était plus solide qu'il n'y paraissait. Décidément, rien ne marchait comme elle l'aurait souhaité, pensa-t-elle.

« C'est indécent. Indécent. Tracey me dit qu'elle ne peut rien faire, s'ils ont envie de parler ils parlent. J'ai envie de hurler. »

Elle ne hurlait pas.

Blake lisait silencieusement.

« Eh bien, hurle, dit-il. Si tu crois que ça va changer quelque chose. »

Il avait la technique. Silence, puis petite pique.

Va donc baiser avec ton crapaud de mère.

La chambre était potable, c'était bien le moins pour un hôtel cinq étoiles, murs clairs, mini-bar, des tableaux abstraits dans des tonalités sombres, et une sorte d'œuf géant posé par terre, qui servait peut-être de table de nuit. Amy se dirigea vers le mini-bar et prit une mignonnette de Jack Daniel's qu'elle but d'une traite. Elle alluma une clope.

« Ça y est ? Tu en es au passage où elle raconte notre entretien familial au Four Seasons ? »

Pourriture de bonne femme. Elle ne pouvait pas s'empêcher… le pognon, le pognon, toujours le pognon. Amy se dit qu'elle allait l'appeler, puisque Blake, visiblement, n'en était pas capable, et lui proposer une rente mensuelle en échange de son silence absolu. Elle pourrait peut-être même le faire par écrit, pour que ce soit plus officiel.

« Tu en es où ? »

Sa voix avait monté d'un cran, c'était presque une menace.

Blake soupira.

« Elle m'a dit qu'elle était accro à l'héroïne et à la cocaïne, singea Amy, autour d'une Ovomaltine et d'un gâteau au chocolat. Et elle a oublié l'alcool. Nous nous sommes parlé autour d'une Ovomaltine, nous, on ne la fait pas boire. Nous sommes des guérisseurs. Nous ne sommes pas, surtout pas, responsables en quoi que ce soit de la maladie de nos enfants. » Elle appuya fort sur le mot *maladie*.

Elle se tourna vers Blake. « As-tu oublié l'alcool, toi aussi ?

– J'ai la bouteille d'Absolut dans ma valise. Il doit y avoir du Minute Maid dans le mini-bar.

– Tu penses quoi de l'article ?

– Je pense que tu n'as peut-être pas lu la fin, dit Blake.

– Elle dit quoi ? »

Amy était trop occupée pour lui prendre le journal, elle fourrageait dans le sac.

« Que nous sommes actuellement en cure de désintoxication, aux États-Unis, que nous nions nous injecter de l'héroïne…

– Je n'injecte pas d'héroïne », dit Amy d'un ton acerbe. Elle téta goulûment à la bouteille de vodka. L'alcool lui faisait toujours autant d'effet.

Comme quoi c'était un véritable ami, songea-t-elle, un véritable ami, pas comme la coke, le crack ou l'héroïne qui au bout d'un moment vous lâchent. Votre corps réagit différemment, il faut augmenter les doses, et il y a le manque… Tellement de traîtres et si peu de temps.

« OK, tu n'injectes pas d'héroïne… Que je prends de la drogue depuis j'ai vingt ans. OK, maman. Que Juliette a découvert des bouts d'aluminium cramé…

– Juliette ? Juliette ? Elle parle de ma meilleure amie ? Elle implique ma meilleure amie ?

– « Au petit déjeuner, Amy nie les allégations de Juliette… »

Amy se remit à pleurer, assise par terre.

« C'est trop… honnêtement c'est trop.

– C'est vrai, dit Blake. Elle ne ment pas. Tout est vrai. Elle n'implique que des personnes déjà impliquées. Et papa Giles et super beau-père s'engueulent… et c'est à ce moment-là que tu avoues qu'on est accros. Tout est vrai. Comme quoi, les tabloïds… on a beau dire… En voyant ton père bouleversé tu avoues qu'on est accros, et Georgette appelle un médecin qui nous fait entrer en cure…

– La cure qu'on a quittée… oui, tout est vrai. »

Quand elle releva la tête, Blake constata l'étendue des dégâts : sa morgue des mauvais jours qui s'affichait sur son visage en une moue saumâtre, son maquillage dégoulinant qu'elle avait encore étalé en essuyant ses larmes de rage – Amy pleurait beaucoup de rage et pas tellement de douleur, avait-il remarqué, en tout cas en sa présence, et il sentait qu'elle allait s'énerver sur sa mère, que ce n'était que le début, et tout ça le faisait fondamentalement chier.

« Ta conne de mère n'avait pas à l'ouvrir… », commença Amy.

Comme il la connaissait bien.

Blake, trop défoncé pour se lever, eut une grimace souriante.

« Et elle recommencera tant qu'on sera ensemble, et qu'elle n'aura pas retrouvé son gentil fiston clean et célibataire.

– Ton père aussi veut retrouver sa petite fille chérie, répliqua Blake.

– Ouh, lâcha Amy. Territoire miné. Tu es complètement défoncé, je sais qu'il ne faut pas tenir compte de ce que tu dis. Mais sérieusement, c'est quoi cette mère qui se fait de la thune en parlant de son fils qui a épousé une pop star ? Honnêtement, c'est quoi ?

– Traite donc ma mère de pute, répondit Blake, bien amolli par l'héroïne.

– Ce n'est pas moi qui l'ai dit, cracha Amy.

– Comme ça je pourrai traiter ton père de connard… termina Blake, presque langoureusement.

Amy trouvait ce ton sexy habituellement. Mais personne ne pouvait traiter Mitch de connard en sa présence, et encore moins quand elle avait bu.

« Papa ne veut que mon bien, pauvre con, tu vois où on en est. C'est pas brillant. Et j'en ai marre qu'on se retrouve coincés dans un remake couillon de *Roméo et Juliette*…

– *Sid et Nancy*, corrigea Blake.

– Ta gueule, dit Amy. Je vais être honnête avec toi… d'abord, j'aimerais bien écouter un peu de Marvin Gaye… »

Blake crut rêver. Quel rapport ?

Elle était tellement cool et surprenante. Ah ça oui, il l'aimait.

« Ensuite, continuait Amy, je trouve que tout ce qui se passe autour de nous est tellement cliché que ça en devient… presque mortel. Presque une pression mortelle.

– Rien de tout ça n'est mortel », dit Blake.

Amy le regarda.

« Mais tu es un enfant ou quoi ? Tu risques ta vie tous les jours et moi aussi ; l'héroïne, c'est mortel, pauvre connard. »

Elle rigolait de sa place à côté du mini-bar.

« Après, on dit que c'est moi qui suis incohérente… »

C'est vrai qu'il ne pensait plus souvent à la mort ; s'il fallait y penser à chaque fois… ça rendrait les choses beaucoup plus déprimantes. Blake était fermement convaincu que les risques variaient selon la méthode de consommation, et qu'en fumant l'héroïne au lieu de la shooter, ils diminuaient considérablement. Peut-être y pensait-elle à chaque fois, malgré tout – mais c'est parce qu'elle venait de faire une overdose, se dit-il, et il repensa à cet instant terrible où il l'avait trouvée livide et secouée de convulsions… avant d'envoyer cette image insupportable aux oubliettes.

Elle n'était qu'une accro récente. Après quelque temps, l'éventualité d'une overdose mortelle devenait un risque du métier, point barre, risque finalement mesuré quand on se connaissait bien. Il savait de quoi il parlait, honnêtement, après quoi, deux ans de consommation plus ou moins assidue – il rigola tout seul, pour lui-même… Juste un risque du métier.

Elle faisait n'importe quoi, mais il ne laisserait pas sa femme mourir, il contrôlerait sa consommation. Il se l'était juré.

« Tu ne te rends même pas compte de la beauté de la chose. Risquer sa vie dès que tu en prends… »

Il ne s'attendait pas à une telle réaction. Il la mit sur le compte de sa récente passion pour les poètes romantiques anglais… Pourquoi se prendre la tête ? L'héroïne n'avait pour but que de simplifier la vie. En fait, même si votre vie d'avant était globalement correcte, une fois qu'on avait essayé, l'existence paraissait tellement plus légère que s'en passer ne présentait pas le moindre intérêt. Mais bien sûr, c'était mieux d'arrêter. Sûrement.

« Bah, je ne fais pas ça pour risquer ma vie et toi non plus, c'est juste de la pose, ça, je fais ça pour être bien, c'est tout !

– Ce n'est pas juste de la pose. Le désir de mort peut très bien se faire passer pour le désir d'une vie meilleure quand on ne supporte pas la vraie vie. Mais le comprendre demande un niveau d'abstraction dont tu n'es pas capable, et ta mère non plus, et c'est tout. »

Elle donna un grand coup par terre, de frustration. Sa paume fit un bruit sec en atterrissant sur le tapis. Même pas mal.

« Amy, on sait tous les deux qu'ils ont raison. On y retournera. Plus tard. Tu y arriveras.

– Moi, j'en serais capable. C'est toi qui n'as pas voulu, finalement.

– Comment ça, dit Blake, moi qui n'ai pas voulu ? Tu ne m'as pas dit : "J'en peux plus tirons-nous" ?

– C'est ce que tout le monde dit en cure de désintox ; s'il fallait commander un taxi à chaque personne qui dit ça, personne ne resterait plus de vingt-quatre heures, Blake. Il fallait me forcer à rester.

– Mais Amy, tu te souviens bien comme tu étais, tu étais dans tous tes états, tu me suppliais. »

Amy se remémora leur départ, de brefs flashes d'elle en nage, en train de vomir, de se vider, avec un Blake qui ne savait plus où se mettre, paniquait un peu, pas trop... Sur Amy, les médicaments marchaient peu ou pas ; lui allait beaucoup mieux physiquement, il avait aussi bien plus le moral. Parce que c'était un petit garçon, dans le fond :

donnez-lui un nouvel endroit à explorer et même sans héro il sera content de partir à l'aventure. Même si ça paraissait fou, c'était la vérité.

Il fallait donc en plus surveiller les blondasses ex-toxicos à qui il pourrait prendre l'envie de le draguer.

Mais elle n'avait pas vraiment le temps d'y réfléchir quand elle le mettait à la porte parce qu'il fallait qu'elle coure aux toilettes en se tenant le ventre comme pour empêcher ses tripes de sortir. Elle avait overdosé sous ses yeux, mais c'était moins humiliant que de charrier sueur, vomi et matières fécales devant son jeune époux ; eh oui, quand elle devait se précipiter aux toilettes, une partie d'elle était soulagée qu'il soit en vadrouille : qu'au moins il ne voie pas sa femme dans cet état. Il l'avait déjà trouvée en train de convulser, lui avait tenu la main à l'hôpital, puis au Four Seasons, quand elle ne pouvait rien avaler sans vomir. Ça suffisait, non ?

Son père avait raison : il valait mieux qu'ils se fassent soigner séparément. Ces quelques jours lui avaient semblé durer très longtemps – comme avant un concert, quand elle pensait au temps qu'elle était obligée, contractuellement, de passer sur scène, et qu'elle se disait, mais c'est une heure entière qu'on me vole, alors même qu'elle était contente d'y aller. Elle aimait toujours donner des concerts. Le public était heureux, elle était heureuse. Mais elle préférait rester avec Blake. C'était pour cela aussi qu'elle était partie. Impossible de rester avec Blake dans ces conditions, sa dignité en souffrait trop sans parler de son sex appeal. Un souvenir l'avait obsédée pendant son séjour en cure : le jour où elle avait chié dans sa culotte, en revenant de l'école, à neuf ans. Sans raison particulière, elle n'avait même pas l'excuse de la maladie. Elle en avait été crucifiée de honte, et elle savait qu'elle aurait beau frotter et nettoyer, la honte ne partirait pas. Elle se revoyait encore en train de chialer devant le lavabo, son savon à la main, en proie à la panique : et si maman revenait plus tôt, et si Alex essayait d'entrer.

La honte la poursuivait, elle vivait avec un sentiment de honte perpétuel, d'infamie même, de temps en temps le simple fait d'avoir un corps lui répugnait. Mais elle avait honte d'être toxico aussi, et la bonne nouvelle, c'est qu'on pouvait y remédier.

Elle voulait arrêter. Putain, elle voulait arrêter. Dès qu'elle en avait repris avec lui, elle avait compris qu'elle voulait vraiment arrêter.

Elle aurait eu les couilles, elle, si ça avait été possible... si Blake aussi avait supporté qu'elle soit dans cet état-là, ne s'était pas dit que c'était invivable, et n'avait pas profité de son moment de faiblesse pour dire « on arrête tout », parce qu'il redoutait lui aussi les effets du manque qui viendrait bientôt, parce qu'il avait peur, parce qu'il n'avait pas envie de souffrir, parce qu'en fin de compte il n'avait pas besoin de se désintoxiquer, lui ! On ne l'emmerdait que parce qu'il l'avait épousée, sinon il serait parfaitement libre de se mettre ce qui lui chantait dans les veines ; personne n'avait besoin qu'il soit en bon état pour faire quoi que ce soit – à part l'amour, mais ça il y arrivait très bien. Il n'avait ni besoin ni envie de faire cette cure, il obéissait juste à la pression générale, parentale et médiatique. Et populaire. Amy, elle, avait eu un peu envie. Si, vraiment. Mais pas assez.

Bien sûr, en lisant le plat compte rendu du tabloïd, elle comprenait qu'elle aussi n'avait fait que se plier aux injonctions des autres.

Elle détestait d'autant plus l'article : lire qu'elle était actuellement en cure de désintoxication lui faisait l'effet d'un coup de poing dans la gueule.

Blake fumait. Amy, elle, n'en avait pris qu'une fois aujourd'hui, et se détestait déjà de l'avoir fait, mais lui, regardez où il en était.

« Tu t'en fous, toi, lança-t-elle. Tu t'en fous de la cure, tu t'en fous que ta mère ait donné une interview, tu n'as aucun respect pour mon opinion, tu dis que tu vas l'appeler mais tu n'en as jamais eu l'intention de toute manière, c'est que de la gueule comme d'habitude.

– Je ne vais pas l'appeler défoncé, dit Blake en dodelinant de la tête.

– Elle est juste contente de montrer sa gueule dans les journaux. Mon Dieu, ce que je méprise les gens comme ça.

– Tu les adores. Il y en a des comme ça qui défilent chez toi toute la journée. »

Blake gloussa. C'était comme si on ne parlait plus de sa mère ; il avait eu une idée marrante, donc il rigolait, point.

« Oh, depuis que je te connais, la plupart des gens qui viennent sont des dealers, répliqua Amy, les autres essaient de faire quelque chose de leur vie.

– Comme nous tous, ironisa Blake, comme nous tous… »

Nous tous sauf lui.

Georgette n'était pas obligée de payer la cure. Amy l'aurait fait. Amy comptait la rembourser de toute façon.

Elle n'avait avancé l'argent que pour les obliger à y aller. Georgette s'était arrangée par avance pour leur prendre rendez-vous, dès qu'elle avait quitté le Four Seasons, cela lui avait été confirmé par Mitch lui-même et sur le coup elle n'y avait vu que de l'empressement, elle ne se doutait pas qu'elle avait en fait sûrement déjà discuté argent avec le *Daily Mirror*…

Mais bien sûr, s'ils avaient dû prendre les dispositions eux-mêmes ils n'auraient pas même commencé cette cure, ils seraient restés tranquillement à Londres. Donc finalement

Georgette avait eu raison sur le fond, et… Amy ne savait plus. Ils s'étaient fait des promesses, on se désintoxique et ensuite on part à Mexico pour la fête des Morts – à Mexico ! Du flan, bien sûr. Ils n'iraient nulle part, et resteraient deux jours en cure… Ils avaient bouclé leurs valises en jurant, disant qu'il fallait bien en passer par là pour aller à Mexico… c'est facile de se faire des promesses quand on est défoncé.

« Nos parents n'ont pas à s'impliquer comme ça, dit Amy. C'était à nous de décider de faire cette cure, à nous de payer, c'est pour ça que ça n'a pas marché. Parce qu'elle nous l'a été imposée.

– Ce n'est pas très sain, c'est sûr. »

Amy secoua la tête.

« Ils voulaient qu'on se fasse soigner séparément. C'est mon père qui me l'a dit.

– Comment ça, séparément ? Ton père voulait qu'on aille dans des cliniques différentes ? Il t'a dit ça quand ?

– Au Four Seasons. Heureusement qu'il m'a prise à part, sinon ce serait dans le journal aussi. En quoi ça te surprend ? Je croyais qu'il t'avait envoyé une injonction pour t'empêcher de m'approcher… moi, ta femme. »

Elle reposa la bouteille de vodka et sortit une pipe de crack noirâtre des affaires de Blake.

« Où est le caillou ?

– C'est dégueulasse, ton père est vraiment dégueulasse, dit Blake, et tout d'un coup il redevenait un gamin indigné. Comment peux-tu l'aimer à ce point alors qu'il ne peut pas me blairer ? On devrait tous les deux rompre avec nos familles, c'est pour ça qu'on n'arrive pas à se désintoxiquer, parce que c'est papa et maman qui nous l'ordonnent, on le sait bien tous les deux, il n'y a que cette solution.

– Oui, voilà. Si tu veux, j'enlève le numéro de téléphone de mon père de mon répertoire, ironisa Amy.

– Sans déconner. »

Il n'y avait rien à faire. Mais c'était anormal, il avait raison, et surtout trop compliqué d'avoir des parents sur le dos en permanence. Ces derniers temps, leur implication dans leur vie avait pris des proportions ridicules. Elle était mariée. Et indépendante. Et puis riche, célèbre. Normalement elle aurait dû pouvoir faire ce qu'elle voulait, surtout à son âge, c'était tout bonnement ridicule.

Mais sa vie était ridicule.

Fumer du crack comme elle était en train de le faire était ridicule, la célébrité était ridicule, et – elle regarda Blake, allongé sur le lit, défoncé, les yeux vides – son mariage avec Blake était ridicule. Ils étaient défoncés la moitié du temps. La moitié ? Les trois quarts. La totalité. Elle se détestait.

Elle repensait aux concerts qu'elle avait dû annuler dans la foulée, pour une cure de désintoxication qui n'avait, donc, pas fonctionné au-delà de ses espérances, aux remontrances de son père, de sa mère, de ses beaux-parents, deux horribles salopards qui frétillaient à l'idée de passer à la télé ou dans les tabloïds, à celles de son manager, de sa publiciste, de ses amis… « L'héroïne et le crack, en plus d'être dangereux et mortels, abîment ta voix, et c'est ça la solution, annuler tes concerts pour fumer de l'héro et du crack ?? » Et ça, c'était dans le meilleur des cas, la plupart se contentaient de lui cirer les pompes de peur d'être virés. On fera comme tu voudras Amy, non quand même pas : on fera comme tu pourras.

Elle se demanda pourquoi si peu de temps après leur mariage elle disait déjà si peu de choses à Blake, une si maigre portion de ce qui lui passait par la tête. Parce que la plupart du temps il n'écoutait pas vraiment, voilà pourquoi, il n'en était tout bonnement pas capable.

Il aimait l'héroïne plus qu'elle, voilà pourquoi.

Elle avait voulu l'épouser et elle se retrouvait avec un défoncé qui n'était pas en état de l'écouter. Elle aurait dû s'en rendre compte. Elle choisissait toujours l'homme qui allait lui faire du mal.

Non, non, se corrigea-t-elle, arrête, c'est de l'égoïsme, le monde ne tourne pas autour de toi, arrête de faire ta superstar. Pauvre cloche. Tu rates tout, assume, voilà.

« Je n'ai pas envie de rester enfermée ici, maugréa-t-elle.

– Ben, on a de la drogue au moins, dit Blake.

– Mais je voulais aller sur la tombe de ma grand-mère pour son anniversaire.

– Oh, répondit Blake, c'est vrai, ma pauvre... Moi, je ne vais pas sur les tombes, ça ne sert à rien... il n'y a personne en dessous, en fait.

– C'est quand même le seul endroit où on peut parler à un mort sans avoir l'impression d'être fou. »

Il ne répondit rien.

« Tu as une autre bouteille ? » demanda-t-elle, dans l'espoir qu'il comprendrait, qu'il se dirait « oh, elle veut boire encore et encore, c'est donc qu'elle est triste », mais il se contenta de hocher la tête en montrant son deuxième sac, et puis il lui dit : « Mais il reste encore de la vodka. » Il ne faisait pas l'équation alcool égale tristesse, et en effet, comment l'aurait-il faite puisqu'elle réclamait tout le temps à boire ?

Elle vint se coller à lui sur le lit au lieu d'aller chercher sa bouteille. Elle lui caressa le torse, un peu le visage, pas longtemps, elle chercha sa langue, mais il n'était pas très tenté, ça se voyait, il rêvait, il était ailleurs. Elle caressa un peu sa queue, circulez, rien à voir.

« Tu ne bandes même pas », dit-elle d'un ton mi-las, mi-accusateur.

Blake ne répondit rien. Peut-être n'avait-il même pas entendu.

« Je vais prendre de l'héro moi aussi, déclara alors Amy.

Ces paroles le ranimèrent.

« Tu m'en laisseras. »

Amy crut qu'elle allait se taper la tête contre les murs.

Son inattention lui rappelait leur rupture, les moments où elle avait souffert, en silence ou non, mais en tout cas sans jamais obtenir de réponse. Les innombrables appels dans le vide, plusieurs appels de suite, alors même qu'elle s'était justement promis de ne pas appeler, et de ne pas décrocher si jamais lui appelait, pour lui montrer. Lui montrer quoi ?

Il y en a toujours un qui aime plus que l'autre, et si brièvement il avait été celui-là, c'était à la sortie de *Back to Black* uniquement, tout flatté, rosissant de plaisir et d'amour et de fierté, et encore un peu ensuite, quand ils s'étaient officiellement remis ensemble après la rupture avec Alex. Il s'excusait toute la journée. Mais avant, après et jusqu'à maintenant elle avait été la plus amoureuse des deux, la plus pressante. Et aussi celle qui gueulait le plus fort. Amy disait : faisons ceci, sinon… Et Blake lui répondait : « Sinon quoi ? » Et Amy ne savait pas quoi répondre. Un homme qui ne voulait même plus bander pour elle après seulement trois mois de mariage. Il aurait pu, il était en état, mais il ne faisait pas l'effort. Il ne la désirait pas. « Je suis trop défoncé, baby. » Que des conneries. Des conneries qui visaient à éviter de l'humilier, mais l'humiliaient quand même, des conneries sournoises de salopard.

Elle but un peu de whisky – la deuxième bouteille de Blake – et fuma un peu d'héroïne.

La chambre sentait la drogue maintenant, une odeur un peu enivrante.

Et elle avait un époux tout mou qui s'en tapait de tout, au septième ciel, et fuyait, fuyait devant tout sujet important.

Il lui avait quand même sauvé la vie.

Elle n'avait pas dormi depuis deux jours et la cure l'avait épuisée. Le sommeil serait le bienvenu. Oublier tout ça.

Elle lui donna une claque en se réveillant. Elle avait rêvé qu'il la trompait avec leur voisine à la clinique de Causeway, et se croyait encore là-bas.

Il émergea en gueulant.

« Putain, quoi ? »

Elle s'était rendu compte entre-temps que cette tromperie sortait tout droit de son imagination. Elle mentit : « J'ai eu peur, je croyais que tu ne respirais plus. »

Elle n'avait même pas l'air désolé.

« Tu m'as foutu la trouille », dit Blake en se levant. Il s'ébouriffa les cheveux. Amy trouva son geste hyper sexy, comme toujours. Elle ne se sentait absolument pas coupable, car après tout, il l'avait beaucoup fait souffrir dans son rêve – et dans la réalité aussi.

Elle se leva, prit une gorgée de vodka, une clope, et le verre à dents qui leur tenait lieu de cendrier.

Blake chercha une cigarette.

« J'ai perdu mon paquet, dit-il après avoir fouillé ses poches deux secondes et demie. Tu en as une ? »

Amy lui lança son paquet. Il n'en restait que trois.

Ils regardèrent la télé en silence. Ils avaient parfois des moments de calme, comme celui-là, on aurait dit n'importe quel couple. Leurs parents. Et d'autres moments très sexy, et d'autres très marrants, ça il y en avait eu plein quand même : à Miami, quand Blake avait joué au sniper en faisant semblant de viser les paparazzis avec le flingue de Sam, ou quand il avait essayé de passer la douane avec une fausse arme pour la rejoindre à New York (sans qu'aucun tabloïd n'en ait vent), quand il faisait mine de croire que leurs bagels avaient été empoisonnés par le cuistot. Il y avait aussi la fameuse fausse Rolex du maître d'hôtel... c'était impossible à raconter et c'était à mourir de rire... Quand ils sortaient, de manière générale, c'était toujours drôle. C'est-à-dire, en fait, quand ils ne prenaient pas trop d'héroïne.

L'héroïne... non, ce n'était pas drôle. C'était lent, doux, délicieux mais sûrement pas drôle, et ça ne rendait personne très marrant. Ça rendait plutôt très triste. Elle pleurait beaucoup plus qu'avant, depuis qu'elle prenait de l'héroïne.

Amy resta devant la télé jusqu'à ce qu'elle en ait marre de *Skins*. Elle n'en avait pas souvent marre de cette série, ça non, elle passait des heures devant, mais au bout de deux épisodes, aujourd'hui, elle avait son compte : on voyait beaucoup l'anorexique, et l'anorexique la gênait, même si elle l'aimait bien pour de multiples raisons. Quant au duo formé par les deux copines sous le nom d'Atomic Kitten, il lui rappelait ses débuts avec Juliette, mais surtout tout ce qu'elle était en train de gâcher à force d'annulations, et il valait mieux qu'elle s'écarte avant d'avoir des bouffées d'angoisse.

Elle avait envie de sortir, envie d'appeler quelqu'un. Mais elle avait éteint ses téléphones, et les rallumer signifiait une trentaine de messages à supprimer. Elle respira lentement.

Il fallait bien revenir à la réalité. Elle s'était déjà trop enfermée dans la drogue. Elle ne pourrait pas continuer sa carrière si elle n'écoutait même pas ses messages, et d'ailleurs l'article du *Daily Mirror* ne lui aurait pas non plus échappé si elle s'était un minimum tenue au courant.

Elle devait redescendre sur terre.

Elle s'y attela, la bouteille d'Absolut à ses côtés.

À peine rallumés, les téléphones sonnèrent dans tous les sens. Amy se boucha les oreilles.

« Quelle nuisance sonore, bordel », lâcha Blake, la tête sur l'oreiller.

Amy compta jusqu'à cinquante et se déboucha les oreilles.

Elle avait quarante-huit messages vocaux et dix-sept SMS.

Rien de nouveau. Une heure plus tard, ils n'avaient pas bougé de la chambre, Amy avait fini la bouteille, et elle était arrivée à la conclusion qu'ils étaient vraiment deux abrutis. Elle avait commandé un truc à manger pour éponger, car elle ne voulait pas du Toblerone et des M&M's posés sur la table à leur attention, et elle n'avait pas écouté ses messages. De temps en temps, son téléphone clignotait pour se rappeler à son bon souvenir, elle s'en foutait. Si c'était important, les gens rappelleraient.

Sur l'écran, *Skins* avait laissé la place à *The O.C.* Amy ne regardait pas. Elle était fébrile. Après avoir envoyé un SMS à Juliette qui disait « on a parlé de toi dans le daily mirror, ttes mes excuses, pas de ma faute, c'est la mère de Blake, tu vas comment ? », elle ouvrit son livre – en ce moment *Les Corrections* de Jonathan Franzen, qui lui plaisait bien, mais comme elle l'avait lu en cure de désintoxication, il lui rappelait de mauvais souvenirs, et elle le referma avec un soupir, et tandis qu'elle se demandait pourquoi Juliette ne répondait pas justement le téléphone sonna, et c'était elle.

On frappa à la porte au moment où elle décrochait.

Probablement le room service.

« Cache la pipe et la drogue », chuchota Amy en éloignant le téléphone.

Blake fourra le tout sous le lit avec moult précautions avant de se recoucher.

Elle alla ouvrir à la femme de chambre, qui lui fit un grand sourire pas du tout impressionné et posa la salade

Caesar d'Amy sur la commode. Quand elle se retourna, Amy remarqua le petit nounours imprimé camouflage accroché à son trousseau de clés. « Dites donc, il est vachement bien votre nounours, dit-elle sans réfléchir.

– Cadeau de mon fils, répondit la femme de chambre en refermant la porte derrière elle. Bonne journée, et j'espère que vous apprécierez votre salade.

– Euh, OK, merci », répondit Amy.

La femme de chambre avait eu un regard légèrement inquisiteur. Peut-être lui avait-on demandé de vérifier qu'ils n'avaient pas tout cassé.

La célébrité, bien sûr, c'est autant de gens qui vous détestent que de gens qui vous aiment, et ce sans vous connaître du tout, mais elle se sentit vraiment injustement traitée. C'était sale, la célébrité.

Elle reprit son téléphone et raconta les événements des derniers jours à Juliette, qui l'engueula, naturellement, d'avoir quitté la cure.

Blake s'était rendormi, elle en profita pour tout lui mettre sur le dos.

Elle décida qu'elle ne voulait plus manger, et elle chercha des clopes. Elle ne les trouva pas.

Merde, il allait falloir descendre.

Elle chercha la coke.

Sous le lit.

Sans coke elle n'avait pas le courage de descendre. Tout le monde la regarderait, elle le savait bien.

Blake ronflait.

Elle se fit trois lignes de cocaïne coup sur coup et les fit descendre avec une gorgée de whisky. Il n'était pas très bon. Amy préférait le whisky irlandais, Amy était connaisseuse. Mais pas Blake, on pouvait lui donner n'importe quoi, il avalait tout comme un chien, du moment que c'était alcoolisé et à haute dose s'il vous plaît, ça lui allait. Elle prit son courage à deux mains, son porte-monnaie, et sortit.

Les couloirs étaient très silencieux. Amy n'aimait pas trop leur couleur écrue. Larges baies vitrées mises à part, on se serait cru à l'hôpital. Quelle idée de grassement payer un designer pour se retrouver avec un résultat plus proche d'une prison pour cancéreux que d'un hôtel de luxe. Amy s'arrêta pour regarder dehors, elle imagina son corps en bas, là, sur cette toiture moche. Ça irait vite, ça ne ferait pas si mal. Mais ce serait très con.

L'ascenseur était vide. Il était plutôt accueillant, lui, peluche rouge seventies, avec des petites lumières et un large miroir. Mais pas assez pour qu'elle se sente bien.

Dès qu'elle apparut à la réception, qui faisait aussi office de bar – un lobby fantastiquement baroque, avec rideaux dorés et fauteuils de toutes les couleurs – les conversations s'arrêtèrent. Au début, comme elle était un peu raide, elle se demanda si elle n'avait pas un problème de maquillage, trait d'eye-liner qui dévie, ce genre de choses – c'était le cas –, et puis elle se souvint que les gens la regardaient de toute manière parce qu'elle était Amy Winehouse.

Comment avait-elle pu oublier ?

Elle se marra toute seule, pas trop longtemps car elle ne voulait pas que les clients ou le personnel la croient défoncée.

« Deux paquets de Marlboro light, si vous avez. »

La fille de l'accueil, en jupe droite et chemisier rose, eut un sourire confus. Ally, ainsi que l'indiquait la petite broche qu'elle portait à la poitrine, n'avait pas de cigarettes.

Amy trouvait ce fichage terrible, et ne pouvait s'empêcher de mépriser ceux qui s'y prêtaient, tout en se rendant compte qu'elle aussi était fichée, d'une certaine manière, et qu'elle l'avait accepté.

« J'ai bien peur que non. Mais nous allons trouver ces paquets pour vous, Miss Winehouse.

-Mrs Civil, s'il vous plaît, dit Amy.

– Bien sûr, répondit Ally. Je reviens d'ici quelques minutes, si vous voulez bien patienter. »

En partant, Ally se retourna pour la regarder, vérifier peut-être qu'elle ne partait pas.

Elle mettait un temps fou. « Quelques minutes » pour des clopes ? Amy leva les yeux au ciel. Bien sûr, elle avait d'abord dû prévenir la moitié de ses collègues qu'Amy Winehouse voulait des clopes, quelle excitation, et peut-être aussi avait-elle appelé son mec, sa meilleure copine et sa mère tant qu'elle y était. De sa part, ces suppositions semblaient profondément vaines, mais c'était encore le plus vraisemblable. Amy soupira. Elle sentait les regards dans son dos, des regards collés sur elle. Elle avait envie de se secouer et de les chasser comme des mouches.

Un type força son entrée dans son champ de vision.

George, disait la broche sur sa poitrine.

« Bonjour, je suis votre maître d'hôtel. »

C'était un petit bonhomme avec le tablier blanc des cafés français et un accent de la campagne.

« Vous prendrez bien une coupe, Mrs Winehouse ? La maison serait heureuse de vous l'offrir. »

Voilà qui était parler. Amy ne le reprit même pas sur le grotesque « Mrs Winehouse ».

« Bien sûr, avec plaisir. Mais j'aimerais bien fumer, avec mon champagne.

– Ma collègue arrive. Je me permets de vous rappeler néanmoins qu'il est interdit de fumer dans l'ensemble de l'hôtel. »

Amy le regarda dans les yeux.

« Mais je serai ravie de payer l'amende », répliqua-t-elle.

Il fuit son regard.

Une minute plus tard, il lui apportait une coupe qu'Amy vida cul sec. Mauvais calcul, car personne ne lui en proposait une seconde, et Ally ne se décidait pas à revenir. Elle mit encore deux bonnes minutes. Amy comptait presque les secondes tant elle était tendue à force de sentir tous ces yeux fixés sur elle. Quand elle revint enfin et lui tendit ses clopes avec des courbettes et le sourire émerveillé qu'on réserve en général aux bébés qui gazouillent, Amy les lui arracha presque des mains.

Elle prit l'escalier et remonta le plus vite possible, en serrant les paquets très fort contre elle.

Blake ne répondait pas.

Elle avait beau frapper – et au bout d'un moment elle frappait carrément avec le plat de la main, si bien qu'une femme de chambre accourut, alertée par le bruit –, il ne répondait pas.

« Je n'ai pas ma clé, mon pass, je ne sais pas comment vous appelez ça... la carte qui ouvre ma chambre.

– Ils vous en feront une autre en bas, dit la femme, Connie, comme le disait sa broche.

– Vous ne voulez pas y aller pour moi s'il vous plaît ? Je n'ai pas envie de redescendre. S'il vous plaît. »

Elle savait déjà ce que pensait Connie. Regardez-moi ça, elle fait des caprices de diva, même pas foutue de penser à prendre sa carte magnétique, même pas foutue de prendre l'ascenseur pour en chercher une autre, mais pour qui se prend-elle.

« Ah, ça vous emmerde, dit Amy avec irritation. Je vois bien que ça vous emmerde. Écoutez, pas de problème, j'y vais. »

Elle fila vers l'ascenseur, redescendit, se fit faire une autre carte par Ally. Son irritation grandissait, et elle envoya brutalement balader un type à l'accueil qui expliquait à sa femme « mais si, tu sais bien, c'est la chanteuse qui ne veut pas aller en cure... No, no, no, tu sais bien ».

« Tu crois que je suis sourde ? répliqua-t-elle. Si, je veux aller en cure. Je veux y aller, désolée, et j'y retournerai. »

Le type bredouilla des excuses. Se faire engueuler par une star, ce n'était pas comme se faire engueuler par le premier venu, Amy en était consciente et cette fois-ci, elle l'avait fait exprès.

No, no, no, pensait Amy. Comme une gamine de cinq ans. Ou alors comme une punk. Elle préférait ça. Des souvenirs de passages télé lui revinrent : un présentateur allemand qui la présentait en beuglant : « Et voici la diva punk ! »

Là-haut, Blake dormait. Il dormait la télé encore allumée, ce qui avait dû l'empêcher d'entendre Amy frapper plus tôt. Il n'y pouvait rien, mais elle avait quand même un peu envie de le réveiller pour lui dire ce qu'elle en pensait.

Pour quoi faire ? Elle allait plutôt fumer un peu d'héro aussi, et le rejoindre dans le sommeil, c'était encore ce qu'elle avait de plus intelligent à faire.

Elle consulta son téléphone, trois appels manqués, dont deux de son père. Elle l'éteignit.

Elle ne trouvait plus l'héroïne. De la coke oui, de l'herbe oui, quelques pilules, du Valium et tout ça, mais pas d'héroïne.

Ce connard avait tout fini.

Elle alluma une cigarette et le regarda, étalé de tout son long sur le lit devant un film dont il se fichait manifestement totalement.

Elle faisait tout ce qu'elle pouvait pour lui, elle lui aurait laissé l'héroïne s'il le lui avait demandé. Elle n'en avait pas besoin précisément maintenant, mais même si elle en avait eu besoin d'urgence elle n'aurait pas terminé le paquet sans se soucier de lui.

C'était une marque de mépris, tout simplement. Il la méprisait, et Amy savait exactement pourquoi, pensait-elle en s'échauffant : il la méprisait d'avoir quitté la cure, et terminer l'héroïne était une façon de lui signifier : ah tu crois que tu peux arrêter comme ça, toi. Alors arrête donc. Voilà où on en était, même si, elle le reconnaissait, il était très rare qu'il fasse ce genre de plans. Pas par altruisme... mais parce qu'ils avaient toujours beaucoup de drogue.

C'est là qu'Amy comprit.

Amy savait qu'elle avait un radar à connards : les vrais gros méchants, elle les avait toujours repérés, parce qu'elle était en alerte, vigilante. Sa faiblesse, c'était son amour pour les gens qui avaient été amochés par la vie. Ils l'attiraient terriblement, elle les trouvait plus émouvants, plus perturbés, plus proches d'elle. Elle n'avait que récemment admis à quel point les malheurs qu'ils avaient traversés pouvaient leur donner une logique et des besoins particuliers, surtout les toxicos, et parfois les transformer en salauds parce qu'ils ne pouvaient pas faire autrement. Elle l'avait compris en s'observant elle, mais refusait encore de voir chez les autres les mêmes tendances. Elle avait, par exemple, très facilement pardonné à Blake de l'avoir trompée et quittée, parce qu'elle y voyait un accident de la vie, et non pas une preuve du caractère trompeur de Blake.

Elle avait été stupide. Tous ces derniers jours, elle avait été aveugle, stupide et crédule. Elle venait de comprendre que Blake avait emporté une réserve d'héroïne en cure de désintoxication. C'était pour ça qu'il souffrait moins qu'elle, que le manque ne le mettait pas par terre. Il n'avait jamais essayé, et... et il l'avait laissée souffrir sans rien lui proposer. Quand ils étaient partis, elle s'en doutait maintenant, c'était autant pour la libérer que parce que son stock devait toucher à sa fin. Elle allait le torpiller.

Elle le réveilla avec une claque.

Il ne dormait pas tant que ça.

« Va chercher de l'héro, tu as tout fini. Comment tu peux me laisser comme ça ? »

Il la regarda avec stupeur.

« Il y en a sous le lit, Amy. »

Elle se pencha pour jeter un coup d'œil sous leur lit *king size*.

Le précieux petit paquet était là, il reposait sur le tapis.

« Tu fais chier », dit Blake, et là, elle ne tint plus, elle se mit à lui hurler dessus. Elle détestait être prise en défaut.

« C'est pas dur de te faire chier, tu passes ton temps à dormir. Et au fait, ça y est, j'ai compris, tu as emporté de l'héro en cure, c'est pour ça que tu tenais si bien le coup, espèce de salopard, de toute façon tu te serais tiré. »

Il s'était redressé.

« Qu'est-ce que tu racontes, tu es complètement folle ma parole, complètement folle. Tu n'étais même pas en état de voir comment j'allais. J'ai toujours... Je passe mon temps à prendre soin de toi et en retour tu m'accuses de tout ce qui te passe par la tête ?

– Tout ce qui me passe par la tête ? Comme si je te le disais ! C'est toi qui dis n'importe quoi. Prendre soin de moi ? Ah ça, tu prends soin de moi. Sans moi, tu serais où, Blake, tu serais où ? en train de te fixer on ne sait quelle merde dans un squat à Camden », etc., etc., etc.

Elle prit le paquet. « Il n'y a plus rien ! »

Elle s'empara de son téléphone, l'alluma et fit défiler le répertoire tandis que les signaux d'appels manqués et de nouveaux messages vocaux tintaient. « Tony, grommela-t-elle, voilà, je vais l'appeler. » Puis le téléphone sonna :

c'était Tracey, qui voulait savoir si elle allait bien après avoir lu le *Daily Mirror*. « J'en ai rien à foutre de la presse, rien à foutre que ma belle-mère leur parle », cria Amy, et elle raccrocha. « Je vais appeler Kim ».

– Qui ? dit Blake. Kim la call-girl ?

– Kim a toujours de tout.

– Elle ne sera pas libre, à cette heure-là. Elle aura la bouche pleine, ta copine. Lâche l'affaire. Je vais appeler James...

– On verra », dit Amy.

Un quart d'heure plus tard, Amy attendait Kim en bas, sous les regards des passants et des clients de l'hôtel sortis fumer une cigarette.

Comme s'il n'allait pas être content de voir arriver une call-girl.

Kim descendit d'un taxi, elle s'excusait déjà quand Amy la prit dans ses bras pour lui dire bonjour. « Jusqu'au bout j'ai cru que je trouverais... et là je dois repartir. »

Elle avait seulement de l'herbe.

« OK, dit Amy. Tiens, voilà 100 livres, c'est pour toi, mets-les direct dans ta poche, que les gens ne trouvent pas ça bizarre, et n'essaie même pas de refuser. »

Les gens se mettaient souvent en quatre pour lui faire plaisir, trop heureux d'avoir été choisis par elle, prêts à lui promettre monts et merveilles, et en fait ils n'arrivaient pas à trouver ce qu'elle voulait et personne n'était content. La situation était familière.

100 livres. Kim, au moins, n'aurait pas perdu son temps.

Quand elle remonta dans la chambre, Blake fumait une cigarette, et avait décroché le tableau au-dessus du lit. « Il était insupportable, décréta-t-il. Et toi alors ?

– Bof, dit Amy. Kim n'avait rien. Pourtant, elle m'avait promis. »

Elle n'était pas encore en manque.

Personne n'était encore en manque.

Bordel, ce qu'elle en avait assez des hôtels.

Elle prit la trousse de toilette de Blake et s'enferma dans la salle de bains. Blake ne s'était rendu compte de rien, dans le meilleur des cas il pensait juste qu'elle allait satisfaire un besoin naturel. Non, pensait-elle, pas du tout, je vais prendre ton rasoir et me couper avec. Empêche-moi. Mais il ne l'empêchait pas. Il n'y pensait pas. Elle se coupa fébrilement le bras, la douleur la soulageait un peu. Le sang coulait. Elle respirait vite et pleurait un peu. Elle se fit des pansements avec le papier toilette.

Blake frappait à la porte.

La réception reçut un coup de fil de Blake demandant une assistance médicale. Il indiqua que quelqu'un s'était coupé. « En fait, si vous pouviez venir avec des pansements... »

La nuit qui suivit fut catastrophique. La pire nuit depuis leur rupture. Pire que l'overdose, pire que la cure. Elle but encore et encore, et c'est vrai qu'elle eut des mots malheureux à l'encontre de Blake – parasite, salopard, égoïste. Quand il lui dit « je ne veux plus de toi », elle courut s'enfermer de nouveau dans la salle de bains avec la bouteille d'Absolut vide et elle la brisa par terre pour se couper avec car Blake avait rangé son rasoir en lieu sûr. Il lui hurlait dessus qu'elle était folle à lier, qu'il ne l'aimait plus, et elle voulait en finir. Et puis finalement Blake menaça de défoncer la porte alors elle sortit et lui mit une claque, la troisième depuis le début de la journée. Son sang gicla sur la figure de Blake. Elle en avait mis partout, sur la poignée, par terre, sur ses ballerines aussi.

Elle n'en avait rien à foutre. Elle courut hors de la chambre pour lui échapper. Les voisins sortaient de leurs chambres pour voir ce qui se passait. Elle détestait ça. Et lui la poursuivait en criant des insultes.

Elle réussit à avoir l'ascenseur et fonça hors de l'hôtel. Elle avait juste son téléphone et son porte-monnaie sur elle, pour le taxi.

« Reste ! » criait Blake derrière elle. Quand les premiers flashes les surprirent, il s'arrêta net de hurler. Il continuait à la supplier de rester, elle refusait, ils étaient entourés d'appareils photo. Qui avait prévenu les photographes ?

Elle héla un taxi.

Blake ne supportait pas les flashes. Il rentra.

Elle avait envie de pleurer. Blake... Blake n'avait qu'à se débrouiller pour trouver et payer l'héroïne, et il n'avait qu'à rester tout seul à somnoler dans son hôtel de merde.

Elle avait oublié ses cigarettes.

Merde. Elle s'en voulait de lui avoir fait cadeau de ses clopes.

Le taxi la déposa à Charing Cross, elle acheta des Camel light dans une épicerie de nuit puis entra dans un pub. Elle avait le nez dans sa bière quand le téléphone sonna. C'était James, un ami de Blake, gros toxico.

« Blake est tellement mieux depuis qu'il est avec toi. Il n'entre plus dans des colères noires. Tu es sa femme idéale, tu es la chance qu'il mérite. Il t'aime. Reviens. Je te le passe... »

Amy raccrocha.

Elle appela Tom. Lui, il en aurait.

Il ne décrochait pas mais rappela alors qu'elle attendait un taxi dehors. Il lui dit de passer, bien sûr. Il y avait une soirée chez lui, mais non, pas la peine d'apporter une bouteille, et est-ce que Blake serait là car le frère de son ex était à la soirée et il ne voulait pas d'embrouille ?

« Non non, dit Amy, je suis seule », et elle éclata en sanglots.

Blake et James étaient donc ensemble à l'hôtel en train de se défoncer, et elle, elle était toute seule, sans rien.

Elle n'avait aucune envie d'aller à une soirée, aucune envie de voir Tom non plus.

« Roulez où vous voulez, dit-elle au taxi.

– Mais donnez-moi au moins une direction, protestait le type.

– Je ne sais pas, dit Amy. Je m'en fous. Roulez, c'est tout, voilà... Montrez-moi Londres la nuit. »

Si Blake l'appelait, elle allait craquer. Elle le savait. Elle voulait qu'il appelle.

Blake l'appela.

« Pardonne-moi ma chérie, disait-il d'une voix vaseuse. J'ai tout ce qu'il faut, je t'aime. »

Elle raccrocha.

« Hôtel Sanderson », dit-elle au chauffeur de taxi.

11.

Don't stop the party

« Il est parti en prison, maman.

– Oh non, Amy, non.

– On s'est mis dans la merde. J'ai fait une connerie pour qu'il s'en sorte. Ça n'a pas marché.

– Amy, non.

– Ça aurait pu être évité. Ce n'est même pas une histoire de drogue. Qu'est-ce qu'on a fait, maman ? »

« Archie, il faut que tu viennes. »

Amy était à la fois embêtée, suppliante, et impérative. Archie pouvait presque la voir regarder autour d'elle d'un air ennuyé, sa cigarette dans une main et son téléphone dans l'autre. Il entendait aussi l'eau couler derrière elle : elle allait manifestement rentrer dans son bain.

Il était 8 heures du matin, Archie était au lit.

« Maintenant ? »

Ils devaient se voir dans la soirée.

« Maintenant, si tu peux. Je suis désolée de te demander ça, mais il faudrait que tu viennes avec une boîte à outils. J'ai perdu une boucle d'oreille dans l'évier. Et là, je ne peux plus m'en servir, parce que si j'ouvre le robinet la boucle d'oreille va partir dans les tuyaux. Qu'est-ce qu'il faut pour ça ?

– Je m'en occupe », dit Archie.

Il entendit une voix derrière elle, celle de son père vraisemblablement. Depuis que Blake était derrière les barreaux, soit une semaine environ, il surveillait sa fille sans relâche.

Amy avait déjà appelé Archie trois fois pour se plaindre de lui, et elle avait émis la crainte qu'il « reste pour la soirée de samedi ». Ça paraissait impossible, mais son père avait l'air tellement fou d'inquiétude que rien ne pouvait être écarté.

Mon Dieu, faites que non. Rien de pire qu'un papa poule pour gâcher ce qui promettait d'être une super fête. Kelly revenait de Los Angeles !

« J'arrive », dit Archie. Il réfléchissait déjà à ce qu'il allait pouvoir enfiler de propre pour rappliquer chez elle – il n'était pas styliste pour rien – tout en explorant mentalement le contenu de sa boîte à outils. Il allait se dépêcher, même à cette heure-ci. Il le fallait bien... Précieuse Amy. Elle en bavait tellement en ce moment. C'était tout de même une jeune mariée dont on venait de mettre le mari en prison. Et une amie chère avec ça. Il se dit qu'il allait aussi lui apporter quelques vêtements. Ça lui ferait plaisir. La pauvre... Il était déjà heureux de l'entendre faire couler un bain, c'est dire... Elle n'était pas souvent assez calme pour passer ne serait-ce que dix minutes d'affilée immobile dans un bain.

Heureusement que Kelly arrivait. Elle prétendait avoir des rendez-vous professionnels à Londres, mais Archie savait qu'elle avait bien plutôt annulé des obligations aux États-Unis pour se ménager du temps libre et essayer de distraire Amy. Elle devait arriver plus tôt, n'avait pas pu, maintenant Amy allait partir en tournée et elle ne pourrait pas passer avec elle autant de temps qu'elle aurait voulu, mais tant pis. Kelly serait dans le coin, et c'était bien mieux comme ça.

Les paparazzis buvaient du café Starbucks dehors.

Mitch lui ouvrit, Amy sur ses talons, mais pas suffisamment près de la porte pour qu'ils puissent la photographier. Sans maquillage, sans choucroute, jean, pantoufles de pétasse avec une houppette sur le dessus du pied. Elle suivit son regard. « Oui, je me suis acheté ça, tu sais comme je suis. On dirait un truc que Marilyn Monroe aurait pu porter. Vu le prix bien sûr on comprend vite qu'elle ne les a pas portées du tout, je pense qu'elles vont se casser la gueule assez vite, du coup j'en ai acheté trois paires. » Et soudain elle vit la housse avec des vêtements. « C'est pour moi ? C'est pour moi ? Viens à l'étage, je vais les essayer. Papa, je redescends te montrer le résultat. »

Il la suivit avec sa boîte à outils en main. Au lieu d'essayer les fringues, qu'elle jeta sur le lit dans leur housse, elle le conduisit directement à la salle de bains, envahie par le parfum de son bain moussant préféré. D'en bas, ils entendirent son père indiquer : « Je fais du café et j'y vais. »

Amy se pencha vers lui d'un air de conspiratrice. « Ce n'est pas une boucle d'oreille que j'ai perdue. »

D'accord, se dit Archie. Il sortit ses outils et s'attaqua au lavabo, Amy à côté de lui faisait tremper sa main dans la baignoire fumante. Elle n'avait probablement pas pris de bain du tout, c'était pour faire diversion et éviter les questions de son père.

Il extirpa un sachet plastique rempli de petits paquets, tous intacts.

« Incroyable, dit Amy. Ils auraient pu se percer cent fois. » Puis en chuchotant : « J'ai été obligée de tout planquer. Mon père me surveille. »

Un téléphone sonna. Amy courut répondre. Puis un autre téléphone sonna dans une autre pièce et Archie l'entendit courir de nouveau sur ses petits talons. Il posa les petits paquets sur le lit, dans la chambre, à côté des fringues qu'il avait apportées, et se demanda où elle gardait le reste, car elle avait vraiment la tête de quelqu'un qui n'avait pas dormi de la nuit. À moins qu'elle n'ait tout fini, ce qui était possible.

Le sachet retiré du lavabo contenait du crack, de l'héro, de la kétamine, et de l'ecstasy.

Elle devait craindre qu'il ne prélève sa part car elle revint deux secondes plus tard. « Je te cherchais. Bon, maintenant je vais prendre ce bain, dit-elle malicieusement en s'emparant des sachets. Va distraire Mitch, je t'en supplie... J'ai trop besoin d'une ligne.

– Tu as du Valium ? dit-il. Tu en auras peut-être besoin.

– J'en ai plein. Ça, mon père ne m'empêche pas d'en prendre. Oh Archie, si tu savais comme c'est dur. »

Elle sortit une boîte en forme de cœur du tiroir de sa table de nuit, en tira un petit miroir et un billet, puis un petit bout de papier qu'elle ne déplia pas, se contentant de le contempler avant de le remettre dans la boîte. « C'est un mot de Blake », précisa-t-elle. Elle s'accroupit pour défaire le sachet, faisant tomber son téléphone de la poche de son jean. Elle le laissa par terre.

« Tu en veux ? Ça te remontera. Il est 8 heures du mat'. Je sais bien que je t'ai réveillé. Pardon. »

Ils se firent une ligne. Le téléphone sonna, Amy et Archie se tournèrent ensemble vers l'écran qui affichait « Appel maman ». Amy rit nerveusement et passa à Archie le miroir sur lequel elle avait fait sa ligne. Pendant qu'Archie sniffait, ils entendirent Mitch qui criait : « Alors ces robes ? Dépêche-toi Amy, je dois partir.

– Jésus, marmonna Amy. Il faut que je lui montre, sinon il ne partira pas, je t'assure qu'il ne partira pas. »

Elle entrebâilla la housse. La première robe était vraiment sublime, en drap de laine bleu avec des rayures, cadeau d'un jeune créateur londonien qui crevait d'envie de voir Amy dedans et avait littéralement supplié Archie de la lui offrir.

« Qu'est-ce qui t'a pris de penser que je pourrais rentrer là-dedans ? C'est du XS.

– Amy ! Mais qu'est-ce que vous faites ? Vous l'avez récupérée, cette boucle d'oreille ? »

Amy lança un coup d'œil exaspéré à Archie, referma le paquet en faisant un petit nœud expert, et le fourra dans la boîte en forme de cœur avec le billet et le mini-miroir.

« Je vais prendre mon bain, papa ! Je reviens ! » cria-t-elle en planquant la boîte sous le lit.

Archie l'avertit : « Ne rentre pas dans ce bain, il n'est pas question que tu t'endormes, ça peut être très dangereux.

– Putain, lâcha Amy, je viens de prendre de la coke, comment veux-tu que je m'endorme ? Je sais ce que j'ai à faire. Bon, je prends cette robe, je vais l'essayer quand même.

– C'est ta taille !

– J'espère bien, je déteste être trop grosse pour rentrer dans un vêtement. »

Elle resta une demi-heure dans la salle de bains. Son téléphone n'arrêtait pas de sonner : c'était comme un réveil, une sonnerie quasi constante, et en bas, Archie, sur les nerfs, devisait avec Mitch, qu'il rencontrait pour la première fois. Ils discutaient de stylisme. Mitch n'y connaissait strictement rien, mais il avait l'air content que sa fille ait un styliste, ça faisait professionnel. Archie n'était pas vraiment son styliste attitré, mais il ne le contredit pas. Le rôle lui plaisait bien, et il prétendit qu'il était venu pour l'emmener faire les magasins. Après tout... S'il expliquait à Mitch qu'il s'était déplacé pour une boucle d'oreille, il allait le prendre pour un imbécile aux ordres d'Amy – il détestait ce genre-là – et il ne pouvait naturellement pas parler de drogue. « Bon, alors je vous la confie, déclara Mitch. Faites-lui acheter de belles choses. »

Il lui confiait Amy ? À lui, qui venait de l'aider à récupérer des grammes et des grammes de diverses drogues dures ? Mon Dieu ! C'était si ironique que ça en devenait presque invivable. Archie se tortilla sur son siège.

« Comment la trouvez-vous en ce moment ? » demanda-t-il, et il crut que Mitch allait se mettre à pleurer.

Ils se remirent à s'entretenir chiffons. Puis tatouages, Archie ayant les bras dix fois plus tatoués qu'Amy. Puis musique.

Quand Amy sortit de la salle de bains, Mitch était parti. Elle avait sûrement attendu d'entendre la porte claquer pour se montrer.

La robe lui allait bien.

« J'ai dit à ton père qu'on allait faire les boutiques, annonça-t-il.

– Parfaitement, acquiesça Amy. Très bonne idée. Allons-y. Je n'ai pas bougé d'ici depuis deux jours. Je vais me maquiller et me coiffer. »

Sur les photos des paparazzis, Amy aurait l'air en grande forme. Elle s'était changée et avait finalement passé une robe noire Karen Millen, qu'Archie gardait pour elle depuis des lustres. Taille XS également. Elle était tellement contente de rentrer dedans, on avait l'impression que sa journée en était illuminée. « Blake va me trouver belle là-dedans. Il m'aime en noir. »

Elle s'était fait des petites taches de rousseur au crayon à paupières. « C'est pour se marrer, si tu trouves ça moche, je les enlève. » Archie trouvait ça drôle aussi.

Sa perruque atteignait une hauteur si vertigineuse aujourd'hui qu'Amy eut du mal à entrer dans la voiture d'Archie.

Ils se garèrent péniblement à côté d'Oxford Street. Il y avait à la fois trop de monde pour qu'on la laisse tranquille, et pas assez pour qu'elle puisse espérer passer inaperçue dans la foule. Bref – dans la rue on ne voyait qu'elle. Elle faisait comme si elle ne s'en apercevait pas, comme d'habitude. Et mine de rien, cela demandait un talent certain. Amy lui avait expliqué la technique : « Il faut toujours regarder un peu au-dessus des gens. Comme ça, ils n'accrochent pas ton regard, et ils ne viennent pas te parler. Bien sûr, ça ne marche que pour les gens qui hésitent. »

Sa méthode était loin des cent pour cent de réussite. Beaucoup de gens n'hésitaient pas. Heureusement, il était encore un peu tôt pour que les grandes artères londoniennes soient pleines, elle pouvait circuler, c'était le principal.

Chez Selfridges, ils montèrent directement à l'étage luxe. « Là, il n'y aura personne, prévoyait Amy. Je suis en Karen Millen, je ne vais pas me faire chier avec des robes à moins de 200 livres, maintenant. »

Mais là, il y eut un problème.

Il y eut un problème avec une robe et une vendeuse. Archie essaya d'empêcher Amy, mais c'était trop tard, dès qu'elle vit le rayon Alexander McQueen elle lâcha : « Ah, ce connard » et deux minutes plus tard elle avait craché sur une robe – intéressante, d'ailleurs. Une vendeuse qui la surveillait de loin avait rappliqué immédiatement. « OK, dit Amy, je veux bien la payer, mais vous dites à ce connard que j'ai ruiné une de ses robes. » La vendeuse s'éloigna le plus vite possible, Amy ne s'excusa pas, ne dit rien à la caisse, ni bonjour, ni au revoir, et tendit dédaigneusement à Archie le sac qui contenait la robe, comme s'il s'était rempli d'excréments, avant de souffler : « Tirons-nous. »

Tandis qu'ils redescendaient Oxford Street, le téléphone sonna encore. Il était 10 h 30 : « C'est l'heure où il commence à sonner vraiment », prévint Amy. Archie ne dit rien, se souvenant des multiples sonneries du tout début de matinée, pendant qu'il buvait le café avec Mitch. Mon Dieu, quel grand souvenir.

Il s'installa derrière le volant et demanda : « Bon, qu'est-ce qui t'a pris ? Tu sais, c'est rien, un crachat. La robe, je la récupère tout de suite. »

Amy s'en fichait, elle regardait son téléphone. Elle cria en voyant « Appel manqué Kelly Osbourne » s'afficher sur l'écran.

« Elle doit être à l'aéroport. Je la rappelle tout de suite... Attends, mais je n'en veux pas de cette robe. Ne me dis pas que j'ai besoin de te rappeler comme ce créateur de mes deux m'a offensée. Comment as-tu fait pour sortir avec ce con ? »

Archie soupira. « Il t'a envoyé une robe à 15 000 livres pour s'excuser.

– Quoi, dit Amy, qu'est-ce que c'est que cette histoire. La robe blanche, là, qui traîne dans mon placard depuis le printemps dernier ? Elle vaut 15 000 livres ? Que veut-il que je fasse avec une robe à 15 000 livres de toute façon ? J'aurais trop peur de la salir. Tu l'abîmes, c'est comme si tu donnais un coup de couteau dans un Picasso. Je regrette déjà bien d'avoir payé celle-là. Mais impossible d'argumenter avec cette conne de vendeuse, tu l'as vue, elle allait appeler la sécurité. Ils sont vraiment incontrôlables chez Selfridges. Je n'irai plus. J'irai faire mes caprices de diva ailleurs », ajouta-t-elle en rigolant.

Elle était vraiment très défoncée.

Deux minutes plus tard, elle avait une idée. Archie avait essayé de l'en dissuader au début, mais après deux ou trois lignes de coke, ça lui avait paru moins idiot, et ensuite vraiment très amusant.

Mais quand même un peu problématique.

La boîte d'allumettes dans une main, un paquet de vieux tabloïds dans l'autre, il jetait un dernier regard à la robe qu'Alexander McQueen avait envoyée à Amy. Elle était magnifique. Soie et dentelles, impeccablement coupée, il revoyait encore le modèle porté pendant le défilé. C'était lui qui avait conseillé à Alexander de lui envoyer cette robe.

« J'ai besoin de plus de papier journal », cria Amy depuis la cour.

Archie entendait crépiter le barbecue. Il était déprimé tout d'un coup.

« Tu m'entends ? Je viens le chercher ou quoi ? »

Deux secondes plus tard, Amy était à ses côtés, tisonnier à la main. Elle secouait la tête.

« Putain, ce truc est vraiment importable, en plus ! Viens avec moi, laisse tomber les allumettes, j'en ai retrouvé une boîte. Il va flotter, il faut se dépêcher. »

Le barbecue fumait. Elle prit la robe, en fit une boule et la jeta sur le feu. Elle s'enflamma aussitôt. « Voilà, grommela Amy. Retourne à ton créateur. »

Archie regarda les mètres de tissu se désintégrer sur le barbecue : ça le dégrisa. « Qu'est-ce qui lui a pris, m'envoyer une robe blanche. Si c'est pas du vice, ça, de m'envoyer une robe blanche alors que je viens de me marier. Salaud. »

Bon, une vodka. Amy était au téléphone avec Tom. Il avait l'impression que le coup de fil lui prenait des heures, alors qu'il s'agissait juste de se mettre d'accord sur l'heure à laquelle Tom allait passer.

Comme il s'était mis à pleuvoir, Archie rangea le barbecue, récupéra la dépouille de la robe, et la mit à la poubelle. Ensuite, il se remplit un autre verre de vodka. Amy buvait carrément à la bouteille, c'était effectivement moins compliqué que de tenir un verre et le téléphone en même temps : pas besoin de poser le téléphone pour se resservir. Elle raccrocha. « Tom va passer aussi. » Pause. On entendait bien la pluie dans cette maison. « Je vais aller fermer la fenêtre là-haut, dit Amy. Tu veux boire autre chose ? C'est quoi ta boisson préférée ?

– Je ne sais pas, dit Archie. Je vais peut-être aller me reposer à l'étage. »

Il n'en fit rien. Amy joua de la guitare avec en fond sonore son téléphone qui sonnait en permanence. Son téléphone à lui sonna aussi. Une fois. Deux fois. La troisième fois, c'était Catriona, qui n'arrivait pas à joindre Amy. Il repartit chez lui après avoir conseillé Amy sur la meilleure façon d'accessoiriser la robe Karen Millen. Ils faillirent d'ailleurs s'engueuler car Amy s'obstinait à vouloir porter des créoles avec. « C'est sexy, les créoles. Je veux que mon homme ait envie de moi quand j'irai le voir au tribunal. »

Archie laissa tomber et reprit sa voiture. Quand Amy lui fit signe par la fenêtre, elle portait de grosses créoles dorées aux oreilles.

Quand il revint, en plus de l'inconnue qui lui ouvrit en se présentant comme « Eliza, une copine », il compta cinq personnes assises dans le salon devant la télé. Parmi elles ni Tom, ni Catriona, ni Kelly.

Amy était à l'étage.

« Est-ce que je dois jouer à la fête d'anniversaire de Mick Jagger ? » lui demanda-t-elle quand il entra. Sa chambre était maintenant dans un tel désordre qu'on aurait cru qu'une tornade était passée pendant qu'il était chez lui, et son maquillage avait coulé. Elle avait dû faire une petite crise de nerfs entre-temps. Il soupira.

C'était sûrement l'histoire de la robe. Là, maintenant, les robes blanches, elle ne pouvait plus les voir en peinture. Et bingo ! Il remarqua qu'elle avait pour ainsi dire couché sa photo de mariage auprès d'elle sur le lit. Il y avait aussi une bouteille de vodka, de la drogue, des clopes, et son chat. Elle s'était installée.

« J'en sais rien, ça dépend de la somme. »

Elle fit la moue. Elle était en jean et soutien-gorge, des cicatrices de plaies relativement récentes bien visibles sur son ventre.

« Cinq jours que je ne l'ai pas vu, dit Amy en caressant, non, en agrippant le tatouage "Blake" sur son sein. Et je repars demain en tournée à Birmingham, où il ne sera pas. Et il ne sera à aucune autre date, et je suis mariée seulement depuis six mois, et il m'est enlevé. »

Archie s'assit près d'elle.

« Il est en détention provisoire. Tu ne sais pas encore s'il sera condamné...

– Bien sûr qu'il le sera. Il plaide coupable. Et il n'a aucune circonstance atténuante, il a frappé ce type alors qu'il était à terre.

– Il sortira plus tôt que prévu, forcément. Il aura une réduction de peine.

– J'ai un gros nuage noir au-dessus de la tête, Archie. Je ne vais plus porter que du noir, maintenant. Et je ne sais même pas si je vais y survivre. Pardon, pardonne-moi d'être comme ça.

– Amy... on fait la fête ce soir. Ta meilleure amie arrive...

– On dirait que tu ne comprends pas. Ils ont défoncé la porte de la maison, avec un bélier, ils ont sorti Blake du lit pour lui mettre les menottes. Et tu vois tout ce qui s'est passé avant. Comme c'est difficile. Il faut que je surveille mon téléphone en permanence car si mes parents n'arrivent pas à me joindre ils appellent la police. Et je ne veux plus de la police chez moi. Tu sais que je n'ai même pas pu les insulter quand ils sont venus chercher Blake. J'étais sous le choc, et j'avais peur qu'ils m'emmènent avec lui. Je suis tellement minable. J'aurais dû les insulter, je serais en prison avec Blake aujourd'hui.

– Ils ne mettent pas les hommes et les femmes dans les mêmes cellules, Amy. Il n'y a pas de cellules pour couples mariés.

– Je serais avec lui quand même, s'entêta Amy. Je ne suis pas libre, quand je ne suis pas avec lui, de toute façon. Je ne suis pas libre. Dis-moi que je suis libre, avec tous ces paparazzis dehors. Je sais que les gens ont peur d'eux. Bientôt je serai seule, plus personne ne viendra me voir car les paparazzis les terrifieront tous. Dis-moi que tu viendras.

– Bien sûr que je viendrai. Je suis toujours venu, tu vois bien que les gens viennent toujours. »

Il fallait qu'elle se calme. Archie passa dans la salle de bains lui chercher un Valium, se demandant s'il ne faisait pas une connerie – ça dépendait des quantités d'alcool qu'elle avait ingurgitées, bien sûr –, et décida qu'un Valium ne pourrait quand même que lui faire du bien. Il vida l'eau du bain qu'Amy n'avait jamais pris, vérifia qu'aucun rasoir n'était visible. Amy niait toujours se mutiler, mais il savait bien que c'était faux. Elle disait qu'elle se blessait involontairement, avec des bouteilles. Quelles inepties. Il aurait fallu briser les bouteilles pour se blesser avec, seuls les tessons de verre blessaient. Quand il lui avait opposé cet argument, elle avait répondu que parfaitement, elle cassait les bouteilles, sans le faire exprès.

Amy prit le Valium en remerciant Archie de se soucier autant d'elle, et s'allongea.

Le téléphone sonna. Le sien.

C'était Kelly.

« Archie. Viens m'ouvrir. Je suis en bas, les paparazzis se fichent de ma gueule parce que je reste devant la porte ! »

Il se tourna vers Amy pour lui raconter, mais elle s'endormait.

Coup d'œil par la fenêtre. Kelly Osbourne était effectivement en bas, l'air super embarrassée, et les photographes en plein travail.

Il descendit ouvrir. Kelly était embêtée qu'Amy dorme, mais elle avait quand même envie de se réfugier là-haut car les inconnus en bas, qui ne s'étaient même pas retournés à son entrée, ne lui disaient rien qui vaille.

« C'est qui ces gens ? »

Archie ne savait pas non plus.

« Il y a pas mal d'allées et venues ici, tu sais bien... Tu as fait bon voyage ?

– Oui, ça a été, mais j'ai tellement de décalage horaire dans les pattes... Je crois qu'en fait je vais aller m'allonger avec Amy, ça lui fera une petite surprise en se réveillant. »

Une heure plus tard. Archie avait identifié les inconnus du salon comme les choristes d'Amy, accompagnés de leurs petites copines. Ils étaient venus lui rapporter quelque chose qu'Amy avait oublié après sa tournée d'octobre. Elle les avait installés devant la télé, et voyant qu'elle ne redescendait pas ils étaient restés ; maintenant, ils allaient repartir et ils demandaient à Archie de la saluer pour eux.

« Mais vous n'êtes pas américains ? » demanda Archie, surpris par leur absence d'accent.

Ils le regardèrent d'un air surpris et irrité. Archie détestait ce regard qui signifiait à peu près « pauvre taré ». Il avait appris à le mépriser et à le savourer quand c'était un regard antipédé, mais en l'occurrence, c'était tout sauf ça.

Du reste, on ne le cherchait plus beaucoup depuis qu'il faisait de la musculation.

Deux heures plus tard. Tom était arrivé, ainsi que Catriona et Alison, ils buvaient le thé ensemble en faisant tourner un pétard. Il avait fallu aller acheter du sucre chez le Pakistanais du coin parce qu'ils n'en avaient pas trouvé dans la cuisine et que là-haut les deux filles dormaient comme des gosses. La conversation roulait sur un type qui embrassait passionnément une certaine Lolly à 7 heures et demie ce matin quand Tom était rentré se coucher. « Je me doutais bien que je les dérangeais, mais qu'est-ce que tu voulais que je fasse. Ils étaient sur mon canapé, il fallait bien que je dorme et il y avait déjà Alicia dans mon lit, alors qu'est-ce que tu voulais que je fasse. Je ne pouvais pas me coucher à côté d'elle, elle aurait cru que je voulais qu'on revienne ensemble et ça... » Il secoua la tête. « Ça, ce n'est vraiment plus possible.

– C'est de ta faute, tout ça, objecta Catriona. Et Lolly, alors ?

– Lolly ? Elle était en train de rouler des pelles à un inconnu, et je ne sais même pas ce qu'elle foutait là, Alicia avait dû l'inviter pour éviter de me parler. Car elle m'évite le plus possible.

– Mais tu t'entends bien avec Lolly, non ? »

La conversation perdait son sens.

Quand ils étaient comme ça, raides, en train de se défoncer de nouveau après une nuit de défonce, ils ne parlaient pas de musique ou de littérature, mais surtout de leurs vies rendues très compliquées par les fêtes incessantes, et souvent ils ne parvenaient pas trop à se comprendre. Au bout d'un moment ils ne savaient même plus bien de qui ils parlaient tant ils connaissaient de monde, il fallait ajouter « Aisleyne, celle qui va peut-être passer dans telle émission », ou « qui a couché avec untel » – ils avaient parfois oublié les noms de famille des personnes en question –, et même avec ces précisions, il leur arrivait de ne pas réussir à suivre les aventures qu'ils se racontaient mutuellement. Il leur arrivait toujours des histoires. C'était, songeait Archie, le club des paumés londoniens, bien placés dans le circuit des stars en devenir – sauf qu'ils n'y travaillaient absolument pas, si bien qu'on les considérait seulement, selon les jours, les fêtes et les célébrités auprès desquelles ils apparaissaient, comme des groupies de Doherty, de Johnny Borrell, d'Amy Winehouse ou même de Peaches Geldof ou d'Ekaterina, la copine russe de Ron Wood. Tous individuellement étaient des gens intéressants. Rassemblez-les dans une pièce et donnez-leur de quoi se défoncer, ils se transformaient en un troupeau d'imbéciles aux conversations digne de X Factor.

Ils en étaient parfaitement conscients, et probablement assez amers en secret : il ne leur échappait pas qu'ils ne faisaient que se distraire et se défoncer, et que la proximité géographique avec des stars ne ferait pas d'eux des stars. Mais Archie comprenait qu'Amy les préfère à d'autres, plus roublards, plus intéressés, et moins rigolos.

Amy se leva à 17 heures. Elle était revenue à de meilleurs sentiments, elle avait un peu de blanc au bord de la narine gauche. Kelly et elle étaient littéralement collées. Amy parlait du concert que Kelly lui avait fait rater quelques semaines plus tôt : « Cette fille est une mauvaise influence », proclamait-elle. « Alors que c'est grâce à toi que j'ai maigri ! » plaisanta Kelly. Amy mit un CD. « Je l'ai acheté pour le premier album, à l'époque, en studio, on ne foutait rien mais on passait notre temps à acheter des disques. Parfois complètement au pif. Celui-ci est bien. Je l'écoute beaucoup en ce moment. C'est du reggae hawaïen. »

Ils étaient maintenant au salon.

Un type arrivé depuis peu demanda si Amy connaissait Philip Glass. Elle dit non. Il se mit à parler du compositeur Philip Glass.

Amy l'écoutait religieusement.

Sa présence relevait le niveau des conversations.

Un peu.

Ils discutèrent de téléréalité, des ambitions d'Aisleyne (celle qui allait passer dans Big Brother), qui n'était pas là. Puis de Blake. Finalement, ils préféraient parler des absents. Jusqu'à ce que Kelly monte en disant : « J'ai failli oublier… », et elle redescendit avec un petit paquet-cadeau à la main. C'était un bracelet. Amy hurla. Elles remontèrent toutes les deux.

Dans la pièce à côté, la télé passait *Total Recall.* Les autres invités discutaient de joaillerie Tiffany. Archie fut prié de faire un rapide historique de la maison Tiffany. Ils discutèrent ensuite d'une fille que connaissait Tom et qui s'appelait Tiffany. Catriona lui demanda s'il la trouvait jolie. Puis tous les deux allèrent acheter à boire pour la soirée, qui allait vraisemblablement commencer autour de 19 heures. Amy redescendit – tant mieux, Archie ne connaissait pas bien les autres personnes présentes –, remit le CD, demanda à Archie de refaire un historique de la maison Tiffany.

Ils se mirent à discuter de *Breakfast at Tiffany's*, Amy et Kelly tombèrent d'accord sur le fait qu'Audrey Hepburn avait un physique incroyable, « incroyablement chic », mais n'était pas un modèle cohérent pour les jeunes filles car elle était trop maigre et s'était esquinté la santé pour arriver à être aussi mince. « De toute façon, on l'a trop vue », affirma Kelly. Elle demanda à Amy si elle mangeait correctement et promit de faire la cuisine plus tard. Amy assura qu'il n'en était pas question, qu'elle avait acheté un poulet exprès ce matin. Archie ne commenta pas. « Garde-le pour la prochaine visite de ton père », rétorqua Kelly, et elles rirent toutes les deux, assez jaune car Kelly aussi avait quelques difficultés avec ses parents – les Osbourne, forcément. Le sentiment d'être laide et grosse, les problèmes avec les parents, la célébrité… oui, elles avaient beaucoup de points communs. Le CD s'arrêta, Amy déclara qu'elle allait chercher à boire, et quand Archie lui dit que Tom était déjà parti faire des courses, elle répondit qu'elle allait quand même acheter quelques bouteilles, puis ils partirent dans la voiture d'Archie, une fois de plus sous les flashes.

Au supermarché, Amy insista pour prendre un caddie. Kelly et elle le poussèrent à toute allure en se marrant dans les allées. Sachant qu'il n'y avait pas de paparazzis à l'intérieur, qu'ils n'allaient pas se fouler à entrer sachant qu'ils auraient de toute façon leurs photos, elles s'en donnèrent à cœur joie jusqu'à ce qu'un couple de septuagénaires menace d'appeler un vigile. « Je suis désolée, répondit Amy. Maintenant, je vais pousser mon caddie comme une vieille. »

Deux minutes plus tard, Amy fit la connaissance d'un petit garçon qui, lui expliqua sa mère, était fan de *Back to Black*, il lui demanda un autographe et Kelly, sûrement vexée que le gamin ne lui demande rien à elle, prêta de mauvaise grâce un stylo à Amy pour qu'elle signe un paquet de biscuits au chocolat. Le père s'émerveilla : « Je n'arrive pas à croire que je vais passer à la caisse et payer 1,10 livre pour un paquet de gâteaux dédicacé par vous, il vaut déjà 10 000 fois plus cher ! » Le petit garçon, qui n'avait pas compris, se mit à pleurer. « Si, passe à la caisse, je t'en supplie, prends-le. » Ils rirent tous. Ensuite, Amy et Kelly achetèrent des alcools forts et décidèrent de choisir quelques denrées, leurres qui leur permettraient de dissimuler aux paparazzis (et à leurs parents) le véritable objet de leur visite au supermarché. Ils sortirent tous les trois en pouffant, avec, dans leurs sacs plastique, dix bouteilles cachées entre des rouleaux de papier toilette. Les tabloïds allaient devoir se creuser la tête de façon spectaculaire pour trouver un titre pas trop vulgaire à leur reportage. Les paparazzis en tout cas avaient bien reçu le message, même s'ils n'étaient que trois à les avoir suivis. Les pouces levés, ils interpellèrent Amy en se disant « offensés et morts de rire ». En rendant le caddie, Amy leur glissa un « Ça va bien avec vos publications de merde » avec un sourire. Elle prit une pose de pin-up devant la rangée de caddies.

Ils repartirent chez elle. Re-flashes.

À leur retour, une dizaine d'invités nouvellement arrivés levèrent leur verre à leur santé. Amy ne semblait pas le moins du monde ennuyée qu'on leur ait ouvert en son absence, mais elle s'écarta pour recommander à Archie de bien planquer, surtout, les rouleaux de papier toilette, « au cas où quelqu'un décide de faire des guirlandes avec dans toute la maison, comme dans les séries américaines ». Archie alla les ranger dans la chambre, moyennement convaincu de l'utilité de son geste.

Il y avait de la drogue et des bouteilles partout. On ne pouvait littéralement pas faire un pas sans avoir de la coke dans son champ de vision immédiat. Cela dit, comme la plupart des gens avaient choisi de s'affaler dans un coin sans bouger, les divers sachets et produits éparpillés loin des invités restaient relativement à leur place. De temps en temps, un mec se levait pour aller sniffer sur la commode ou sur une table.

Ah ça, Amy savait recevoir. Bientôt, la pièce fut pleine de monde. La faune attirée par les célébrités – jugeait Archie, sans aucune indulgence – : des profiteurs, des toxicos, des gens qui étaient là pour dire sur Facebook le lendemain « j'ai passé une soirée avec Amy Winehouse ». Ils se mêlaient aux amis d'Amy sans problème. Lui attendait son ami Sean. Il buvait. Il buvait trop, songeait-il, comme d'habitude, et comme tout le monde.

Quelqu'un avait mis un disque de James Brown. Personne ne dansait.

Archie chercha Amy du regard, ne la trouva pas.

La coke commençait à le rendre paranoïaque. Il se demandait quel pourcentage des personnes ici présentes dépasserait trente ans, ce genre de pensées peu productives. Il réfléchissait quand même très souvent à la fin du monde quand il avait pris de la cocaïne.

En allant voir si Amy n'était pas dans sa chambre, il aperçut par la porte entrebâillée une fille en train d'essayer la robe Alexander McQueen achetée le matin même, et vit rouge. C'était insupportable. Il allait la virer, même s'il n'était pas très batailleur par principe – il laissait ça aux machos, et à Blake qui avait vraiment le sang chaud... d'ailleurs il n'en parlait pas à Amy mais il se demandait bien comment il se débrouillait en prison, avec son caractère de cochon et toutes ses histoires de came... c'était garanti qu'il allait se battre. Il respira, rentra, dit à la fille du ton le plus sec possible : « Qu'est-ce que tu fabriques ? Tu es dans un endroit privé, là ! ... Mais tu sais quoi, dans deux minutes tu vas être dehors ! »

La fille lui répliqua : « De toute façon la robe est moche, tu n'as qu'à la mettre toi si elle te plaît, pauvre con », et puis comme il ne se décidait pas à partir elle lança : « Quoi, en plus tu veux me voir me déshabiller ? » Sa copine, à côté d'elle, riait à en perdre haleine, le téléphone fixe sonnait.

Archie resta derrière la porte et conduisit la fille dehors une fois qu'elle eut passé ses propres vêtements – laids, d'ailleurs. Elle n'avait aucune allure. Sa copine la suivait, maussade.

L'escalier était plein de monde, un mec le salua sur son passage, personne n'avait rien remarqué.

Sauf Amy, au téléphone, à qui la fille cria en passant : « Je t'aime, Amy. » Amy lui sourit, et une minute et demie plus tard vint offrir un verre à Archie en lui demandant pourquoi cette fille partait si tôt. « Elle m'avait l'air très sympathique », plaisantait-elle.

Il lui expliqua la situation et Amy commença par dire qu'elle allait la rattraper dans la rue pour la traiter de tous les noms, puis se radoucit d'un « Bon mais en fait elle a raison, c'est vrai que cette robe est vraiment moche », et, soudain terrifiée, elle courut dans sa chambre vérifier qu'aucune de ses affaires ne manquait. Archie l'accompagnait.

« Heureusement que j'ai mis le bracelet de Kelly direct, répétait-elle, tu imagines si elle me l'avait volé ? Cette pute ! Il faudrait que je la retrouve et que je lui fasse comprendre ! »

Aucune de ses affaires ne manquait. Soulagée, elle s'assit sur son lit en soupirant : « Je me fais toujours voler des choses. Tu ne te rends pas compte, dans les loges, partout, si je laisse quelque chose quelque part, deux minutes plus tard ça a disparu.

– Les gens aiment bien avoir quelque chose qui t'appartient, dit Archie.

– Les gens sont des fétichistes et des voleurs », marmonna Amy en se préparant une pipe de crack. Elle considéra un paquet de coke ouvert sur la table de nuit. « Je suis sûre que cette fille a tapé dans ma réserve, mais ça je n'ai aucun moyen de le savoir, je ne sais plus du tout combien j'en avais laissé. »

Archie était fatigué.

Sean avait promis de passer, il n'arrivait pas. Ça lui démolissait le moral.

Amy le prit dans ses bras. « Salauds de mecs, dit-elle. Pour moi c'est pareil. J'ai le meilleur du monde et il me lâche quand même. Putain... Putain, où est ma photo de mariage ? Si cette fille m'a piqué ma photo de mariage, je la bute ! Je la bute !

– Elle a glissé, elle est juste là », expliqua Archie en montrant le cadre qui gisait sur le sol.

– Ouf. J'ai eu la trouille. » Amy replaça la photo sur la table en tirant sur sa pipe.

« Je vais me brûler », constata-t-elle, l'air morne. Elle reposa la pipe, frotta ses doigts. Depuis longtemps, le crack ne lui faisait plus l'effet radical qu'il fait aux débutants.

Quand ils redescendirent, il était 3 heures. Beaucoup d'invités avaient disparu. Tom avait fait courir le bruit qu'Amy était partie dans une autre fête et s'esclaffait en le racontant. « On est quand même mieux, entre nous, non ? Tu sais quoi, je pense que la plupart ne savaient même pas qu'ils étaient chez toi. »

Ils se retrouvaient, en gros, avec le groupe d'amis arrivé en milieu d'après-midi. Plus quelques personnes, qui faisaient comme si elles n'avaient pas entendu les paroles de Tom.

« Qui a faim ? » demanda Kelly.

La plupart répondirent « Moi » par réflexe.

Kelly exultait. « Je vais préparer des pâtes ! C'est encore ce qu'il y a de plus simple à faire quand on a vraiment la dalle. »

Sean arriva pendant qu'Amy, Archie et elle farfouillaient dans la cuisine, où traînait sûrement plus de drogue que d'aliments. « J'ai du chocolat, lança Amy tandis qu'il embrassait Archie. Mais est-ce que ça tente quelqu'un d'aller avec moi acheter des bonbons ? »

Personne n'était tenté. Tom demanda si c'était pour sa gorge et Amy répliqua de la cuisine : « Oui, il m'en faut absolument, sinon je ne pourrai pas chanter à Birmingham ! » Elle avait beau plaisanter, on voyait bien qu'elle était vraiment déçue, et qu'elle n'avait vraiment pas envie d'y aller toute seule.

« Eh bien tu n'as qu'à fumer moins de crack », dit Tom en riant.

C'était vraiment déplaisant.

Ah, si Blake était là. Si Blake avait été là, personne ne se serait permis de réflexions déplacées. Personne n'aurait essayé de robe Alexander McQueen. Amy baissait la tête. Assise sur son fauteuil, elle ne dit même pas merci quand Kelly (une heure plus tard, au moins) arriva avec un énorme plat de pâtes au pesto. De toute façon, pour la grande cuisine il faudrait repasser. Tom, qui goûta avant tout le monde, se mit à couiner dès la première bouchée, et Kelly dut recracher la sienne. « Merde ! j'ai mis du sucre à la place du sel », s'écria-t-elle, déconfite. Et dans ces cas-là, ce n'était pas faute avouée, faute à demi pardonnée, car ils ne la connaissaient pas tant que ça, eux. À vrai dire, ils commençaient à regarder de haut cette fille de riches qui ne savait même pas faire cuire des pâtes, et l'ambiance devenait presque mauvaise, avec des filles qui secouaient la tête, et des mecs qui commençaient à aller chercher leur veste. Amy faisait toujours la gueule, et ne proposa pas de faire cuire un hypothétique poulet. Elle sortit sa pipe à crack et commença à fumer, posément.

Kelly appela un taxi et rentra à son hôtel. Catriona et Tom partirent ensemble.

A 6 heures et demie, Archie proposa de dormir ici avec Sean, et Amy alla leur chercher des couvertures pour les installer dans le salon, traînant encore un peu avec eux, incapable de voir la journée se terminer, incapable de se retrouver seule. Vers 7 heures, Archie vida les cendriers. Ils prirent tous un Valium. Ils se couchèrent.

En remontant à l'étage pour aller aux toilettes, Archie crut entendre Amy qui sanglotait dans sa chambre. Il n'osa pas rentrer.

Il ne pouvait rien faire. Elle pleurait tous les soirs, elle le lui disait souvent. Et il ne pouvait pas être là tous les soirs. La vie auprès d'elle était épuisante.

Quand il sortit des toilettes, Amy était devant lui. « Viens dormir avec moi, dit-elle sans le regarder. S'il te plaît. J'ai froid. »

Elle tremblait un peu.

Il voulut aller prévenir Sean, dans le salon, mais celui-ci dormait déjà. Il remonta se coucher auprès d'Amy sans rien dire, entrant dans le lit à tâtons. Elle ne parlait pas, elle ne pleurait pas, elle s'endormait peut-être. Mais tandis qu'il cherchait une position confortable, il sentit quelque chose au bout de son pied, quelque chose de poilu, de froid, d'horrible, et ne put retenir un petit cri de terreur.

« Qu'est-ce qui se passe ? » Amy s'affola, alluma la lumière, repoussa les couvertures.

Ce qu'il avait senti sous ses pieds, c'était la perruque d'Amy. C'était ça, le monstre au bout du lit. Amy rigola pendant deux minutes d'affilée. « Tu as eu peur, hein… Mes pauvres cheveux ! »

Ils se recouchèrent.

Le soleil n'allait pas tarder à se lever, Archie entendait déjà les camions poubelles s'arrêter lourdement sur le pas des portes, et engranger leurs tonnes d'ordures avant de redémarrer dans un bruit tonitruant. Il se couchait régulièrement au son des éboueurs. Il se dit, et c'était valable pour Amy, comme pour lui et pour une tripotée d'amis, qu'il fallait laisser agir le temps. Avec lui viendrait la lassitude, elle venait toujours, et sans doute une autre vie, plus paisible. Mais il ne dormait pas. Amy non plus.

12.

Ils emballent le poisson avec le lendemain

« Bien sûr que je sais ce qu'elle a dit sur les tabloïds. Ils emballent le poisson avec le lendemain. J'ai vu le doc sur elle. Vous savez, je l'aime vraiment bien. Moi et Arthur, là-bas – il désignait un petit homme en parka qui faisait une sorte de sieste sur le trottoir, la main droite serrée sur l'appareil photo qu'il avait autour du cou –, nous sommes les plus anciens, on était déjà là en 2006... Ils emballent le poisson avec le lendemain. Elle n'a pas tort. » Le photographe éclata d'un gros rire qui ne semblait pas totalement sincère à la journaliste de *Q*. « C'est un business. Je fais ça parce que ça paye bien.

– Combien gagnez-vous pour une photo ?

– Secret professionnel, prétexta le photographe, un peu moins souriant. Écoutez, Abigail...

– Abi, dit la journaliste. Il n'y a que mes parents qui m'appellent Abigail.

– Abi, donc ... moi, je l'aime bien. Je suis déjà allé la récupérer dans les pubs. Elle me voit, elle fait une petite moue, elle me dit "C'est l'heure de rentrer à la maison, c'est ça ?" et elle me suit. Je fais une photo, mais pas du style "Amy sort encore déchirée du pub", elle le sait, c'est pour ça qu'elle m'aime bien. »

Abi ne le croyait qu'à moitié. Il l'avait sûrement photographiée dans des états lamentables, ça faisait partie du jeu. Qui, sinon un de ces types, avait photographié Amy et Blake couverts de sang à la sortie de l'hôtel Sanderson ? Si elle était déchirée, il prenait la photo comme tous les autres, et si elle se cassait la gueule dans la rue, il allait appuyer sur le déclencheur avant de l'aider à se relever. Mais il était vraiment sympa. Il lui avait raconté sa vie, son bébé, son appartement, même si c'était aussi censé expliquer pourquoi il avait besoin de faire ce métier, cela le rendait effectivement plus humain, moins froid, moins intéressé.

Ils avaient eu le temps de parler, ça oui. Des heures qu'elle patientait avec eux six devant la porte. Maintenant il était minuit, il faisait froid, et elle n'avait pas plus d'espoir qu'avant de décrocher l'interview requise.

Amy n'était pas sortie.

D'après les paparazzis, elle était assez imprévisible. Il se pouvait néanmoins qu'elle aille acheter des bonbons plus tard de la soirée, c'était son truc. Les junkies adorent les bonbons. À ce moment-là, on pouvait imaginer qu'une interview ne la tenterait pas forcément, mais, Abi s'en souvenait, il y avait un précédent : cette journaliste qu'elle avait fait entrer et qui avait finalement passé vingt-quatre heures avec elle. L'article était paru dans le *Times*, croyait-elle se souvenir. Il avait eu un retentissement considérable. Elle voulait la même chose.

Elle se disait qu'elle prendrait peut-être en pitié une femme. Après tout, un jour, elle était sortie avec du café et des toasts à l'attention des paparazzis. Elle était sympa. C'était aussi ce que pensaient ses nouveaux amis : ils avaient insisté pour qu'elle sonne et demande son interview directement à l'interphone. « Pourquoi pas ? avait acquiescé le paparazzi, Jim. Des trucs plus étranges arrivent tous les jours. Surtout chez Amy Winehouse. » Bien sûr ils s'en foutaient que ça marche ou non, ils s'en foutaient aussi pas mal qu'elle se grille en procédant de façon aussi cavalière, ils voulaient juste leurs photos au moment où elle ouvrirait, si elle ouvrait. Abi n'était pas tombée dans le panneau.

Elle avait un plan.

Quand elle sortirait s'acheter ses bonbons, ou, au pire, le lendemain, quand elle irait voir Blake au tribunal, elle lui demanderait si elle ne pouvait pas entrer, juste pour aller aux toilettes et se réchauffer un peu. Amy, à ce qu'elle avait compris, aimait prendre soin des autres. Elle accepterait. Et là, elle lui expliquerait. Elle lui dirait à quel point elle tenait à cette interview. Que sa carrière en dépendait. Qu'elle aimait tellement *Back to Black* que ça lui faisait presque mal. Que l'album l'avait énormément aidée à se remettre d'une rupture difficile – ça, c'était faux, mais ça ferait plaisir à Amy.

Elle soupira.

Les drogués et les alcoolos étaient trop imprévisibles, trop violents, tout ce qu'elle avait détesté chez son père, et voilà qu'elle avait choisi, par son métier, d'être confrontée (parfois) aux mêmes têtes de nœuds. Quelque chose en elle l'avait voulu.

Elle ne le regrettait jamais.

Et elle savait leur parler, du coup, savait leur tirer les vers du nez, être à la fois compatissante, compréhensive, et sur ses gardes. Ça avait marché avec son père alcoolique, qui lui avait toujours fichu la paix, mais qu'elle n'avait pas réussi à aider. Eh oui, si *Back to Black* lui rappelait quelqu'un, c'était son père, pas un ex-amant, et s'il l'avait aidée en quelque chose, c'est à accepter son enfance, même si, il fallait en convenir, l'histoire de son père n'avait pas grand-chose à voir avec celle d'une mégastar tatouée folle amoureuse d'un petit morveux sadique.

Puisqu'il fallait bien trouver un point commun pour la toucher, elle préférait bien sûr s'inventer un chagrin d'amour pour expliquer combien *Back to Black* l'avait touchée. Comment dire à une alcoolo qu'un alcoolo lui avait fait vivre une enfance dégueulasse ?

Le paparazzi – il s'appelait Jim – était revenu vers elle. Elle lui demanda si cela ne lui arrivait pas d'avoir peur pour Amy. Il haussa les épaules. Le regard qu'il lui adressa n'était pas spécialement triste. Il avait surtout l'air fatigué. Les paparazzis qui suivaient Amy avaient tous des cernes.

« J'ai peur qu'un jour elle sorte de chez elle sur une civière avec un drap sur le corps. »

Juste comme il prononçait ses paroles, la porte s'ouvrit et Amy apparut. En débardeur jaune et jean. Elle regarda le ciel pour vérifier qu'il ne pleuvait pas, rentra et referma la porte. La scène avait duré deux secondes au maximum. Pas une seule photo n'avait été prise.

Abi ne l'avait jamais vu de près, sur scène seulement. Elle ne pensait pas qu'elle serait si petite, si maigre, et en même temps si incroyable de présence et de charisme. Elle avait surtout oublié qu'elle serait blonde – l'espace de deux secondes, quand Amy était apparue, elle s'était dit « Merde, ce n'est pas elle ». Elle s'était souvenue ensuite qu'elle était redevenue blond platine des Caraïbes. C'était vraiment très laid. Et cette façon de se coiffer... ses cheveux tenaient pratiquement en l'air tout seuls tellement ils étaient secs.

Les paparazzis riaient.

L'un d'entre eux – elle croyait qu'il s'appelait Pete, mais n'en était pas sûre – s'approcha de l'interphone et sonna. Au bout de la troisième sonnerie, Amy décrocha à l'intérieur.

« Amy, on n'a pas eu le temps, tu nous as pris au dépourvu. »

Ils riaient toujours. À l'intérieur, Amy devait rire aussi.

Pete demanda : « Tu n'as besoin de rien, aujourd'hui ? »

Il écouta sa réponse, sourit, s'éloigna.

« On va avoir des courses à faire, lança-t-il à la cantonade.

Il y eut des rires, un grognement aussi, quelqu'un qui disait : « Elle ne sortira plus aujourd'hui, merde, une soirée foutue de plus, une. »

Deux minutes plus tard, une main ouvrait la fenêtre et tendait un billet de 20 livres. Fascinée, Abi regardait la main dans la pénombre, les ongles cassés, les égratignures, le bout de bras tatoué, le billet. Arthur s'en empara.

Le bras rentra à l'intérieur.

Les rideaux voletèrent deux secondes.

« C'est pour une demi-bouteille de vodka et un paquet de Camel light, s'il vous plaît », annonça Amy, toujours sans se montrer. Sa silhouette restait bien visible derrière les rideaux. Mais bien sûr, impossible à photographier, ce n'était guère plus qu'une ombre dans la lumière. Une ombre avec des cheveux qui montaient très haut.

Ils riaient encore. Ils avaient vraiment l'air de bien l'aimer.

« OK, proposa Arthur, voilà ce qu'on va faire, on va lui acheter une bouteille entière, qui ne rentrera pas dans la boîte aux lettres. Elle sera obligée de sortir pour la récupérer, et on aura des photos... »

– Donnant donnant », grommela Jim.

C'était un peu salaud. Il ne s'agissait pas seulement d'avoir sa photo, c'était évidemment l'aider dans son alcoolisme, mais elle connaissait déjà leur réponse si jamais elle soulevait le problème. « Si ce n'est pas nous qui l'achetons, elle le fera elle-même. » Ce qui était vrai, la question s'était posée à elle maintes et maintes fois quand son père, trop bourré ou trop triste pour faire plus de trois-quatre pas hors de son bureau, lui demandait d'aller le ravitailler en alcool.

« Elle vous demande souvent de faire ses courses ?

– Bah, ça arrive...

– Et vous lui faites souvent ce genre de blagues ? »

Jim resplendit.

« On lui fait plein de blagues. Elle nous en fait, on lui en fait, on arrive à coexister de façon assez amicale. Je t'ai raconté la fois où elle nous a apporté du café et des toasts au fromage ?

– Oui... »

Sa femme devait l'avoir entendue cinquante fois.

Un chat s'était assis à la fenêtre. C'était la troisième fois qu'elle le voyait, manifestement une de ses places préférées. Il s'appelait Misty, lui avaient confié les paparazzis. Apparemment, elle aimait bien parler de son chat, donner des nouvelles de son homme... Ils partageaient sa vie, d'une certaine manière.

Ils se dirigèrent vers l'épicerie de nuit.

« On en profitera pour prendre quelque chose à manger. »

Abi reçut un SMS de son petit ami et prit le temps de lui répondre avant d'aller retrouver Jim.

« Qui vient la voir ? Tout à l'heure tu m'avais dit que plein de dealers passaient, et je n'ai encore vu personne, pourtant la nuit est bien avancée...

– Elle passe la majeure partie de son temps seule. Les dealers passent, mais pas tous les jours... En ce moment, on voit surtout sa copine Catriona, et son père. Les dealers... remarque, tu aurais pu en profiter pour rentrer avec eux !

– Je ne suis pas comme ça », protesta-t-elle.

Elle aussi éprouvait le besoin de se défendre, forcément. Les faits étaient là : une semaine après la parution sur Internet de la vidéo d'Amy fumant du crack, son boss l'avait envoyée faire le pied de grue devant chez elle pour une interview de couverture.

Ils ne croisaient pas grand monde. Elle pensait à la vidéo d'Amy avec sa pipe à crack. À ce qu'elle disait de son chat (« À sa place, je préférerais me barrer, j'appellerais un taxi, c'est pas bien, on n'est pas chez Toys"R"Us »), aux six Valiums qu'elle avouait avoir pris pour descendre, au crack, à la cocaïne, à l'ecstasy en poudre...

L'épicier était au bout de la rue. Un Pakistanais en chemise vichy et bomber, qui dit : « Salut les mecs » en les voyant arriver, comme s'ils jouaient aux cartes ensemble tous les dimanches.

Abigail répondit « Salut » et elle les laissa choisir la bouteille de vodka, errant dans les rayons en grelottant à peine moins que dehors.

Il n'y avait qu'un radiateur dans le magasin, derrière la caisse.

Et un seul client à part eux : un grand blond en jean miteux, devant les conserves de haricots et de petits pois, qui avait l'air très raide et un peu perdu. Mais ça, c'était jusqu'à ce qu'il la voie. Un signal clignota dans son cerveau, qui devait dire « femelle à moins de deux mètres », son regard creux s'éclaira et il la gratifia d'un « Salut belle blonde » avec le ton de quelqu'un qui l'imaginait déjà à quatre pattes dans son lit. Elle s'écarta.

Les ivrognes occasionnels la dégoûtaient encore plus que les alcooliques purs et durs comme son père.

Les photographes l'attendaient dehors.

« À la prochaine, leur lança l'épicier. Bon courage. »

Ils s'éloignèrent dans la nuit.

« Il nous connaît bien. C'est souvent là qu'on va chercher à manger s'il y a trop de monde chez Starbucks », expliqua Arthur.

À manger ? Ouais, c'est ça... entre autres. La petite flasque de whisky qu'il tenait dans sa main droite n'avait pas échappé à Abi. Les autres avaient effectivement pris des sandwiches, et ils mâchonnaient en silence.

Marcher l'avait un peu réchauffée.

Cette affaire de vodka… Elle ne savait toujours pas quoi en penser. Plusieurs adjectifs lui venaient à l'esprit : pathétique, dramatique, risible… et utile à ses fins, comme à celles des paparazzis : si elle pouvait avoir quelque chose à écrire, à vrai dire elle ne se sentait plus très coupable de participer à la déchéance d'Amy, car elle y participait de toute façon très peu, elle ne faisait que suivre le mouvement. La vie était comme ça : chacun cherchait à obtenir quelque chose et il fallait s'arranger pour l'obtenir, et on ne pouvait pas prendre en compte les autres avant soi, dans ce monde ce n'était pas possible, c'était littéralement la meilleure recette pour se faire écraser.

Elle connaissait désormais peu de dilemmes comme ceux qu'elle avait dû affronter avec son père. Elle menait une vie simple, une vie d'observatrice en somme, elle ne cherchait pas les problèmes et elle n'en avait pas.

Ils finirent de manger devant chez Amy. Les fenêtres étaient allumées, ils virent son ombre choucroutée passer devant la fenêtre : elle savait qu'ils étaient rentrés. Et comment ne les aurait-elle pas entendus ? Les blagues fusaient, ça rigolait de toutes parts.

« Elle doit se demander ce qu'on fout, ricanait Jim.

– Bon allez, on y va », dit Abi.

Abi avait hâte d'en terminer. Elle avait peur que ça se passe mal. Qu'Amy les engueule.

Ils avaient pris leur temps, et dès qu'ils frappèrent Amy sortit récupérer la bouteille et les cigarettes dans un tonnerre de clics et de flashes. Ils étaient en position.

« Qu'est-ce que vous ne comprenez pas dans le mot *demi-bouteille* ? Le préfixe *demi*, ça ne vous dit rien ? »

Elle était de mauvaise humeur.

« Ils n'avaient plus de demi, mentit Arthur.

– C'est ça, grommela Amy en refermant la porte. Bonne nuit. »

Abi n'avait pas eu la moindre chance de se présenter. Amy ne l'avait même pas remarquée.

Elle pensa tout de suite qu'ils auraient pu lui rapporter seulement une demi-bouteille, vu qu'elle avait ouvert de toute façon, sans se poser de question. Si demain on la retrouvait morte ou dans un coma éthylique... et voilà, les mêmes questions que dans son adolescence. Elle les envoya balader.

Les paparazzis plaisantaient en rangeant leurs appareils ; Abi, elle, était encore impressionnée d'avoir vu Amy de près pendant plus de trois secondes d'affilée. Les tatouages, la blondeur. Quelle idée de s'enlaidir ainsi.

Amy ne l'avait pas remarquée.

Tant pis. Ce n'était que son premier jour et elle avait été idiote d'insister. Demain, Amy allait voir Blake au tribunal. Même si elles n'échangeaient pas trois phrases, au moins, elle aurait quelque chose de tangible à écrire.

Elle se coucha préoccupée à côté de son petit ami – endormi depuis longtemps –, préoccupée par tout un faisceau de peurs, qui la ramenaient à son adolescence, à son père, et à ses croyances profondes sur son métier, surtout. Ça faisait des années qu'elle s'était résignée à éprouver des sentiments ambivalents à l'égard de son père. En revanche, elle avait peur que les distinctions bien nettes qu'elle s'était faites dans son esprit – presse trash contre presse de qualité, journaliste contre paparazzi – n'existent pas réellement, et existent surtout pour conforter les journalistes sérieux comme elle dans l'idée qu'ils valaient mieux que les autres : à eux les étoiles et au tabloïd le caniveau. Elle ne savait plus... ce qu'elle savait en revanche, c'est qu'elle détestait les paparazzis de l'avoir remise dans une situation qu'elle avait connue maintes et maintes fois avec son père, et qu'elle détestait son patron d'avoir misé sur le fait qu'elle avait eu un père alcoolique, estimant qu'elle se sentirait plus concernée et déterminée, qu'elle insisterait là où d'autres abandonneraient, sachant que la miss Winehouse n'était pas connue pour aimer les interviews... Et il avait raison.

Le lendemain aux aurores, elle était de retour chez Amy, bon pied bon œil dans sa parka « spécial grand froid », plus décidée que jamais à mener à bien sa mission.

Amy sortit à l'heure prévue, un peu en retard peut-être, en jupe crayon, polo Fred Perry et talons... Elle ne regardait pas les paparazzis, sauf pour adresser un regard méchant à un « nouveau mec », selon Jim, un mec que personne ne connaissait. Ils la suivirent jusqu'au tribunal, en moto ou en voiture.

Abi n'avait pas pu lui adresser la parole devant chez elle, Amy était montée directement dans la voiture de la mère de Blake, en chancelant un peu.

Le chat était à la fenêtre.

Abi était donc présentement au tribunal, dans le public, avec cinq ou six journalistes (supposait-elle) : elle avait reconnu un type qui s'occupait de musique au *Guardian*. La mère de Blake était assise deux rangs plus loin. C'était surréaliste. En fait, on aurait dit un de ces soaps méga populaires qu'elle avait toujours refusé de regarder. La blonde Amy envoyait des baisers à son abruti de mari sur le banc des accusés. Elle mimait « je t'aime beau mec », comme elle le faisait en concert, quand Blake était au balcon. Et lui se rengorgeait.

Alors même que son avenir était en jeu. Abi le méprisait de plus en plus.

Que fichait-elle avec ce merdeux, même pas très sexy ? Elle aurait dû faire autrement, mieux, mieux choisir, ne pas se laisser avoir par les mots doux de ce type, ne pas… peine perdue. C'était une autodestructrice. Les autodestructrices trouvaient toujours celui qui allait les aider dans leur entreprise de démolition personnelle, on pouvait leur faire confiance.

Ajourné, il restait en prison, bien sûr.

Amy accusait le coup, l'air désolée, bourrée et perdue. Elle était pâle, le fond de teint n'arrivait ni à lui donner bonne mine, ni à cacher les imperfections de sa peau. Elle chancelait encore un peu.

La pauvre.

Elle faisait même un peu peur à Abi maintenant… À moins qu'elle n'ait toujours eu peur. Peur d'elle et peur qu'elle lui fasse louper l'opportunité de sa vie. Mais bien sûr, elle était toujours bien décidée à lui parler. Quand Amy sortit de la salle du tribunal, soutenue par la mère de Blake, Abi se pressa pour se retrouver juste derrière. Elle réussit à lui prendre le bras juste avant qu'elle ne passe la porte du tribunal.

Amy la regarda comme si elle avait essayé de la violer. Il n'y avait pas d'autre mot.

« Laisse-moi tranquille, articula-t-elle. Qui es-tu, bordel ? Ne me touche pas…

– Je veux juste te parler. Je m'appelle Abi.

– Mais qu'est-ce que tu me veux ? Laisse-moi partir, laisse-moi rentrer chez moi. Putain, quel monde incroyable que celui où une femme ne peut plus rentrer chez elle sans se faire agresser… »

Amy s'échauffait toute seule et Abi ne savait plus comment la prendre. Elle aurait su faire avec son père, qui lui aussi se sentait agressé et se mettait en colère pour un mot de trop… mais avec une femme qu'elle prenait effectivement par surprise, qui était effectivement harcelée de tous côtés…

Elle était juste devant la porte. Interdits de tribunal, les paparazzis postés dehors l'appelaient déjà en permanence, pour lui faire tourner la tête et l'avoir de face devant leur objectif.

« Je ne te veux pas de mal, dit-elle d'un ton plat. Pardon, je suis journaliste, j'ai juste...

– Putain, vous ne reculez vraiment devant rien. Ton interview ou je te fais un croche-pied, c'est ça ? » Amy ricana et lui tourna le dos. Elle ne chancelait plus du tout quand elle était en colère.

« Mais pas du tout, je veux t'aider ! » s'exclama Abi, de façon véhémente.

Pourquoi avait-elle dit ça ?

Amy s'en foutait.

Quelqu'un avait ouvert la porte, Amy était passée, elle dévalait les marches sous les flashes.

Abi n'avait même pas eu le temps de se justifier. Elle sentait l'angoisse monter.

En bas des marches, Amy ne pouvait pas avancer très vite : pour retrouver Georgette, qui lui faisait signe plus loin, il fallait fendre la foule des photographes et, s'ils ne lui bloquaient pas franchement le passage, ils n'étaient pas pressés de la laisser passer. Abi en profita pour lui prendre de nouveau le bras, ce qui fit paniquer Amy qui lui asséna un vibrant « Va te faire foutre » et la repoussa presque violemment. Sans doute pas si violemment que ça mais suffisamment pour qu'Abi vacille et avec elle toutes ses convictions et son désir de faire l'interview. Cette femme était tarée, et, parti comme c'était, elles ne pourraient plus s'entendre.

Elle passa la porte.

On éloignait Amy.

Abi s'écarta, soudain écœurée par ce cirque, les erreurs qu'elle avait sans doute commises sans s'en rendre compte, celles de son boss qui l'avait envoyée se fourvoyer devant la maison d'Amy tout en sachant très bien que c'était mission impossible, neuf chances sur dix que ça rate sinon plus, et qui, pour cette unique chance que ça fonctionne, l'avait envoyée se faire lamentablement humilier par une chanteuse qu'elle aimait pourtant vraiment bien. Il allait en plus sûrement l'engueuler d'avoir raté son coup.

Elle voulut réessayer une dernière fois, mais Amy montait dans un taxi à vingt mètres de là.

Quelques motos démarrèrent en même temps qu'elle, et plusieurs voitures, mais les quelque vingt paparazzis qui l'avaient attendue dehors ne la suivaient pas tous – la plupart avaient eu leurs photos, ça leur suffisait, ils remballaient.

Jim s'approcha d'Abi.

« On retourne chez elle. Tu viens ? »

Il n'avait rien vu de leur dispute. Où était-il quand Abi parlait avec elle, quand il aurait pu l'aider, car, lui, Amy le trouvait sympathique et le connaissait ?

Qu'est-ce que c'était que ce monde où une femme comme Amy Winehouse se sentait agressée dès qu'on lui parlait ?

13.

Duo avec Peter Doherty

Accident de voiture. On frôle l'accident de voiture à cause de ces imbéciles de paparazzis. Tu m'avais promis une belle chanson et à la place j'ai *La Nuit des morts-vivants*, Peter. Tu ne trouves pas qu'on dirait des zombies, sérieusement ? Celui-là, regarde les valises qu'il se tape. Il ne dort plus, dès que je regarde par la fenêtre il est là, fidèle au poste. Tu sais que je lui ai déjà fait une tasse de café à la maison ? J'aurais mieux fait de lui filer de la coke. Bah oui, je suis trop bonne, il me faisait pitié. Il s'appelle John, ou Jim, je ne sais plus. Il devait être 23 heures, il était tout seul, les autres devaient être partis dormir ou chercher des clopes... et donc il était appuyé sur la rambarde, littéralement la tête dans le buisson, à somnoler, je me suis dit, il va s'endormir, un connard va passer et lui voler son matériel, donc je l'ai fait rentrer et je lui ai fait du café. J'ai failli lui proposer de dormir un peu sur le canapé, mais alors ça aurait jasé, et en plus son boss hystérique aurait sûrement envoyé un de ses journalistes essayer d'en faire autant. Je lui ai demandé combien il était payé pour une photo, il a répondu que ça dépendait, il a minimisé. Il a dit que tout le monde lui posait cette question mais que moi j'avais le droit de savoir, et pourtant je suis sûre qu'il a enlevé un zéro au chiffre. Après, il m'a dit que ça n'était pas non plus une vie facile, qu'il ne se considérait pas comme un vautour, de toute façon il va finir de payer sa maison et après trouver un truc un peu plus pépère. Tu t'en fous, tu n'as pas envie de les connaître, toi, les paparazzis ? Ils savent tout de nous. Tu as vu la série *Dirt*, oui, c'est une série pour les filles, mais bon, c'est drôle. Oui, voilà, celle où Jennifer Aniston et Courtney Cox se roulent une pelle. Un des héros est paparazzi, le genre qui se cache dans les arbres, le vrai quoi, et par ailleurs il est schizophrène, il parle à son chat mort, un petit chat blanc, les seules scènes avec un chat mort qui m'aient jamais fait rigoler. Du coup bien sûr je pense « schizo » quand je vois un paparazzi, je ne peux plus m'en empêcher. Tu as combien de chats, toi ? Treize ? Treize, c'est beaucoup trop. Il y a deux ans, j'avais cinq chatons, mais ils m'épuisaient, je les ai donnés. Et puis comme je partais tout le temps, c'était trop dur. Du coup, papa était tout le temps chez moi, il prenait les chats comme prétexte pour venir me surveiller. Je n'ai gardé que la maman, Misty... De temps en temps, je regrette, j'adore les chatons, comme tu sais. Donc *Dirt*, ça fait vraiment peur. Tu vois comme les journaux manipulent les gens pour avoir leurs histoires... Quoi ? Non, je n'ai pas peur, non, qu'est-ce que tu veux qu'ils me fassent ? Ils ne rentrent pas. Jamais. Sauf celui que j'ai invité, et je ne l'ai invité qu'une fois... Ce n'est pas parce que je vis seule que forcément... remarque, bien sûr que ça me dérange, mais ce n'est pas spécialement parce que ce sont tous des hommes. Ils ne peuvent pas regarder par la fenêtre, tu vois bien comment c'est foutu chez moi. Mais moi aussi, ça me rend parano. Pas autant que ta façon de conduire, cela dit... Ah bon, on te le dit souvent ? C'est une vraie surprise... ça plus les paparazzis... Attention à ne pas finir comme la princesse Diana. On aurait l'air de quoi ? Même pas foutus de mourir d'une overdose... Ce qui m'ennuie par contre, c'est de me dire que si on avait un accident ils ne nous aideraient pas. Non non. Ils prendraient des photos, ils nous laisseraient crever. « J'ai la première photo de son cadavre ! », et après le premier détruirait les appareils photo des autres pour en tirer plus d'argent... et toi, après, tu en ferais une chanson. Oui, sauf si tu es mort...

alors conduis mieux… Rappelle-moi plutôt pourquoi on a décidé de prendre la voiture, là, maintenant… Je pense qu'il va être bien ce duo, mais pour le faire il faut rester en vie. Je t'en jouerai une autre que j'ai faite. Elle parle de se perdre et de se retrouver, comme l'autre. Tu sais bien que moi je ne peux plus parler que d'amour, maintenant. « Et quand on se retrouve, on est toujours séparés par un mur »… oui, le type est en prison, oui c'est Blake… mais on était séparés par un mur avant aussi… et on le sera après. La prison continuera à nous séparer. C'est toi qui m'as dit qu'elle salissait. Elle peut salir de multiples façons. Elle me salit aussi. J'ai dit ça à mon père, au fait, tu sais ce qu'il m'a dit ? Qu'on n'y mettait que les gens qui avaient fait quelque chose de sale… On dirait que personne dans notre famille n'a jamais fait de prison. Alors que si… Il y a longtemps, bien sûr. Et personne ne s'en vante… Le concept d'erreur judiciaire ou d'acharnement, lui, il ne comprend pas ce que ça peut avoir à faire avec Blake. Il ne comprend même pas que je me sente coupable. Mais s'il n'avait pas été avec moi, jamais il ne serait allé en prison, il n'aurait pas proposé d'argent au barman qu'il a démoli. C'est de ma faute. Et voilà, depuis le temps que les gens essaient de nous séparer, c'est gagné : il y a un mur entre nous. Blake est épuisé, démoralisé… Oui, moi aussi. Personne ne voit les choses comme ça mais nous sommes des jeunes mariés et ils mettent mon mari en prison. Les gens trouvent normal qu'il nous arrive des choses extraordinaires parce que nous menons une vie extraordinaire. Sauf que sur n'importe quel autre couple on écrirait quelque chose de très différent. Si ma voisine jeune mariée se retrouvait séparée de son mari tout neuf, on la plaindrait !… Oui, je me doute, l'ennui… Moi aussi le plus souvent je reste enfermée entre quatre murs. Pas par solidarité. Ou alors une sorte de solidarité étrange. Je n'ai rien d'autre à faire ! Je m'habille, je me maquille, et je reste chez moi, bien sapée, prête pour aller je ne sais où avec lui. Mais je n'ai nulle part ailleurs où aller, et je n'ai qu'une photo pour me tenir compagnie. On me dit de me mettre à écrire, j'écris. J'écris sur la prison. Et je me drogue. Je me drogue tout le temps depuis qu'il n'est plus là. Tu ne trouves pas qu'elle sent un peu le cramé cette bagnole ? Si, si... On va se taper le feu rouge. Il va falloir faire coucou aux paparazzis. Pourvu que ça ne rameute pas les flics. Sinon on n'a pas fini. On n'a pas fini, Peter. Et si on mettait un disque ?... un lecteur MP3 ? tu rigoles. Violetta n'est pas milliardaire, c'est une vieille bagnole, elle a déjà un lecteur CD, c'est pas si mal... Oui, je sais que tu aurais voulu prendre l'autre. Les hommes et les voitures... sans déconner. L'autre, c'est la voiture de Blake. Si quelqu'un d'autre la conduit, il le défonce. Il n'est pas là, mais ce n'est pas une bonne raison... Bof, je ne sais pas, je lui ai laissé des CD, mais il faut fouiller. J'ai du vieux hip-hop. Busta Rhymes... Oh la la, il est lent, devant. On va encore se faire photographier. Tiens, qu'est-ce que je disais. Bah oui, cheese, cheese. Bordel. Ah, Billie Holiday. Il me semble bien avoir lu une interview de toi où tu disais que tu l'idolâtrais. Si, bien sûr, je lis les magazines musicaux. Des fois. Maintenant que je ne suis plus trop dedans. Elle a eu une telle vie. L'histoire de l'héro dans la chatte, elle est vraie. Il fallait en vouloir pour faire ça sur son lit d'hôpital. Maintenant, je comprends comment on peut en arriver là, Blake a fait à peu près la même chose... Non, pas dans sa chatte, évidemment, c'est malin... Mais je suis sûre que toi aussi, tu as emmené de l'héro en cure de désintoxication... Hein, planquée dans la guitare... dans le chapeau... Mais elle, bon, quelle vie atroce. Violée à dix ans, tu le savais ? Comment veux-tu trouver la paix après ça ? Il n'y a pas de paix. C'est un mot qui n'existe plus. Rayé du vocabulaire. Il existe juste chez les autres... On regarde par une fenêtre en passant et on constate avec effarement qu'il y a des gens qui mènent une vie parfaitement paisible... Quand j'étais petite, peut-être. J'ai arrêté d'avoir envie de grandir quand mes parents se sont séparés. Non, ce n'est pas ça... je voulais aussi être beaucoup plus grande, adulte, sans parents, qu'ils se démerdent sans moi. Et être une autre personne, quelqu'un à qui ce ne soit pas arrivé... Maintenant je ne sais plus trop ce que j'en pense. Tant que ma mère a un homme, ça va... je n'ai jamais eu peur qu'ils divorcent. Je n'ai jamais cru que c'était possible. Mais je m'inquiétais quand ils se disputaient, ou quand ils se cherchaient des noises. Et ce jour où ma mère m'a acheté un livre qui s'appelait *Papa a de gros bras*. Je t'assure que ça m'a terrifiée. J'avais peur qu'il le prenne mal. Elle m'a assurée que ça le ferait plus rire qu'autre chose, mais les gamins sont très premier degré. J'ai planqué le livre, je hurlais quand ma mère voulait me le lire à voix haute. J'en étais venue à avoir peur du livre... J'ai fini par le jeter. C'était comme s'il y avait un nuage dans le coin du ciel en permanence. Un truc qui menaçait de nous éclater à la gueule. Ça a fini par arriver. Ça arrive toujours. Je suis fatiguée. Je suis sur les nerfs. Pas toi ? Tu conduis aussi comme ça quand tu es sobre ? Bordel. Tu sais que tu me ferais presque peur. Tu peux toujours courir pour que je te laisse conduire la voiture de Blake ! Non nonnon... comme je dis souvent, oui, c'est ça. Quelle voix magnifique, cette femme, mon Dieu... tu as vu la pub, là, pour la comédie musicale ? J'y serais allée avec Blake s'il n'était pas en prison. Regarde comme les gens sont effrayés par les paparazzis. C'est dingue. Les voitures sont affolées, les passants se retournent tous. Empêche-moi de regarder les gens. Je ne supporte plus leur regard quand ils voient Amy et Pete... Je n'ai pas envie de parler, pas envie de me taire. C'est la coke, ça. L'entre-deux-lignes est insupportable. Tu es fou de me donner un chaton. Tu sais que je suis une mère horrible pour les chats... Mais je promets de bien m'en occuper. J'ai décidé de l'appeler Blackie, et on va s'éclater tous les deux. C'est gentil de penser à moi comme ça... Mais non je ne pleure pas, ça va, arrête de te foutre de moi. Cette chanson me donne des frissons. Il fait peut-être un peu froid aussi. J'ai tout le temps froid... Oui, mademoiselle, c'est moi. C'est lui aussi. Bonjour chez vous. Ne te fais pas écraser parce que tu viens de croiser des pop stars, petite idiote ! Tourne à gauche, là... Tu vis toujours avec la petite Française brune qui nous a filmés la dernière fois ?... elle va bien ?... Bon allez, on s'arrête. J'ai une idée. Arrête-toi... Je vais aller acheter à manger chez Tesco. C'est pour te remercier. Et comme ça j'en donnerai un peu au chaton, on fera connaissance. Je ne me fais pas d'illusion, les chats, c'est comme ça qu'on devient copain avec... Oui, exactement, les humains aussi... Pourquoi une autre fois ? Ça peut être drôle, non ? Il y en a pour deux minutes. Et pendant que le truc cuit, on fera un peu de musique. Mais il faudra que tu l'empêches de nous filmer. Pas question... Pas de four ? Pas de four ? Comment tu peux vivre sans four ?... OK, alors demain soir, si tu veux. On s'arrêtera au kebab, ce sera plus pratique, c'est vrai... Tu l'as vue, la blonde, là ? Elle était à poil ou quoi ? Klaxonne. Ça me rappelle un truc que Blake m'avait offert. Un truc de cul, tu vois, une sorte de déguisement-harnachement. On aurait dit un truc qu'il avait acheté dans un magasin de farces et attrapes. Quand je l'ai vu j'ai tellement rigolé qu'après il a fait semblant de l'avoir acheté pour rire... Klaxonne, pour le mec en train de pisser, là... Klaxonne, ça va le faire dévier. Ça me dégoûte les mecs qui pissent dans la rue. Oui j'ai des plaisirs simples... Pas comme Blake c'est sûr... Non, un truc noir et blanc, un costume de soubrette, avec la lingerie à porter en dessous... c'était incroyable... Il va lui arriver un truc, à cette blonde, elle est bourrée et elle a l'air tellement perdue, ça attire les prédateurs... en plus, ça y est, il pleut. Quoi ?... Non, je ne l'ai pas vu. Pourquoi ?... Pas mal. Redis-le... « Les plus beaux poèmes sur l'Angleterre au printemps ont été écrits par des poètes qui vivaient en Italie à la même époque. » Oui, c'est pas mal. Qui est-ce qui dit ça ?... Ah mais si, je l'ai vu alors, je pensais que tu parlais d'un autre film, va savoir pourquoi, bien sûr que je l'ai vu. C'est l'histoire d'une jeune veuve qui décide de s'installer dans une maison hantée, elle rencontre le fantôme, un ancien marin qui lui dicte l'histoire de sa vie, hein c'est ça. Je me souviens, avec la fille qui jouait dans *Laura*. Probablement la femme du réalisateur, non ? Elle fait un tabac avec son bouquin plein d'argot et de marine. Elle rencontre un auteur de livres pour enfants, lâche plus ou moins le fantôme pour lui et découvre qu'il est marié. Ensuite, elle retourne à la solitude pour toujours et n'écrit plus rien... ça remonte le moral... Enfin, c'est intéressant... Oui, j'ai essayé une fois. Je voulais parler à ma grand-mère. Rien que l'idée de pouvoir lui parler à nouveau, tu sais... comme si les morts n'étaient pas morts. C'est absurde, mais tellement tentant. J'étais avec Tom, qui voulait impressionner la galerie comme toujours, c'est lui qui a lancé la discussion là-dessus, il a dit qu'il savait comment faire, qu'il avait du fluide. En fait il ne se foutait pas de moi. Le verre s'est bel et bien déplacé, mais ma grand-mère n'est pas venue. On a eu un autre esprit. Je t'assure que c'est vrai... Comment ça, pourquoi je ne te l'ai pas dit avant ? Parce que tu ne me l'as pas demandé avant... Et parce que je n'en parle pas souvent. Les gens vous prennent pour une tarée quand vous racontez ça. Mais je t'assure que c'est vrai. Eh oui, qui eût soupçonné que Tom avait de tels talents. Tu as raison, « Tom le victorien », ça lui va bien. On s'est assis, on s'est donné la main, il devait y avoir son coloc de l'époque et trois-quatre personnes, Blake n'était pas là, je n'arrivais pas à le joindre. Tom donnait ses instructions. Il avait disposé des lettres de Scrabble en arc de cercle devant nous, et le verre a désigné des lettres une par une, très rapidement, en suivant une trajectoire très rectiligne. Bien sûr, c'était un peu flippant, d'autant plus qu'après l'esprit s'est adressé à moi directement... Non, il ne parlait pas. Quand même pas. Il se déplaçait, simplement. Et il a dit que j'allais mourir en 2009. Tu te rends compte, ça ne t'angoisserait pas, toi ?... Oui, un peu. Mais pas tant que ça. Ce soir-là je m'inquiétais surtout pour Blake... Bon, si j'hésite à le raconter, c'est aussi parce que je me demande si Tom n'a pas trouvé un moyen de nous arnaquer, je ne sais pas, avec un système d'aimants quelconques, placés sous la table. Ça paraît difficile, mais pourquoi pas... Allez, c'est parti pour une nouvelle tournée de flashes... Attends que je remette mes cheveux en place. Le kebab, là, il est bon ?... Non, c'est pas grave. On va rentrer chez toi, c'est aussi simple. Je n'ai plus faim... Dépêche-toi d'ouvrir. Je suis sûre qu'ils vont écrire qu'on couche ensemble... Ils sont où, les chatons ? Dans une caisse ? C'est toi qui t'en occupes ? Tes copines vont dormir à cette heure-ci, non ? Celle qui ne se défonce pas au moins... c'est bien normal. Les chatons aussi vont dormir. Aïe... Non, rien, c'est juste que j'ai failli me casser la gueule... il y a beaucoup de pièges par terre chez toi. Bonjour. Bonjour. Oui, ça va, merci. Et toi ? Bonjour. Amy. Oui, bien sûr. Super, des Vodka Mudshake. Celui-là, oui, bien sûr... En fait on vient voir les chatons. Peter ? Ils sont où ? Peter ? et toi, tu es où ?... Ah. Non, continuez à regarder le film... Merci. Viens... Il y en a du monde chez toi... Pas tellement envie de faire la fête, en fait... Ce n'est pas très facile d'en parler... non, ne t'excuse pas, c'est juste que... Oui, voilà... Si, nous sommes amis, nous allons faire un duo, Peter a écrit une chanson pour son album solo sur laquelle je vais chanter... Non, je n'en parle pas, ça porte malheur, et ça ne se fait pas.

Et vous, vous faites quoi ?... Non... Oui, bien sûr... Je ne sais pas quand, non. J'ai l'impression de faire une interview, là. Excusez-moi, ce n'est pas très gentil. Je suis stressée, quoi, c'est tout. Ah, oui, je viens avec toi, Peter... Non, c'est rien, j'ai encore failli marcher sur un truc parce que je regardais ces objets indéterminés sur l'étagère, dans la vitrine. Qu'est-ce que c'est ? On dirait des instruments de torture... du matériel pour se shooter ? Ah. Ça date du temps de Sherlock Holmes ?... Est-ce que je peux t'appeler Peter le victorien, du coup ?... Je ne sais pas combien ça coûte normalement, non... une chose est sûre, tu ferais mieux de les laisser dans leur vitrine. Attends, je vais regarder. Non, je l'ai laissé dans la voiture. Voilà ce que c'est de ne pas prendre de sac. Mais il y a un briquet là, sur la table... non, ne retournons pas là-bas... Je ne sais pas qui c'est, non... ah ah, toi non plus ? Ils m'ont posé plein de questions. J'ai un ami en commun avec le blond : le patron du Jazz After Dark... Mais non, pourquoi veux-tu qu'il invente ? Le blond. Celui qui s'appelle Andy. Attends, je vais me cramer. Oui, tu as raison, tout le monde connaît le patron du Jazz After Dark. La petite brune aussi, je l'ai déjà croisée, sa tête me dit quelque chose. Elle a un regard vachement inquisiteur. Oui, ce sont sûrement les yeux bleus qui font ça. D'où vient-elle ? Égypte ? Argentine ? Ah, Paris. D'accord. J'étais loin du compte. Tu sais qui j'ai croisé l'autre jour ? La copine de Ron Wood. La russe... Si, bien sûr que c'en est une. Serveuse, mon œil. Le bar est quand même connu pour... tu penses ce que tu veux. Moi aussi, j'ai joué avec les Stones. Mais ce n'était pas tout à fait pareil. J'avais les jetons. J'étais bourrée, heureusement. J'ai honte de dire ça, mais heureusement que j'étais bourrée. Comme toujours. Ça aide. Et bon, maintenant, un duo avec Peter Doherty. Elle est chouette, cette vie. Je serai très contente de faire un duo avec toi, moi, je n'en pourrai plus de fierté. Non, je ne dis pas ça pour te flatter, qu'est-ce que j'en ai à foutre ? Le truc, c'est que pour l'instant ça reste un peu hypothétique… tu imagines ce qu'on va écrire, les deux junkies de la mort qui sortent un titre magnifique, prends ça dans ta gueule, *Daily Mail* de merde. Non, on est là… Oui, tout va bien… Qu'est-ce qui se passe ?… OK. À tout à l'heure. Eh bien, s'il ne se passe rien, foutez-nous la paix, alors. Ils te surveillent, c'est ça ?… remarque, comme tu dis, un de plus un de moins… c'est la surveillance généralisée. On vient de frapper à nouveau, Peter. C'est irréel. Ils veulent fumer, non ? Bon écoute, on leur en donne un peu. Après, on va voir mon Blackie ! Je peux regarder le livre sur New York ? Oh la la, l'intérieur du Chrysler Building. C'est somptueux. Oui, ça va. Il en reste, si c'est la question que vous vous posez… Voilà. Prenez tout ce que vous voulez. Nous, on s'en va. Non, on ne sera pas loin. On descend juste voir les chats… Ne fermez pas à clé derrière nous, on en a pour deux secondes, hein Peter. Tu as bien raison de ne pas laisser les chats ici. Dieu sait ce qu'ils leur feraient. Je trouve ça mieux de les confier à deux jeunes gouvernantes françaises ! ça a du style, et tu sais quoi : je n'en attendais pas moins de ta part… Non, je ne suis pas hostile. Ne dis pas ça. Je ne suis pas hostile. Je n'ai pas envie de voir tous ces gens. C'est tout. La vache, c'est éteint. Tu as raison, elles dorment. On va se faire tirer les oreilles… Ah non, moi, je n'ai pas l'habitude de me faire tirer les oreilles par des gouvernantes françaises, désolée. Je vais me casser la gueule… le cauchemar continue. Ah ! Ils sont là. Oh, putain, Peter. Ils sont adorables. Ils sont tous différents ! Allume. On ne peut pas les voir juste à la lueur d'un briquet. C'est génial. Ça m'étonnerait qu'ils aient tous le même père, si je peux me permettre. Maman a de drôles de mœurs. Ils sont super. Je me sens éperdue de bonheur dès que je vois un chat, moi, je suis une fille simple. Viens me voir, chaton noir. C'est celui-là que tu me destinais ? Dis que c'est celui-là... Arrête, tu me fais marcher, tu ne peux pas l'avoir promis à quelqu'un d'autre. En plus, c'est le seul noir. C'est dingue qu'il ait des petits coussinets roses, il est merveilleux. C'est un mâle ou une femelle ? Ah. Elle est merveilleuse, alors. Tu ne peux pas imaginer ce que je suis contente. Ma Blackie. Bonsoir... Pardon, j'ai fait du bruit. Je suis désolée. Je t'ai réveillée, c'est ma faute. Non non, on s'en va. Avec Blackie. Blackie a trouvé une maman. Bonne nuit... Pardon... Oh la la, Peter, on a merdé. Pauvre gamine en robe de chambre. Comme tu dis : l'attaque de nuit est la meilleure tactique offensive, mais là j'ai comme le sentiment d'avoir poussé le bouchon un peu loin. On s'en va, hein ? Tu me rappelleras pour qu'on rebosse proprement sur ce duo. Moi, je m'en vais. Ce sera bientôt l'heure où le coq chante...

14.

Daddy's girl

L'« incident » m'a rappelé celui de l'été dernier avec Blake. Le même cinéma. Repos, interdit de se lever, devoir appeler l'infirmière pour pisser, entendre des alarmes vingt-quatre heures sur vingt-quatre, la famille qui fait semblant de ne pas s'inquiéter, papa débonnaire, et les radios, les machins, les trucs, la perfusion. Bien sûr, à l'hôpital où Cynthia est morte, sinon ça n'aurait pas été drôle.

Comme l'été dernier ou presque : cette fois, c'est plus grave, ou moins grave, c'est selon. Je n'ai pas failli crever. Par contre, je risque de crever tout le temps. Donc je suis encore plus censée arrêter pour de bon que d'habitude.

Quelques petites précisions s'imposent.

1. Je prends de l'héroïne. Je risque de mourir à chaque fois que j'en prends. Je suis habituée à l'idée.

2. Le docteur qui m'a annoncé mon début d'emphysème pulmonaire était assez sexy.

Je ne me moque pas. J'ai simplement du mal à me rendre compte de la situation, malgré les remontrances des médecins, et celles, quotidiennes, de toute ma famille. J'ai encore vu, hier soir, ce que papa avait raconté dans les journaux et à la radio... S'il pouvait s'arrêter de causer deux minutes, même pour mon bien, même pour dire à la face du monde « oui, je m'occupe de ma fille, oui, je suis un bon père ». S'il vous plaît. Quelle honte. Il dit « ma belle fille de vingt-quatre ans », comme si j'en avais quatre, il dit que je ne dois plus voir Peter ou des toxicos ou des dealers, comme si c'était eux qui m'appelaient, comme s'ils s'imposaient. Je suis perdue, c'est vrai, je suis perdue... mais je n'accuse ni Blake ni Peter Doherty. Je suis assez grande pour faire mes conneries toute seule.

J'en veux un peu à papa. Même si ce n'est pas sa faute, plutôt la faute à pas de chance, ou ma faute à moi. Il était là quand ça m'a pris. Si j'avais été seule, je me serais dit : oh la la quelle histoire, j'aurais pris un Valium et je serais allée me coucher, et aujourd'hui je vivrais encore dans l'ignorance bénie de ce foutu emphysème.

Mais non, il a fallu qu'il sonne. Et moi, j'étais bien obligée de trouver un moyen d'éviter une inspection et de ma condition physique et de ma chambre (pleine de vestiges de drogues dures). Je l'ai donc emmené à côté pour lui montrer mon nouveau stepper. C'est la première idée qui m'est venue. J'étais super défoncée, je n'avais pas dormi... Ça m'a paru intelligent. « Regarde, j'ai un nouveau stepper ! »

Ça ne l'était pas. Je l'ai essayé devant lui, et j'ai commencé à avoir du mal à respirer, très vite, je lui ai dit : « Bon, à ton tour », en espérant qu'il ne s'apercevrait de rien. Tu parles. Il s'est mis dans tous ses états, il m'a forcée, il a préparé mes affaires, il a appelé le taxi.

La crise était passée... J'ai souvent du mal à respirer après une nuit de perdition, rien d'extraordinaire. Mais je ne pouvais pas lui présenter les choses comme ça, et il n'a pas voulu lâcher l'affaire. J'avais envie de le tuer dans le taxi en direction de l'hôpital. Pour moi, ces difficultés respiratoires n'avaient rien à voir avec la maladie ou la mort, je me diagnostiquais plutôt de simples crises de panique. La peur de la vie en fait – elle me terrifie beaucoup plus que la mort. Et la descente. Quoique je ne descende pas beaucoup, ces temps-ci.

J'étais loin du compte. Cette fois, c'est grave, branle-bas de combat. Ils disent que je ne pourrai bientôt plus chanter si je continue à fumer du crack et même des cigarettes. Et que je pourrais en crever, ou être obligée de porter un masque à oxygène.

Il m'a juste laissé me maquiller et me coiffer. Foulard, eye-liner, perruque : obligatoire. J'ai prévenu papa : même pour aller à l'hôpital, impossible de m'en passer. Si un jour je sors sans mon masque d'Amy Winehouse, il faudra vraiment appeler une ambulance et me coller illico dans l'aile des dépressifs, ça voudra clairement dire que je n'en ai plus rien à foutre… Et plus je suis angoissée, plus j'en rajoute question maquillage et question faux cheveux. Sur le chemin de l'hôpital, j'étais plus près de la reine Marie-Antoinette que des Ronettes, vous verrez que je finirai avec des oiseaux, des fleurs ou un bateau dans mes boucles.

Ou avec un masque à oxygène. Quand je vois ma gueule dans le miroir, je me dis qu'il serait vraiment le bienvenu. On ne verrait pas les boutons, le fond de teint cireux qui n'arrive plus à rien cacher, mes cernes, la dent qui manque, tout ça envolé, et surtout, surtout on ne verrait pas ma gueule grotesque dans laquelle je suis pourtant coincée *ad vitam aeternam*…

Quelle ironie. J'ai une voisine de quatre-vingts ans qui fume. Je la vois, par la fenêtre, qui s'allume sa petite clope, avec ses petits doigts tout tachés. Elle a moins la main qui tremble que moi. Et, bien sûr, d'un autre côté, j'ai une grand-mère morte d'un cancer au poumon. Je comprends que papa s'affole.

Le crack, c'est une chose. Je peux arrêter, je vais me débrouiller pour arrêter, mais les cigarettes… c'est plus addictif que l'héro, il paraît. Et puis je sais ce que ça veut dire, pas de cigarettes. Explosion de la balance. Et on ne sait pas jusqu'où la prise de kilos peut aller. Catriona en a pris six, elle qui n'a jamais été dodue avant de s'y mettre. Elle a recommencé et n'arrive pas à les perdre. Ça incite à la vigilance.

Mon père dit à la radio que je mange « comme un cheval », je le cite. Voilà une déclaration intéressante. Depuis deux jours que je suis sortie de l'hôpital, je gerbe une fois sur quatre et je ne mange jamais quand il n'est pas là. Mais il prend tellement ses désirs pour des réalités que pour lui j'ai effectivement grossi.

J'ai peut-être pris un kilo, je fais comme si je ne le voyais pas.

« Couverte de patchs à la nicotine ». Mais où est-ce qu'il va chercher tout ça ? J'ai tenu un jour et demi et j'ai enlevé le patch. Oui, *le* patch, le seul, l'unique : il n'y en avait pas trois douzaines comme sa petite phrase l'implique.

Je n'ai pas fumé de crack depuis trois jours. Je prends de la coke, un peu, un peu d'héro aussi, l'important c'est de diminuer les doses, les médecins ont dit à mon père que je n'allais pas m'arrêter comme ça, et j'ai réussi à le persuader, on ne sait comment, que l'arrêt brutal allait me tuer. Alors là-dessus il me fout la paix, et naturellement, s'il me pose des questions, je mens un peu. J'ai toujours raconté tant de craques à mes parents que c'est naturel. Surtout maintenant. Ils sont tellement sur mon dos. Il faut bien que je garde certaines choses pour moi.

Pauvre papa, qui voit déjà sa fille partir en fumée... Pas maintenant. Je suis plus forte qu'on ne le pense. Je vois bien, moi, à quel point je me démolis la gueule : et pourtant, trois heures plus tard je suis sur pied. Je ne suis pas une frêle fleur qu'un souffle emporte. Je veux bien reconnaître que je suis vraiment malade. Emphysème et polytoxicomanie. OK. Si on m'accorde que je suis vraiment solide, aussi.

Je l'entends en bas. Il va falloir que je me lève, sinon il va entrer, pour vérifier que je ne suis pas morte.

Maintenant, il n'habite plus totalement avec moi, mais il a passé tout l'hiver dernier ici. Vous imaginez ce que ça fait de vivre avec son père à vingt-quatre ans ? L'infantilisation, le sentiment d'être minable, de faire perdre son temps à tout le monde... même quand j'étais en cure (encore un échec) il était là, il prétendait garder la maison. J'ai l'impression de vivre avec mon père à mon chevet. De toute façon, ici ou ailleurs, il est toujours plus ou moins en train d'essayer de me border dans mon berceau... Un berceau, c'est tout aussi mortifère qu'un *body bag* à mon âge, il devrait le savoir. Foutu père.

Quand il a emménagé, il a même apporté mon nounours. Mon nounours ! En fait, pas un nounours, un petit hérisson que je chérissais quand j'étais petite. Il me racontait avec délices le nombre de cartons qu'il avait dû défaire chez maman pour le retrouver « et là, j'ai senti une petite boule de peluche... ».

Il m'a dit : « Je te l'apporte pour rire, mais je suis sûr que ça te fait plaisir, vu ta tête », et le pire c'est qu'il avait raison. Ça fait tellement bien de ne pas devoir tout assumer toute seule... mais c'est retourner dans le ventre de maman. Et je savais que je me plantais, je savais que ça me retomberait dessus...

Quand je suis rentrée du centre hospitalier, mon père était encore là, histoire de m'aider à tenir, alors qu'il détruisait d'un coup ce que j'avais bâti en cure. Mon autonomie. Ma capacité à vivre seule, sans substance, sans lien toxique. Tout ce que j'avais pu raconter aux médecins et aux psys... inventer... c'était comme si ça avait été du vent, comme si je n'avais pas fait le moindre effort, comme si je n'étais toujours pas capable de me prendre en charge. Et là, ça recommence. Il ne me laisse même pas le temps de souffler. Il ne me laisse même pas le temps de m'organiser.

Mais ce n'est pas sa faute. Il n'est pas allé voir de psy, lui. Pourquoi aurait-il eu une nouvelle attitude envers sa fille ?

Et puis, les situations ne changent pas. Je suis d'ailleurs là dans mon lit, avec mes chats qui me servent de nounours.

Vous changez un peu, et puis quand on vous replonge dans votre vie habituelle les vieilles habitudes reviennent avec elle et vous redevenez celle que vous étiez. Je ne dis pas que la drogue est comparable à un vieux chausson, mais presque. Il est si bon de s'y laisser glisser de nouveau quand on rentre chez soi. La drogue est confortable.

Affronter les gens sans drogue ?! Les passants ? Les paparazzis ?

J'en ai parlé aux psys des cures de désintox. J'ai fait des blagues sur Britney Spears. Et affirmé que jamais je ne me raserais le crâne, car mes cheveux, c'est ma vie. Ils ont rigolé. Ils préfèrent me parler de ma famille trop présente. Typique des familles d'anorexiques et de dépendants. J'ai expliqué que ma maison de disques voulait me payer des gardes du corps à demeure, mais ça me semble aussi absurde que de vivre avec mon père.

Suis-je capable de vivre seule ? On en revient toujours là.

Je ne suis pas un danger pour moi-même. Mais il m'est difficile de vivre sans mon mari. Il est difficile de vivre avec des paparazzis qui vous courent après et campent en bas de chez vous. Il est difficile d'être connue. Ce n'est pas l'horreur, mais ça n'est pas drôle. Si l'usage de drogues n'est qu'un symptôme, expliquez-moi comment m'en passer et supporter quand même le harcèlement général dès que je mets un pied dehors.

Les psys n'ont pas de solution.

Sauf celui de l'autre jour. À sa question : « Où avez-vous été la plus heureuse ? », j'ai répondu sans hésiter : à Miami et à Sainte-Lucie avec Blake. Il m'a aussitôt demandé si des vacances seraient envisageables. « Vous avez beaucoup d'engagements dans les mois qui viennent ? »

J'ai répondu non aux deux questions.

C'est décourageant.

Et puis ça tourne à l'interview... Je déteste les interviews. Le psy essaie bien de m'aider à identifier les problèmes, mais sans rien résoudre. D'accord, je me suis sentie dépossédée quand mon père est parti lors du divorce de mes parents, mais il aurait fallu qu'il ne parte pas – et qu'il revienne s'installer chez moi maintenant ne répare rien. Ensuite, l'histoire s'est répétée avec Blake : il est parti aussi, il est revenu, et reparti en taule. Et aujourd'hui je n'ai pas la force d'aller le voir en prison. Pour lui dire quoi ?

D'après les psys, une rupture franche et nette serait préférable, mais je n'ai pas l'intention de rompre. Qui sait ? Quand il sortira, nous nous retrouverons et ce sera peut-être magique. Je dis bien peut-être. Le psy de l'autre jour dit qu'à m'entendre notre point commun principal est la drogue – sous-entendu : si j'arrive à me désintoxiquer, et je peux y arriver, nous n'aurons plus rien à faire ensemble. C'est faux, je le lui ai dit : « Quand nous faisons l'amour, c'est formidable, c'est le seul homme avec qui j'ai eu autant de plaisir »... Mais il n'en démord pas, et il me sort qu'il n'y a pas que le plaisir et l'immédiat dans la vie, qu'il faut aussi organiser des projets qui nous donnent des « satisfactions ». Je dis que j'aimerais faire un nouvel album – et c'est vrai, j'ai au moins une chanson dont je suis fière, qui s'appelle « Our Souls Ain't Sold » et qui dit... plus ou moins... que je ne suis pas devenue une marchandise. Il prend la balle au bond avec l'air de trouver ça passionnant. « Une marchandise ? »

Je saute sur l'occasion pour changer de sujet. J'en ai ras le bol qu'on commente mon histoire avec Blake. Donc, oui, une marchandise. Bien sûr, mes CD valent tant. Mais aussi, une photo de moi vaut tant, les photographes sont devant chez moi parce qu'ils espèrent en tirer tant, mon nom apposé sur l'étiquette d'une fringue Fred Perry augmente son prix de tant.

Il m'a dit que c'était un sujet intéressant. Mais qu'en aucun cas cette « valeur » n'impliquait une marchandisation de l'être humain que j'étais : nous avons tous une valeur sur le marché du travail, par exemple, cette consultation lui rapportera 100 livres, il vaut donc 700 livres par jour. Cela ne fait pas de nous des marchandises, c'est à moi de raisonner différemment. De ne pas considérer l'opinion des autres et la valeur qu'ils m'attribuent comme quelque chose qui me définit à mes propres yeux.

J'ai répondu : « Oui, c'est bien pour ça que la chanson s'appelle "Our Souls Ain't Sold" : nos âmes ne sont pas vendues. »

Je croyais être tranquille, mais non. Le sujet ne l'intéressait pas tant que ça. Il est retourné à son histoire de projets bille en tête. « Pouvez-vous faire des projets avec Blake ? »

J'ai répondu que je voulais un enfant avec lui. Ça m'a semblé une réponse noble.

Il m'a dit que c'était uniquement envisageable dans le cas où je serais clean, ni drogue, ni alcool – comme si je ne le savais pas – et qu'il serait bon que cet enfant naisse au sein d'un couple équilibré. Ben ça, pour une nouvelle... « Avez-vous réfléchi à la question ? »

En fait, non. Pas récemment.

« C'est votre vie, a-t-il dit, pourquoi ne la prenez-vous pas au sérieux ? »

Bien sûr que si, je la prends au sérieux. C'est ma vie qui n'est pas sérieuse. Ma vie est ridicule.

Je lui ai exposé la théorie de Russell Brand : quand on est célèbre, c'est comme si une partie de vous décidait de vivre sa vie de son côté et de faire un peu n'importe quoi. La partie de vous qui est dans les tabloïds, qui fait l'objet de rumeurs, qui est photographiée sous toutes les coutures. Pour les gens, c'est cette partie-là qui est plus vivante que l'autre. Il faut une grande force de caractère pour le supporter. Et, accessoirement, pour ne pas finir par croire ce qu'on dit de vous. Mais ça, je ne l'ai pas dit, je n'ai pas envie qu'on me diagnostique en plus une schizophrénie paranoïaque.

Blackie signale à grand renfort de miaulements et de câlins qu'il commence à avoir faim. J'entends toujours papa qui fait je ne sais quoi en bas, il lui donnera bien des croquettes, lui. Je me lève deux secondes, j'entrouvre la porte, Blackie se casse, je me recouche. Je n'ai pas envie de me lever, pas plus aujourd'hui qu'hier.

Misty vient se lover contre moi.

J'allume une clope. Avant même le petit déjeuner, ce qui m'est désormais formellement interdit. Mais c'est comme la désintox, l'hôpital. À la sortie, on retrouve de vieux réflexes. Ici, chez moi, avec mon chat, je n'ai pas vraiment un début d'emphysème. Je suis exactement comme avant. Quand je suis revenue de l'hôpital, la coke et l'héro m'attendaient dans ma boîte en forme de cœur. Comment lutter ? Je suis forte, mais pas à ce point-là.

On sonne.

Pourvu que ce ne soit pas un dealer.

Je n'ai appelé personne... Mais bien sûr, il faut que je me lève.

Je me fais un mini-trait. Je suis si fatiguée.

Je descends (en pyjama). La lumière me fait un peu mal aux yeux, ça sent le café, il fait grand jour.

Papa a ouvert la porte ; je suis soulagée car en fait c'est la poste, et papa est en train d'aider un livreur tout suant à transporter à l'intérieur ce qui ressemble à un grand tableau emballé dans du papier kraft. Le livreur s'arrête quand il me voit. « Oh, Amy, je suis tellement fan de ce que tu fais. »

Il ôte même sa casquette en signe de respect.

Papa est tout aise.

Moi... eh bien moi, je suis en pyjama, pas maquillée, pas coiffée, ça ne m'aide pas à trouver moins absurde qu'on soit « fan » de ce que je fais et qu'on enlève sa casquette devant moi.

C'est, de fait, la première fois de ma vie que je signe un autographe en pyjama.

« Qu'est-ce que c'est ? demande papa. Tu commences une collection d'art ?

– Ah ahah. »

Je n'ai aucune idée de ce que ça peut être. Mais aucune.

Le livreur n'a pas l'air d'avoir envie de partir. Il a plutôt l'air de vouloir voir le tableau.

Misty et Blackie sont introuvables.

Je détale dans la cuisine, en le remerciant. Ça fait plaisir tout de même, quelqu'un qui aime ce que je fais – et n'en profite pas pour me raconter ses peines de cœur en me disant à quel point mon album l'a aidé à s'en sortir. Putain, même Pete Doherty m'a fait ce coup-là.

Mais de sa part c'était effroyablement agréable à entendre.

Dans la cuisine, il y a des stocks et des stocks de bouffe. Papa est venu avec du ravitaillement, qu'il avait seulement commencé de ranger quand on a sonné.

« Reviens, Amy, tu ne veux pas voir ce que c'est ? Prends des ciseaux !

Je reviens vers l'entrée. Papa, bien sûr, attend que je sois là pour déballer l'objet.

Moi, j'aurais tendance à m'en foutre...

C'est un portrait de moi peint par Sam Shaker. Un portrait de moi extrêmement ressemblant, les tatouages font aussi vrais que les miens. Je souris, j'ai les yeux très maquillés et je porte ma robe jaune.

« C'est incroyable ! Qui a fait ça ?

– C'est Sam, le patron du Jazz After Dark. Il est surdoué. Il m'en a déjà fait plusieurs, ils sont accrochés dans son club...

– C'est incroyable de ressemblance. »

Le tatouage « Daddy's girl » est bien visible sur le tableau. Papa en est sûrement content.

« Tu le veux ? »

Il me regarde avec de grands yeux. « Je vais te le donner, c'est un peu grotesque d'avoir un portrait de soi à la maison.

– C'est un cadeau, Amy. »

Je regarde la souriante Amy qui me fait face. À côté j'ai l'impression d'être morte.

Je devrais peut-être lui commander un autre portrait, de Blake et moi. C'est quelque chose que j'aimerais voir, ça. Je pourrais l'offrir à Blake quand il sortira... dans un an... en admettant que je tienne jusque-là. Je dis à mon père que je vais écrire un mot à Sam pour le remercier, mais pour l'instant je n'en ai ni le courage ni l'envie. Lui est déjà en train de chercher une place pour le tableau. Je vois mon père qui balade l'Amy d'un bout à l'autre de la pièce, essaie divers endroits, me demande ce que j'en pense. Ce que je pense ? J'ai l'impression d'être un papillon épinglé. Qu'est-ce que je vais faire de ce truc ?

15.

Sainte-Lucie, paradis perdu

La plupart du temps, je suis réveillée par le soleil, je laisse les rideaux ouverts exprès. Vous parlez d'un réveil en douceur. Je pourrais écrire un dépliant de pub pour l'hôtel. Je revis, depuis que je suis ici. Le soleil, la température, le réveil ensoleillé – le simple fait de dormir, d'ailleurs... C'est une autre perception du temps, ça fait partie de la rééducation post-drogues – les docteurs parlent de revenir à un rythme social et biologique normal. Aujourd'hui bien sûr, ce n'est pas le mot *douceur* qui me vient en premier à l'esprit. J'étais en train de me prélasser un peu au lit et je vois le portable qui clignote : un SMS de Georgette. « Le News of the World ment, Blake ne fera pas de livre sur toi, il n'a pas demandé un million pour se taire et je n'ai pas demandé d'argent non plus. » Mon Dieu. Qu'est-ce que c'est que cette histoire ? De l'argent pour se taire ? Ce serait la meilleure.

Évidemment que c'est faux. Je le connais. Si c'est une interview, il n'en pense pas un mot, il l'a donnée défoncé. Ou il a dit tout ça sous le coup de la colère, et voilà. Il a déjà blagué à ce sujet (« si tu ne me files pas cette pipe à crack tout de suite, j'écris un livre sur toi »), ce n'est pas une nouveauté, sur le coup d'ailleurs j'avais trouvé ça drôle.

Plus rien n'est drôle avec lui. Il me trompe et il me hurle dessus. « Tu te fais bronzer et moi on m'enterre vivant, tu m'écœures »... J'aurais dû rester à me morfondre à Londres en bonne petite épouse de prisonnier, alors que si ça se trouve deux minutes après il écrivait à une connasse sur Internet. Non, je ne suis pas une bonne petite épouse de prisonnier. Je ne vais pas le laisser me tromper et ensuite venir chialer au parloir. Je comprends qu'il soit malheureux en taule, mais il n'a qu'à en parler à une autre de ses relations féminines, celle qu'il a sautée en cure de désintoxication, tiens. Qu'elle l'attende à la sortie de prison, elle. Moi, je m'en lave les mains. Je m'en fous, maintenant. Si je pouvais me trouver un grand noir dans l'heure, je le ferais.

Je n'ai même plus envie de faire l'amour avec lui. Le mois dernier, quand il est venu me voir après avoir (évidemment) raté son test toxicologique... c'était pathétique, non ? Tirer un coup à l'hôpital et après le regarder retourner en prison, franchement je ne suis pas sur terre pour vivre des moments pareils, et avec lui je sais bien que je n'en vivrai pas d'autres. Je suis à des milliers de kilomètres, physiquement et moralement.

Ce n'est pas un réveil extraordinairement agréable, mais Georgette ne sait sûrement pas bien, j'imagine, quelle heure il est ici (9 heures), ou alors elle trouve que c'est urgent. Ça ne l'est pas. Rien n'est urgent ici. Et Sergio m'attend. Je vais me lever, parce que j'ai décidé de tenir mes promesses, voilà, c'est tout. C'est la nouvelle Amy, celle qui tient ses promesses.

Sergio est mon entraîneur. Un Italien jovial, vraiment sympa, prêt à tout entendre. Je pourrais le planter, il ne dirait rien. C'est pour ça que je ne le plante jamais.

Plus de crack, plus d'héro, et de la gym.

J'adore avoir des courbatures. L'effort, ça défonce, et après on sent son corps, on sent tous ses membres. C'est très agréable. Ça fait un peu mal, mais c'est agréable.

Je sors.

Le soleil qu'il fait !

Le soleil, la mer, les arbres, le sable. Voilà, moi je suis faite pour vivre ici, ça ne fait pas un pli, d'ici un mois, maximum, je m'achète une maison à Vieux-Fort et j'emménage pour de bon. Je vais en parler à Raye.

« Bonjour Amy ! Comment ça va ce matin ? »

Je vous avais dit qu'il était jovial.

On court deux minutes, ensuite, les anneaux. C'est tranquille. Nous sommes sur une plage privée, il n'y a qu'une planche à voile au loin et une fille qui parfait son bronzage avec un iPod sur les oreilles. J'aurais préféré un petit surfeur.

Le haut de mon bikini glisse. Il y a toujours quelque chose qui ne va pas. Je propose de faire autre chose, des pompes ou je ne sais quoi, il me trouve des étirements, des trucs, ça craque de partout. Heureusement, je crois à la bonne fatigue. Dès le matin.

Soudain, le téléphone que j'ai posé sur mon sac se met à sonner et bêtement je me dis que c'est important car il est seulement 9 h 30.

À Londres il est 14 h 30, donc ça pourrait être n'importe quoi. Mais bon, je me suis excusée auprès de Sergio et j'ai couru, alors je décroche, surtout que c'est Raye.

« Raye, je suis en pleine séance de rééducation physique post-drogues. »

Je guette la réaction de Sergio, mais il s'est éloigné par discrétion. Raye doit se demander ce que je veux dire. Il toussote.

« Raye, je t'écoute, je suis en train de faire de la gym, pas en train de baiser.

– OK, Amy. Hum, je t'appelle à plusieurs sujets.

– Le *News of the World*. Laisse tomber. Je ne l'ai pas vu mais je n'y crois pas.

– Oh, dit-il, on n'a pas à s'en faire pour ça, demander de l'argent pour se taire, c'est du chantage et de l'extorsion, ça ne lui rapporterait qu'une peine de prison plus longue.

Cela dit, si c'est le seul moyen de l'empêcher d'écrire un livre, on s'y résoudra...

– Tu veux dire que tu y crois ? »

Raye le déteste, mais le prend-il vraiment à ce point pour un salaud ?... Même moi, je suis choquée.

« Laisse-moi reformuler. Je suis sûr qu'il préférera toucher une grosse somme pour ne rien faire, plutôt que toucher la même somme et se fatiguer à écrire un livre. Mais on ne sait jamais, il veut peut-être donner sa version de l'histoire. Et que veux-tu, il s'ennuie.

– Arrête, Blake sait à peine lire. Et puis en taule il est avec tous ses potes.

Raye rit. Il est dans la rue, j'entends la pluie derrière lui.

« On est rentré dans un jeu absurde. Il est clairement dans une logique de divorce, sans avoir entamé de procédure. Ce que je te conseillerais quand même, c'est d'éviter de t'afficher avec un homme...

– Je m'en fous. Il n'est pas adultère, lui, peut-être ?

– Mets toutes tes chances de ton côté. On a déjà eu le témoignage d'Alex dans *News of the World*, ça suffit bien. »

Il ne me laisse pas le temps de répondre, il a raison, parce qu'en aucun cas je n'autoriserais mon manager à se mêler de ma vie privée.

« Je t'appelle aussi parce que j'ai plusieurs propositions de concerts et de festivals...

– Pourquoi tu ne me demandes pas combien de nouvelles chansons j'ai, plutôt ? »

Silence au bout du fil.

« J'en ai au moins une de plus qui s'appelle "Jail Cell Bird".

– Génial, dit Raye. Ça fait, quoi, cinq, maintenant ? Tu veux que j'organise quelque chose à Miami, avec Salaam ? Ou on attend un peu ? »

Là, maintenant ? C'est tellement chiant, les studios, et moi je suis en vacances…

« On attend un peu… On attend un peu que j'ai les chansons, ensuite on fera les démos, et… pour l'instant, tu sais ce qu'ont dit les médecins, quand même.

– Je sais ce qu'ont dit les médecins. Bonne gym, Amy. Et fais gaffe tout de même, car Blake peut vraiment nous compliquer la vie.

– Oh tu sais, je ne vois pas bien ce qui pourrait vraiment me donner encore plus mauvaise réputation… Au revoir, Raye. »

Je trouve leurs histoires de thune franchement obscènes. Raye ne pense qu'à ça. Et bien sûr que c'est faux. Blake va avoir envie de mourir quand il verra *News of the World*.

J'ai de temps en temps envie de mourir quand je lis ce qu'on écrit sur moi. Cela dit j'ai une relation étrange avec l'Amy Winehouse qui s'étale dans les journaux : ce n'est pas vraiment moi. C'est comme si on parlait de quelqu'un d'autre. D'une petite sœur qui foutrait le bordel sans arrêt. Ce n'est pas, du reste, vraiment moi. Ma vie ne se réduit pas à ce genre de bêtises, je le sais bien, moi, ce n'est pas la somme d'une pipe à crack, de vodka-jus de fruits tropicaux, d'un mari taré, d'une perruque, de deux disques et d'un début d'emphysème pulmonaire. La vérité, bien sûr, est pire. Il y a aussi tout ce que j'ai à l'intérieur de la tête, tout ce que j'ai de noir, de terrifiant, les sautes d'humeur terribles, les secrets, les hontes, les plaisirs aussi, la volonté de vivre, car j'en ai, elle est là, même si quelquefois elle ressemble parfois plus à une volonté d'oublier le temps et de picoler à mort.

Sergio revient. Merde.

Je lui dis que je vais me changer, rapport à mon soutien-gorge qui glisse, et je remonte dans ma chambre tête baissée. Les clients sont habitués à ma présence, depuis le temps, mais il y en a quand même qui viennent me parler de temps en temps. Et pas souvent les princes charmants locaux, la plupart du temps, ce sont des touristes européens qui n'ont même pas de stylo pour que je leur signe leurs putains de trucs.

Dans ma chambre, il fait toujours soleil, ça s'arrête vers midi.

Je cherche mon maillot vert en remuant des pensées tout sauf positives à propos de cette ordure d'Alex.

Le téléphone sonne, je l'éteins sans regarder.

Alex, donc. Ce n'est pas tellement qu'il ait parlé de notre histoire dans les tabloïds qui me gêne : notre histoire ne comptait pas, je le sais, Blake le sait, Alex le sait. Non, c'est ce qu'il dit de mes diverses addictions. Le magazine en avait dressé une liste. Point par point. Comme d'habitude j'avais l'impression qu'ils parlaient de quelqu'un d'autre. Et en parcourant la liste, qui causait de crack au petit déjeuner, de boulimie et d'addictions sévères, je me suis dit : cette femme est tarée. Mais c'était moi, cette femme, cette tarée. Ensuite je me suis rendu compte que, sans le vouloir, il avait minimisé les choses. Mes problèmes de boulimie sont beaucoup plus graves qu'il ne l'a dit, par exemple. Un McDo et dix barres de céréales à la suite ? Il débloque, c'était beaucoup plus, et après jeûne pendant des jours... C'était inquiétant, très inquiétant.

Le reste de ses déclarations, ma foi... Que j'aime baiser, ça je suis très contente qu'il l'ait dit. Et que je parle de Blake après avoir couché avec lui, c'est tout simplement génial. Vrai, et génial. Il est complètement maso de sortir ça aux tabloïds, mais personnellement, je m'en félicite : ce n'est pas tous les jours qu'au détour d'un article clairement négatif je me retrouve transformée en femme fatale. Mon rêve !

Petit enculé.

Je redescends dans mon autre maillot de bain, après dix minutes d'anneaux je lâche l'affaire, j'explique à Sergio que j'ai soif, je pars acheter une eau minérale au bar de l'hôtel. Ce qu'il a de fabuleux ce bar, c'est sa terrasse qui donne sur la plage privée. Au fond, il y a une immense reproduction de Gauguin, histoire de rappeler aux clients qu'ils sont dans les îles, évidemment, c'est attendu, mais c'est tellement joli. J'en ai un dans ma chambre aussi. Il s'appelle *D'où venons-nous ? Que sommes-nous ? Où allons-nous ?* et représente des gens de tous âges, dans des postures diverses : un bébé, des affligés, des jeunes gens jaunes, des vieux un peu plus foncés, un dieu indien bleu. Je suppose que le tableau parle des étapes de la vie, des épreuves qu'on traverse...

Le Gauguin du bar est plus banal. Beau, mais déjà vu mille fois : deux Tahitiennes avec des nœuds dans les cheveux qui se tournent les pouces.

À cette heure-ci, c'est Sarah qui tient le bar, qui vient d'ouvrir et n'est pas encore très couru, sachant que le petit déjeuner se prend ailleurs, à côté de la piscine. J'aime bien Sarah. Elle ne me fait pas des gros yeux quand je bois, elle m'apporte à manger des plats qu'on ne sert normalement pas au bar et ce à toute heure du jour et de la nuit, elle a des pansements, des capotes, tout.

« Comment ça va ? Et la famille ? »

Elle me demande toujours des nouvelles de ma famille – pas de Blake, de ma famille. Mon père, ma mère, mon frère. Ça remet les choses en place. Ils restent mes attaches les plus solides, après tout. Et puis bien sûr, elle me parle de ce qu'elle connaît, on ne va pas discuter de rap ou de Phil Spector, du coup les rapports sont plus directement intimes et concrets.

« J'ai super soif. Je vais prendre une eau minérale et un sex on the beach.

– Je t'apporte ça dans deux minutes », dit Sarah.

Elle a une voix très apaisante.

J'ai un coup de fil de Blake Wood, ce n'est pas très poli de décrocher alors qu'on est en train de parler, mais je décroche quand même, j'ai envie de savoir quand il arrive. Et le voilà qui me dit qu'il ne sait toujours pas quand il pourra venir.

Je soupire. J'en ai marre moi, d'être seule. Je fais même un peu l'enfant pour marquer le coup.

« Blake, tu m'avais promis.

– Je vais venir, Amy. J'ai un engagement tout début janvier, et je viendrai après. De toute façon, tu vas rester là ?

– Je n'envisage pas de bouger d'ici dans un futur proche. Blake, tu devrais venir plus tôt. Tu n'imagines pas à quel point il fait soleil, à quel point il fait beau ! Pas de voitures, ou alors que des voitures que tu aimerais, du sable blanc, une mer du plus beau bleu du monde...

– Je sais bien, tu n'arrêtes pas de m'envoyer des photos !

– C'est dix fois mieux en vrai. Tu aurais pu passer le réveillon ici !

– Tu ne vas pas être seule pour le réveillon, si ? »

Qu'il est sympa de s'inquiéter pour moi.

« Non, non non, bien sûr que non, j'ai des amis ici, tu sais bien, j'ai dû t'envoyer les photos aussi. Mais il n'y a pas mon gentil Blake. »

Ce sont les tabloïds qui le surnomment « Blake le gentil », par opposition à « Blake le méchant ». Il trouve ça à la fois gênant et ridicule, comme moi quand je lis mon surnom de « Wino », mais il n'en parle pas trop, justement parce qu'à côté de Blake et de moi il est vraiment bien traité par les tabloïds. Il n'a fait qu'une seule blague à ce sujet devant moi. « Le problème, c'est qu'en sortant de prison Blake va sans doute me casser la gueule parce qu'il a cru un instant qu'ils parlaient de lui, en bien en plus. » Ah, ça, Blake a les oreilles qui sifflent dès que j'ai une conversation de plus de cinq minutes avec quelqu'un. Ce n'est jamais moi qui commence, en plus.

Bon, il ne vient pas, donc.

Il réveillonnera avec Peaches Geldof, sa grande copine, et voilà. Il n'y a pas de raison que je sois la seule à profiter de sa présence hautement désintoxicatrice. Blake le gentil est végétarien, il ne boit pas une goutte d'alcool, sa peau est d'une finesse et d'une transparence, une vraie peau d'abstinent. Elle est très douce aussi. Il me donne envie de baiser là maintenant.

« Excuse-moi, Sarah. »

On parle de choses et d'autres. De sa fille Dannicka, que j'aime beaucoup, de ma mère, et puis de la gym. J'ai totalement oublié Sergio, mais peu importe, il a dû partir, il doit être à sa salle de sport à partir de 10 h 30, horaires relax. Avoir Blake le gentil au téléphone m'a donné envie d'écouter les Saints ou les Small Faces, ses groupes préférés, mais évidemment, ici, ils passent de la musique des îles ou la radio.

Blake ne viendra pas. Je comptais sur lui pourtant, sur lui seul en fait, maintenant que Catriona est venue. Les autres… soit ils travaillent, soit ils sont pris, n'est-ce pas, par d'autres exigences. C'est tellement dur de sortir ces crackés de Londres ! Quelle que soit l'heure du jour ou de la nuit, il sont là, tout poudrés à cancaner dans leurs volutes de fumée bleu-gris et leurs atours extraordinaires, impossible de les sortir de leur milieu naturel, même en dehors de toute fashion week. Sans leurs compagnons de défonce et d'intrigue, ils seraient tout perdus… Je ne comprends pas que ça ne les fasse pas rêver davantage, le soleil et les Caraïbes à l'œil – il est bien entendu que c'est moi qui paie la facture. J'avais pourtant cru voir leurs yeux s'allumer quand je leur parlais de mon premier séjour ici avec Blake (dans un autre hôtel). Blake le mauvais, Blake le mien, Blake mon ex-trésor.

J'imagine Tom en maillot de bain, blanc comme un cachet d'aspirine, où planquerait-il sa pipe à crack, sur quoi ferait-il ses jeux de mots ?

Je chantonne. Je m'emmerde. Je sirote le sex on the beach. J'ai envie d'un truc plus foudroyant en fait, il monte trop lentement... J'aurais dû en prendre deux d'un coup.

Sarah est occupée avec deux clients qui viennent d'arriver.

Un couple lambda.

Quand je retourne la tête, un mec les a rejoints, et soudain je m'emmerde beaucoup moins. Il est en maillot de bain et, rien que de dos, il m'intéresse.

De face, mon Dieu.

Je regarde Sarah, presque choquée. On ne voit pas tous les jours une musculature et un visage pareils, pour le dire platement.

Elle me fait un sourire discret, on ne va pas non plus ameuter la terre entière parce qu'un mec a un beau cul, surtout que la rush hour du café de 11 heures commence. Elle est toute seule au bar. De temps en temps, non, souvent, je me demande comment elle fait pour être toujours de bonne humeur.

Moi, vu qu'il y a du monde, j'expédie mon sex on the beach et je vais faire un tour sur la plage pour fumer un joint. Il faut marcher un peu pour être vraiment tranquille : un peu plus loin, il y a des arbres, des collines solitaires, où, j'imagine, se planquent les paparazzis...

Je ne suis pas spécialement d'humeur philosophique mais il faut bien l'avouer, il est facile de se sentir seule au bord de la mer. C'est un fait. La mer vous écrase.

Je ne pense pas à des conneries du type je suis un grain de sable bientôt balayé par la grande bleue, ça je le sais, inutile d'y revenir. Je pense à Blake, à la lune de miel qu'on a passée ici ensemble, juste après notre cure ratée, au fait qu'à peine quelques mois plus tard mon amoureux d'alors me trompe et risque fort de raconter au monde entier ce que j'aime au pieu et les petits surnoms que je lui ai trouvés. Ces pensées me donnent un peu envie de pleurer. Mince consolation, je n'aurai pas à rougir de nos petits noms, ils restaient dignes. Je l'appelais surtout « Sailor ». À cause de *Sailor et Lula*, à cause de son amour de la liberté, de son langage vert – presque autant que le mien, il faut le faire –, à cause de ses tatouages et du mien : « Hello Sailor » sur mon ventre. C'est passé, tout ça. C'est passé.

Quelle fin bizarre. Merde, il se tape un mannequin allemand et c'est lui qui est fou de rage.

Naturellement, elle est blonde aux yeux bleus, avec un petit nez, comme son ex.

Et mannequin ! J'ai toujours détesté les mannequins et les blondes, même quand c'est de moi qu'elles s'occupent et Blake qui regarde. C'est arrivé deux ou trois fois... Et puis j'ai fini par ne plus trouver ça très marrant. Il réclamait toujours mon contraire, soi-disant parce qu'il aimait bien le couple brune-blonde. Mon œil.

La semaine dernière, il voulait divorcer pour me sauver de son emprise, m'empêcher de me tuer à l'héro et au crack. Il est tout simplement incohérent. Un jour c'est « je veux te sauver la vie », le lendemain c'est « je vais te la pourrir ». « Je l'ai mise dans la drogue », blablabla. Il fait son mea culpa mais il ne change jamais rien ni à ses habitudes ni à son comportement, donc je peux être tranquille : tout ce qu'il m'a fait, il me le refera, et quand ce mannequin-là retournera à Berlin, il y aura une autre blonde derrière, et encore une autre, et encore une autre.

Sans doute étions-nous ensemble essentiellement pour la drogue et le sexe. C'est vrai qu'on s'est mis dans de ces états, avec les deux... c'était magique, un truc interdit aujourd'hui, scandaleux. Dans l'Antiquité, il n'y avait pas de honte à se faire jouir et à se gaver d'alcool et d'autres produits illicites. Et maintenant, bof, non, on dit que c'est de la décadence. Forcément, une époque qui ne pense qu'à faire de la thune. Quelle civilisation sans intérêt.

Ce sont les plus beaux moments de ma vie.

Je sais que le sexe nous liera toujours l'un à l'autre. Ma peau réclamait la sienne et elle la réclamera encore.

Il faut se laisser un peu de temps.

Il se présente. « Josh.

– Amy.

– Je sais, dit-il. Bien sûr. »

Ce coup du « bien sûr » censé me flatter, on me l'a déjà fait, évidemment. Lui l'a fait avec une certaine délicatesse. Et dans une bouche pareille, ça passe. Il est magnifique. C'est le mec de tout à l'heure.

Je lui demande s'il vient d'arriver. Il répond que oui. Ça fait deux heures qu'il a atterri, il accompagne des amis, américains eux aussi : le couple que j'ai croisé avec lui au bar, j'imagine. Je ne lui parle pas pour, consciemment, rendre Blake jaloux – même si j'espère bien que des photos seront prises. Je lui parle parce que je brûle littéralement d'envie de me le faire. C'est bien engagé. Il est normalement bien au-dessus de ma catégorie, mais c'est bien engagé.

Il me raconte son voyage en avion. Il a eu une escale à Los Angeles, il s'est bourré la gueule parce que c'est ce qu'il aime faire dans les nuages.

Je lui dis que moi aussi.

Il devait s'en douter un peu.

« Ça aide à supporter les trous d'air…

– J'ai posé mes valises, et on est allés au bar, je t'y ai vue d'ailleurs. Je n'ai pas eu trop envie de rester au bar. Tu sais, c'est comme disait le footballeur George Best, "J'ai habité à Los Angeles juste en face de la mer, mais il y avait un bistrot entre la mer et ma maison, donc je n'ai jamais vu la mer." »

On rit tous les deux, surtout moi. On est en face de la mer. Je ne me sens plus du tout seule. Je me sens à la fois soulagée et excitée comme une gamine de douze ans qui espère un baiser.

C'est un rugbyman. Si bien que je me retrouve plus ou moins dans la position de ces pouffiasses à sportifs dont je me fiche dans ma chanson « Fuck Me Pumps », mais ça n'est pas très grave. Il y a une nuance importante : je n'ai pas besoin de son argent pour aller chez Gucci, je me moque pas mal de ce qui se passe chez Gucci, il ne s'y passe rien, et je ne cherche pas un mari, car, bon, je suis mariée.

Il doit le savoir.

Il fait beaucoup de citations, pas seulement de George Best. On sent qu'il est bien éduqué, peut-être même Oxford et compagnie. On passe, quoi ? une heure ensemble, il me sort du Oscar Wilde et du Thomas De Quincey, pire que Doherty quand il est d'humeur intello. Je comprends du coup que c'est mon côté drogué qui l'intéresse, pas forcément le côté drogué mais le côté extrême, ou extraordinaire. Très bien. Quand je lui raconterai ma désintoxication il déchantera peut-être.

On doit se revoir ce soir. Il va se coucher pour l'instant, il est trop crevé à cause du décalage. Il prend mon numéro, en cas de problème. « Mais je ne pense pas dormir jusqu'à demain matin non plus. »

En partant, il me dit qu'il a aussi un scénario à lire, qu'en fait il est aussi acteur.

Merde. Sa tête me dit effectivement quelque chose, mais c'est très vague.

Moi, on m'a offert un rôle dans *Doctor Who*. J'ai dû refuser pour des raisons de planning, et parce que Raye ne trouvait pas ça très judicieux.

« Dans quel film ?

– J'ai joué dans *Genie in the House*, la série. Et je prépare une autre série, cette fois aux États-Unis. »

Je n'ai jamais vu *Genie in the House*.

Je retourne au bar après une heure de méditation assez exaltante en face de la mer. Ce qui vient de se passer m'a mise de très bonne humeur. Je me sens désirable, aimable, au seuil de quelque chose.

J'aurais volontiers tout raconté à Sarah, mais elle est beaucoup trop occupée pour me parler.

La plupart des clients ne sont même pas polis avec elle. Ce n'est pas une question de racisme, ces abrutis blancs lui en veulent parce qu'ils ne sont pas servis assez vite : ils se croient dans un McDo en Europe ou en Angleterre, là où les employés sont nombreux, le service rapide, et où on vous rend la monnaie immédiatement. Je lui lance, assez fort : « J'attendrai Dannicka tout à l'heure et je l'emmènerai faire du cheval, OK ? » Les clients se retournent en ouvrant de grands yeux. « OK », répond tranquillement Sarah.

Dannicka est donc la fille de Sarah. Nous passons souvent du temps ensemble quand elle revient de l'école. Ça arrange Sarah, ça m'arrange aussi. J'adore me promener avec elle. Comme ça sur les photos des paparazzis, je n'ai pas les bras ballants à ne rien foutre, je tiens une petite fille par la main. Je plaisante. J'aime vraiment sa compagnie, c'est une vraie amitié, sans rien de malsain ou de forcé. Elle me rappelle ma filleule Dionne, même si nous ne partageons pas les mêmes choses. Les relations sont plus simples avec les enfants. Elle est très gaie. Il me semble avoir été plutôt une petite fille pensive, et je suis heureuse de revivre un peu de mon enfance à travers ses yeux : tout lui semble rigolo, digne d'attention. Auprès d'elle, la vie est légère. D'ailleurs, Sainte-Lucie m'étant encore assez étrangère, je pose moi aussi un regard émerveillé sur ce qui m'entoure. Donc je ne sens pas tant de décalage entre nous, sauf quand elle disserte sur les espèces d'insectes répertoriées dans le coin : c'était sa passion jusqu'à la fin de l'école primaire, et de temps en temps, elle s'obstine candidement à essayer de m'impressionner avec sa science dans ce domaine. J'ai déjà assez de mal avec les moustiques, merci.

J'imagine que mon innocence retrouvée doit aussi beaucoup à l'abandon des drogues, à ma nouvelle perception du temps.

Après un sex on the beach, je passe un short en jean et je pars me balader. Je suis déjà en sueur, il est à peine midi. Les vendeurs à la sauvette essaient de me vendre des colliers soi-disant fabriqués en rocher volcanique, le soleil tape, je suis perdue dans mes pensées. Josh. Blake. Alex. Forcément, ça me rend un peu mélancolique. J'ai la sensation de faire des conneries de toutes parts.

Je m'arrête pour boire une bière. Assise sur ma chaise en bois en terrasse, j'évite de regarder les trois types qui déjeunent à côté de moi en parlant fort et l'alcoolo au fond du café, et je me plonge dans mon téléphone.

J'ai reçu beaucoup d'appels et de messages.

Un de Naomi, la styliste. Qui pourrait, je m'en rends compte d'un coup, venir passer quelques jours à Sainte-

Lucie. C'est une idée. Un de Raye, un de papa, un de maman, un de… Josh.

« Retrouvons-nous au bar à 19h. »

Je réponds « OK ».

Je vais acheter des cigarettes. Le grand noir à chemise violette derrière le comptoir me tend un paquet et un briquet, et mon regard tombe sur les stickers Panini disposés à côté des Zippo, des pipes et des cigares. Je collectionnais les autocollants Aston Villa pour Blake, dans le temps. Je portais aussi leurs couleurs en pendentif, mais j'ai arrêté dès que quelqu'un m'a demandé ce que j'avais pensé du match de la veille. Ces conneries m'auraient entraînée trop loin.

Je note quelques idées dans mon petit carnet, comme l'a recommandé le psy. Alors. Clairement il se passe quelque chose autour du sport en ce moment pour moi. Un ex-rubgyman qui me fait un peu la cour (on verra), de la gym en permanence, maintenant les autocollants de football qui me sautent à la gueule. Cela signifie probablement que je me souhaite une vie plus saine et que je me veux du bien. Voilà ce que j'écris, bien évidemment en rigolant comme une malade. Mais si j'arrive à le dire sérieusement, ça fera son petit effet quand je le reverrai en rentrant de Sainte-Lucie. Bon. En attendant, je vais recommander une bière car je crève de soif.

Dannicka me parle de son petit ami du moment, avec qui elle révise les maths et va manger des hamburgers le midi. On est en train de galoper sur nos chevaux ; le mien, un peu vicieux, menace de m'envoyer bouler dès que j'ai l'air de vouloir freiner, mais je pardonne tout aux animaux. « On va au cinéma tout à l'heure, dit Dannicka, qui n'en est pas du tout à son premier rendez-vous, à neuf ans seulement et avec des seins qui commencent à peine à pointer. Mais je trouve qu'il est trop sympa avec Elisa. » Elisa, c'est sa meilleure amie.

Je ne pose pas de questions à Dannicka sur ce qu'elle fait avec son petit ami, à son âge ça ne peut pas porter à conséquence, et de toute façon j'ai peur de la réponse, je lui dis simplement qu'il ne faut pas se laisser faire par un homme.

Ça me fiche un peu la trouille pour mes futurs enfants quand même.

J'ajoute, probablement sur un ton sentencieux à la con, « Les hommes, c'est simple, ils sont tous pénibles. Et surtout c'est très dur de s'entendre avec quelqu'un quand on couche avec. »

Elle répond qu'elle ne s'entend vraiment bien qu'avec son père, que j'ai bien raison à propos des garçons, que si ça se trouve elle deviendra lesbienne et ça résoudra ses problèmes.

Je lui demande si elle connaît un acteur nommé Josh Bowman. Elle me dit non, elle ne connaît que Robert Pattinson.

Elle rigole, mais pas tant que ça. Un de ses grands buts dans la vie, c'est de réussir à me faire lire *Twilight* avant la fin de mon séjour. Je ne sais pas quoi lui dire. Son exemplaire traîne dans ma chambre depuis une semaine, et je n'ai toujours pas réussi à dépasser la page 100. Il paraît que c'est de la propagande mormone. Je n'en sais rien. Je comprends que les gamines aient envie que Robert Pattinson vienne les arracher à leur petite vie de lycéenne, ça oui, mais ça ne me concerne plus depuis un moment.

Moi, j'aime les mâles, pas les falots vampires tout pâles qui se posent en permanence des questions métaphysiques. À part lord Byron bien sûr, mais lui je ne le mettrai jamais dans mon lit.

Après, la soif d'aventure, le renoncement au confort, à l'égoïsme, pour préférer suivre un vampire, ça, je connais, je suppose.

J'ai encore failli tomber.

« Rosario ! »

C'est le nom de mon cheval. Quand on l'engueule un peu, il se calme momentanément. Mais il me gâche un peu cette promenade dans les bois, une végétation idyllique paraît toujours moins belle quand votre monture menace sans arrêt de vous envoyer dans le décor.

Dannicka se marre. Elle, forcément, elle a eu Zéphyr, le cheval le plus sympa du monde, un modèle de douceur et d'obéissance.

Ce dénommé Rosario est tellement pénible que je pense le laisser à des cavaliers plus aguerris ou plus patients. La prochaine fois, je demanderai à en monter un autre. C'est dommage, il était tellement beau. Une magnifique robe chocolat.

J'ai soif.

Dannicka me passe sa bouteille d'eau, que je vide quasiment d'un trait. Ça ne va pas, tout d'un coup. Rien n'a changé. Il fait toujours aussi beau, aussi chaud, j'ai toujours rendez-vous avec un grand mec musclé dans deux heures, et pourtant j'ai l'impression d'être plus bas que terre, d'être indigne de respirer, je me sens totalement déplacée dans les Caraïbes et sur cette terre. Ce que je voudrais, c'est être dans les bras de Blake et retrouver l'amour que nous partagions autrefois, ce sentiment si intense qui semble s'être envolé et se foutre de notre gueule aujourd'hui.

Et puis ça passe.

Dannicka me demande si, à mon avis, elle devrait laisser son petit ami l'embrasser avec la langue. Je lui conseille de demander à sa mère, et elle répond : « Maman ne sait même pas que j'ai un petit ami. Pourquoi ? » Elle arrête alors Zéphyr et se tourne vers moi. « J'espère que tu ne lui en as pas parlé ? »

Heureusement non, car sinon je pense qu'elle ne me causerait plus. L'amitié avec une enfant a ses limites.

Soudain elle se met à hurler, sa voix me perce les tympans, et les deux chevaux tressaillent de conserve.

« Tu sais quoi ?? Il y a une terrasse qui vient d'ouvrir un peu plus haut, devine comment elle s'appelle ? »

Je ne sais pas. Rosario piaffe.

« Twilight ?

– Mais non… » Elle rigole. « Ça va, je ne suis pas non plus obsédée. Elle s'appelle, je te le donne en mille, je te le donne en mille… »

Voyant que je ne devine pas, elle lâche le morceau.

« Elle s'appelle Rehab ! Elle est très jolie, avec un auvent blanc en toile, et les mots "Rehab, rehab, rehab" dessus ! »

L'air est doux, la nuit étoilée, pas trop de bestioles. J'ai bu peut-être un Jack Daniel's de trop quand Josh arrive.

Je lui ai envoyé deux SMS tout à l'heure, il n'a répondu à aucun, ça m'a rendue nerveuse.

La surprise, c'est qu'il est accompagné : le couple de tout à l'heure est sur ses talons, c'est donc tout sauf un rendez-vous en amoureux. Quelque chose m'a échappé… Je ne dis rien.

Je vois bien pourquoi les deux autres se sont ajoutés au programme. C'est le problème quand on est Amy Winehouse : ma compagnie paraît extraordinairement excitante – pourtant je vous assure que non –, et donc les gens sont prêts à toutes les bassesses pour voir la bête de près, même à me faire miroiter du sexe, bordel. Si ça se trouve, ce type incroyablement bien foutu a juste envie de faire le malin avec moi.

Le couple s'arrête au bar, pour nous commander des verres j'imagine : ça tombe bien, j'ai vraiment envie d'un autre Jack Daniel's.

Josh s'assied près de moi et m'embrasse sur la joue. C'est un début.

« Je viens tout juste de me réveiller. Excuse-moi de ne pas avoir répondu à tes SMS. »

Il est magnifique, rien à redire. Tee-shirt gris, bermuda en jean. Aucun effort et c'est formidable quand même.

Je jette un œil derrière le comptoir. Sarah ne m'a pas vue, de toute façon c'est l'heure où elle part, mais Dannicka si. Elle regarde Josh comme si c'était Pattinson qui venait d'atterrir dans sa chambre avec sa grande cape noire de vampire.

Domine-toi, voyons.

Il me demande si j'ai passé un bon après-midi, je dis oui, je dis toujours oui à ce genre de question. « J'ai fait du cheval. J'étais sur un cheval un peu rebelle, mais bon, je suis vivante. »

Il s'émerveille.

« On peut faire du cheval ici ?

– Oui. On peut faire du bateau aussi, il y a des spots de surf, des cours de gym, jacuzzi, sauna, plus je ne sais quoi encore à l'intérieur de l'hôtel. C'est un bon endroit pour se remettre en forme.

– C'est un genre de cure de désintoxication », plaisante-t-il, pas très intelligemment.

Le couple revient. Silence. Le mec est pas mal, mais de la part du frère d'un Josh, on pouvait s'attendre à autre chose. Heureusement, je ne fantasme pas sur une partie à trois avec deux frères.

Sa femme est une grande mijaurée en robe très décolletée. Jake, Eva. Amy. Ils ne m'apportent pas un autre Jack Daniel's, mais une bière.

Je fais la gueule mais ne dis rien, forcément, c'est offert.

« Tu es là depuis combien de temps ? demande le frère moche.

– Quinze jours environ. » Je ne sais plus très bien.

« J'aime beaucoup ta robe, dit la mijaurée, alors que je porte une robe rose à pois blancs minable, mais c'est la seule qui était propre. Et tes cheveux ! Je ne savais pas qu'ils étaient bouclés naturellement.

– C'est une permanente en fait... »

Elle m'oblige à me ridiculiser en expliquant mes secrets de beauté devant un mec que je veux me faire ! C'est impardonnable.

« C'est vraiment bien... C'est incroyable de te voir ici », conclut la mijaurée.

On me dit ça tous les jours à Londres aussi !

« J'avais besoin de vacances. »

Là, ils hochent la tête d'un air entendu.

« C'est une atmosphère plus saine », dit la mijaurée, qui en fait est aussi bête que prétentieuse.

Je prie pour que personne ne parle de mon mari en prison. Ils sont tellement fins, ces deux-là, qu'ils pourraient me casser mon coup avec Josh. Bien sûr qu'il sait que je suis mariée, mais en parler rendrait toute l'histoire... glauque.

J'apprends qu'elle travaille dans l'événementiel, ce qui ne m'étonne qu'à moitié vu sa fascination pour les paillettes, lui est dans la pub, c'est le numéro deux de je ne sais quelle boîte. « Josh aussi a fait des pubs. »

Regard noir de Josh.

Je me dis : c'est peut-être là que je l'ai vu. Il a un physique à faire des pubs de parfum pour homme.

Je demande : « Lesquelles ?

– Eh bien... » Josh se racle la gorge. « KFC. »

Sa réponse les fait rire. Pas moi, j'ai l'impression d'être dans une série télé.

Après deux-trois blagues sur les chicken wings, c'est reparti pour les questions. Est-ce que les rumeurs sur un prochain album sont vraies ? Est-ce qu'il y a beaucoup d'attractions sur l'île ? Est-ce qu'il pleut quelquefois ici ? Qu'est-ce que je fais pour la nouvelle année ? Est-ce que je connais beaucoup de gens célèbres ?

C'est épuisant. Josh mérite-t-il tant d'efforts ?

Mon verre vide me fournit une excellente porte de sortie. Hésitant à rester ou à rejoindre ma chambre, je me dirige vers le bar en vérifiant qu'aucun des trois ne me suit, et selon une technique bien connue visant à me débarrasser des opportuns, j'essaie de retenir le barman afin d'avoir l'air trop occupée pour les rejoindre. Plus trace de Sarah ou de Dannicka, hélas, mais je connais bien le barman vu que je passe quasiment mes soirées ici.

Artie, quarante et un ans, DJ à ses heures perdues comme un vrai Londonien. Pas ici, puisqu'ils ne passent que de la musique des îles, ailleurs, dans des clubs en ville, dans la capitale.

Il est sympa, mais il a déjà refusé de me servir.

Il ne me regarde même pas, d'ailleurs, alors que tous les autres clients si, je sens leurs regards, comme d'habitude, comme au zoo... Je ne sais pas comment il est possible de se sentir étrangère à tout et à tous alors que je ne suis apparemment une étrangère pour personne, mais c'est un fait.

J'essaie la barmaid, qui elle change en permanence. Je ne sais pas qui c'est, j'essaie d'accrocher son regard quand même.

Raté, c'est un autre client qui me parle. Enfin, non, il ne me parle pas vraiment, il dit à sa voisine : « Regarde, c'est Amy Winehouse », et elle lui fait un petit sourire, je crois entendre la fille chuchoter « elle est bourrée », ça y est, la conversation est enclenchée. Si ça se trouve, ce sont ces deux-là qui vont conclure et moi qui vais encore finir seule !

J'ai parlé trop vite : mon rugbyman vient me rejoindre.

« C'est ma tournée, dit-il. Ça va ? Eva ne t'embête pas trop ? Je suis désolé, elle n'est pas très discrète. »

Je hausse les épaules. Qu'est-ce qu'il croit ? Elle n'est pas différente des autres.

Je lui signale, sans fausse honte, que je préférerais un Jack Daniel's à une bière.

« Bien sûr. Écoute, si tu veux on peut aller ailleurs après ... »

On pourrait. Mais quelque chose me dit déjà que je ne me le ferai pas ce soir : je n'ai pas la patience de me farcir les deux autres, même pour un seul verre de plus, et c'est sans appel : à moins qu'on ne parte ensemble là maintenant, ça attendra. J'ai de toute façon plutôt envie d'une bonne grosse cuite comme l'autre jour, quand j'étais obligée de demander aux clients de m'acheter à boire parce qu'Artie refusait de me servir. Je devais en être à mon dixième rhum. Je le comprends, pas de problème, et je lui en veux beaucoup plus de m'avoir ignorée il y a cinq minutes que de m'avoir dit de rentrer me coucher l'autre jour.

« On n'a qu'à rester au bar tous les deux. »

Josh répond qu'on peut aller dîner ensemble si je connais un endroit.

Je ne connais pas d'endroit. On n'est pas à Camden.

« On pourrait commencer par boire un autre verre juste tous les deux. »

Il me dit : « C'est difficile ... », je réponds : « Je vais m'allonger. » Et c'est vraiment ce que je compte faire : moi, la télé, une bouteille du room service et on n'en parle plus. Mais Josh prend ma main dans la sienne, et il me dit « Viens, on va aller faire un tour à la plage. »

Les oiseaux recommencent à chanter. Nous partons main dans la main sur la plage privée.

Là, en fait, c'est l'orgie. Il y a au moins quatre couples en train de se rouler de langoureuses pelles sur le sable fin. C'est presque drôle. « C'est la pleine lune ou quoi ? » Merde, c'est embarrassant de devoir regarder les autres s'embrasser quand on a une idée derrière la tête et qu'on ne demande qu'un peu de solitude. J'emmène Josh dans un coin qui, j'espère, sera moins fréquenté, comme une petite tueuse en série qui veut se faire sa proie loin des regards.

Je me sens comme la plus belle fille de l'école, en ce moment même. Je crois que je préfère ça à me sentir une superstar.

Je suis un peu embêtée de ne plus avoir à boire. J'ai un pétard, en revanche, qu'on allume sans tarder.

Je crois bien faire en lui demandant de parler de son scénario. Mais c'est un film d'horreur, et pas le meilleur du genre : la digne suite de sa pub KFC. Il coche toutes les cases. Inceste, pédophilie, mort des parents, folie, alcoolisme. Je pourrais presque jouer dedans.

« Tu vas le faire ?

– Encore faudrait-il qu'ils me prennent. Mais oui, pourquoi pas ? »

C'est vrai que ça devrait au moins être marrant.

À une cérémonie de remise de prix, je ne sais plus laquelle, j'ai rencontré une actrice spécialisée dans ce genre de film. Elle me racontait les trucages, le faux sang, et le sentiment bizarre d'assister à sa propre mort quand on jouait une victime (ce qui, me disait-elle, était très souvent le rôle qu'on donnait aux jeunes filles blondes comme elle). Ça la faisait marrer. « Il faut bien commencer quelque part », philosophait-elle. Elle était très défoncée, très jeune, elle pensait sans doute qu'elle avait le temps de trouver d'autres rôles plus conformes à ce qu'elle attendait de sa carrière. Elle n'était pas là pour recevoir un prix, elle accompagnait un type bizarre, qui ressemblait un peu à Tim Burton mais n'était pas du tout Tim Burton.

Je ne lui en parle pas. On glousse tous les deux tandis qu'il me résume la fin (le coupable était le grand-père alcoolique et pédophile).

Il me demande si ça va mieux. Je suppose qu'il parle de drogue, de ma désintoxication, ensuite je me dis qu'il s'agit peut-être plutôt d'alcool puisque j'ai déjà beaucoup bu. Je ne lui demande pas de préciser sa pensée.

Je dis : « Changer les choses prend du temps. Je bois encore beaucoup. Il ne faut pas trop m'en demander. »

Et c'est vrai. Je me raconte que je change ma vie en abandonnant la drogue, que j'ai une nouvelle perception du temps, et blablabla, et je suis encore soûle quasiment tous les soirs, et je bois encore quasiment tout le temps.

Il se tourne vers moi et m'embrasse. Ce n'est pas du tout le même plaisir qu'embrasser Blake, bien sûr, les baisers sont aussi uniques que les humains.

On frappe. Merde. Réveillée d'un coup.

Josh dort, il fait grand jour, j'ai un peu mal à la tête.

J'ai rêvé de ver solitaire et d'oiseaux morts. J'essaie de garder mon rêve en mémoire pour le noter. Ensuite je repense à la soirée avec Josh, mais ça ne me console pas d'avoir fait ce rêve si bizarre.

On refrappe.

Bien que je ne sois pas dans ma chambre, mais dans celle de Josh, je vais à la salle de bains chercher un peignoir, car forcément je sais où ils les rangent, et je vais ouvrir, avec une légère nausée. C'est son frère et sa femme.

« On devait faire du bateau avec Josh ce matin... »

C'est vrai. Je me souviens de ce coup de fil d'hier soir, durant lequel je leur ai vanté les sorties en bateau, et tout particulièrement le *Scuba Diva*, sur lequel j'ai fait le tour de l'île la semaine dernière. Je me revois en train de leur dire sur un ton de maniaque : « On ira ensemble, je les appelle tout de suite pour réserver ! » Mais ils auraient pu se douter que c'était du vent. À 2 heures du matin, personne n'aurait décroché dans une compagnie de location de bateaux.

Ils n'avaient qu'à nous laisser tranquilles hier soir. À quoi ça rimait de nous appeler, comme ça, au beau milieu de la nuit ?

Je dis : « Josh dort.

– On a bien pensé qu'il dormirait, claironna Eva. Mais il est déjà 11 heures. »

Je déteste les femmes qui disent « nous » et « on » à tout bout de champ en parlant d'elle et de leur mari.

Elle ne s'attendait pas à me voir dans sa chambre. Ça se voit.

Eh bien tant mieux, je lui ai donné de quoi cancaner pour toute la journée.

« D'habitude il boit moins, je suppose. Il vous rappellera tout à l'heure, j'en suis sûre.

– On annule le bateau, alors ?

– Ben oui, on annule. Il dort, et vous venez de me réveiller. Voilà, on annule. Il vous rappellera. »

J'ai peut-être parlé d'un ton un peu agacé.

Quelle dingue. Certaines familles sont vraiment intrusives.

Pauvre Josh. Je suis sûre qu'il se coltine une mère tout aussi envahissante, sinon son frère n'aurait pas choisi une femme pareille... Quelle catastrophe transgénérationnelle. Je me demande bien qui Josh finira par épouser. Voyons. À quarante ans, il trouvera bien une top model qui lui fera deux gosses et décidera de tout pour lui.

Je retourne me coucher et sur le bloc-notes de l'hôtel posé sur la table de nuit, je griffonne le rêve pour le psy. Si jamais je suis de nouveau hospitalisée et que je dois le revoir, voilà, ça me fera quelque chose à raconter...

J'ai rêvé que j'avais un ver solitaire – pourquoi appelle-t-on ça un ver solitaire ? Par opposition aux vers qui vous bouffent par centaines quand vous êtes un macchabée ? Bref. J'avais un ver solitaire et une flopée d'oiseaux s'envolaient de mon ventre, de petites colombes noires. Comme je ne souffrais pas, que je ne saignais pas, je suppose que je n'étais pas blessée. Ils s'envolaient, ensuite Alex débarquait dans mon rêve, et je me souviens avoir été dérangée, très dérangée par son irruption. Aucune envie de le voir dans mon sommeil, alors que j'avais Josh à mes côtés ! Et j'en avais parfaitement conscience dans le rêve. C'est marrant de pouvoir prendre du recul comme ça, d'un coup, de pouvoir quitter le rêve et s'indigner de ce qu'il ne nous plaise pas... décidément l'être humain est un mystère, ma bonne dame.

Alex et moi devions partir ensemble aux Caraïbes. Nous étions chez ma mère, qui se désolait de notre départ, ensuite j'étais à l'aéroport. Alex était parti, mon père était là, et il se fâchait contre Blake. « Si Blake ne vient pas, tu pars quand même. »

Je ne me souviens que des rêves à la con.

Ni Alex ni Blake ne se pointaient, je ne voulais pas partir et d'ailleurs je ne partais pas, je me retrouvais dans la chambre de mon ancien appartement à Londres, les volets fermés. Alex ressurgissait d'un coup, disparaissait, et en baissant les yeux je voyais à mes pieds une demi-douzaine des oiseaux dont j'avais accouché tout à l'heure, ils gisaient morts, les plumes raides, certains sectionnés nettement au milieu du corps.

Ce n'est pas très agréable de rêver d'oiseaux morts.

Il se serait peut-être passé d'autres choses plus marrantes dans mon rêve ensuite, mais le frère et la belle-sœur ont frappé et je me suis réveillée.

J'inspecte la chambre. Josh n'a quasiment pas de bagages, et il est toujours profondément endormi. Nous avons couché ensemble, mais je ne m'en souviens pas beaucoup.

Je m'emmerde.

Je décide de lui laisser un mot, comme dans les films. Pas avec du rouge à lèvres sur le miroir de la salle de bains : j'aurais bien aimé, mais je n'ai pas mon rouge à lèvres. D'ailleurs il me suffit d'un coup d'œil dans mon sac pour voir qu'il ne contient plus ni la carte qui ouvre ma chambre, ni mon téléphone. Merde. Ça ne m'étonne pas.

J'écris juste « à tout à l'heure, Amy ». Pas la peine de dessiner des petits cœurs partout non plus, je suis amoureuse de mon mari.

Sarah a retrouvé mon téléphone. Bête comme je suis, je l'avais laissé au bar. Quand elle me sert une bière et le pose à côté de moi, j'ai presque envie de l'embrasser. D'ailleurs, je l'embrasse. « Mais c'est Artie qui l'a mis de côté, je n'y suis pour rien ! » Je lui demande s'il n'a pas aussi trouvé le pass pour ma chambre, elle hausse les épaules. « Je vais t'en faire faire un autre. » J'espère juste que ce n'est pas un paparazzi qui s'est débrouillé pour me le subtiliser.

Il fait soleil, je suis à une table sympa, il n'y a personne. J'allume mon téléphone, et il se met immédiatement à sonner.

C'est Catriona, à Londres.

« Amy. Amy, comment vas-tu ?

– Ça va. Et toi ? »

Je ne dis rien sur Josh. S'il reste un coup d'un soir, pas la peine de l'ébruiter.

Catriona ne m'en laisse pas placer une de toute manière. Elle en a toujours après la copine de son colocataire, Katie de X Factor 2007. Katie est persuadée qu'elle sort en cachette avec Evan... alors qu'en deux ans de vie commune, Evan et Violetta n'ont couché que deux fois ensemble. La vie est injuste.

« Hier soir ils sont arrivés tous les deux sous acide, ils ont allumé la télé et ils sont restés comme des loques à commenter la nouvelle édition de X Factor, en se foutant de la gueule des candidats, qui sont pourtant tous dix fois meilleurs que Katie. Evan est censé écrire son livre ! Et bien sûr, il doit avoir fait trois pages. Il n'en parle même plus. »

Evan tombe toujours sur les pires loseuses du show-biz. Je lui ai présenté Katie Melua, il n'a même pas essayé : trop de succès. Il préfère une autre Katie, la Katie qui perd, ne fait que se défoncer (si j'ai bien compris) et fera bientôt des animations en supermarché.

« On ne peut plus rien faire avec elle, se plaint Catriona, elle pense qu'elle est trop connue pour tout. Je t'assure. Elle ne veut pas aller chercher des currys chez l'Indien toute seule, elle a peur. Le pire, c'est qu'elle a raison. L'autre jour, à l'arrêt de bus, des mecs se donnaient des coups de coude en lançant à voix haute : "Ce ne serait pas la meuf de X Factor ?" Bien sûr, ils ne se souvenaient plus de son nom... »

Quand je raccroche, je trouve un message de Blake. Laconique. Il dit « je t'aime ma chérie ». Et moi j'ai passé la nuit avec un autre homme, ça tombe bien.

Je rappelle Catriona immédiatement.

« J'ai rencontré un mec, je ne t'ai pas dit, mais j'ai rencontré un mec, il s'appelle Josh. »

Je la dérange, ça s'entend. Plein de bruit autour, alors que deux minutes plus tôt elle était parfaitement disponible et ravie.

Cela dit, ça l'intéresse.

« C'est qui ? beugle-t-elle. Attends, il faut que je passe dans l'autre pièce car Katie et Evan viennent d'arriver. Mon cauchemar continue, chuchota-t-elle. Qu'est-ce que je peux faire ? Il faut que je déménage ! Il y a quelqu'un qui vit chez toi, en ce moment ? »

J'ai raccroché. Marre, tout d'un coup. Je finis ma bière.

Sarah arrive avec mon nouveau pass pour ma chambre.

Je soupire. « J'espère que ce n'est pas un photographe qui l'a pris. Tu te rends compte, si un photographe l'a trouvé. Il va y avoir des photos de moi terribles.

– Il y aura déjà des photos de toi avec un homme qui n'est pas ton mari, dit Sarah, et elles n'auront pas été prises dans ta chambre.

– Je sais bien, je sais bien. C'est imprudent. Tu te rends compte que je ne peux plus rien faire, maintenant... et Blake va les voir et il sera furieux.

– Tu vas continuer à le voir ?

– Qui, Josh ?

– Oui, lui, cet homme avec lequel tu étais hier soir. »

Elle qui ne juge jamais me semble en cette occasion relativement désapprobatrice.

« Ben, oui, je pense... Tu l'as vu, non ? Ne me dis pas que tu ne comprends pas... »

Je sais qu'elle ne comprend pas. Elle a été mariée, quittée pour une autre, elle n'arrive pas à imaginer qu'une femme puisse rendre la pareille à son mari sans être une salope dépourvue de cœur et de dignité. Elle est catholique. Pour elle la morale est un dieu avec lequel on ne peut transiger.

C'est aussi pour cela que je l'aime, mais faut pas abuser, non plus, il y a assez de gens qui me jugent de par le monde. Je n'en veux pas un de plus, pas un, là-dessus j'estime que seul Blake a un avis à avoir. Il gueulera, il aura raison, les autres n'auront qu'à se la fermer. Je demande à Sarah : « Tu n'aurais pas trouvé un iPod ? »

Contrairement à ce que Sarah avait prévu, les premières photos de moi avec Josh ont bien mis deux jours à sortir. Aucune photo n'a été prise de notre première soirée ensemble, à croire que les gens étaient encore en train de se pisser dessus devant les photos qui me montraient en train de ramper dans le sable en réclamant qu'on me paie à boire. C'est vraisemblable. Il a aussi fallu attendre d'avoir des photos suffisamment incriminantes, je présume. Les images de nous deux en train de faire un mini-câlin sur la plage sont parues tout à l'heure.

Très honnêtement, je m'en fous, c'est ce que j'ai dit à Tracey.

Mais ça m'a mise d'assez mauvaise humeur pour que j'annule la gym. De toute façon, je ne vois pas pourquoi je ferais bosser Sergio un 31 décembre.

Sarah me salue de loin. Elle est, du reste, comme tout le monde sur l'île, beaucoup plus préoccupée par deux sujets d'actualité : l'approche d'une sorte d'ouragan déjà prénommé « Julia » et le meurtre d'un jeune homme dans le quartier de Bagatelle à Castries. La saison des ouragans est passée depuis un mois, et le caractère exceptionnel de cette tempête à venir fait redouter des conséquences plus exceptionnelles encore. Ils disent tous que ce n'est pas logique. Le ciel se couvre alors qu'il ne pleut normalement plus, un ouragan arrive après la mi-novembre, rien ne va plus.

Et un type s'est fait tirer dessus et est mort à l'hôpital Victoria. Ça n'a rien d'extraordinaire, ça, en revanche, mais j'y pense souvent, et Sarah est inquiète car son frère, que je n'ai jamais rencontré, habite à côté.

C'est une petite île, mais il y a de la drogue et des gangs comme partout, pas mal de chômage. J'en ai parlé avec un mec au petit déjeuner, celui qui était venu s'assurer que l'hôtel répondait aux normes de sécurité en cas d'ouragan. « Une formalité », m'avait dit Sarah. C'était un cador en économie. Il m'a expliqué que Sainte-Lucie était un important point de transit pour la cocaïne en provenance d'Amérique du Sud et à destination de l'Europe et des États-Unis. Je me serais passée de ces informations. Surtout qu'il les a dispensées avec un petit air indigné, comme si je devais porter personnellement la responsabilité de toute la violence dans le monde liée aux drogues. Qu'est-ce que j'y peux ? Je suis le symptôme, pas la maladie.

Moi, je ne suis inquiète de rien, c'est peut-être honteux à dire mais c'est vrai, je suis une privilégiée, j'ai Josh, et je m'éclate. Bien sûr, il n'y a plus beaucoup de soleil, les touristes parlent de repartir, Sarah s'inquiète. Je reçois des coups de fil toute la journée depuis hier. « Et cet ouragan, rentre donc, qu'est-ce que tu fabriques ? » ; en vérité, la mer comme le ciel sont bien beaux avec des reflets plus sombres. Il fait un peu de vent, et la mer est devenue un paradis pour les surfeurs. J'aime beaucoup les vagues géantes, moi aussi.

Sarah pose le journal devant moi, comme tous les matins depuis qu'on risque de se taper un ouragan.

Elle rayonne.

« Dannicka a eu un B en maths. »

Le travail avec son petit copain a porté ses fruits.

« Pas mal. Je croyais qu'ils avaient fermé les écoles !

– Tout est ouvert maintenant, dit Sarah. Tu veux des nouvelles de la météo ? »

Je hausse les épaules.

« Julia perd de sa vigueur, expliqua Sarah. Je l'ai entendu à la radio ce matin. Il ne se passera vraisemblablement rien de grave. Par contre, il va pleuvoir bientôt. Pour le 31 décembre ! Les clients vont être contents. »

Je me moque pas mal de la pluie, moi je voulais des arbres déchiquetés et des vagues géantes. Mais bien sûr, c'est plus pratique qu'il n'y ait pas d'ouragan.

Je parcours les nouvelles.

« Et le mec qui s'est fait buter à Bagatelle ?

– Rien, répondit Sarah. Aucune piste. »

Je lui achète une bouteille de vodka et je retourne dans ma chambre avec le journal et l'Absolut. À chacun de mes pas, la vodka fait son habituel bruit de flotte qu'on brasse. Je pense à la mort du mec à Bagatelle.

Dans la chambre 306, on ne voit rien le matin quand il ne fait pas soleil, et l'affiche de Gauguin paraît, de façon sinistre, souligner l'absurde brièveté de la vie humaine : beaucoup de bruit pour rien. J'allume la lampe de chevet, et je regarde défiler les images de Sky News et de la BBC : à Londres, il pleut, la ville se prépare à célébrer la nouvelle année. Gros plan sur les décorations de Noël, un M. Smith en costume nous parle de ses projets pour la soirée, puis trois gamines déguisées en animaux de la ferme, qui parlent de faire la tournée des pubs. Retour sur le plateau, le présentateur sourit.

Je ne veux pas rentrer. Je ne rentrerai pas.

Je bois une gorgée de vodka pour me donner le courage de rappeler papa, qui m'a laissé un message pendant que je discutais avec Sarah. J'ai un peu peur de sa réaction s'il a vu les photos avec Josh.

« Je vais toujours te rejoindre à la fin de la semaine prochaine, dit-il. Tu seras seule à ce moment-là ?

– Comment ça, seule ? »

Je pense qu'il fait allusion à Josh.

Pas du tout, il parle des amis londoniens, des « mauvaises influences ». Je ne dis rien : bien sûr que je serai seule, je me doute qu'avec cette histoire d'ouragan ils seront moins décidés que jamais à venir se désintoxiquer avec moi.

J'aurais tout de même pu leur dire qu'avec le meurtre du mec de Bagatelle, j'ai découvert l'existence d'un trafic de drogue très bien organisé à Sainte-Lucie. C'était ma seule chance de les voir accourir.

Mais pour moi, c'était replonger direct.

Papa, lui, n'est pas effrayé par l'ouragan.

Il me dit que personne ne risque rien, qu'on n'en parle même plus, ce qui est vrai, je l'ai encore constaté à l'instant sur Sky News.

« Pas de nouvelles de Blake ?

– Aucune. Je ne sais plus s'il est en taule ou en train de se shooter en cure de désintoxication avec un mannequin allemand. »

Papa rit. Même au téléphone, je sais qu'il rit jaune.

J'ai le cœur serré en entendant son nom. Ça fait longtemps que je ne l'ai pas prononcé, ce n'est plus jamais moi qui le prononce en premier, je ne mets plus le sujet sur la table. Avec Josh, on en a à vrai dire très peu parlé. Pour dire quoi, de toute façon ?

– Et ce nouvel homme ? »

Merde.

« Ça va, ça va. Il est super clean, il ne boit pas, il est sportif. Pour information, tu as vu ça où ?

– Partout, dit-il en riant. Tu es en photo littéralement partout. »

On parle plus de moi que de l'ouragan, donc.

Elle est bizarre cette vie : dès que j'ai un homme, c'est comme si mon père me surprenait au lit avec lui. C'est comme si la terre entière me surprenait au lit avec lui, d'ailleurs. Mais mon père, ça me touche de plus près.

Il ne commente pas. On parle de l'ouragan, je lui dis ce que j'ai retenu du journal, c'est-à-dire pas grand-chose.

Josh et moi, c'est un amour de vacances et pas plus, je voudrais le dire à Blake, mais je n'ai pas le courage de lui parler.

J'ai envoyé un texto à Josh tout à l'heure, pour lui dire qu'on était en photo dans les news people, ça ne l'a pas dérangé. Il n'est pas comme Blake, toujours à gueuler sur les paparazzis et toujours à se vanter d'être en photo quand même.

« Je te rappellerai quand il sera minuit chez toi pour te souhaiter une bonne année. »

Je n'ai pas passé un seul réveillon avec Blake de toute ma vie. Et je passerai celui-là avec Josh. Mon mariage est dans de beaux draps. Juste une constatation.

Sur Google, je tape « Blake Fielder Civil Sophie Schandorff ». Nulle part on n'annonce leur rupture. Remarquez, ça n'intéresse que moi et mes parents. Elle est tellement blonde, tellement mignonne. Je referme le portable d'un coup sec.

De toute façon il est en taule, à moins de la sauter au parloir, il en reste à sa main droite. Ou il est en cure, encore, et alors il doit s'en payer une bonne tranche avec elle, en ce moment même. Je ne sais plus. Je ne lui parle plus.

Quand je sors de ma chambre pour rejoindre Josh, il fait presque nuit et les silhouettes des palmiers ploient sous les rafales de vent. Il ne pleut pas, la température n'a même pas baissé, en revanche on étouffe d'humidité. Je suis sûre que l'ouragan va nous tomber dessus quand même. Julia, à nous deux.

En descendant l'escalier, je croise un mec qui tient une bible serrée contre lui. On dirait une blague, mais pas du tout. Lorsque je lui demande ce qui se passe, il me sort une réponse à l'avenant : « C'est peut-être la fin du monde », d'un air mauvais. Il doit vouloir se foutre de ma gueule. Il est mal tombé. Ce n'est pas le premier prêcheur de la fin du monde que je rencontre, il y en a un à Camden aussi, qui œuvre surtout après la fermeture des pubs. Il se balade sur deux rues en répétant « C'est la fin du monde ! », et à chaque fois il a tort. N'empêche que sa trouille est contagieuse. Je me dis tout d'un coup, et merde, si l'ouragan venait vraiment. Si c'était un tsunami. Si on allait tous mourir. Je m'en veux d'avoir appelé Julia de mes vœux, là, je serais prête à lui filer un million pour qu'elle se calme, comme à Blake. Je regarde le ciel. C'est tout sombre. Bon. J'ai envie de prendre un anxiolytique, d'un coup. Si bien qu'au lieu de tourner à droite pour rejoindre l'aile où se trouve la chambre de Josh, je décide de plutôt aller demander des nouvelles à Sarah. C'est la solution raisonnable, celle qui implique le moins de produits chimiques.

Il se met à pleuvoir des cordes le temps que je rejoigne la terrasse.

Je suis trempée en deux secondes.

La terrasse est vide, Sarah me fait signe de courir. « Viens t'abriter, dépêche-toi ! » Comme elle rit, je pense que ce n'est pas trop grave, qu'il n'y a pas d'ouragan, qu'au maximum, on se tapera des inondations, peut-être une coupure d'électricité, plus d'Internet pendant trois jours, et voilà.

« J'ai croisé un taré qui prédisait la fin du monde !

– Tu plaisantes, dit Sarah.

– Pas plus que ça. Un type en tee-shirt rouge et jean coupé au genou. Il travaille ici ?

– Il était noir ?

– Oui.

– Alors, c'est possible. »

Elle sourit.

« Mais je ne vois pas du tout de qui il peut s'agir. C'est vraisemblablement un client. »

Je ne dis rien, mais je le vois mal client d'un cinq-étoiles. Peut-être ai-je rêvé. Ça m'est déjà arrivé d'avoir des hallucinations quand j'avais un peu trop bu.

C'est un peu gros quand même.

La pluie continue à tomber. Je n'ai aucun moyen de prévenir Josh, mais s'il ouvre la fenêtre, il comprendra, je présume, pourquoi j'ai un peu de retard. Remarquez, j'ai la réputation d'annuler tout le temps, il ne sera sans doute pas très surpris.

Ce sera un 31 décembre spécial, bien sûr. Un 31 décembre sans drogue, mais si mais si, tout arrive. L'aube d'une nouvelle ère certainement, et pile quand je viens de me dire ça, Sarah pose ma bière devant moi. Je ne sais pas si je dois en rire ou en pleurer.

Je pense que ce paysage de palmiers sous la pluie aurait vraiment plu à Blake.

Il n'y a pas de quoi rire. Alors on fait de l'ironie. C'est comme ça, la vie, Gauguin n'aurait peut-être pas dit autre chose, ses tableaux sont si mélancoliques, dans le fond.

Bonne année 2009.

16.

Ma grande copine Amy Winehouse

Amy est une fille adorable. C'est bon d'être ami avec elle : une personne rare, toujours agréable et accueillante. Bien sûr, les superstars, on est toujours étonné qu'elles soient sympas. Ça ne paraît pas naturel, ça ne va pas avec le malaise qu'elles provoquent, leur célébrité, leur rayonnement. On est impressionné de les côtoyer. Moi, je ne suis pas comme ça, et Amy non plus. Elle ne cherche pas à impressionner, et c'est tout de même réconfortant quand on pense qu'aujourd'hui le moindre gratteux se la pète comme David Bowie. Je vous jure, les gamins que je croise… Les vraies stars, elles, sont cool. Doherty, dans un autre genre, est gentil aussi. Amy et lui m'aiment bien, ils aiment bien mes histoires de l'ancien temps, quand je fournissais les célébrités des années 1990. C'est que je leur apprends deux-trois trucs, pas comme tous les lèche-cul écervelés qui leur collent aux basques et en plus se permettent de vous regarder de haut. Une vraie plaie. Le fléau de la célébrité, c'est ça, si vous voulez mon avis. Amy a toujours des gens chez elle qui n'ont rien à dire à part des conneries (je me souviens d'avoir entendu des bribes de conversations entre deux portes : surnageaient les mots « lance-roquettes », « 300 dollars », et le plus parlant peut-être : « serveur à mi-temps ») ; par contre, pour consommer ils savent faire, je n'en ai jamais vu un qui n'était pas défoncé, et ils ne sortent pas tellement souvent leur porte-monnaie si vous voulez mon impression. Ils ont tous mon numéro et ils ne m'appellent jamais, ou alors ils appellent et je dois faire crédit… Tirez-en les conclusions que vous voulez. Je les trouve, globalement, méprisables. À l'exception peut-être de ce musicien, avec qui j'ai un peu parlé et que j'ai croisé chez Peter aussi. C'est un petit milieu. Chez lui la faune est pourtant différente, plus de mannequins, plus de minauderies, plus de filles à la coke seulement, et plus de types qui ont fait de la taule. Les deux. Et ça tourne beaucoup.

Chez Amy en revanche, on voit toujours les mêmes têtes. Des jeunes. Remarquez, elle est jeune aussi... Plus d'hommes... coiffeurs, stylistes, amis show-biz qui aimeraient bien percer. Elle plaisante en les présentant comme ses gardes du corps. Ils sont chétifs et déchirés, et si quelqu'un protège quelqu'un d'autre dans cette histoire, c'est sûrement Amy.

Elle m'a dit un jour que son manager ou sa maison de disques, je ne sais plus, prévoyait de lui appointer des vrais gardes du corps, qui la suivraient en permanence. Elle n'était pas d'accord. « Blake reviendra », comme elle disait, et c'est vrai qu'il fallait bien qu'il serve à quelque chose, celui-là... Son mari. Bon, c'est son ex-mari maintenant. Évidemment... évidemment c'est toujours très compliqué les histoires d'amour dans la dope.

Moi je le dirais à Amy, si elle en prenait trop, je lui dirais, je n'aurais pas peur, c'est à ça que je sers aussi. J'indique les bonnes doses, la conduite à suivre, et tout ça. Mais elle sait ce qu'elle fait et je ne peux pas la surveiller tout le temps. Les mélanges, ça fait mal. Elle le sait.

Elle ne plaisante pas, c'est vrai. Les rock stars, toujours tentées par les extrêmes, on ne changera pas ça. Ça inspire le respect, et en même temps c'est vrai que c'est fatigant de se dire qu'on contribue... Parce que, bien sûr, si on n'était pas là pour vendre... mais s'il y a quelque chose à acheter, il y a quelqu'un pour le vendre, c'est comme ça. Si ce n'était pas moi, ce serait un autre. Je n'ai pas de problème avec ça car j'ai toujours vendu les meilleurs produits possible, et toujours expliqué aux gens comment s'y prendre ; je n'irais pas jusqu'à dire que je suis juste là pour sauver les pauvres toxicos du manque, je ne suis pas mère Teresa, d'accord, mais fondamentalement ce n'est pas moi qui choisis.

C'est déjà bien assez dur de n'être qu'un intermédiaire... On ne vous appelle jamais parce qu'on vous aime bien, vous êtes là parce qu'on a besoin de vous, non, même pas de vous, de ce que vous avez dans votre sac.

C'est ce qui rend les gens comme Amy d'autant plus précieux. Elle ne vous méprise pas, elle vous invite à rester, elle sait que, bon Dieu, vous ne faites pas ça pour le plaisir, vous n'avez pas envie de rendre les gens accros. Je ne suis pas docteur. Je sais qu'on ne fait pas du bien avec mes médicaments... quoique je suis persuadé qu'ils guérissent un peu... quelque chose en vous, enfin vous non, mais en moi, en Amy, en tous ces gens... Je refuse qu'on me traite d'ordure alors qu'on trouve à peu près normal de licencier à tout va et de faire son beurre dessus. La faute du marché, la faute à pas de chance, et y a qu'à hausser les épaules, deux secondes de compassion ça suffira bien. Des vies sont en jeu aussi, non ?

Amy. Bon, Amy, je lui ai toujours donné ce qu'elle voulait même quand elle réclamait des quantités énormes. Je sais qu'elle arrose aussi tous ces gens qui vivent plus ou moins à ses crochets – et donc, difficile de savoir ce qu'elle garde pour elle. Elle se fait avoir, de toute façon. La culpabilité... bien sûr que je me sens coupable, mais je me suis souvent dit, qu'est-ce que ça change, que je lui vende en même temps héro, crack et kétamine, ou seulement une dose d'un seul produit ? Ça lui compliquera juste un peu les choses : un coup de fil supplémentaire à passer, c'est tout. Et bien sûr qu'un toxico va se fatiguer à passer un coup de fil de plus, mais la prochaine fois, c'est juste un autre dealer qu'il appellera, un qui lui fournira tout en même temps.

Voilà. Il faut bien que je bouffe aussi.

Je ne l'ai vue qu'une fois depuis qu'elle est revenue de Sainte-Lucie. Les rumeurs disaient qu'elle avait tout arrêté. Pas vrai. Je suis passé en coup de vent à sa nouvelle baraque dans le nord de Londres il y a deux jours, pour livrer un peu de coke. Amy devait partir, nous n'avons pas eu le temps de parler. Elle s'est juste plainte du temps londonien, a dit qu'elle avait failli faire un choc thermique en descendant de l'avion. J'ai répliqué : « Moi, c'est tous les jours comme ça depuis que j'ai quitté mon Italie natale. » Elle a rigolé, m'a demandé depuis combien de temps je n'avais pas quitté Londres. C'est une fille qui a de l'humour, il ne faut pas croire. On parle de quelqu'un qui cache de la coke dans ses cheveux, tout de même ! Qu'est-ce que cette histoire m'avait fait rire ! Amy, en plein concert, qui s'arrête pour prendre en douce un petit paquet de coke dissimulé dans sa perruque. C'était ridicule, touchant, débile. La presse en avait fait ses choux gras. Elle m'a avoué que c'était l'effet recherché.

Elle était fidèle à elle-même, donc, drôle, mais on la sentait tendue. J'ai l'habitude de voir des gens tendus, j'ai l'habitude de la voir, elle, tendue... C'était sans doute à cause du rendez-vous auquel elle devait aller. Elle n'a pas dit ce que c'était. Elle était super pressée. Elle s'est juste fait un trait. Elle m'a sorti : « Je dois y aller, pars maintenant si tu ne veux pas avoir ta photo avec moi dans le *Sun* » – et je suis parti, évidemment.

Je comprends qu'elle n'ait pas eu envie de bavarder. Ça faisait longtemps qu'on ne s'était pas vus, et elle ne devait pas mourir d'envie de faire un récapitulatif de ce que j'avais manqué en son absence. Je le sais, en plus. Divorce à venir, tromperies de part et d'autre, Blake aurait mis en cloque une bonne femme... ça se casse la gueule.

Nous étions plus proches il y a quelques années. En fait, quand Blake était là. Et ensuite, quand il est parti en prison... J'imagine qu'elle avait besoin de moi, et plus encore, qu'elle avait besoin de s'entourer de gens qui lui rappelaient Blake.

C'est Blake qui nous a présentés, un jour, au Hawley Arms. Amy n'avait pas encore tous ces tatouages. Elle était plus ronde, elle chantait déjà, mais pas de quoi casser des briques, pour moi qui n'ai jamais tellement aimé le jazz. C'était presque une inconnue, encore. Elle était un as au billard, par contre. Elle a toujours aimé ça. Quand il est parti en prison, elle en a acheté un ; j'ai fait des parties avec elle et ce chanteur, Kristian, qui traînait souvent avec elle.

Ce n'est pas une grande monogame. Je repense à elle en train de faire des mamours à son athlète, aux Caraïbes, sur la plage... Pas une grande monogame. Mais l'autre ne fait que des conneries aussi...

Elle m'a rappelé tout à l'heure, vers 22 heures, quand j'étais chez Phil, en train de boire un coup avec lui et sa femme.

Je suis un peu triste de la voir replonger. J'en ai vu des dizaines dans le même cas, et elle n'est pas la plus à plaindre, elle se défonce dans de très bonnes conditions, mais je suis un peu triste.

Ça ne me regarde pas.

Je sonne en faisant comme si je ne voyais pas la dizaine de connards (friqués, en plus) qui planquent devant sa piaule. Ah ça, ils n'ont pas de problème pour vivre, eux. Ils sont habillés comme des fans d'Oasis, une parka kaki qui a vu des jours meilleurs, un jean fripé, et c'est parti, ils se font des milliers de livres par mois et je n'en voudrais pas à ma table. Je n'ai pas peur de me faire photographier. Il n'y a qu'Amy qui les intéresse, tant qu'on n'est pas à côté on est tranquille.

Amy vient ouvrir en se planquant, comme d'habitude.

Elle n'a pas l'air bien. Je le sais, depuis le temps, j'arrive à deviner, elle est inquiète.

Je dis : « Un petit billard, Amy ? », histoire de désamorcer une éventuelle bombe. Elle soupire. Deux secondes plus tard, elle chiale.

Nous sommes rentrés. Les photographes n'ont rien vu.

« Pardon, dit-elle en essuyant ses larmes d'un geste pro, qui évite l'eye-liner sur les yeux. Je suis en descente, je suppose.

– T'en fais pas. »

Je sors l'héro.

Sa maison est dévastée. J'entends plein de monde dans la salle à manger, quand les mots « *first person shooter* » me parviennent, je comprends qu'ils parlent de jeux vidéo. Je songe, bordel, c'est exactement comme avant, et Amy, qui surveille anxieusement son téléphone, semble lire dans mes pensées. C'est désagréable.

Elle demande : « tu as entendu parler de Sherene Flash ? »

Sur le coup, je crois que c'est une chanteuse, peut-être une concurrente, genre Duffy. Je réponds : « Non, c'est qui ? »

Elle sourit, manifestement contente que je n'aie jamais entendu parler de cette fille, mais ne répond pas tout de suite. Elle dit : « Pas d'héro. Je veux juste de la coke. » Elle s'assied. « Sherene Flash est la fille qui m'a accusée de l'avoir maltraitée, la fille à cause de qui j'ai dû revenir des Caraïbes. »

On ouvre la porte qui mène au salon proprement dit. Elle a de fait, deux petits salons successifs.

C'est Evan. Plus un chat qui s'échappe de la pièce et vient se frotter en miaulant sur les jambes d'Amy.

« Yo ! Tony, dit-il. Ça va depuis l'autre jour ?

– Ouais. Et toi ?

– Oh, super. Je vais te prendre deux-trois trucs. »

Je réponds : « Je ne me balade pas avec des quantités faramineuses. »

Il regarde Amy, l'air un peu énervé.

« Ça va, Tony, dit-il.

– Ça va, Tony », répète Amy, l'air moqueur.

Je décline mes prestations et mes prix. Je lui donne deux grammes d'héro et trois de coke, et bien sûr il n'a pas d'argent, et bien sûr Amy lui avance la somme.

Elle se trimbale avec des tonnes de billets de banque dans son sac à main, qu'elle laisse comme ça dans le salon, pas méfiante. Elle s'en fout peut-être. Elle doit avoir une rente de sa maison de disques ou de son management.

Evan s'en retourne dans le salon. « À plus, déclare-t-il, nous on est en train de regarder un film.

– OK », dit Amy, comme si c'était normal qu'on fouille dans ses DVD.

Personnellement, j'ai horreur de ça.

« Je vais déménager, me confia Amy comme si ça pouvait régler le problème des suiveurs.

– Tu viens déjà de déménager, Amy.

– Non, précise-t-elle, je ne parlais pas de cette nouvelle maison-là, mais d'un autre pays. Je vais partir vivre à Sainte-Lucie, ou peut-être en Jamaïque. J'ai décidé d'enregistrer mon nouvel album là-bas. Et tu vois bien que rien ne me retient ici.

– Si ça te fait du bien de changer de paysage, fais-le...

– Notre mariage est terminé, dit Amy. Je l'aime comme une dingue mais je dois bien me rendre à l'évidence. Il refuse de me voir. Il couche avec une autre femme. Ne te laisse pas mordiller par le chat. Il ne fait pas ça par méchanceté, mais il ne comprend pas très bien que les êtres humains, c'est fragile. Tu veux un verre ? »

Elle revient de la cuisine avec un bidon de jus d'orange, une bouteille de vodka et un paquet de cookies. Les verres sont dans un buffet, là, dans l'entrée. Comme ça elle peut se servir un verre dès qu'elle rentre chez elle.

Elle sort un verre pour moi – le sien était déjà sur la table – et nous sert généreusement. Je prépare des traits.

« Alors, ça y est, vous avez divorcé.

– Oui, dit-elle. Je suis une femme adultère.

– J'ai vu les photos.

– Eh oui, tu as vu les photos. Qu'est-ce que tu veux ? Je suis faible. C'est pas facile d'avoir un mari en prison. C'est tout ce que j'ai à dire... Ah, non, ce n'est pas tout. Les autres hommes, c'était toujours pour punir Blake de m'avoir trompée. »

Elle hausse les épaules.

« Et peut-être aussi pour prendre un peu de bon temps au soleil. »

Je ne dis rien. J'ai trompé, moi aussi, j'ai été trompé, et je ne suis pas sûr qu'on puisse dire « c'est mal » aussi facilement que ça.

Par contre, bien sûr, l'adultère reste très recevable devant les tribunaux et il y a des femmes qu'on fouette ou qu'on lapide pour ça, dans des régions reculées du globe où, je le sais déjà, je ne mettrai jamais un orteil.

« Sherene Flash, dit-elle soudain. C'est vraiment un nom de cheval. »

Je rigole.

« Tu te rends compte qu'elle me fait un procès parce que je l'ai repoussée ? Le monde devient fou.

– Tu as été acquittée, non ?

– Mais oui, je vais l'être. Une petite chasseuse d'autographes m'emmerde, je la repousse, je ne vais peut-être pas faire de la taule pour ça. Je lui ai donné une petite tape pour qu'elle dégage, je ne l'ai pas massacrée ! »

La cocaïne commence à faire effet...

« Je ne battrais jamais une femme, moi, rigole Amy. Même archisoûle, je n'agresse que des hommes, et plus spécifiquement Blake. Elle cherche juste à se faire un nom. Une danseuse. Elle veut être célèbre, c'est tout. Mon avocat a été malin sur ce coup-là. Il m'a dit, arrive habillée en grande dame, c'est ce que j'ai fait, tailleur et colliers de perles, et surtout pas de talons, qui pourraient te grandir et te faire effectivement passer pour une femme capable de dégommer une danseuse avec le petit doigt. Cela dit elle était plutôt grosse pour une danseuse.

– Mais, et les cheveux ?

– Voilà, c'était le problème. Les cheveux me grandissent... Je t'assure, il a fallu négocier sur la taille de ma perruque. C'était spectaculaire. J'en ai mis une petite, du coup, pas comme celle d'aujourd'hui, peut-être dix centimètres de moins. Et donc, des ballerines, qui n'allaient pas trop avec le tailleur, mais qui avaient leur utilité puisque j'ai pu dire au tribunal : "Regardez, je portais ces chaussures ce jour-là, c'est la preuve que Sherene était plus grande que moi." Elle, elle portait des talons hauts. Tu vois le niveau du débat. Quand je repense à mes nombreuses comparutions ou visites devant les tribunaux, la plupart du temps pour Blake... c'était moins drôle.

– Tu as l'air en forme, pour quelqu'un qui annule un concert parce qu'il est à l'hôpital.

– Tu avais une place ? dit Amy. Carré or ? »

Je me marre.

« Non... je t'aurais demandé une invitation.

– Ah, je te l'aurais donnée sans problème. Non, j'ai été obligée d'annuler… tu sais, j'ai de sérieux problèmes de santé. J'ai été hospitalisée pour déshydratation aussi… à cause de l'alcool… bref à un moment donné j'ai cru qu'ils allaient donner mon nom à une aile de l'hôpital. Qu'est-ce que tu regardes, là ?

– Les cheminées dans le fond, derrière les maisons…

– J'ai tout le temps l'impression que ce sont des hommes planqués sur le toit.

– Des snipers ?

– Non, des paparazzis. Je reçois sûrement des menaces de mort, mais la maison de disques ne transmet pas. Je ne suis pas encore très parano là-dessus. Rassure-moi, ce sont bien juste des cheminées ? »

On rigole tous les deux.

Elle allume une clope.

« Tu es restée à l'hôpital combien de temps ?

– Le moins longtemps possible ! Je ne peux pas te dire combien de temps, il faudrait additionner le nombre d'heures de chaque séjour… environ trois jours en tout, ce n'est pas grand-chose finalement.

– Tu ne fais pas assez attention à toi. Un jour ça se passera mal…

– Je le sais bien, acquiesça Amy. Je le sais bien. Il faudrait juste que ça n'arrive pas trop vite. Mais voilà… j'ai loupé mon concert au festival de jazz de Sainte-Lucie et ça m'a démolie. Quand je loupe quelque chose d'important, après, il faut que je me mette la tête à l'envers pendant des jours pour m'en remettre. C'est terrible, la honte. La honte me fait faire des choses terribles. »

Elle se ressert un verre.

« De toute façon, la prochaine fois que j'irai à l'hôpital, ce sera pour me faire faire de nouveaux seins. »

Ah bon.

« Ne me dis pas qu'ils sont très bien comme ça, je m'en fous. J'en veux d'autres, je veux des plus gros seins. »

Je ne dis rien. Ça ne me regarde pas et je m'en fiche. Mais j'ai vu plusieurs filles siliconées faire une sorte de dépression nerveuse après opération. Ludmilla m'a expliqué qu'elle, en tout cas, avait eu du mal à supporter le regard des hommes : « Ça change tout. Tous les hommes te regardent, et ils regardent tous tes seins. On ne fait pourtant pas ça pour se transformer en viande. » « Mais pourquoi le fait-on, alors ? »

Ludmilla avait haussé les épaules. « Pour avoir de super nichons. »

« Et puis je vais bientôt reprendre l'avion. J'ai regardé par la fenêtre tout à l'heure. En dehors même des hommes planqués sur le toit – elle sourit –, c'est pas comme ça que j'ai envie de passer mon mois de juillet. Des manches longues en plein été. Et puis l'ambiance londonienne est de plus en plus épouvantable. Catriona m'a dit pour Francesco… »

J'aurais préféré ne pas en parler.

« C'est terrible.

– Les gens tombent comme des mouches en ce moment. C'est terrifiant. Il y a aussi un autre ami, que tu dois connaître, Andy… On l'a retrouvé presque une semaine après sa mort. Et je n'ai même pas pu aller à l'enterrement. J'étais encore à Sainte-Lucie. Comme pour celui de Francesco.

– C'est peut-être mieux, avec les photographes. On n'aurait parlé que d'Amy Winehouse, alors qu'il s'agissait d'une cérémonie en son hommage.

– Les photographes ne me suivent quand même pas partout », dit Amy.

Elle montre la coke sur la table.

« Je ne prends plus ces merdes. Aujourd'hui, c'est une exception. Quand on en prend juste une fois, ce n'est pas grave. Une fois, ça ne compte pas. Et plus d'héro de toute manière. Tu es allé aux enterrements, toi ?

– Je vais toujours aux enterrements des amis. Je suis allé à celui de Francesco. Andy, lui, je ne le connaissais pas.

– Tu l'as déjà rencontré. Un blond, grande gueule, qui traînait avec Blake. On m'a dit qu'il n'était à aucun des deux enterrements, lui. Il était en taule, ou en cure. »

Je me souviens de l'ex-femme de Francesco, de ses parents. Ils avaient presque l'air soulagé que ce soit, enfin, terminé.

Je l'ai vu dégringoler petit à petit. Je connaissais Francesco depuis cinq ans, j'ai fait le calcul quand il est mort, ça me paraissait plus longtemps encore. Il était italien, comme moi, et nos origines communes nous avaient rapprochés, comme cela arrive fréquemment. Donc nous discutions un peu, comme avec Amy... Le problème de Francesco : trop de petits boulots, rien qui suffise à le faire vivre, et aucune perspective. À partir du moment où sa femme s'est barrée, c'était fini, il a commencé à faire n'importe quoi. Et voilà. On se dit toujours qu'ils peuvent s'en sortir, et on s'habitue à les voir en sale état, si bien qu'on en vient à oublier que c'est grave et à penser que ça peut durer comme ça encore longtemps : ça a déjà duré trois mois, un an, deux ans... et puis d'un coup, ça arrive. La sonnette d'alarme, c'est quand ils se font virer, quand ils préfèrent la défonce au boulot, à tout le reste.

Amy, elle, je la trouve plutôt en forme, même si elle a la larme facile. Elle tient un discours de battante. C'est important.

Mais ça ne veut rien dire. Sait-on jamais qui ment, qui ne ment pas, et ce qui se passe vraiment dans le crâne de quelqu'un.

Amy est pensive.

« On peut parler franchement, toi et moi. Tu as eu de la peine quand Francesco est mort. Est-ce que ça ne te dérange pas, putain, de donner aux gens les instruments de leur mort ? » Elle tape sur l'accoudoir de son fauteuil et assortit ses paroles d'une sorte de moue hargneuse. « D'accord, ce sont eux qui choisissent et tout ça, mais toi, tu es là, tu accours. Quand on dit marchand de mort, on n'a pas vraiment tort, si ? » Elle hausse les épaules. « Viens là, Blackie », dit-elle très tendrement à son chat, histoire de bien marquer le contraste avec le ton qu'elle emploie pour me parler.

Blake ne devait pas rigoler tous les jours avec une vicieuse pareille.

Je pourrais me fâcher.

Raté. Non. Je ne suis pas malade de culpabilité. Je me sens coupable de n'avoir rien pu faire pour lui, ça oui, mais il y a des situations où personne ne peut rien faire, et c'est ça qui est vraiment triste : ce n'est pas qu'un système d'approvisionnement et de distribution existe, que tout soit prévu pour que quelqu'un puisse prendre de la drogue s'il en a envie, c'est que les gens aient plus envie de drogue que tout.

« Amy, si c'est pour ça que tu m'as fait venir, ça ne sert à rien. » Elle tripote ses cigarettes, sans me regarder. « Non, on n'a pas vraiment tort. Mais ce n'est pas à moi de dire "non, je ne vendrai pas de drogue", c'est aux autres de dire "non, je n'en prendrai pas". Je ne peux pas prendre la responsabilité pour les autres.

– Je n'en prendrai pas, singea Amy. Je n'en prendrai pas. Je suis responsable de tous mes actes. Tu as raison. C'est comme quand on dit que je pousse les fans à picoler ou à prendre de la drogue juste parce que moi je picole et que j'en prends. Je n'y suis pour rien. »

C'est loin d'être pareil. Mais ça s'en rapproche en effet quand on pense qu'elle paie de la drogue à ses potes... c'est facile de me tomber dessus quand on aide les gens à s'en procurer aussi bien qu'un dealer.

« Mais dis... ce n'est quand même pas toi qui as vendu à Francesco la drogue qui l'a tué ? »

Elle me les casse. Et si Evan fait une overdose avec l'héro qu'elle vient de lui acheter ? Hein, et si ? Avec des si...

Je dis non. Je commence à suer un peu, ce qui me donne l'impression d'avoir quelque chose à cacher. Et il est vrai que c'est peut-être moi qui lui ai vendu la drogue. Qu'est-ce que j'en sais ? Francesco, je l'aimais bien, je lui faisais crédit, il achetait beaucoup à la fois et disparaissait, c'était dans ses habitudes. Il achetait à plusieurs personnes à la fois, qui lui faisaient toutes crédit.

Il est parti en me laissant une super ardoise.

Je ne réclame jamais d'argent à la famille des mauvais payeurs, ça va sans dire, je précise parce que la question m'a été posée.

« J'adorais Francesco ! dit amèrement Amy. Tu te souviens des soirées qu'on faisait avec lui et Blake ? Tu t'en souviens ? C'était il y a longtemps. Je ne l'avais pas vu depuis... je ne sais pas, des mois. Je n'arrête pas de penser à lui. Encore une partie de ma vie d'avant qui s'en va. »

Elle pleure à chaudes larmes, maintenant, pour un homme qu'elle connaissait à peine, et qui se fichait du reste complètement d'elle, que j'ai déjà entendu parler avec mépris des « pop stars choyées à qui plus personne ne peut plus rien dire ». Elle prend le paquet de coke et se fait un large trait à même la table. « Je n'ai pas été à ses côtés, conclut-elle.

– Il aurait fallu qu'il n'aime pas l'héroïne, que sa femme revienne, qu'on lui propose un super boulot, sans doute que ses parents l'aient élevé autrement et qu'il n'ait pas fait de mauvaises rencontres. C'était un peu trop demander.

– Tu crois que pour Blake ce sera pareil ? Qu'il va mourir comme ça, de cette façon sordide ? »

Ah, nous y voilà.

« Je veux le protéger, dit Amy. Je voudrais que, même loin de moi, il soit en sécurité. »

C'est surréaliste. Cette pop star puérile entourée de toxicos à qui elle donne plein de drogues, et qui s'occupe soudain de protéger les gens ? En tout cas son ex-mari, ex-mari qui n'arrête pas de lui chier dessus dans les tabloïds, et à qui elle a dû payer des dizaines de grammes d'héro ? Il est, si je me souviens, bien en cure de désintoxication, on s'occupe de lui. Tu peux dormir tranquille, Amy.

Même si, on le sait tous les deux, il n'arrêtera jamais...

Pour ma réponse, je me contente du bon vieux sens commun.

« On ne peut pas protéger les gens d'eux-mêmes, Amy.

– Regarde-moi, je suis en train de recommencer. Si je te demande de l'héro, refuse. »

Je ne sais pas combien de fois je l'ai entendue, celle-là. Parfois ils m'appellent en sortant de cure, évidemment pour savoir si je suis disponible et si j'en ai, mais ils disent plutôt que c'est pour prendre des nouvelles, les imbéciles, et puis ils me supplient de ne pas venir, de ne pas leur en donner. Mais en composant mon numéro ils imaginaient déjà comme ils seraient bien une fois que je serais venu avec de la drogue. Ils rappellent plus tard pour me demander de passer, et ils accusent ce premier coup de fil qui les a soi-disant décidés à en reprendre alors qu'ils hésitaient encore. Ou alors, je les vois rôder devant chez moi sans oser sonner, pendant deux jours. Le troisième jour ils entrent. C'est désespérant.

« Il faut que tu retournes à Sainte-Lucie.

– Bien sûr qu'il faut que je retourne à Sainte-Lucie. Londres est sinistre et accablant. Tout le monde clamse et mon mari ne veut plus de moi. Je vais appeler Raye pour qu'il m'achète un billet. »

Le chat lui bouffe la main. Elle s'en fiche.

« Le problème, dit-elle en allumant une clope, c'est que Blake et moi, ce ne sera jamais terminé. Il vient de me redemander en "ami Facebook". On vient juste de divorcer, il en baise une autre et il pense que je suis une amie Facebook potentielle... J'y suis sous un faux nom, en plus, et il m'a trouvée... je m'appelle Shirley Baxter, si tu veux qu'on soit amis. J'avais pensé à Marge Simpson, avec mes cheveux, mais que veux-tu... la dignité, c'est important aussi.

– Je n'ai pas de Facebook, Amy. Ce serait trop compliqué.

– C'est frustrant, dit-elle, de ne pas pouvoir exprimer sa colère. De devoir l'exprimer juste en ignorant une demande d'"ami Facebook". Je me suis juré que je ne lui parlerai plus, puisqu'il ne m'aime plus. »

Et tu as aussi juré que tu ne te droguerais plus.

« Tu sais ce qu'il me faudrait, dit-elle, c'est un ange qui descende me sauver comme dans *Supernatural*. Qui commence d'abord par effacer tous mes souvenirs avec Blake, me rende innocente à nouveau, et euh... me sauve... »

On ouvre la porte. Ouf. Quelle conversation.

C'est une grande fille, assez jolie, d'une vingtaine d'années, habillée n'importe comment, des collants léopard, des jambières roses, et un grand tee-shirt noir. Un peu comme Madonna dans le temps. Elle a une drôle de dégaine quand même.

« Salut, dit-elle d'un ton frais. Je viens t'acheter de la coke. Je ne vais pas non plus tout piquer à Evan.

– Salut Katie, dit Amy.

– Tu peux m'avancer un peu d'argent ? Je suis désolée, Amy. J'ai 50 livres pour finir le mois. »

Moi aussi, je suis désolé pour Amy.

Deux secondes plus tard, retour d'Evan.

S'ensuit une conversation épouvantablement inintéressante sur leurs problèmes financiers – « Et encore je ne paie pas tout seul, j'ai une colocataire », dit Evan. « Et quelle colocataire ! » réplique Katie, ce qui donne lieu à une mini-engueulade publique à propos de ladite colocataire, engueulade qui s'arrête brutalement quand Amy signale que la colocataire est une de ses meilleures amies. Ils reparlent argent, radinerie parentale, supermarché, finalement friperies. Il n'est pas difficile de voir où passe la maigre thune qu'ils gagnent... s'ils en gagnent. Ces gens n'ont pas de quoi payer un gramme de coke, a fortiori leur loyer, mais ils sont habillés comme des princes. Sans commentaire : il fut un temps où j'attachais une énorme importance à l'habillement.

Amy a l'air aussi passionnée que moi par leur discussion.

Elle sort la thune sans discuter. 40 livres, assez pour deux doses de crack et d'héro. Je suis bien obligé de leur faire le même prix qu'à Amy.

L'apparition des billets de banque semble apaiser l'atmosphère entre Evan et Katie.

Lui, je le connais vaguement ; elle aussi, sa tête me dit quelque chose, en fait. J'ai dû la croiser dans une soirée.

Ils discutent ensuite du film qu'ils sont en train de regarder dans l'autre pièce. *Bully*. « C'est l'histoire d'un groupe de lycéens débiles qui massacrent un autre lycéen sadique, commence Evan. Ils sont où, les verres, Amy ? »

Fais comme chez toi, mon pote...

Amy montre le buffet.

Evan continue en servant des verres de vodka-orange à lui et à sa douce.

« C'est un film horrible, Amy.

– Je sais, je l'ai vu, dit-elle. Vous en êtes où ? Vous avez vu la fille aux cheveux bleus ?

– Elle n'a pas les cheveux bleus, intervient Katie, en regardant Amy comme si elle était débile. Elle a juste des mèches bleues. Oui, on l'a vue. » Elle se tourne vers moi : « En cure de désintoxication, elle s'emmerde tellement que quand sa pote l'appelle pour lui dire "Viens, on va tuer quelqu'un", elle répond un truc genre "chouette".

– C'est vrai qu'on s'emmerde à fond en cure de désintoxication, dit Amy. J'ai une théorie là-dessus. C'est tellement dur, de se désintoxiquer et de retourner à une vie sans drogues dans de telles conditions d'emmerdement et de questionnements psychiatriques casse-couilles que les chances que ça marche sont en fait très très réduites.

– La vie sans drogues est beaucoup moins marrante, dit Evan.

– C'est moins marrant jusqu'à ce que tu aies des tas de problèmes physiques, financiers, et psychologiques. » Amy hausse les épaules. « De toute façon tu ne dois plus très bien te souvenir à quoi ça ressemble, une vie sans drogue, si ?

– Enfin bref », dit Katie.

Elle me regarde.

« Ils font peur ces gens. Heureusement, ce n'est que du cinéma.

– Non, c'est inspiré d'une histoire vraie, répond instantanément Amy. C'est écrit au générique. Je m'en souviens très bien. La fille aux mèches bleues a déjà raconté son histoire ? » Elle appuie bien sur le mot « mèches », comme quelqu'un qui chercherait la bagarre.

– Ouais, son grand-père qui a tué sa grand-mère, et sa mère qui de temps en temps les réveille à 4 heures du matin, elle et son frère, pour leur montrer les coupures de presse au sujet du meurtre. C'est dégueulasse.

– Ce qui est dégueulasse, aussi, c'est qu'elle les connaisse par cœur, dit Evan. Qu'elle ait appris à lire avec ça ! »

Je me souviens maintenant qu'Evan est écrivain. Plus ou moins.

– Ce film donne envie de gerber, conclut Amy. Dire qu'il y a des gens qui sont vraiment comme ça. Et il suffit qu'ils se rencontrent et se défoncent assez pour être capables d'un meurtre. »

Il y a un moment de silence. Peut-être pensent-ils, comme moi, aux photos d'Amy et de Blake couverts de sang. Peut-être pas. Ils m'ont l'air de penser essentiellement à eux, c'est de leur âge. Puis Katie déclare : « Ça ne se terminera probablement pas très bien. »

Amy finit son verre et allume une clope.

« Je vais aller regarder la fin avec vous. »

Elle me fout dehors ou presque.

Je sors. Il ne me reste quasiment plus rien dans les poches, très bien, je suis bon pour rentrer chez moi rechercher du matos pour les clients suivants. Il y en aura forcément.

Je regarde mes messages en sortant, dès que j'ai dépassé les paparazzis. Il y en a, des clients. Trois messages. Faut pas se laisser abattre...

J'ai aussi des nouvelles de Ludmilla, qui s'en est sortie, et qui me parle encore... ça me change et ça me fait plaisir... mais pas tout le temps. Elle fait sa missionnaire, maintenant. Quand est-ce que tu arrêtes ? Je fais ça depuis quinze ans, miss. Plus vraiment à hautes doses, à des doses raisonnables, à des doses de vieux. Tu peux arrêter de me faire des sermons.

Amy est dans un drôle d'état. Je t'agresse et deux minutes après je te fais des confidences. Elle arrête, elle recommence. Et elle m'accuse. Et elle boit, il faut voir comme elle boit. Moi, je m'en lave les mains. Je sais que ce n'est pas facile. Même Ludmilla replongera peut-être. Moi... Comme j'ai de la chance d'échapper à de tels doutes, à de telles tergiversations, moi au moins mon destin est tout tracé. Vieux junkie... ou mort subite. Je ne m'apitoie pas sur mon sort. Vous ne vous apitoyez pas sur mon sort, mais moi non plus.

17.

Inutile de discuter avec le grand amour

Ils ne s'étaient vus qu'une fois. Blake était venu chez elle, au début de l'automne, ce devait être en octobre, et Mitch les avait surpris ensemble au lit. Plus embarrassant tu crèves… et il avait foutu Blake dehors comme un mari jaloux chasse l'amant à coups de pied. Mais il savait bien que ça ne suffirait pas à les séparer.

Ils avaient recommencé à se parler quasi quotidiennement. Au téléphone, puisque Blake vivait à Sheffield. Ce n'était pas pour flirter, expliquait Amy. Loin de là. Blake allait regarder les commentaires haineux sur Internet, et il l'appelait pour qu'elle le console. Salopard, enfoiré, junkie, dealer, tout défilait. Amy cliquait sur le lien et lisait en même temps qu'elle lui parlait. Elle le réconfortait comme elle pouvait. Les gens étaient mal informés, gratuitement sadiques, elle savait qu'il n'était pas comme ça, que tout le monde se trompait, et elle avait l'impression d'être du gibier livré aux lions, elle aussi. Blake chialait au téléphone.

C'était du chantage, disait Violetta depuis le canapé. Quand elle ne travaillait pas, elle passait souvent chez Amy : ça lui faisait de la compagnie. Violetta essayait de tenir les bouteilles d'alcool fort éloignées d'Amy, qui buvait quand même, beaucoup, dès le matin, mais moins devant Violetta. Elles regardaient des films ensemble, et soudain le téléphone sonnait, la sonnerie de Blake. Il ne faut pas… Mais Amy ne pouvait pas s'en empêcher. Elle ne voyait pas souvent la fin des films. Elle décrochait, et elle picolait en lui parlant.

Dès qu'elle avait un coup dans le nez de toute façon, c'était elle qui se jetait sur son téléphone pour appeler Blake. Violetta le savait bien.

Et Violetta ne pouvait l'empêcher ni d'avoir un coup dans le nez, ni de décrocher, ni de composer son numéro. Elle voulait prendre des nouvelles. Bon. Qu'elle prenne des nouvelles.

Violetta savait qu'il y avait d'autres coups de fil, plus tard, la nuit, elle se doutait que lorsque Amy, pourtant affichée comme connectée, ne répondait pas sur MSN, c'était parce qu'elle était déjà occupée avec un autre contact MSN, probablement tatoué et ami des drogues dures. Elle se déconnectait et elle ne posait plus de questions car elles ne servaient à rien.

Les coups de fil duraient longtemps, et même s'ils discutaient de choses tristes et de ragots Internet, Amy était heureuse quand elle raccrochait.

Quand Violetta arriva ce matin de décembre, Amy était de bonne humeur, de très bonne humeur. Elle s'était lavé les cheveux, portait un polo flambant neuf avec suffisamment de boutons ouverts pour qu'on voit la moitié de ses nouveaux seins, et sentait le parfum.

Elle ouvrit, son téléphone à la main, l'embrassa, lui souffla : « Je termine mon coup de fil au plus vite » et alla se réfugier dans la pièce télé pour discuter tranquillement.

Violetta alla s'asseoir sur un fauteuil dans le salon. La grosse femme de ménage était là, souriante. Elle passait le chiffon sur les étagères de livres.

« Vous voulez une tasse de café ?

– Oui oui, dit Violetta. Merci. »

Violetta n'avait pas de mal à deviner à qui elle parlait. Elle soupira. Au moins elle tenait parole sur la drogue. Une ligne de temps en temps, grand maximum. Beaucoup d'herbe par contre. On ne la referait pas.

Publiquement, tout allait bien, en tout cas vraiment mieux. Amy faisait du sport, évidemment sans excès (« le billard compte comme sport, avait-elle ironisé, les jeux de fléchettes aussi »). Amy avait de nouveaux seins magnifiques (« je ne peux pas m'empêcher de les toucher en permanence ! » avait-elle commenté). Amy préparait un nouvel album.

Et officiellement, Mitch tenait le discours que les porte-parole d'Amy avaient toujours (plus ou moins) tenu : « Amy va bien. » Assorti de commentaires personnels, bien sûr, en fonction de l'actualité.

Violetta avait trouvé dégoûtant qu'il parle des implants mammaires de sa fille dans les médias. « Quand elle a maigri, ils ont commencé à tomber, elle est bien mieux comme ça. » Beurk. C'était bizarre. Et quand elle en avait fait la remarque à Amy, celle-ci avait répondu : « Mais tu rigoles… ce n'est pas de l'inceste, c'est normal que je lui montre mes nouveaux seins ». La semaine suivante quand elle avait été hospitalisée parce que ses implants lui faisaient mal, Mitch s'était encore surpassé en parlant aux journaux de « fuites » dans les seins. Elle était sortie très vite, rien de grave, elle plaisantait : « Ils ont pris froid parce que je les sors tout le temps. » C'était mieux de la savoir à l'hôpital pour un problème d'implants que pour des problèmes respiratoires ou une overdose.

Bref.

Violetta l'avait souvent au téléphone aussi : Mitch en était venu à la considérer quasiment comme l'infirmière de sa fille. Il s'inquiétait toujours énormément, quoique plus discrètement. Il était terrifié par deux choses : l'alcoolisme d'Amy, et Blake Fielder-Civil. L'alcoolisme, seul, il pouvait le supporter. Mais que Blake revienne dans le tableau et il deviendrait fou. Quand Blake avait écrit sur Facebook

« inutile de discuter avec le grand amour », Mitch avait hurlé sur Amy. Amy avait soupiré, nié, et finalement dit que Blake avait raison, qu'on ne pouvait pas discuter avec le grand amour. Elle avait raccroché en pleurant aussi. « Il a raison », avait dit Violetta, qui avait assisté à toute la scène, le lecteur de DVD sur pause.

« Qui, il ? avait demandé Amy. Papa ou Blake ? »

Voilà où elle en était.

La version officielle était décidément mensongère. Elle n'allait pas bien, et en tout cas, elle ne travaillait pas beaucoup. Elle écrivait de temps en temps et passait beaucoup de temps à jouer seule sur sa guitare des chansons qui le plus souvent n'étaient pas enregistrées. Elle n'avait rien fait de bon dans le studio que sa maison de disques lui avait installé à Sainte-Lucie, à vrai dire elle y avait à peine mis les pieds, et depuis son retour à Londres, le troisième album n'avait pas avancé d'un iota, elle avait au mieux quelques démos. On lui recommandait le repos. Du repos, encore du repos. Et de l'autre côté, on lui demandait de se reposer vite, de préférence, parce que son label attendait avec impatience le successeur de *Back to Black*.

Violetta sirotait son café en se tournant les pouces quand Amy entra dans la pièce, avec le sourire de quelqu'un qui vient de recevoir un prix.

« Ça va, Violetta ? demanda-t-elle d'un ton gai.

– Ça va. Et toi ? C'était Blake ?

– Eh oui, chantonna Amy. J'ai un truc à te dire.

– On ne peut pas discuter avec le grand amour ?

– Eh non, confirma Amy. On ne peut pas. »

Violetta sentit que ce « truc » n'allait pas lui plaire.

Le téléphone sonna de nouveau. C'était, apparemment, un journaliste. Amy lui dit qu'elle n'avait aucun commentaire à faire sur rien, en minaudant, puis elle monta dans sa chambre en évitant de justesse le tuyau de l'aspirateur que sa femme de ménage passait devant l'escalier.

Dix minutes plus tard, elle était revenue auprès de Violetta, elle tenait dans ses bras une bouteille de champagne et deux coupes.

« Celle-ci, je la gardais exactement pour cette occasion. »

Elle portait sa bague de fiançailles. Violetta avait vu juste.

« Arrête, Amy, ne me dis pas...

– Si, je te le dis, proclama Amy en ouvrant la bouteille. On va se remarier. On va se remettre ensemble et se marier.

– Quoi ?

– J'ai demandé Blake en mariage il y a deux minutes au téléphone, et il a accepté. »

Violetta tendit sa coupe en secouant la tête. Elle s'y attendait depuis si longtemps, finalement, qu'elle n'était même pas très véhémente.

Quand ils avaient changé leur statut Facebook, se déclarant de nouveau « mariés » sur le réseau social, Amy lui avait dit que c'était pour rigoler. Violetta n'était pas si bête.

C'est Mitch qui allait être content.

« Amy, ça n'a pas de sens... Vous venez de divorcer... Et tu sais comment il est... Tu m'as dit quarante fois que ce n'était pas possible. »

C'était possible, bien sûr.

« Il a juré de ne plus me tromper, dit-elle. On est faits l'un pour l'autre, qu'est-ce que tu veux que je te dise. Je suis trop malheureuse sans lui. C'est notre séparation qui n'avait pas de sens. »

Amy était effectivement rayonnante, constata Violetta. Elle ne l'avait pas vue arborer un tel sourire depuis des mois. Sauf peut-être quand elle était sortie de la clinique avec ses nouveaux seins.

Se remettre ensemble était certainement la pire chose qui pouvait leur arriver à tous les deux, et ils y allaient gaiement. Violetta vida sa coupe. Elle savait qu'elle imaginait toujours le pire, on le lui reprochait souvent. Mais une relation ne pouvait pas changer de fonctionnement. S'ils avaient passé leur temps à se droguer tant qu'ils étaient ensemble, ils se drogueraient de nouveau dès qu'ils se remettraient ensemble. Ça tombait sous le sens. Amy et elle en avaient discuté en long et en large.

Amy finissait toujours par se rendre à l'évidence. « Je l'aime, mais je dois le quitter. » Ce n'était pas un lapsus. Cette formule revenait très souvent dans sa bouche, alors qu'ils n'étaient plus ensemble depuis des mois. Et alors Violetta offrait sa compassion et sa compagnie. Quand elles en discutaient vraiment, ça se terminait toujours de cette façon-là. Amy éteignait son téléphone et elles regardaient des épisodes de *Six Feet Under* avec une bouteille. Amy pleurait souvent devant l'écran : après tout, c'était une série relativement grave. La plupart du temps, bien sûr, Amy ne voulait pas en parler. Elle coupait court, soupirait à fendre l'âme, traitait Violetta de cœur de pierre, disait qu'il fallait bien qu'elle console Blake puisque c'était sa faute s'il se faisait insulter dans les journaux.

Blake lui manquait trop. Qu'ils aient repris contact n'était une surprise pour personne. À l'époque, ce n'était pas un premier pas vers des retrouvailles amoureuses, attention. Il était simplement horrible et fabuleux de se donner les moyens de succomber à la tentation. Ils pouvaient se dire « je t'aime » et recommencer à tout moment.

Ils ne le faisaient pas. Au début, les coups de fil étaient essentiellement un instrument de torture, il n'était question que de leurs échecs. Une forme d'automutilation à plusieurs niveaux. Quelle tension, quelle excitation, que de litres d'alcool ingurgités dans la pénombre ! Quelle rigolade amère quand ils avaient décidé, pour déconner, de se dire de nouveau mariés sur Facebook.

Même s'il était évident qu'un coup de téléphone par jour minimum n'était pas ce qu'on pouvait appeler se séparer et encore moins accepter une séparation, Amy gardait le cap. Rupture.

Le romantisme effréné d'Amy s'accommodait en théorie très bien de cette rupture douloureuse mais nécessaire, sujet inépuisable de poèmes et de chansons. Amy serait courageuse. Amy se résignait. Son prochain album parlerait de souffrance muette et d'amour impossible. À ses yeux, replonger à demi dans cette histoire ne relevait pas du masochisme ou de la connerie adolescente, et n'était pas davantage un témoignage d'amour fou pour Blake. Les autres ne comprenaient rien. C'était simplement un succédané de Blake : un médicament de substitution, qui ne défonçait pas, mais prévenait le manque, dont elle avait tant souffert... Un succédané, d'accord ?

Mais dans ce cas précis, bien sûr, le prétendu médicament n'aidait pas à sortir d'une dépendance. Elle avait beau ne pas le toucher, c'était le vrai Blake qui était au bout du fil. Or, sans substitution, pas de médicament de substitution. Pas de guérison. Elle avait déjà replongé à demi, Amy ne se faisait pas d'illusion là-dessus. C'était si délicieux de le retrouver ! Mais elle tenait bon. Elle était d'accord pour continuer à souffrir, si c'était pour son bien, elle avait même composé une chanson là-dessus. C'était juste de plus en plus dur. Le remède était devenu vertigineux comme une drogue : la possibilité de reprendre un peu de Blake était bel et bien là. Or, le supplice de Tantale... merci. Provoquer la tentation pour y résister... Le concept l'avait fatiguée.

La cohérence n'était peut-être pas là où elle le croyait. Résister. Être tout d'un bloc. Quel ennui. Quelle erreur. Inutile de discuter avec le grand amour. Ou plutôt impossible de se contenter de discuter avec son grand amour. Elle avait ouvert les yeux et de vrais doutes avaient surgi, de vrais gros doutes, capables de faire péter toutes les barrières édifiées entre eux, sans problème. L'amour ne renaissait pas, il avait toujours été là, c'était une évidence qui n'avait eu besoin que de quelques semaines de coups de fil pour éclater au grand jour, comme avant, lorsqu'il leur suffisait de se voir pour savoir. Il leur suffisait aussi de se parler pour savoir. Ils attendirent assez longtemps avant d'en discuter ouvertement. C'était toujours « je me hais, j'ai tout fait rater », des larmes, et des « regarde-moi ce qu'ils écrivent sur ce site, ces salauds. Ils ont raison. Je suis un porc. J'ai gâché l'histoire d'amour de ma vie. » Et puis ils parlaient de Francesco ou des autres, des vivants, de chansons, du projet de documentaire de Blake, de sa désintoxication. Et un jour c'était arrivé : impossible de discuter avec le grand amour. La cohérence. Elle en rêvait, elle rêvait de constance, de vertu, d'abstinence, mais savait bien que ce n'était pas son genre, même si elle estimait avoir beaucoup changé depuis son époque junkie-au-bras-de-Blake. Elle baratinait son père, elle baratinait Violetta, les journalistes, tous ceux que ça intéressait. Mais cette fois, c'était terminé, officiellement terminé. Elle accueillait la tentation à bras ouverts. Blake et les tentations qui allaient avec. « *If loving you is wrong, I don't want to be right.* » Elle chantonnait encore. Elle était tellement soulagée. Elle avait déjà sifflé la moitié de la bouteille de champagne et disait que Blake allait adorer ses nouveaux seins.

Violetta était découragée.

Dans trois semaines, Amy serait retombée dans l'héro et le crack, et ce serait comme ça jusqu'à ce que l'un d'entre eux meure.

« Tu fais la gueule ? Bois un coup.

– Je ne fais pas la gueule, Amy. Mais tu sais ce que je pense. Blake et toi vous ne vous faites pas de bien.

– Tu n'as jamais été dans une chambre avec nous, rit Amy.

– Si, en plus, je l'ai été !

– C'est vrai, dit Amy, j'avais oublié. C'était vraiment grotesque, cette fois-là. »

Un soir où elle avait partagé une chambre d'hôtel avec Amy et Blake. Ils s'étaient défoncés et avaient fini par faire l'amour alors qu'elle dormait dans le même lit qu'eux, à cinquante centimètres.

« Je vais te dire ce qui est grotesque, moi... »

Amy soupira en riant, toujours rayonnante. « Violetta, putain... tu vas finir par ne pas être invitée au mariage.

– Ben ne m'invite pas... tu sais ce que j'en pense. Tu es en train de faire une grosse connerie. Et si tu penses que j'exagère, attends de voir ce que vont dire tes parents. Ça devrait être interdit, d'être con à ce point-là. Juste quand tu commençais à t'habituer... Si ce que tout ce qu'on a dit ces dernières semaines n'a servi à rien, j'aime autant m'en aller. »

Elle se montait la tête toute seule.

« OK, dit Amy. Si tu veux dégager, dégage. Je serai très bien toute seule avec Blake, t'en fais pas pour moi. Et merci pour tes vœux de bonne chance. Je te signale que Blake est clean. Il ne prend plus rien. » Et c'était son âme sœur. Pourquoi rester éloignés dans ces conditions ?

Violetta le savait bien, que c'était absurde.

Amy la rappela quatre heures plus tard. Elle était soûle, normal : il y avait toujours une bonne raison de boire. Une bonne nouvelle, une mauvaise nouvelle. Une vague inquiétude. Une immense inquiétude. Tout était bon en fait.

Violetta aussi avait un peu picolé.

« J'ai écrit une chanson qui s'appelle "Between the Cheats", annonça Amy. J'ai peur qu'elle soit prémonitoire. J'ai peur qu'il recommence à me tromper. Je crois que sa parole ne vaut rien. Il m'a appelée tout à l'heure mais je n'ai pas décroché. Je ne sais plus si je veux me marier.

– Bon, dit Violetta. Alors enlève cette bague de fiançailles, et ne décroche plus quand il appelle. C'est normal de succomber à la tentation, une fois, comme ça. Ça s'appelle une rechute. Ce n'est pas si grave. L'important, c'est de retomber sur ses pieds et de ne pas merder ensuite.

– Je ne décrocherai plus, promit Amy. Je ne décrocherai plus. Cette fois, j'ai compris. »

Le lendemain elle décrochait. Elle ne voulait pas lui faire de peine. Il fallait bien qu'elle lui explique. Elle ne pouvait pas le laisser dans l'incertitude, elle l'aimait trop pour ça. Elle allait lui dire qu'ils faisaient une erreur. Il fallait bien. Ils s'engueulèrent fort et elle éteignit son téléphone en pleurant. Elle pleurait presque en permanence depuis qu'elle avait décidé de se remarier. Ce n'était pas comme son premier mariage, ça, on pouvait le dire. Pas de sexe torride à Miami, pas d'amour fou, que des luttes incessantes, sous la pluie et dans le froid. Et pas de drogue.

Il lui avait dit des horreurs. « Et moi, est-ce que je peux te faire confiance ? Tu te bourres la gueule et tu te fais sauter par n'importe qui. Quatre hommes pendant notre mariage ! Enfin tu en as avoué quatre, mais qu'est-ce qui me dit qu'il n'y en a pas eu dix ! Il y en a eu combien ? »

Il avait le beau rôle car, en dépit des rumeurs, il n'avait absolument pas mis une femme enceinte en cure de désintoxication (une chômeuse célibataire avec deux enfants, avait lu Amy dans les tabloïds). Et tant qu'ils étaient mariés, il n'y avait eu que le mannequin allemand, prétendait Blake, en dehors bien sûr des femmes avec qui ils avaient fait des plans à plusieurs. Elle n'avait pas la preuve du contraire.

Mais Amy savait que depuis leur divorce il avait couché avec une adolescente, pas de quoi se vanter non plus. Elle était couchée sur son lit avec Blackie, elle se releva pour chercher son nom sur Internet. Elle l'avait su, l'avait oublié. Francesca Morralee. Seize ans, vit avec sa mère, a écrit sur Facebook qu'elle avait « un secret excitant ». Quel minable. Une gamine même pas majeure. Encore une blonde. Pourquoi fallait-il que ce soit encore une blonde. Elle tapa son nom sur Google images, comme elle l'avait fait à Sainte-Lucie en apprenant son existence par le *Sun* ou le *Mirror*. Une jolie petite blonde, avec le genre de petit minois que Blake trouvait irrésistible.

Qu'il aille au diable, lui et la sale race d'infidèles à laquelle il appartenait.

Elle décida de mettre sa bague de fiançailles en haut de l'armoire et de ne jamais, jamais la repasser à son doigt.

Elle l'aurait mise dans la boîte en forme de cœur qui contenait les mots doux et les souvenirs de Blake, mais elle l'avait jetée des mois plus tôt sur un coup de tête, quand Georgette avait vendu aux tabloïds une lettre qu'elle avait envoyée à son fils. Elle l'avait attaquée en justice tout de suite. Quelle famille épouvantable.

Là-haut, il y avait déjà leur photo de mariage et ses albums, qui menaçaient tout le temps de tomber. Et à l'étage au-dessous, il y avait des polos de Blake, un pull et les draps dans lesquels ils avaient dormi. Amy ne les avait pas jetés, mais elle n'utilisait plus les draps, bien sûr.

Cette fois c'était bel et bien fini, se promit-elle en balançant la bague de fiançailles à côté des albums et de la photo. Fi-ni. Elle envoya un SMS succinct à Blake : « j'ai mis ta bague aux chiottes ».

18.

SHEFFIELD, SEX CITY

« Sheffield, Sex City », comme chantait Pulp. Elle y avait déjà fait l'amour avec Blake... C'était quand, déjà ? Un an, facile. Plus. Deux ans. Elle avait joué à l'Octagon, un soir de mars. Elle avait oublié le concert, mais gardait le souvenir cuisant d'avoir dû attendre Blake des heures pendant qu'elle se tournait les pouces dans sa loge avec des envies de meurtre : embouteillages monstres, mon œil, il était plutôt en train de se défoncer chez un pote – voire une pote. Elle savait bien qu'elle avait tout de suite ajouté le féminin en pensée. Il ne décrochait pas quand elle appelait, il lui envoyait juste des SMS : bien la preuve qu'il ne se trouvait absolument pas dans une voiture sur l'autoroute ! Elle l'aurait étripé, et d'ailleurs elle avait envoyé chier tout le monde ce soir-là. Pas d'interviews, pas de photos, rien, et si je monte sur scène déjà vous serez bien contents. Et puis, pensait Amy avec honte, en fait il avait fini par prendre la bagnole, complètement défoncé, par sa faute il avait conduit pendant des kilomètres et des kilomètres alors qu'il aurait très bien pu avoir un accident, et c'était juste pour la retrouver, juste parce qu'elle avait réclamé. Il avait loupé le concert, mais au rappel il l'attendait en coulisse avec un gros paquet de coke.

À l'époque, ils venaient tout juste de se remettre ensemble. C'était normal qu'elle ait peur.

Elle monta dans la voiture, dit bonjour au chauffeur et mis aussitôt son iPod sur les oreilles.

Violetta savait pourquoi elles ne se verraient pas aujourd'hui. Elle lui en voulait à mort, mais Amy avait eu la flemme d'inventer une excuse, c'était reculer pour mieux sauter car de toute façon elle finirait par savoir. Amy aurait bien aimé qu'elle ne prenne pas tout ça aussi à cœur. C'était à se demander si elle n'était pas un peu jalouse.

Ike et Tina Turner dans les oreilles, elle écrivit, en s'y reprenant plusieurs fois, un SMS dont la dernière mouture était celle-ci : « Mon amour. Je suis dans la voiture. Chaque seconde qui passe me rapproche de toi. J'en suis malade de bonheur et d'excitation. Je t'aime pour toujours. » C'était pourri, mais sincère. Elle appuya sur « Envoi ». S'adossa à la banquette. Dans un peu plus de trois heures, elle serait dans ses bras : ça faisait long, mais le manque allait rendre le voyage passionnant et fabuleux.

Il répondit à son SMS au bout d'une heure de route. Tina Turner venait de terminer « I Want to Take You Higher », et la pluie s'écrasait régulièrement sur les vitres de la voiture. Mais le mauvais temps, qui l'avait accablée pendant des semaines à son retour de Sainte-Lucie, lui était bien sûr totalement indifférent.

Il avait écrit « mon amour, je fais un scrabble avec Leo (qui s'en va dans une heure) et je viens de placer ton nom ».

Amy gloussa. Il devait être défoncé, pour écrire des choses pareilles. De toute façon, si c'était vrai, c'était de la triche.

Depuis quand Blake jouait-il au Scrabble ?

Depuis qu'il avait arrêté l'héro ?

Leo était un ami de Blake, qui l'avait hébergé, et avec lequel, d'après ce qu'Amy avait pu lire sur Facebook, il fumait de l'herbe et sortait dans les endroits hype de Sheffield (l'association des mots hype et Sheffield la fit ricaner deux secondes). Sérieusement, il avait intérêt à être parti quand Amy arriverait. Amy ne venait pas pour jouer au Scrabble.

Et pas non plus pour prendre de la drogue. Forcément, en allant voir Blake, elle y pensait.

Elle n'avait pas de mauvais pressentiment, elle se contentait d'y penser.

Le SMS qu'elle reçut deux secondes plus tard de la part de Mick, le guitariste toxico de Babyshambles, disant « j'ai cru comprendre que tu n'étais pas à Londres aujourd'hui », avait quelque chose de légèrement alarmant. Cela voulait dire qu'il était encore en contact avec Blake. Elle rigola quand même. Ça faisait longtemps qu'elle n'avait pas eu de nouvelles de Mick. C'était cool. Elle but à sa santé. Car bien sûr, elle avait apporté une bouteille pour la route.

Elle avait demandé au chauffeur de la prévenir cinq minutes avant leur arrivée, pour avoir le temps de se remaquiller et de se recoiffer. À l'ancienne. À son signal, elle fouilla dans son sac et se repoudra. Elle avait pris un petit sac, vraiment petit, juste de quoi se changer pour le lendemain, parce que malgré leur enthousiasme au téléphone – non, leur passion brûlante – il n'avait pas été réellement question de rester à Sheffield ensemble, et elle ne voulait pas donner l'impression de le forcer. Si elle devait rester plus longtemps, elle se débrouillerait, elle ferait des courses dans les magasins hype de Sheffield. Elle sourit une fois de plus. Elle resterait pour la nuit, ça, au moins, elle en était sûre, Blake et elle avaient déjà discuté de leur future nuit d'amour. Magique et douce comme avant. Mais elle ne pouvait pas faire de plans sur la comète, pas encore. Elle sortit de la voiture en disant au chauffeur qu'elle ne savait pas au juste quand elle aurait à nouveau besoin de lui, lui donna le numéro de Raye pour qu'il se fasse payer une chambre d'hôtel, éventuellement pour plusieurs nuits, et puis lui dit qu'elle l'appellerait si jamais elle avait besoin de rentrer plus tôt. On ne sait jamais. Elle lui déballait tout ça de manière assez incohérente, mais le mec hochait la tête sans rien dire, il notait les numéros. Il l'assura qu'il dormait avec son téléphone allumé, ça faisait partie du deal.

Voilà. Elle y était.

Il lui demanda si elle voulait qu'il lui porte son sac, elle dit non. Elle vérifia le numéro de l'immeuble, dit au revoir au chauffeur.

Elle ne tenait pas à rester très longtemps dans la rue. Les passants la regardaient beaucoup. Sauf un mec en skate qui la dépassa à la vitesse de la lumière. Il se déplaçait sur le bitume avec la grâce et l'aisance d'un surfeur. Amy, qui s'apprêtait à composer le code, revit Miami et Sainte-Lucie. Les vagues, la chaleur, le mariage et l'adultère tout à la fois. Ils n'auraient pas quarante secondes chances. Non, ça non. C'était déjà absurde de recommencer. Elle ne recommencerait pas une fois de plus. Si ça devait marcher, ça marcherait maintenant.

C'était dur à admettre. Elle eut l'impression qu'elle allait faire une crise d'angoisse si elle tardait trop à composer le code, mais, de fait, elle n'arrivait plus à soulever le bras. Elle le regarda avec stupeur. Putain, un bras paralysé. Bouge, lui dit-elle comme Uma Thurman dans *Kill Bill*, et il bougea, mais un peu tard. La crise montait. Elle s'assit sur les marches pour fumer une clope, fixant le numéro de Blake sur son téléphone. Elle avait envie de boire un coup. Elle avait envie d'être au chaud. Elle avait envie d'être dans ses bras. Mais elle n'arrivait pas à se lever. Elle se foutait désormais totalement des passants et du chauffeur qui tardait à démarrer. « Vous avez besoin de quelque chose ? » demanda-t-il en baissant sa vitre.

« Non, non. Merci », répondit-elle, pensant « tu vas dégager oui ou merde ». Bientôt les gens s'arrêteraient pour lui demander des autographes. Il fallait qu'elle monte.

Elle appuya sur « Appel », en se disant, ça y est, je redeviens folle, je lui passe à nouveau des coups de fil sans aucune raison alors qu'il est là-haut, qu'il m'attend.

« Je n'ai plus le code », mentit-elle lorsqu'il décrocha.

« Attends, moi non plus, il faut que je recherche le bout de papier où je l'ai écrit. »

Elle entendait la musique derrière lui, du hip-hop, les pas de Blake, du papier qu'on froisse. Elle avait l'impression d'étouffer.

« 56B12, dit-il. À tout de suite, ma chérie. Monte vite, que je te serre contre moi. »

Elle eut l'impression que l'oxygène passait tout de suite beaucoup mieux. Elle avait juste besoin d'affection, en fait. Et si l'affection venait de Blake, tout allait pour le mieux. Elle gravit les marches quatre à quatre, en se désolant intérieurement de fumer autant. Elle s'essoufflait de plus en plus vite, c'était ridicule.

On avait prêté l'appartement à Blake pour une semaine. La plupart de ses affaires étaient dans des valises, plus deux cartons dans le salon. Le reste était dans un box, disait-il, mais il n'avait pas grand-chose à stocker vu qu'il ne possédait pas de meubles.

« Belle baraque, hein ? » dit-il en buvant une gorgée de bière.

Il faisait faire à Amy le tour du propriétaire. Ils en étaient au salon, où jusqu'ici ils n'avaient pas mis les pieds.

Le chauffage était à bloc. Blake était en caleçon, Amy avait piqué un peignoir siglé Dior dans la chambre.

« Ouais, dit Amy en inspectant le décor qu'elle jugeait un peu pompeux pour elle et surtout bourgeois à mort. Tu as dit qu'ils faisaient quoi, les propriétaires ? Ils n'ont pas trop de goût, à part cette photo-là – elle montrait la photo noir et blanc d'une femme nue allongée avec un tigre – qui est tout simplement kitschissime. Mais le peignoir de madame me va très bien. »

Blake haussa les épaules.

« Ce sont des amis des parents de Leo, je crois que le mec bosse dans un laboratoire pharmaceutique. Je ne sais plus.

– Dans tes rêves, dit-elle. À quoi ressemble l'armoire à pharmacie ? Il y a des échantillons ? »

Elle ne plaisantait qu'à moitié.

« L'armoire à pharmacie ressemble à la tienne, dit Blake. Une femme de la haute qui marche au Valium... Ne le prends pas mal. »

Elle n'avait pas besoin de fouiller, elle avait emporté ce qu'il fallait. Et pour l'instant elle était dans ses bras, que demander de plus.

Elle avait regardé vite fait dans la chambre : pas de trace de drogue.

« Tu ne les connais pas ? demanda-t-elle.

– Ben si, dit Blake, un peu, de vue. C'est grâce à Leo que ça s'est fait, de toute manière. »

Leo le bienfaiteur. C'était marrant de découvrir qu'un ami de Blake avait des connexions haut placées. Et juste un peu douteux. Elle dévisagea Blake. Regard un peu fuyant, pas trop. Mais elle était dans ses bras, que demander de plus.

Et l'important, c'était ce qu'il ferait après.

« Et après tu vas où ? demanda-t-elle alors que Blake commençait à lui résumer un article qu'il avait lu sur les laboratoires pharmaceutiques et leurs techniques pour s'en mettre plein les poches.

– Tu sais bien, tant que je n'ai pas été payé pour le doc, je suis coincé, dit-il. Mais t'en fais pas, ça ira. Je pars d'ici dans cinq jours, ensuite je retourne chez Leo, ensuite je verrai bien. » Il haussa les épaules. « Je serais bien resté chez Leo, moi, mais le problème, c'est qu'il est tout le temps là. » Il l'embrassa dans le cou. « Or ce n'est pas pratique pour tirer un coup avec ma femme. »

Amy pensait : pour tirer un coup avec ta femme, le plus pratique, ce serait de revenir à Londres. Mais elle répondit : « Je t'aime, Blake.

– Moi aussi, chérie, dit-il en regardant autour de lui.

– Merde. Je perds sans arrêt mes feuilles. J'ai perdu l'habitude d'avoir autant d'espace. »

Parfois on ne pouvait pas l'arrêter quand il commençait à causer prison, parfois il passait à autre chose vitesse grand V. Cette fois-ci il ne s'étendit pas, au grand soulagement d'Amy. Ils avaient sûrement de plus belles choses à se dire.

« Elles doivent être dans mon jean. » Il fonça dans la chambre, revint avec ses feuilles et un peu de shit. « Il faut faire attention à tout, ici, soupira-t-il. Je devrais même faire le ménage, si ça se trouve. »

On voyait bien que cette éventualité lui paraissait totalement hors du domaine des possibles. Amy reconnaissait bien là son Blake. Flemmard et fuyant.

Elle était vexée. Pourquoi ne pouvait-il pas dire « je vais venir revivre avec toi », et « remarions-nous pour de vrai » ? Juste après avoir fait l'amour : c'était pourtant le moment idéal pour de fausses promesses, qu'on ne pense pas et qu'on ne tiendra pas. Alors pourquoi ?

Blake était d'habitude un pro des fausses promesses ! Jamais en retard pour raconter n'importe quoi, quel que soit le sujet. Là, elle ne le reconnaissait plus.

Il pensait à autre chose. « Regarde le pognon qu'il y a ici, dit-il. Je ne sais même pas pour combien il y en a dans cet appart. »

Ils avaient fait l'amour pendant une heure. Ils s'étaient relevés pour chercher à boire et à manger, et quand Amy, après exploration du congélateur, avait demandé si c'était bien moral de prendre à manger dans ce frigo, et tout spécialement cette pizza nordique qu'elle tenait à bout de bras, Blake avait répondu que la pizza était à lui, qu'il avait fait les courses il y a deux heures. Typiquement un bon vieux gros mensonge. Blake n'avait jamais fait les courses, et sauf si ça faisait partie de son programme de réhabilitation post-prison ou post-cure, elle ne voyait pas pourquoi il commencerait maintenant.

La pizza cuisait dans le four.

« Enfin, au moins je peux te recevoir dans un cadre digne de toi, dit-il. Va voir dans les penderies de la chambre. La bonne femme ne s'habille que chez les créateurs.

– Du moment que ce n'est pas Alexander McQueen », dit-elle en grinçant des dents.

Elle cherchait des yeux un jeu de Scrabble. Rien.

Blake ne lui racontait que des conneries.

Elle n'avait aucun moyen d'en être sûre, et elle ne voulait pas envenimer les choses en lui posant la question directement, si c'était faux elle passerait pour une paranoïaque absolue, et si ça se trouve, elle se posait uniquement la question parce qu'elle était vexée par son manque d'engagement. Mais putain, s'il ne connaissait pas ces gens, s'il n'avait pas le droit d'être là, et si quelqu'un prévenait les flics, elle ne lui pardonnerait jamais. La dernière fois, elle avait déjà été bien trop bonne de lui prêter de l'argent pour essayer de faire taire ce con de barman à qui il avait cassé la gueule.

« Et ce Leo, tu l'as rencontré comment ?

– En cure de désintoxication, dit Blake. Je te l'ai déjà dit. »

C'est vrai. Encore un enfant de chœur.

Et après ?

Amy sortit la pizza du four.

Comme disait Blake, fan de Pizza Hut, la pâte était un peu fine, mais ça irait.

Une preuve supplémentaire qu'il n'avait absolument pas acheté cette pizza lui-même.

Blake s'installa par terre devant la table basse du salon. Il passait la main sur la table comme pour la lisser, besoin de s'occuper sans doute, et Amy découpait la pizza, en petites parts (sa technique pour ne pas avoir l'impression de se goinfrer). Ils n'avaient jamais vécu ces petites scènes domestiques ordinaires, avec leur plein potentiel d'ennui. Jadis, quand ils passaient à table, car ça leur arrivait aussi entre deux lignes d'héro, ils étaient préoccupés par des questions aujourd'hui poliment envoyées aux oubliettes, où et quand en trouver, et en quelle quantité, des tas de calculs qui mine de rien occupaient une bonne partie des conversations. Et maintenant qu'ils arrivaient enfin à se faire des petits repas tranquilles, ce qui n'était pourtant pas forcément l'idéal d'une vie, se disait Amy, ils n'étaient plus mariés, et plus vraiment ensemble. S'il n'y avait pas de blanc dans la conversation, demeurait néanmoins ce grand sujet tabou que personne n'osait aborder : que devenaient le roi et la reine de Camden ? Allaient-ils se remettre en couple et faire de beaux héritiers ?

C'est là que ça coinçait, là que ça tournait déjà à l'aigre. Ils n'en avaient pas parlé. Du tout. Amy ne voulait pas mettre le sujet sur le tapis elle-même. Elle voulait être désirée, elle voulait qu'il veuille recommencer, lui, autant qu'elle, plus si possible, qu'elle soit rassurée de faire le bon choix.

Elle n'était pas en colère.

Depuis que Blake était parti en prison, la tristesse avait remplacé la colère dans tous les domaines qui auraient dû la faire hurler. La tristesse, voire l'indifférence. La presse ? Elle s'en foutait. La maison de disques et ses exigences ? Idem. Pas son problème. La relation avec Blake, en revanche, était redevenue une source de chagrin constante.

« Violetta vit toujours à moitié chez toi ? »

C'était peut-être ça qui lui faisait peur.

« Non, elle ne vit pas chez moi, elle vient prendre le thé, c'est tout, elle reste de temps en temps le soir. Je suis seule, c'est pour me faire plaisir. Et bon, ses histoires avec son coloc n'ont pas l'air parties pour se régler facilement.

– En plus elle a un job de merde, c'est ça ? Elle est quoi, assistante d'un dentiste ou un truc comme ça ?

– D'un médecin.

– Encore une qui sauve des vies. Et elle termine à 17h comme vous et moi ?

– Comme ni toi ni moi, répliqua Amy. Mais oui.

– Ça m'énerve, marmonna Blake, la bouche pleine. Qu'est-ce que tu lui trouves ? Je suis sûr qu'elle ne peut pas me blairer. »

C'était reparti.

« Tu es paranoïaque », dit Amy.

Elle le regardait tandis qu'il se levait pour rechercher une bière – sans lui demander si elle en voulait une autre. « Merci pour moi, ironisa-t-elle.

– Désolé, s'excusa-t-il, l'habitude de vivre seul. »

Blake avait énormément changé. Bon, il n'avait pas perdu son sens de l'humour, il était toujours très câlin, c'était toujours un super coup, ça au moins, on ne le leur enlèverait pas, ils faisaient très bien l'amour ensemble. Mais il n'était plus jamais tranquille, comme en permanence sous coke. Il se tenait plus droit, il habitait son corps autrement, même sa démarche était différente.

« La prison t'a beaucoup changé », dit-elle. Elle avait à la fois envie de se punir et de se venger du refus de Blake d'aborder le sujet de leur avenir commun : à son sens il aurait dû être fait de roses et de babils d'enfants, pas d'hésitations et de pas en avant suivis de pas en arrière. Avant, la veille encore, il voulait tout avec elle, le mariage, les gosses, maintenant, non. Il y avait de quoi être blessée. Mais bien sûr, on n'y peut rien, la prison vous change. On vit au jour le jour. On ne peut plus vraiment faire de projets. Elle comprenait, maintenant. La prison est faite de rêves uniquement. À la sortie je ferai ci, je ferai ça. Et demain, je ne ferai rien.

« Ouais, confirma Blake, tu n'es pas la première à me le dire. Maman m'a dit que je parlais même différemment, parce que j'ai utilisé des mots d'argot devant elle. Elle débloque. L'argot de la prison, c'est le même argot que chez les toxicos. Forcément. Mais enfin, oui… je ne sais pas ce qui m'a le plus changé, la prison ou la cure de désintoxication. »

Sujet encore plus sensible pour tous les deux. Bien joué.

« Tu avais l'air de dire que ça t'avait finalement fait du bien », dit Amy.

Il disait ne prendre plus rien. En dehors des pétards bien sûr, mais ce n'était quasiment pas de la drogue.

Elle espérait tout de même que c'était vrai, qu'il ne l'avait pas baratinée là-dessus. Et espérait qu'il l'avait un peu baratinée, parce que cela aurait peut-être signifié qu'il voulait la récupérer pour de bon, elle qui avait tout arrêté.

Mais en vérité elle était déjà lasse de cette discussion. Ils ne faisaient que ressasser.

« Ben, dit Blake. Il y a plusieurs problèmes. Tout ce lavage de cerveau… Ils m'ont donné l'impression que je ne devais plus dépendre d'aucun produit. Presque que je devais vivre d'air. Je me sens coupable de fumer des pétards.

– Ça passera, assura Amy en se marrant.

Ce n'était pas spécialement divertissant, mais ça au moins, elle ne l'avait pas déjà entendu cent fois. Il ne lui disait pas du tout la même chose qu'au téléphone.

« Les premiers temps, je me méfiais même quand je mangeais. Parce que j'avais peur de ne plus pouvoir arrêter. »

Blake avait l'air à la fois énervé et terrifié, comme lorsqu'ils parlaient de drogue dans le temps. De s'arrêter, de continuer.

Des souvenirs de crises de boulimie lui revinrent, manger pour ne plus penser, des moments atroces.

« C'est sûr qu'une dépendance chasse l'autre, dit-elle. C'est fatigant. »

Et ça, c'était dans le meilleur des cas, car elle arrivait très bien à cumuler les dépendances et lui aussi.

« Comment fais-tu, toi ? demanda Blake, comme si elle avait la réponse à toutes les questions.

– Tu sais bien. Je bois, dit Amy, qui ne voulait pas se retrouver dans la position d'une conseillère, surtout pas, et surtout pas sur ces sujets-là, mais qui l'était toujours, par la force des choses, parce que les gens pensaient que les célébrités avaient obligatoirement un avis plus intéressant que les autres. Je bois beaucoup. »

Blake la regardait d'un air désolé. Mais pas surpris du tout, elle avait descendu des bouteilles et des bouteilles au téléphone avec lui et ne s'en était pas cachée. Et puis il avait dû voir les photos sur Internet.

Elle se racla la gorge. « Remarque, j'essaie de ne pas boire tant que ça. Ce qui marche bien, c'est d'essayer de penser au prochain verre d'alcool. Au moment où on se sentira bien. Cette pensée aussi fait tenir. Mais ça fait une vie douloureuse. »

Elle ne croyait pas trop à ce qu'elle disait.

Ils mangeaient. La pizza était correcte, sans plus. Amy avait toujours préféré avec plus de fromage.

Elle ne pensait déjà plus à ces histoires de drogue, d'alcool et de désintox. Elle était revenue à eux. Rien d'étonnant à ce que le sujet de leur avenir soit tabou, selon toute vraisemblance, qu'ils restent ensemble ou non, les choses seraient dures. Il hésitait. Et puis voilà. C'était à cause de tels doutes qu'ils s'étaient séparés par le passé. Pas parce que c'était impossible entre eux, mais parce qu'il fallait se remuer pour que ce soit possible. Mais se remuer, alors qu'on vient d'arrêter de se droguer, alors qu'on vient de divorcer, qu'on est triste à mourir...

Blake ne lui avait même pas répondu quand elle avait parlé de vie douloureuse.

« Tu en es où de ce documentaire ? Ça doit être déprimant aussi, de voir des prostituées toute la journée.

– Je commence à devenir un monstre, dit Blake. Je m'habitue à leurs histoires horribles.

– Des viols, marmonna Amy en mâchonnant un bout de pizza.

– Oui, souvent c'est ça. Il y en a une qui s'est fait violer par son père, et qui raconte ça avec l'air de s'excuser. Je la revois demain, d'ailleurs. »

Il soupira.

« Ouah, dit Amy. Kim, tu sais Kim l'escort-girl ? Il ne lui est jamais rien arrivé. »

Amy repensa au corps parfait de Kim. Amy, elle, était couverte de cicatrices.

Il y eut un silence un peu lourd, puis Amy demanda : « Est-ce que je peux rester demain ?

– Oui, bien sûr.

– Tu revois Kim ?

– Je l'ai revue une fois, en revenant de Sainte-Lucie, c'était avant qu'on recommence à se parler. On a discuté, en fait je n'avais pas trop le moral, et elle non plus. On a discuté de certaines choses. Je pense qu'elle ne m'a pas menti. Les gens me racontent toujours leurs histoires horribles. »

Blake rit.

« Tu vois, je peux être monstrueuse aussi, si je veux.

– Tu ne m'apprends rien, dit Blake en rigolant de plus belle. Bon, en tout cas, c'est vrai que ça a un côté déprimant. Au quotidien leur vie est de la merde, elles se sont à peu près toutes tirées de chez elles très tôt, donc pas moyen de faire autre chose que pute ou caissière, elles ont beaucoup d'histoires de dope, des gosses. Et pas de mec.

– Ça a l'air horrible », soupira Amy. Elle se racla la gorge. « Kim m'a toujours dit que son métier ne la dérangeait pas, mais évidemment, c'est plus facile quand on prend 1 000 livres par heure.

– Elle prend 1 000 livres ?

– Je ne sais plus. Je disais ça comme ça. »

– Je devrais peut-être l'interviewer.

– Elle ne voudra jamais. »

Elle se resservit de pizza. Blake disait : « Beaucoup se droguent. C'est hyper dur de voir des gens se droguer. Je me doutais bien que ça allait être comme ça, qu'elles seraient toutes à moitié toxico, mais quand même, je n'imaginais pas que ce serait aussi dur. Tu sais ce qui m'aide, dans ces cas-là ?

– Non, dit Amy.

– D'avoir une caméra. C'est con, mais ça aide. Ça occupe.

– Elles ont quel âge ?

– Ça dépend. Sur les cinq que j'interviewe, trois ont moins de trente ans. Une seule a plus de quarante. »

Amy sentit un vague pincement de jalousie. Évidemment qu'elle imaginait Blake au lit avec une de ces putes toxicos. Grand, sexy, toxique. Il était forcément leur genre.

« Et ça avance ?
– Quoi ?
– Le film.
– On a encore du boulot. »

Amy alla s'asseoir sur les genoux de Blake. Sans conviction. Une fois dans ses bras elle se rappelait des moments où il était beaucoup plus important et vital de le toucher.

« Le problème c'est que sans drogue on s'ennuie », soupira-t-il.

C'était bien vrai. Une sorte d'ennui permanent qui se transformait très vite en angoisse. Ne s'ennuyait-elle pas sur ses genoux, maintenant ?

« D'autres choses retrouvent de l'importance. L'importance qu'elles avaient perdue avec la drogue. Comme l'alcool », plaisanta-t-elle.

Elle pensait : il y aussi l'amour, ça c'est urgent. Mais elle ne dit rien, parce que ça allait deux minutes de faire la jeune mariée rougissante, quand on venait de divorcer. De l'eau avait coulé sous les ponts, depuis elle avait perdu son innocence vis-à-vis de Blake, et puis était-elle encore sûre de ressentir cet amour-là, urgent et important, alors qu'il y avait eu tant de non-dits et de saloperies entre eux, et qu'elle s'emmerdait sur ses genoux ? Elle ne savait pas trop. Ils étaient de toute évidence plus proches de la fin que du début, comme le voulait le mot divorce. Et ils ne trouvaient que des horreurs à se dire. C'était glauque. Ce n'était plus possible.

« La vie est plus vide. Tu sais, je crois que quand je me suis tapé ces filles en cure de désintoxication, c'était parce que la drogue me manquait. »

Super.

Ils avaient pensé à la même chose en même temps : la dépendance dans le domaine amoureux, sauf que lui avait pensé uniquement au côté sexuel. Ah ça, Blake, on ne l'aimait pas pour son tact.

Sans doute n'était-il pas dépendant d'elle, et puis c'est tout.

Elle était fatiguée. C'était tout sauf une déclaration d'amour. Elle voyait bien que ça ne marcherait pas.

« Mais tu es la femme avec laquelle je baise le mieux, la seule avec qui j'ai vraiment envie de baiser, chérie. »

Ils explorèrent la discothèque des propriétaires – pas mal fournie – puis repassèrent dans la chambre pour faire l'amour. Il ne se lassait pas de ses nouveaux seins. « C'est comme si j'étais avec une autre personne », s'émerveillait-il. Amy le traita de salaud, il lui répondit : « C'était pour rire, ça va. » Elle était flattée tout de même, ils se réconcilièrent. Ils firent l'amour jusqu'à être épuisés, jusqu'à ce qu'Amy n'éprouve plus ni désespoir, ni regret, juste un intense bien-être post-coitum.

Elle se leva dans la nuit pour boire une bière et fumer un pétard. C'en était déjà fini de la rigolade. Les idées noires revenaient d'un coup, elles n'étaient en rien dissipées par l'alcool ou l'herbe, qui ne dissipaient plus grand-chose à petites doses.

Il n'y avait pas d'avenir pour eux.

Amy avait du mal à identifier ses sentiments. Elle était agitée, triste, soulagée, curieusement en paix. Elle avait eu sa dose de Blake, elle n'en voulait plus. Elle pouvait donc partir, et si la voiture l'avait attendue en bas en ce moment même, c'est peut-être bien ce qu'elle aurait fait. Elle se serait allongée à l'arrière et aurait dormi, tranquillement. Elle n'aurait pas eu besoin de sentir son corps contre le sien. Pas du tout. Elle serait arrivée chez elle à l'aube, se serait recouchée, puis son père aurait appelé et elle lui aurait expliqué que son départ pour Sheffield avait été une tragique erreur.

C'en était une. Mais la voiture n'était pas en bas, elle avait la flemme d'appeler, elle était fatiguée.

La paix ne durerait pas. Qu'allait-elle devenir si elle n'avait plus besoin de lui ? Que deviendrait-elle sans sa drogue ?

Il fallait qu'elle ait quelqu'un à écouter. Quelqu'un à aimer.

Amy consulta son téléphone en buvant sa deuxième bière.

Bien sûr, un coup de fil de Mitch, un autre de Violetta, un de Andrew, un de son manager, de sa publiciste. Elle lut le SMS de sa publiciste purement pour se divertir. « Ne te montre pas avec lui quand tu sortiras. » Amy rigola par automatisme. C'était plus révoltant que drôle.

Blake entra dans le salon. « Pourquoi tu te marres ? Et pourquoi tu restes dans le noir ? »

Il alluma et s'approcha, sans laisser vraiment le choix à Amy.

« Quelle pute », dit-il en lisant le SMS, et, comme il l'avait déjà affirmé cent fois en des temps meilleurs (si l'on peut dire) : « Tu es entourée de gens qui nous haïssent. Il y en aura, des obstacles. »

Il hocha la tête d'un air dégoûté. À ses yeux, alors, ils étaient ensemble ?

Amy le regarda. Juste vêtu d'un jean, torse nu, il était vraiment, vraiment sexy.

Elle n'était plus si sûre de ne plus l'aimer. Elle se haïssait, en revanche. Comme elle se haïssait.

« Ils ne me haïssent pas, dit Amy. Et toi non plus. Ils pensent juste que sans drogue on ne peut pas fonctionner comme couple, ils pensent juste que si on reste ensemble on va forcément retomber dedans. »

Elle citait presque exactement les propos de Violetta, de Mitch et de Raye, qui sans se concerter (quoique...)

employaient le même ton et les mêmes expressions. Elle avait du mal à parler tant sa haine d'elle-même était forte.

Blake la regarda, l'air misérable.

« C'est ce que j'ai toujours pensé, et c'est de ma faute.

– Ils ont peut-être tort, dit Amy, qui étouffait intérieurement et ne savait plus ce qu'elle pensait au sujet de rien.

– Traite-la de pute de toute façon, dit Blake.

– Je vais boire un verre d'eau, dit-elle. Je reviens. »

À la cuisine, elle s'appuya contre l'évier, fit couler l'eau, se rafraîchit le visage. Il faisait trop chaud ici.

Elle allait mieux, maintenant.

Elle lança, de loin : « Tracey préfère les réponses constructives, c'est-à-dire qui vont dans son sens et de manière polie », et reprit le chemin du salon tout en continuant. « Et puis tu rigoles, ce n'est déjà pas le professionnalisme qui m'étouffe, et elle c'est une businesswoman aux dents longues et acérées, le jour où je lui parle comme ça, le lendemain tout ce qu'elle a réussi à étouffer à mon sujet sort dans le *Sun*.

– Par exemple avec Kim, rigola Blake.

– Si ça, c'était sorti... Mon Dieu. »

Elles s'étaient fait des traits de coke sur le comptoir chez Nambucca, la salle londonienne. En été, il y a deux ans. Elles étaient démolies, elles n'avaient pensé à rien. Il y avait eu des photos. Ensuite elle s'était fait un trait de coke dans la rue, avec Kim toujours, et là encore, photos. Tracey avait immédiatement menacé tout le monde de procès, sachant que les photos étaient floues et avaient raté les moments clés du snif, elle avait toute légitimité et les journaux s'étaient défilés. C'était surtout pour la carrière de Kim que leur parution aurait été dommageable... elle, le *Daily Mail* l'aurait littéralement réduite en poussière.

« On en a fait des conneries, dit-elle en rigolant. Ça fait des mois que je n'avais pas pensé à cette histoire. Même en revoyant Kim. »

Bien sûr, Amy pensait beaucoup plus aux moments qu'elle avait passés à se défoncer avec Blake. Elle regrettait tant de les avoir vécus – vu que leur beauté ne pouvait se mesurer à rien d'autre – maintenant qu'il était peut-être possible de vivre avec Blake quelque chose de très différent. Un mariage heureux, avec des gosses. Blake pourrait faire des documentaires. Et elle perdrait totalement l'inspiration, mais ce ne serait pas si grave. Elle n'était plus très inspirée sans lui, d'ailleurs. Et puis tôt ou tard il prendrait une maîtresse et cela signifierait peut-être un renouveau créatif fulgurant. Elle plaisantait. Elle alla éteindre. Les photos l'agressaient. Surtout la bonnasse avec son félin.

Il était dans la chambre. Il parlait au téléphone.

Putain. S'il était en train d'acheter de la drogue elle le bousillerait, certainement. Ou alors elle en prendrait avec lui ? Un petit trait, juste comme ça, ce serait tellement beau. Cela la soulagerait d'un tel poids.

Elle ne comprenait rien à ce qu'il disait. Tant pis.

Elle attendit que le silence se soit fait dans la chambre pour entrer.

« C'était qui ? »

Elle avait essayé de parler sur un ton anodin.

« Leo, dit Blake en haussant les épaules.

– Qu'est-ce qu'il voulait, à cette heure-ci ?

– Rien, dit Blake. Il voulait juste savoir ce que je faisais. Putain, ce n'est pas criminel.

– Tes amis toxicos ne font jamais rien de mal, dit Amy.

– Mais arrête, dit-il, qu'est-ce que ça peut faire que je parle à Leo. Viens. »

Il la prit dans ses bras et l'emmena dans la chambre. Ils finirent leurs bières au lit, en parlant de choses et d'autres, Amy ne voulait plus penser à rien de douloureux.

La prostituée était blonde platine, très maquillée, et elle portait un manteau épais et une énorme écharpe en laine torsadée. Elle eut l'air un peu étonné en voyant Amy ouvrir la porte. Amy aussi : elle pensait que c'était le livreur de sushis. Elle était, cela dit, rassurée de la voir et de lui trouver un physique assez ordinaire.

« Oh putain, dit la fille. Qu'est-ce que vous faites là ? Pardon, bonjour, mais qu'est-ce que vous faites là ? »

Elle avait l'air un peu angoissée. Elle enleva son manteau et découvrit un top noir au décolleté avantageux.

« Bah je suis la femme de Blake, dit Amy. Je ne sais pas s'il est prêt. Asseyez-vous dans le salon. Je vais voir s'il reste du café, vous en voulez ?

– Ouah, merci. Pas commun comme situation, dit la fille. Mais je préférerais une bière, si vous avez. »

Amy fit mine de ne pas avoir entendu. Ils avaient fini les bières tout à l'heure, il ne leur restait plus que deux bouteilles, une de whisky et une de vin, que Blake soupçonnait d'être un grand cru difficilement remplaçable à l'épicerie du coin, et qu'elle n'était pas censée ouvrir.

Alors voilà à quoi ressemblait l'héritière du ponte du labo pharmaceutique. C'était déprimant.

Blake lui avait expliqué la situation tout à l'heure. Bien obligé. Plus tôt dans la journée, alors qu'ils étaient encore au lit – ils y passaient la plus grande partie de leur temps ensemble – Amy avait fini par se demander, et donc par lui demander à lui, pourquoi il avait rendez-vous avec la fille ici : n'était-ce pas tout sauf professionnel, est-ce qu'il ne se foutait pas de sa gueule ? Et pouvait-il jurer qu'il n'avait pas eu au départ l'intention de la baiser derrière son dos ? Le ton était monté malgré elle.

« C'est chez elle, avait-il fini par avouer. Elle a grandi ici. Je l'ai rencontrée par l'intermédiaire de Leo, et on a monté tout ça à la fois pour que toi et moi on ait un endroit où dormir et pour pouvoir interviewer la fille chez ses parents, qu'elle ne veut plus voir. Il fallait attendre qu'ils soient partis. »

L'histoire avait sonné Amy. Quel retournement de situation ! C'était d'une violence invraisemblable.

« Elle n'est pas revenue ici depuis combien de temps ? »

Blake lui avait dit de ne pas exagérer. Ce ne serait pas la première fois depuis qu'elle avait quitté ses parents, bordel.

« Tu me fais dormir dans le lit d'un violeur, avait-elle constaté.

– Tu crois que quand j'étais en taule, les précédents occupants de ma cellule étaient des braves types ? »

Ensuite elle avait voulu tout savoir : son nom, son âge, si elle était jolie.

Elle avait fait jurer à Blake qu'il ne lui avait pas donné rendez-vous ici pour la sauter. Mais non. Pas ici. Bien sûr que non. « Tu te rends compte de ce que tu dis ? » Il n'avait jamais même pensé en ces termes à aucune des prostituées qu'il avait interviewées. « Pourquoi est-ce que je me taperais une pute alors que je n'ai pas une thune ? »

Il n'avait même pas voulu la blesser, il avait juste trouvé l'occasion de faire le malin.

Amy lui avait tourné le dos dans le lit, en bouillonnant. Elle s'efforçait de rester calme alors qu'elle avait envie à la fois de lui en foutre une et de le voir faire un geste dans sa direction. Une excuse, un je t'aime, à lui de voir. Elle attendait. Elle dramatisait déjà. S'il ne le fait pas, c'est fini. Elle était très choquée par ce qu'elle venait d'apprendre, elle mélangeait tout, savoir qu'un violeur avait dormi à sa place lui donnait envie de saccager la pièce.

Fort heureusement, Blake était venu se coller contre elle dans le noir. Amy s'était félicitée d'avoir réussi à faire la gueule ne serait-ce que cinq minutes puisque ces cinq minutes l'avaient poussé à recoller les morceaux de lui-même. Ils avaient refait l'amour. Ils l'avaient peut-être fait une demi-douzaine de fois en quelque vingt-quatre heures.

C'était sans doute le signe que ça pouvait encore marcher entre eux.

En allant laver les tasses dans la cuisine, elle entendit Blake qui se précipitait sur la fille, et retint tout particulièrement un spectaculaire « Annette, on va filmer dans la chambre », dit haut et fort, exprès pour la rendre jalouse.

Amy se sentit rougir de colère au-dessus de son évier. Elle posa la tasse sèchement dans l'égouttoir.

Quelle idée horrible.

Le lit n'était même pas fait. Ah, ça allait être très poétique de filmer dans cette subtile atmosphère faite de taches sur la couette et d'odeur de fauve. C'était tout bonnement dégueulasse. Bien sûr que la jeune interviewée avait l'habitude de ce genre d'ambiance, elle en avait fait son métier, mais voilà, Amy ne montrait pas ses draps tachés à tout le monde, merde.

On sonnait. Cette fois, c'était le livreur de sushis.

Amy paya et soupira. C'était un mauvais jour. Une part d'elle-même avait envie d'envoyer tout bouler, Blake, Sheffield, Londres, le monde entier. C'était sûrement très adolescent, mais elle n'y pouvait rien. Naturellement, quelque part en elle, il y avait aussi un fond idéaliste qui voyait des petits cœurs partout (tout aussi puérilement), mais c'était la part la plus noire qui l'emportait, parce qu'elle avait du poids, un poids physique, elle lui pesait sur les épaules, sur la poitrine, elle l'empêchait parfois même de respirer. Et ce n'était peut-être pas la part la moins lucide. Ne serait-ce pas quand même beaucoup plus simple, de mourir là maintenant ? Elle regarda par la fenêtre, mangea un sushi. Elle s'ennuyait. Elle était stressée. Elle en avait par-dessus la tête de toutes ces histoires répugnantes d'inceste, et l'autre qui ne comprenait rien, qui ne demandait rien, qui s'était enfermé avec une prostituée dans sa chambre... Merde, mais merde.

Amy s'engagea dans le couloir, une tasse de café froid à la main. C'était bien sûr un prétexte, elle voulait savoir ce qu'ils fabriquaient.

Ils avaient fermé la porte.

Elle n'entendait rien.

OK, très bien. Elle connaissait la perversité de Blake. Il ne reculait devant rien, et il adorait la pousser à bout, rien que pour une preuve d'amour supplémentaire. Si on ne lui prouvait pas en permanence qu'on l'aimait, il se sentait rejeté comme un gamin perdu sans son doudou. Ah le con, il allait la forcer à se ridiculiser.

Elle ouvrit la porte de leur chambre.

Il n'y avait personne.

Ils étaient dans l'ancienne chambre d'Annette, bien entendu. La pièce un peu plus loin à droite. Blake la lui avait montrée quand elle était arrivée. Elle servait aujourd'hui plus ou moins de débarras.

Amy repartit vers la cuisine. Quelle horreur. Violer une gamine puis transformer sa chambre en débarras. Elle avait de plus en plus envie de se foutre en l'air.

Annette se resservit un verre de whisky.

« Le vrai problème dans ma vie, c'est que les pubs ferment trop tôt. J'ai pas encore fini. Donc du coup je ne fais jamais de rencontres normales ! »

Amy s'esclaffa. Elle était bien bonne. « Par contre question tarés... » Annette fit un geste qui signifiait « ah ça, j'en rencontre des pelletées ».

Amy eut une moue désillusionnée.

« Les hommes, dit-elle, Blake bouche-toi les oreilles s'il te plaît... »

Annette sourit.

« Les hommes, continua Amy d'une voix mal assurée. On leur en demande toujours trop... Ils ne sont capables de rien et on leur demande de réparer tout ce qui nous est arrivé de mal... »

Blake la regardait en soupirant. Il avait l'impression d'espionner deux gamines de douze ans.

« C'est quoi le pire truc que t'ait fait un mec ? »

Il leva les yeux au ciel. Amy réfléchissait. Elle réfléchissait vraiment profondément.

« Je peux pas le dire devant Blake », glapit-elle en riant.

C'était trop. Une heure qu'ils étaient là à boire des coups avec cette pauvre fille, Amy allait lui raconter je ne sais quelle broutille alors qu'elle, elle s'était fait violer par son père, enfin quoi, un peu de décence... et en plus elle en avait après lui. C'était clair comme de l'eau de roche, elle allait raconter une de ses tromperies, ou je ne sais quoi.

« Eh bah je n'ai qu'à aller chercher à boire, dit Blake.

– Super », s'exclama Amy.

Elle était trop soûle pour se rendre compte qu'il avait envie de se tirer. Chez Leo, au pub, n'importe où. De l'air !

Elle se leva en chancelant pour aller chercher son portefeuille.

Son sac était dans le salon. Blake la suivit, laissant Annette seule dans la cuisine avec la bouteille de whisky.

« Tu es complètement bourrée, dit-il. Je me casserais si on n'était pas dans un appartement qu'on m'a prêté à moi, et si je n'avais pas peur que tu renverses un truc, regarde-toi, tu ne contrôles même plus tes mouvements.

– Ça va, dit Amy. Du moment que je contrôle la main qui va chercher le portefeuille, ça te suffit, non ? »

Blake secoua la tête.

« Tu ne veux pas virer Annette ? On pourrait aller se coucher... On pourrait aller faire l'amour...

– C'est ma copine ! Je peux pas la virer comme ça. Tu es vachement... impoli... »

Elle sortit péniblement un billet de vingt livres de son portefeuille.

« Tu viens de me dire que tu voulais faire l'amour avec elle ? dit-elle soudain d'un air de défi.

– Putain, riposta Blake, tu n'arrives même plus à comprendre ce que je dis.

– Tu as les yeux collés à ses seins.

– Je ne sais pas comment je ferais pour éviter de regarder ses seins, ils sont énormes, c'est tellement gros que c'est repoussant.

– Arrête, elle va entendre, gloussa Amy. Tu as vraiment été élevé chez les sauvages. J'ai soif, voilà, peut-être que je dis n'importe quoi, ce ne serait pas la première fois. Blake. Blake. Tu n'aurais pas une ligne qui traîne ?

– Mais une ligne de quoi ? s'énerva Blake. Je ne prends plus rien. Tu te rends compte dans quel état ça me met, que tu me poses cette question ? Ça ne devrait même pas être une possibilité, pour moi, me faire une ligne, en parler d'un ton aussi léger, ça me met dans un état ! »

Amy le regardait, même pas ébranlée. « C'est bon... laisse tomber... »

Elle était épouvantablement chiante. Voilà ce qu'il allait faire, il allait sortir, faire un petit tour, pas trop long, comme ça elle ne se mettrait pas en colère, et ne casserait pas tout dans la baraque – parce qu'il fallait bien penser à ça aussi – et quand il reviendrait elle aurait un peu dessoûlé, vu qu'il ne leur restait quasi plus rien à boire, et ce serait beaucoup plus facile. Il faudrait juste qu'il arrête de ruminer sa dernière phrase sur la drogue. Et qu'il n'aille pas, surtout pas, voir Leo.

Il rentra trois quarts d'heure plus tard, trempé jusqu'aux os, une bouteille de mauvais whisky à la main. Il se secoua dans l'entrée, de grosses gouttes d'eau atterrissaient sur le parquet.

« Du coup, avec ce que je fais, c'est uniquement l'apparence qui compte, bavassait Amy. Avant d'avoir de nouveaux seins, je ne m'étais pas acheté de lingerie depuis des mois. Des fringues oui, zéro lingerie. Parce qu'il n'y a que le dehors qui compte.

– Ah, disait Annette. Évidemment, moi, c'est le contraire. »

Blake aurait préféré être sourd plutôt qu'entendre ça. Il était censé trouver ça sexy, discuter de lingerie plus très fraîche ?

« J'ai de quoi boire, annonça-t-il en posant un sac plastique sur la table.

– Super. Putain, tu es trempé mon pauvre ! Ton sac aussi... » Amy s'écarta, posa sa cigarette, enleva la bouteille du sac et se leva, beaucoup plus assurée que tout à l'heure, pour le mettre à la poubelle. C'est là que Blake vit la bouteille d'hermitage, entamée, sur le buffet.

« Il ne fallait pas boire celle-là.

– Ah merde, dit Amy. J'avais oublié. »

Elle n'avait rien oublié du tout, elle avait juste envie de continuer à boire et elle se moquait comme de l'an 40 de le mettre dans la merde pourvu que ses caprices soient satisfaits. Blake était excédé. Une rage froide, il se sentait impuissant comme un gamin.

« Fais pas cette tête-là, gloussa Amy. Détends-toi. Je vais te servir un verre. »

Elle fit un clin d'œil à Annette.

« On est bien obligé de finir la bouteille, maintenant. De toute façon, j'appelle Raye ou Tracey ou n'importe qui et je trouve sa sœur demain.

– Fais donc ta diva », pesta Blake.

Annette se leva. « Il faut que je parte. Mes parents ne méritent pas mieux. On s'en fiche, de cette bouteille. »

Elle regarda Amy. « C'est sans doute le meilleur après-midi que j'ai passé ici de toute ma vie.

– On s'appelle », dit Amy.

Lançant « Je vais téléphoner à Tracey », elle partit s'enfermer dans la chambre avec la bouteille, ses cigarettes et son téléphone. Après avoir refermé le verrou derrière elle, et s'assit sur les draps en grinçant des dents. Elle cherchait un objet sur lequel passer sa mauvaise humeur. Elle composa le numéro de Tracey en s'envoyant de grandes lampées de vin. Il était bon, c'est vrai.

Elle avait voulu se réfugier dans la chambre et maintenant elle s'y sentait comme un animal en cage.

Combien de fois avaient-ils vécu cette situation ? Combien de fois ?

Et ça recommençait.

Blake frappa encore.

« Amy, tu m'inquiètes. Amy, ouvre la porte ! »

Il n'entendait plus que du silence.

Il y a deux secondes, un grand bruit de verre brisé, et maintenant plus rien. Puis la voix d'Amy, caverneuse. « Tu n'as qu'à enfoncer la porte tant qu'on y est, si tu veux vraiment être réinvité à passer deux jours ici. »

Blake soupira longuement.

« Sors, Amy.

– Tu t'emmerdes ? Va baiser avec Annette.

– J'en ai rien à foutre et elle est partie. Sors. S'il te plaît.

– Non, c'est toi qui sors, cria Amy. Va faire un tour, OK ? J'en ai marre de me faire engueuler tout le temps par un mec qui ne veut même pas de moi. »

Elle respira un grand coup en entendant claquer la porte d'entrée. Bon vent.

Bien sûr, maintenant qu'elle avait un peu foutu le bordel, la chambre était dans un état épouvantable. Elle sortit chercher une pelle et un balai pour ramasser les débris de bouteille et les mégots écrasés par terre. Elle marmonnait. « Fais gaffe à pas te blesser. » Elle était soûle, furieuse... et elle n'arrivait pas à nettoyer les traces de cendres sur la moquette. Tant pis : elle n'avait qu'à déplacer le tapis. Ça ne se verrait pas. De toute façon, elle n'en avait rien à foutre. Tracey allait leur faire expédier une caisse de leur hermitage 93 et ils fermeraient les yeux, et s'ils n'étaient pas contents, eh bien ils ne seraient pas contents, et après. Des connards pareils. Ça lui faisait déjà mal de remplacer la bouteille. Annette ne lui avait absolument pas parlé des histoires avec son père – c'était presque étonnant d'ailleurs, la plupart des gens faisaient leur possible pour sortir de l'ordinaire aux yeux d'Amy –, mais Amy ne l'oubliait pas, son violeur de paternel. Non. Le salopard. Il méritait largement qu'on boive son vin et qu'on casse sa baraque.

Faire sa diva ? Ce n'était pas le problème. Elle n'était pas capricieuse et pénible comme cette conne de Mariah Carey qu'elle avait croisée sur un plateau télé et qui ne lui avait pas même adressé un regard. Ah, bien sûr, Amy à l'époque n'était pas connue. Maintenant elle aurait pu exiger des magnums de champ' et les envoyer un par un à la gueule de la production qu'on la supplierait encore de jouer en temps et en heure avec des courbettes. Tous des larbins. Mais elle n'était pas comme ça, sauf en cas de crise de nerfs.

Elle prit la couette, les oreillers, et les transporta jusqu'à la machine à laver dans la cuisine. Programme très sale. Elle essuya la table, vida les cendriers, ouvrit la fenêtre. Il ne pleuvait plus.

Elle s'assit sur une chaise avec la bouteille de whisky en attendant le retour de Blake. Où pouvait-il bien être parti ? Elle commençait à angoisser.

Ses cartons lui faisaient de l'œil.

Ses possessions ne se résumaient pas à ces deux cartons et à cette valise, il avait toujours disséminé des affaires un peu partout, car il avait du mal à se dire qu'il vivait dans un endroit et un seul... il ne pouvait pas ralentir, comme disait la chanson. Comme la prison avait dû le démolir... mais puisqu'il estimait ne pas pouvoir se passer de ces cartons, c'était que leur contenu devait être fabuleusement important.

La valise la tentait moins, elle déborderait sûrement de chaussettes sales et de fringues Fred Perry à l'agonie. Mais les cartons ?

Elle n'avait pas envie de fouiller. En tout cas, quand elle ouvrit le premier carton, ce n'était pas pour fouiller, c'était simplement pour se rappeler de beaux moments qu'ils avaient passés ensemble, car bien sûr le carton serait plein de souvenirs. Fouiller, raisonna-t-elle, était une preuve d'amour.

Ça commençait mal. Deux livres sur la réalisation, techniques, a priori bien faits, elle passa vite. Une boîte avec une montre, une ceinture, des bracelets, des bagues. Des DVD de Ferrara, un *Mean Streets*, un *Fight Club*. Un roman de Patricia Cornwell. Un exemplaire du *Sun* avec elle-même en couverture. Elle ne l'ouvrit pas et fit de son mieux pour ne pas regarder les titres.

En dessous, il y avait ses lettres. Amy se sentit fondre, elle regarda rapidement, ça la gênait de se relire.

Ensuite, des photos. Des photos éparses et un album.

L'album datait de son enfance. C'était une surprise pour Amy. Elle ne l'avait jamais vu, et n'imaginait pas Blake assez sentimental ou attaché à son passé pour se balader avec. Surtout elle ne l'imaginait pas s'aimer assez. Ou avoir assez de nostalgie, réfléchit-elle. Elle avait tort. Les clichés le montraient souvent seul. Elle s'attarda un moment sur les photos de lui gamin, Blake bébé, Blake entre huit et neuf ans, des photos assez touchantes – il faisait du foot, rigolait, grimaçait... jusqu'à ce qu'elle croise Georgette avec vingt ans de moins devant un gâteau d'anniversaire. Elle referma l'album. Il y avait de toute façon plus récent, plus urgent, plus brûlant, et Blake risquait de revenir d'un moment à l'autre. Des photos avec deux inconnus, dans une cabine de photos d'identité, une photo avec une blonde, une seule, et Amy était tellement à la masse qu'elle n'aurait su dire si c'était le mannequin allemand ou la plus jeune, Francesca – la seule certitude étant qu'il ne s'agissait pas de son ex d'avant elle, celle pour qui il l'avait quittée avant *Back to Black*. Et puis il y avait des tonnes de photos d'eux ensemble, certaines découpées dans les journaux, d'autres privées. Chez Victoria, là au Jazz After Dark, et là elle ne savait plus trop où, quelque part en tournée.

Elle se demanda si elle ne pourrait pas piquer une des photos de lui gamin.

Non. Elle avait une meilleure idée.

Elle les prit en photo sur son téléphone – la photo de lui bébé plusieurs fois de suite pour être sûre d'en avoir une bonne – et rangea le tout à la hâte parce qu'elle ne voulait pas qu'il la chope. Lui, il ne le prendrait pas du tout comme une preuve d'amour.

Elle était heureuse d'être aussi importante à ses yeux et ce sentiment, un sentiment de sécurité, l'enveloppait, dans une petite bulle chaude comme de l'héro. Mitch l'appela, pour une fois elle décrocha et fut très ferme. En lui parlant elle imaginait Blake allant faire développer ses photos, ou demandant à un ami photographe de le faire, c'était délicieux quoiqu'un tout petit peu irréaliste. Bref. Fermeté. Il fallait les laisser régler leurs histoires tranquillement, la vie qu'ils mèneraient ensemble ne serait pas forcément un chaos, les gens changeaient, ce n'était quand même pas dur à comprendre.

Lorsque Blake rentra, ils se querellèrent à peine deux minutes au sujet du grand cru inconsidérément envolé. Il allait mal, il avait les yeux hagards, et il dit à Amy qu'elle ferait mieux de retourner chez elle. Il en avait assez d'être harcelé de SMS et de coups de fil de son entourage. Il ne lui en avait pas parlé pour ne pas l'ennuyer et éviter les embrouilles, mais il semblait que ceux qui avaient totalement oublié son numéro quand il se traînait lamentablement en taule ou en cure se soient réveillés d'un coup. Raye l'appelait, Violetta l'appelait, Tracey l'appelait… Ce n'était pas vivable d'être accusé de tous les maux en permanence. Et si jamais elle faisait une connerie, si jamais on la trouvait ivre quelque part, par exemple, eh bien ce serait encore lui et sa mauvaise influence qu'on accuserait.

Mais non, répétait Amy. Les gens me connaissent. Ils savent bien que personne ne me force… Et Mitch ? Mitch l'avait appelé ?

Il secoua la tête. Non, quand même pas. Il avait sa fierté.

Amy le prit dans ses bras. Elle lui dit qu'elle allait rentrer et qu'ils trouveraient une solution pour continuer à se voir, car c'était ce qu'il voulait, n'est-ce pas ? Mais oui, il voulait. C'était juste qu'il ne savait pas bien comment faire.

Il avait besoin de paix. Il pensait, en tout cas, avoir besoin de paix. Techniquement, il pouvait retourner à Londres, il n'était plus sous contrôle judiciaire, tout était OK. Mais il avait peur de Londres, maintenant. Il avait peur quand des Londoniens qu'il avait connus avec elle l'appelaient. Il avait peur de Raye et de Tracey, il avait même peur de Violetta, bon Dieu. Elle ne laissait jamais de message.

Et puis il y avait encore un autre problème. Il était emmerdé, finit-il par lui avouer, parce qu'il ressemblait à un mec qui opérait à Sheffield ces temps-ci, un voleur, et on le prenait pour lui. Les flics les confondaient. Ah oui, dit Amy, légèrement méfiante. Tu vois bien qu'il faut que tu quittes Sheffield. Blake haussa les épaules, justement il ne pouvait pas, les flics ne le laisseraient pas faire, et puis il ne pouvait pas, de toute façon, il avait des attaches ici qui lui faisaient plus de bien que ses attaches à Londres. Amy fut vexée bien sûr, et moi je ne suis pas une attache qui te fait du bien ? Blake dit qu'elle lui faisait du bien mais que leurs souvenirs ensemble lui faisaient du mal : ou comment annuler en deux secondes l'effet produit par les photos des cartons sur Amy.

Elle quitta l'appartement en rasant les murs.

Bien sûr, elle ne savait plus trop à quoi s'en tenir mais ils s'étaient roulé de grosses pelles avant de partir, ça lui faisait quelque chose auquel se raccrocher... C'était beaucoup tout de même. Elle mit sur silencieux son téléphone qui sonnait sans cesse et écouta les Temptations et Johnny Cash dans la voiture qui la ramenait vers Londres, vers Mitch, Violetta et son nouvel univers, sans drogue et sans Blake.

La route l'avait mise de bonne humeur. Un instinct de survie l'avait poussée à demander au chauffeur de s'arrêter sur l'autoroute pour manger un petit déjeuner, et ils s'étaient gorgés d'œufs au bacon. Amy avait noyé les siens dans la bière, mais joyeusement. C'était drôle. Tout le monde les regardait à l'intérieur du Little Chef, la petite serveuse brune avait fait une tête improbable en lui apportant sa commande, et elle s'était bien entendue avec le chauffeur. Comme c'était la première fois qu'il dormait dans un grand hôtel, elle lui avait raconté diverses histoires de cinq-étoiles, des incidents marrants qui tous impliquaient Blake. Il n'avait pas l'air jaloux.

Elle avait acheté un pack de bière pour le reste du trajet. Elle seule avait le droit de boire, bien sûr, et elle buvait gaiement, Aretha Franklin à fond dans son iPod.

« Sois sage, et si tu ne peux pas être sage, sois prudente », dit le chauffeur en la déposant devant chez elle. Elle regretta de ne pas avoir fait cette réflexion à Blake en le quittant. Quelque chose manquait à ces retrouvailles, de toute façon. Une conclusion. Quelque chose.

Elle était de bonne humeur, mais se sentit très seule une fois devant sa nouvelle maison. Depuis qu'elle avait gagné son procès contre eux, il n'y avait plus de paparazzis. Juste la fan qui traînait souvent devant chez elle, Mindy ou Cindy, elle ne savait plus. Une petite fan persévérante, qui aujourd'hui n'avait pas sa perruque, la traîtresse.

Amy avait envie de déménager de nouveau.

19.

CENDRILLON, DÉGAGE, PRINCE CHARMANT, ÉPOUSE-MOI !

Sarah Aspin. C'était son nom. C'était sûrement elle qu'il avait appelée au milieu de la nuit quand ils étaient ensemble à Sheffield, et pas Leo, c'était elle qu'il sautait quand il prétendait être chez lui ou chez un autre ami, ou avoir un rendez-vous de boulot, elle qui était avec lui quand il ne décrochait pas. Amy fulminait. La colère l'aidait à supporter la souffrance. Elle bredouilla à Tracey « Rappelle-moi quand tu en sauras plus, bientôt », et elle raccrocha, puis elle balança son téléphone par terre, se jeta sur son ordinateur portable, arrêta *La Leçon de piano*, qu'elle avait eu la flemme de mettre sur le grand écran plasma, (de toute façon c'était chiant), et tapa « Sarah Aspin » sur Google. Les femmes qui apparurent sur l'écran étaient toutes différentes, des blondes, des brunes, des jeunes, des vieilles, et même en tapant « Sarah Aspin Sheffield » elle obtenait encore une vingtaine de photos. Elle ne pouvait même pas savoir laquelle de ces femmes se tapait son mari, et il était même fort possible que sa photo ne soit pas parmi celles qui apparaissaient.

Tracey l'avait appelée, disait-elle, dès qu'elle avait su. L'histoire n'était pas encore sortie, mais c'était imminent, Blake avait demandé en mariage cette Sarah qu'il avait rencontrée en cure de désintoxication, ils se voyaient plusieurs fois par semaine, il lui avait dit qu'Amy et lui étaient divorcés et que la drogue avait ruiné leur mariage. Tracey avait refusé de lui donner le nom et le numéro du journaliste qui allait l'écrire. Mais elle se disait qu'Amy aurait préféré savoir.

En effet, oui, merci.

C'était la troisième fois que cette histoire lui arrivait, toujours la même sidération, le même étonnement, les mêmes doigts glacés d'un coup. C'était peut-être comme les autres fois : juste des conneries ou des amours passagères, pourtant elle avait le pressentiment qu'il fallait plutôt considérer ces précédents comme des avertissements, des répétitions pour cette fois-ci qui aurait pour conséquence une rupture définitive.

Elle appela Blake et tomba sur sa messagerie. Elle tombait souvent sur sa messagerie ces derniers temps : ça n'avait rien d'étonnant, maintenant tout s'éclairait. Aujourd'hui encore il devait être avec elle, en train de prendre on ne sait quoi, il se disait certainement « putain, encore Amy, qu'est-ce qu'elle me fait chier, je l'appellerai tout à l'heure »... et quand il l'appelait ensuite, ce serait pour se plaindre de sa solitude et de ses problèmes de flics et de désintoxication. Elle laissa un message d'un ton crispé, « Rappelle-moi très vite. »

Elle alla chercher un verre.

Il ne rappelait pas.

Quand le téléphone sonna, c'était Violetta, qui voulait juste savoir si elles avaient toujours des places pour la représentation de *Cendrillon* de ce soir et n'avait pas prévu de se retrouver avec une Amy dévastée sur les bras. Elle écouta tout sans sourciller. Quand ils étaient ensemble à Sheffield, il la sautait déjà. C'était sordide. Comment faisait-il pour ne pas se sentir coupable, vociférait Amy, il n'était pas question d'un égarement passager, d'ailleurs il n'était plus question d'égarement passager désormais, mais de liaison durable, avec gros mensonges sortis à l'une et à l'autre, c'était répugnant. Deux minutes plus tard, l'abattement la reprenait. Mais elle n'arrêtait pas de parler, il fallait que tout sorte. Et en fait il n'y avait ni femme, ni maîtresse, dans cette histoire, puisqu'ils étaient divorcés : elle n'avait pas un statut supérieur, et l'autre non plus, elles étaient dans la même merde toutes les deux. L'avantage de l'ancienneté, bah ça ne comptait pas, elle était has been, dépassée, des photos dans un carton. Et bien sûr qu'il avait menti à l'autre aussi, Amy y trouvait une certaine consolation car ces bobards leur ôtaient tout espoir d'avoir une relation correcte par la suite. On avait parlé de leurs retrouvailles dans les journaux. Amy et Blake se remettent ensemble. Et il avait dû lui dire que la moitié de ce qui était publié était une invention, comme il le faisait toujours. Il allait se faire payer des milliers de livres pour une interview mais trouvait toujours moyen de cracher sur les tabloïds et de mettre en doute leurs paroles.

Violetta dit : « Ce mec est un gros porc.

– Il n'y a qu'une Mrs Civil, gueula Amy. Il va payer, il va payer, je vais aller à Sheffield le buter. »

Violetta soupirait. Elle n'avait pas grand-chose à dire de plus que « c'est un gros porc ». Elle voulait bien aider des amis lors d'une séparation difficile, mais quand la séparation durait deux ans, c'était un peu trop lui demander.

Elle allait bientôt se retrouver dans le même état qu'Amy : bonne pour l'hosto. Elle regretta immédiatement cette pensée. Amy passait une bonne partie de son temps à l'hôpital. Quant elle était revenue de son petit tour à Sheffield, elle s'était mise minable vingt-quatre heures sur vingt-quatre, plusieurs cuites par jour, et encore Violetta ne savait pas tout, n'était pas là en permanence. Il fallait que ça s'arrête.

Elle s'obstinait à refuser de faire une psychothérapie. Violetta l'y poussait, mais là-dessus Amy avait les idées bien arrêtées. « J'ai l'impression qu'ils lisent dans mon cerveau et découvrent des tas de trucs dégoûtants que même moi je ne sais pas. C'est terrifiant, non ? La moitié de la planète connaît déjà ma vie privée et a vu mes seins, je ne vais pas non plus aller volontairement chez un mec qui me dira que j'aime la drogue parce que quand j'étais petite je rêvais de manger mon caca ou je ne sais quoi. »

Il fallait qu'elle se débarrasse de Blake.

Le pire, c'était qu'elle n'avait pas l'air de se faire vraiment à cette idée. Le mot divorce, pourtant passablement définitif, avait glissé sur elle comme de l'eau, l'annulation publique et écrite de son mariage n'était guère plus qu'un nuage passager, qui ne reflétait pas vraiment sa situation réelle. Idem pour le mot adultère, idem pour la demi-douzaine de tromperies qui avaient eu lieu de part et d'autre, idem pour leur séparation de fait, que ne faisaient que confirmer les papiers du divorce. Pour le dire clairement : elle avait de la merde dans les yeux, et pas le moindre recul sur les événements qui se passaient pourtant dans sa propre vie.

Violetta réussit à la persuader que la petite sortie qu'elles avaient prévue lui ferait du bien. Une version comique de *Cendrillon* ! Avec leur ami Anthony qui, exceptionnellement, jouait le rôle du prince charmant ! C'était inratable. Violetta ne la forçait pas. Quand elle lui en avait parlé la semaine dernière, Amy avait eu autant envie qu'elle d'y aller. Elle était soûle, mais ça ne comptait pas, elle était vraiment enthousiaste. « Anthony qui fait essayer des chaussures ! ça c'est du spectacle de Noël ! Et Mickey Rooney dans le rôle du père ! Broadway me voilà. Je n'ai vu *Cendrillon* qu'une fois dans ma vie. À l'époque bien sûr, j'espérais encore ressembler à l'héroïne, je ne me doutais pas que je finirais avec la gueule d'une des méchantes sœurs », avait-elle terminé, de la manière la plus classiquement maniaco-dépressive qui soit. Amy n'était jamais contente de son physique, elle aurait voulu être noire, ou alors blonde, l'opposé, et elle en faisait de temps en temps une vraie obsession...

Bref. Amy continuait à régler son compte à Blake. Salaud, ordure, pervers sexuel (oui, oui), toxicomane, incapable de prendre une décision et de s'y tenir, cœur de pierre, tout y passait. Violetta n'arrivait pas à en placer une, elle ne put que lui arracher la promesse d'appeler son manager pour lui confirmer qu'elles avaient des places pour la représentation de ce soir. Amy raccrocha en disant que, de toute manière, elle s'y attendait, c'est vrai, Blake était un menteur et un queutard.

Elle lui laissa cinq messages d'insultes pour faire bonne mesure, puis s'assit sur un fauteuil avec Blackie, la tête vide. Il ne rappelait pas, et ne le ferait sûrement plus maintenant qu'elle lui avait mis le nez dans sa merde.

Elle rappellerait sans doute elle-même en s'excusant dans les deux jours qui venaient, maximum – si elle tenait un jour ce serait déjà beau. Elle se connaissait, hélas. Elle n'avait accepté d'aller voir cette foutue représentation de *Cendrillon* que dans l'idée de s'empêcher d'appeler, mais si elle s'était écoutée, oh oui, elle aurait passé la nuit à picoler et à saturer la boîte vocale de Blake, c'est bien plutôt ça qui la tentait. Elle repensait à leur dernière nuit d'amour avec fureur et désir, elle en avait assez de cette fureur et de ce désir, mais que faire, à part lui envoyer un SMS de cul signé « ta femme ».

Ce qu'elle fit aussitôt.

Ensuite elle appela Raye pour s'enquérir des places pour *Cendrillon* et demanda au passage s'il était encore possible de détourner la caisse d'hermitage 93 qu'elle avait commandée il y a deux semaines pour les propriétaires de l'appartement à Sheffield.

« Dis-moi que tu ne l'as pas rappelé. »

Violetta la regardait très sérieusement. Derrière Amy, dans le salon, les Crystals chantaient « He's Sure the Boy I

Love », ça commençait mal. Mais Amy s'était pomponnée, maquillée, et elle avait revêtu un débardeur qui laissait voir la moitié de son soutien-gorge rose.

« Tu as vu comme ils sont gros, confia-t-elle à Violetta. Je refuse de mettre un manteau. Mes bébés. »

Elle avait bu, donc.

Elle monta dans la voiture, avec un air assez excité. « Cendrillon, balaie ta chambre, la vraie star du conte de fées arrive », s'exclama-t-elle.

Elle se pencha vers Violetta. « Ma vie est un conte de fées », déclara-t-elle en lui envoyant des effluves de vodka au visage.

Violetta n'osait pas regarder le chauffeur, qui pourtant conduisait régulièrement Amy Winehouse et ne découvrait rien ce soir à quoi il n'ait déjà assisté. Quand avait-elle trouvé ça drôle pour la dernière fois, d'être amie avec elle ?

Ah oui, sans doute la veille, quand elles avaient habillé Blackie avec une fringue d'Amy qui avait rétréci au lavage. Mais c'était la veille, en privé.

Elle la perdit environ vingt minutes après le début de la représentation. Amy voulait aller aux toilettes. Elle fit se lever toute la rangée – mais personne n'était vraiment embêté de se lever pour laisser passer Amy Winehouse, au contraire, les spectateurs étaient plutôt excités.Violetta crut même voir les comédiens tiquer. C'était possible, vu qu'elles étaient dans les premiers rangs. Jusque-là, très bien. Amy avait déconcentré les méchantes sœurs. Le problème, c'est qu'ensuite elle disparut. Cendrillon était en train de racler le sol de la maison sous les quolibets quand Violetta l'aperçut au bout d'une allée. Elle lui fit signe, mais Amy ne regardait pas de son côté, elle avait les yeux fixés sur la scène. Quelle idiote. Pourquoi ne se rasseyait-elle pas ? Elle se souvenait bien de leurs numéros de siège, au moins de la rangée ? C'était quasi juste devant.

Violetta lâcha l'affaire. Cendrillon se lamentait, mais restait positive. C'était la conduite à tenir. Violetta allait faire comme elle, prendre son mal en patience et attendre qu'Amy daigne revenir d'elle-même. Elle se retourna vers le spectacle.

Le costume de Cendrillon était bien foutu. Des haillons, OK, mais des haillons décolletés. C'était très drôle.

Violetta se marrait.

Soudain, elle entendit une voix du côté de l'allée. Une voix assez forte et indiscutablement familière.

Merde. Amy n'avait prononcé qu'une suite de trois-quatre mots, d'ailleurs incompréhensible, mais la moitié de la salle avait levé les yeux, et certains regards restaient attachés à sa silhouette comme s'il était presque impossible qu'elle existe pour de vrai, ou comme si elle était forcément une invitée spéciale du spectacle. Amy avait changé de place, elle était toujours debout, dans une position que Violetta n'aurait pas décrite comme spécialement élégante. Elle avait l'air de se tenir au mur.

« La pantoufle de vair ! » réclama Amy.

Violetta se leva, s'excusa auprès de ses voisins, qui cette fois n'hésitèrent pas à grogner, et réussit à la rejoindre au milieu des « chut » et des « taisez-vous », en deux petites minutes qui lui parurent interminables.

« Qu'est-ce que tu fous, chuchota-t-elle d'un air furieux, reviens à ta place, merde. » Amy la regarda et remonta l'allée en courant. Elle se retourna à mi-chemin et cria : « Cendrillon ! Le prince charmant te fait cocue ! »

Puis elle piqua un sprint et se retrouva tout au fond de la salle, qui bruissait désormais de protestations. Quelques personnes avaient levé leur téléphone portable et la prenaient en photo, comme lorsqu'elles s'étaient installées à leur place tout à l'heure. Amy posa sa main sur sa hanche et envoya un baiser aux portables de droite, puis de gauche, puis reporta son attention sur le spectacle qui continuait. Ah ça, ces acteurs étaient imperturbables, de bons petits soldats, Cendrillon n'avait même pas relevé l'insulte.

« Attention au prince charmant, il est derrière toi ! » gueula Amy.

Les braves gens qui assistaient au spectacle réagissaient maintenant variablement par des exclamations agacées et navrées. Ils avaient eu leur photo, maintenant ils voulaient regarder tranquillement, merci. On dépêcha une femme en uniforme bordeaux pour signaler à Amy qu'elle troublait l'ordre public.

« Je suis désolée, lui dit Amy, mais je ne vois pas pourquoi j'obéirais à une hôtesse de l'air alors que je suis dans un théâtre », et elle s'envola de nouveau.

« Oh la la, les méchantes sœurs, vous êtes vraiment des salopes... Salopes ! Retournez en coulisses tout de suite, je ne veux plus voir vos gueules sur cette scène ! »

« Qui est-ce qui a fait ta robe de bal ? C'est vraiment trop moche ces volants, on se croirait à un bal de promo à Boston ! Réagissez, les costumiers ! »

« Mickey ! regarde ce qu'elles font à ta fille ! »

Ça fusait toutes les dix minutes, une remarque assassine, toujours d'une pertinence discutable, puis les salves se firent plus régulières à l'apparition du prince, Anthony. « Wooooww, cria Amy, épouse-moi, prince charmant. Va te faire foutre, Cendrillon, prince charmant, épouse-moi ! »

Deux secondes plus tard : « J'ai froid ! Épouse-moi ! »

On ne savait jamais d'où ça allait partir, attendu qu'elle bougeait constamment. Elle avait la tactique.

Le spectacle continuait bon gré mal gré, Violetta vivait un calvaire.

Quand l'entracte arriva, elle crevait d'envie de se lever et fit un énorme effort pour ne pas bousculer toute la rangée. Elle devait bien ça aux spectateurs. Après tout, c'était à cause d'elle qu'ils devaient se farcir Amy.

Il était facile de la retrouver puisqu'elle était au centre d'un attroupement d'une bonne douzaine de personnes. Entre les hôtesses, les spectateurs en quête d'autographe, et ceux qui tentaient de se frayer une place malgré l'attroupement, ça discutait avec animation. Amy était présentement occupée à consoler une enfant de trois ans qui pleurait à chaudes larmes. Les parents et les grands-parents se tenaient à côté d'elle, apparemment foudroyés par la proximité d'une mégastar.

« C'est bizarre hein, cette modernisation du conte de fées, dit-elle à Violetta quand elle la repéra. Tu as entendu qu'ils parlaient de Katie Price ? Quand même, on se demande. Tiens, je suis avec une petite fille qui s'appelle aussi Amy, ajouta-t-elle.

– Elle se tient mieux que toi, maugréa Violetta. Tu es en train de te faire virer ?

– Mais non, dit Amy, je suis en train d'aller fumer une clope dehors. Viens avec moi. Allez, poupette, t'en fais pas, Cendrillon va revenir. Joyeux Noël !

– Joyeux Noël », répondirent les parents en récupérant leur fille toujours assez fâchée avec la vie.

Elles filèrent hors de la salle. Quitter les lieux ne semblait pas très autorisé compte tenu du nombre de spectateurs qui se virent opposer un non poli mais ferme à la sortie. Mais c'était Amy Winehouse, et le vigile, absolument pas au courant de ce qui s'était passé dans la salle, et respectant la célébrité plus que la royauté, laissa faire.

« Putain, heureusement que tu étais là, ils ne voulaient plus me lâcher, surtout les autres gourdes en uniforme de personnel navigant », dit Amy en tirant sur sa clope.

Elle sortit une flasque de la poche de son jean, sous les yeux horrifiés de Violetta.

« Quoi ? dit-elle. Tu as emporté ça ici ?

– Oh Violetta, c'est une toute petite contenance, il n'y a rien là-dedans, c'est juste pour apprécier le spectacle.

– Arrête de foutre le bordel.

– Mais je ne fais rien de grave, protesta Amy, c'est un spectacle comique, oui ou merde ? Nous sommes vraiment un peuple de débiles, s'il faut prendre au sérieux un spectacle comique.

– Je pense que les comédiens prennent leur travail au sérieux », dit Violetta.

L'entracte touchait à sa fin.

« Même pas le temps de finir sa clope, se plaignit Amy.

– Je peux avoir un autographe, s'il vous plaît, demanda le vigile, désormais pressé par le temps.

– Ben non, après, dit Amy en haussant les épaules, on va louper le début sinon. »

Elles louperaient le début quoi qu'il arrive. On les attendait dans l'entrée. Un homme chauve à chemise exotique et pantalon passe-partout, évidemment le directeur de la salle.

« Miss Winehouse, commença-t-il...

– Mrs Civil, corrigea-t-elle. Et non, désolée, pas d'autographes... »

Elle savait parfaitement qu'il s'agissait d'autre chose.

« Nous vous proposons une place au balcon...

– Pas question, je veux être en bas », dit Amy.

Ils commencèrent à parlementer.

Très peu pour Violetta : elle les laissa se débrouiller et partit rejoindre sa place. Elle pensait qu'Amy la suivrait.

Mais non. Quand Violetta s'en rendit compte, elle était déjà entraînée par le mouvement de la foule qui retournait s'asseoir. « Laissez-moi passer, bande de cons », finit-elle par murmurer, excédée, trop bas pour qu'on entende. Elle retourna au plus vite dans l'entrée, et tomba en plein sur ce qui ressemblait à une bataille en règle entre Amy et le directeur de salle : paf, une claque, et lui avait l'air de ne pas y croire. Mais dix secondes plus tard, les mains levées pour protéger son visage, il couinait comme un roquet qui veut sortir pisser, et son visage s'était empourpré. « Je vais appeler la police », dit-il. Il saignait du nez.

Amy se calma dès que Violetta apparut. « Il a voulu me mettre dehors ! » dit-elle sans animosité spéciale.

Le vigile était à la porte, loin de s'interposer, il fumait une cigarette tranquillement, totalement oublieux de ce qui pouvait bien se passer à l'intérieur.

Le directeur s'essuya la bouche du revers de la main. « J'appelle la police. »

Son visage avait repris une teinte à peu près normale, mais il ne renoncerait pas, ça se voyait à sa tête, il faudrait bien qu'il réplique d'une manière ou d'une autre.

« Maintenant tu viens, dit Violetta en la tirant par le bras, tu arrêtes tes conneries et tu viens. On s'en va, pardon. »

Amy faisait encore son intéressante. « Je n'ai pas dit au revoir à ce monsieur. Loser, dit-elle. C'est pas grave, on se reverra au commissariat.

– La célébrité ne vous autorise pas à faire n'importe quoi, dit le type d'un ton sentencieux. Bien sûr que je vais appeler la police. »

En partant, Violetta passa devant la boutique de merchandising et aperçut une jeune femme en uniforme bordeaux qui se terrait derrière son comptoir. C'était une blague. Une blague.

« Vous êtes sur le retour, lança le directeur dans leur dos, quand il fut bien sûr que Violetta ne laisserait pas Amy se retourner pour lui en mettre une. Et les gens n'ont même plus pitié de vous ! Vous n'êtes plus qu'une bête curieuse. »

Amy ne répondit pas. « J'ai l'impression d'être souillée, dit-elle en secouant ses mains. C'est comme si j'avais des particules de sa peau sous les doigts. C'est dégoûtant. Je veux aller aux toilettes me laver. »

Elles étaient déjà dehors.

« N'empêche, ça fait du bien, une petite baston. Ça m'a dégrisée. »

Violetta appelait un taxi.

« Je ne me suis pas trop ridiculisée ? »

Violetta soupira. « Oublie », dit-elle.

Amy sortit son téléphone et regarda si on l'avait appelée. « Juliette, constata-t-elle, d'un ton déçu. Je ne risque pas de la rappeler pour lui raconter ma soirée. Tu vois, je n'ai pas été si impolie que ça, j'avais éteint mon téléphone pendant la représentation. »

C'est ça. Les voitures passaient, pas de taxi. Violetta envisageait de téléphoner au chauffeur de tout à l'heure, mais Amy ne voulait pas lui donner le numéro, elle était toujours plongée dans ses messages et appels manqués. « Blake ne m'a même pas envoyé un SMS », ronchonna-t-elle.

Violetta soupira de nouveau. Elle crevait de froid. Un mec s'approcha d'elle, il vendait un journal pour les sans-abri.

« Amy ! Pour les sans-abri. Tu es millionnaire !

– Je n'ai rien sur moi, dit-elle d'un air absent.

– Bon, alors dis-moi où trouver de l'héro. »

Elle haussa les sourcils.

Le mec plaisantait, bien sûr. Elle l'imita : « Mon prince, est-ce que vous avez de la monnaie ? »

Ce n'était pas fini. Jamais fini, se dit Violetta : une adolescente avec une poussette venait de s'arrêter.

« Je peux avoir une photo ?

– Je préférerais faire une photo avec ton mioche », répondit Amy d'un ton égal.

– OK », dit la fille. Elle extirpa le gamin, totalement endormi, de sa poussette et le plaça entre elle et Amy. Violetta prit la photo.

« Ça lui fera un super souvenir quand il sera grand, dit la fille. C'est génial. Merci d'y avoir pensé. » Elle jeta un coup d'œil à la devanture du théâtre. « Vous êtes allées voir *Cendrillon* ? C'est déjà terminé ? C'était comment ?

– On est parties au milieu, dit Amy. C'était à chier.

– Ah. Bon. Merci pour la photo. Bonne continuation, Amy ! J'achèterai ton prochain album ! »

Elle s'éloigna dans la nuit avec sa poussette.

« Quand il sera grand je ne sais pas où je serai, dit Amy en tremblant de froid. »

« Putain il y a un taxi ! »

Amy buvait à sa flasque pendant que Violetta hélait le chauffeur. C'était glauque.

« Je suis désolée, dit-elle enfin, sans pour autant arrêter de surveiller son téléphone.

– Mais Amy, toute ta vie est comme ça. C'est le chaos. On s'en fout que tu aies tapé ce type, le problème, c'est que si c'était à refaire, tu le referais. Tu ne vois même pas le problème. Et pour Blake, pareil. Tu ne vois pas le problème. Tu te dis qu'il est bon pour toi maintenant, que c'est lui qu'il te faut maintenant, mais si tu voyais un peu le long terme. Si tu arrivais à trouver qu'envisager le long terme est une façon plus intelligente de penser les choses.

– Ce n'est pas comme ça que je pense, marmonna Amy. Je n'y arrive pas et je n'ai pas envie de me faire semoncer dans un taxi. Je sais que tu en as marre de t'occuper de moi comme ça. Je vais te laisser tranquille. »

Après la phase maniaque, la phase dépressive. Elle ouvrit la portière, et Violetta la retint si vite qu'elle ne sut jamais si c'était pour de vrai. Mais la connaissant, elle n'aurait pas trouvé extraordinaire qu'Amy saute du taxi en marche, et on se doutait bien, quand même, qu'un jour elle le ferait.

« Je vais faire des efforts », consentit-elle.

Le lendemain matin, Amy se rendit au commissariat pour faire amende honorable, au cas où le fou furieux du théâtre se déciderait à porter plainte.

20.

UN PENNY QUI ROULE DANS UN TUYAU

« C'est une drôle d'image. »

Amy l'écoutait, le visage fermé.

Elle savait bien qu'elle allait encore se faire évangéliser par une blouse blanche : elle était là pour ça. Palpation, interrogatoire, jugement, énoncé de la sentence : « Plus d'alcool, mademoiselle, plus de cigarettes ! » Mais elle ne pensait pas que le tout commencerait si tôt et sans avertissement, dès la salle d'attente pour ainsi dire, salle d'attente qui n'en était pas même une d'ailleurs : l'infirmière lui avait trouvé une chaise dans ce bureau, parce qu'Amy Winehouse ne pouvait pas attendre avec les autres patients, naturellement... et puis ce médecin était venue s'asseoir là, on ne savait pas pourquoi... « C'est une drôle d'image. » De quoi se mêlait-elle ?

Amy haïssait les hôpitaux et leur odeur de médicament, de vieux et de javel mêlée, elle s'était résignée à ce qu'on la tripote de partout, qu'on lui parle de ses poumons, de son cœur, de ses boyaux, comme s'ils étaient des corps étrangers, mais elle détestait qu'on lui ausculte le cerveau.

Elle détestait, par-dessus tout, que les médecins sachent de quoi elle souffrait au moment même où elle posait les pieds dans leur cabinet ou leur bureau, elle détestait qu'on connaisse tout d'elle avant même de la rencontrer. Le médecin lui citait *Back to Black*. Une femme en blouse blanche, normale, totalement inconnue, et qui lui parlait comme si elle était de la famille, presque.

« Vous vous identifiez vraiment à une pièce de monnaie dans un tuyau ? »

Silence.

Une pièce de monnaie ne pouvait pas remonter un tuyau. Elle ne pouvait que le dévaler. Aller se cogner sur les parois. Dans la chanson il s'agissait en fait de drogue partant en fumée dans une pipe.

Mais... ouais. C'était vrai quand elle l'avait écrit et ça l'était devenu de plus en plus. De toute façon elle était un bout de rien qui n'allait nulle part. Son âme ? Un minuscule truc impalpable et sans valeur qui parcourait son propre corps, ses veines, ses artères, ses organes, allait du cœur au cerveau selon les circonstances. Si elle en avait une, alors son âme se tournait tout entière vers l'organe dont elle requérait les capacités au moment en question. Quand elle marchait, son âme était dans ses jambes. Quand elle chantait, dans sa gorge. Elle n'avait pas plus de distance que ça. Elle était totalement ce chagrin d'amour ou cette nécessité d'aller chercher des clopes, ou de surveiller le pain qui grillait dans le toaster. Et tant mieux car quand elle s'arrêtait pour penser c'était terrible.

« Oui, répondit-elle. Un peu. J'ai l'impression de ne pas choisir. D'être précipitée dans quelque chose sans pouvoir m'arrêter. Mais c'est ça, la vie, non ? »

Elle se mit à pleurer un peu – pas sérieusement, des sortes de chouinements, son père lui aurait dit « arrête de chouiner ». Elle ne savait même plus ce qu'elle foutait là. Réveillée avec le souffle court, elle avait à peine eu le temps de se demander ce qui n'allait pas dans l'air de cette chambre que son garde du corps Aidan l'avait déjà collée dans un taxi direction University College Hospital.

Aidan prétendait qu'elle avait crié. Elle n'avait pas pu dire non, je n'y vais pas.

Ils l'avaient admise immédiatement, sans histoires. Le centre hospitalier lui était presque aussi familier que sa propre maison. Plus même, puisqu'elle venait (encore) de déménager.

Le médecin était sympa, c'était juste qu'elle était à bout de nerfs : elle détestait les hôpitaux, et les larmes coulaient maintenant comme des pièces de monnaie qui dévalaient un tuyau.

« C'est une très belle chanson, dit le médecin. Excusez-moi, je ne pensais pas que ça vous ferait un tel effet. »

On lui avait trouvé un siège dans un minuscule bureau plein de dossiers, et on ne voulait même pas la laisser seule, sans doute de peur qu'elle dévalise l'armoire à pharmacie ou allez savoir quoi. On lui mettait une doctoresse inconnue dans les pattes qui essayait vaguement de l'occuper. Elle jeta un coup d'œil autour d'elle. Il y avait forcément des médicaments dans ces placards, c'est vrai, quoi, on les rangeait bien quelque part.

« J'ai aussi beaucoup aimé votre chanson "Rehab", ajouta la doctoresse. Je pense juste que vous êtes déprimée. Vous savez, c'est peut-être bien le cas. Si vous pleurez souvent comme ça...

– Ce n'est pas facile de décevoir les gens, dit Amy. Vous n'auriez pas un magazine s'il vous plaît ?

– J'ai bien peur que non. Je peux aller vous chercher quelque chose dans la salle d'attente. Ou je peux rester quelques minutes avec vous si vous voulez. Moi aussi, j'attends. » Elle enleva ses lunettes et se frotta les yeux.

« Je ne savais pas que les médecins attendaient aussi, s'étonna Amy.

– Ce n'est pas souvent le cas.

– Vous avez l'air fatigué.

– Ne vous en faites donc pas pour moi. Qu'est-ce que c'était, cette chanson que vous chantiez, "*why don't you come over...*" ? C'était bien vous, n'est-ce pas ?

– Oui. "Valerie", dit Amy. Mais ce n'est pas moi qui l'ai écrite. C'est une reprise des Zutons.

– Hm hm. » Elle compulsait des dossiers. « Vous avez pensé à enregistrer un album de standards ?

– Pourquoi pas. Pour Noël. Noël 2013 peut-être. »

La doctoresse rit.

« Vous êtes ici pour quoi ? » demanda-t-elle d'un ton brusque.

Son langage était assez familier, un bon point pour elle se disait Amy que la vulgarité, chez les personnes d'autorité, rassurait beaucoup.

« J'ai un début d'emphysème pulmonaire, je suis alcoolique et je fume trop de cigarettes. Peut-être d'autres choses aussi.

– Vous allez vous en sortir, dit la doctoresse d'un ton encourageant. Vous avez de la volonté.

– Je n'y peux rien si mon corps déconne. »

Elle se sentait vraiment impuissante.

« Je n'ai pas de chance, continua Amy. J'ai fait des conneries pendant finalement très peu de temps et tout se déglingue déjà. » Et son cœur chancelant et ses problèmes digestifs et ses règles qui débloquaient, son utérus qui ne la trouvait pas en assez bonne santé pour accueillir un embryon, sûrement à raison...

« Tout le monde ne peut pas avoir la santé de Keith Richards, répliqua la doctoresse, toujours dans ses papiers. On fait avec ce qu'on a. Aucun de vos problèmes n'est insoluble.

– Je peux peut-être aller me faire changer le sang, suggéra Amy.

– C'est une façon de voir les choses. Vous voyez un médecin pour vos problèmes d'alcool ?

– Non.

– Je m'appelle Christina Romete. On peut prendre rendez-vous maintenant si vous voulez.

– Si vous croyez que vous pouvez faire quelque chose pour moi.

– Certainement.

– Est-ce que ça vous serait possible de vous déplacer ? Je n'en peux plus des hôpitaux.

– Oui, dit Christina. Voici ma carte. Il y a mon numéro de portable dessus.

– Vous pouvez venir tout à l'heure ? »

Christina releva la tête.

« Non, dit-elle. J'ai des patients à soigner ici. J'attends un patient. Je peux venir demain. »

La guérison. Pourquoi pas ? Tout d'un coup, Amy y croyait beaucoup plus.Elle prit un bout de papier et lui écrivit sa nouvelle adresse. L'adresse de la maison dans laquelle elle guérirait.

Les premières séances se passèrent bien. Il y avait des hauts et des bas, bien sûr. Amy lisait beaucoup de livres sur l'addiction. Elle était terrifiée de s'y reconnaître, et se disait que, après tout, si d'autres avaient guéri... Elle aussi en était capable. N'avait-elle pas vaincu l'héro ? Miraculeusement, quand elle savait que Christina allait passer, sa dignité l'empêchait de toucher à l'alcool, au moins les heures qui précédaient sa visite. Bien sûr elle ne tenait pas toute la journée. Elle ne pouvait pas. La dépendance physique ne laissait pas le choix, c'était son seul avantage. Il y avait moins de culpabilité quand vous étiez obligé. Mais Amy savait où elle voulait aller. Elle l'avait dit elle-même dans ses chansons, et c'était ça, disait Christina, qui prouvait qu'elle voulait s'en sortir. Elle chantait bien « Je sais que la solution n'est pas dans un shot » et « Je ne veux plus jamais boire, j'ai juste besoin d'un ami ». C'était cette personne-là qui devait retrouver la voix majoritaire, de toutes les voix qui parlaient à l'intérieur d'elle-même. Amy était d'accord. Elle était séduite par cette façon de penser, qui n'était pas franchement la sienne, vu qu'elle pensait à peine à elle-même en tant que personne. Mais elle s'y faisait. Elle aimait bien l'idée d'être plusieurs personnes en une, et donc pas seulement la tapée choucroutée et violemment autodestructrice qu'on décrivait en général dans les journaux. De manière générale, Christina – attention, Amy ne l'appelait pas Christina, sauf quand elle pensait à elle : face à elle, elle disait Mrs Romete, bien sûr – était apaisante. Il fallait se fixer des objectifs réalistes, disait-elle. Et ça, c'était cool. Amy voyait sa culpabilité vis-à-vis des médecins s'atténuer, elle qui avait longtemps pensé qu'ils la méprisaient de jouer avec sa santé, qu'ils prenaient ça pour de la bêtise, une offense personnelle, ou une perte de temps, un temps précieux qu'ils auraient pu consacrer à des gens vraiment malades, qui n'avaient pas choisi, eux, d'être malades.

Forcément, leurs conversations prenaient souvent un tour un peu psychologisant. Mais Amy n'en faisait pas un drame, pour une fois, car elle apprenait beaucoup plus avec elle qu'avec ses copines. Christina ne disait pas non, c'est mauvais, Blake c'est mauvais, la boisson c'est mauvais, la drogue c'est mauvais. Elle ne disait jamais ça. « Blake était ce dont vous aviez besoin à tel moment, la drogue et la boisson idem. Cela ne signifie pas que vous en aurez toujours besoin. » Elle lui rappelait un peu sa grand-mère, les relations qu'elle avait avec sa grand-mère lorsque Amy était adolescente : elle était compréhensive. Après, bien sûr, il y avait les questions chiantes, impossible d'y couper. Christina l'interrogeait beaucoup sur ses sentiments d'angoisse, et c'était très difficile à décrire, mais ce n'était pas encore le plus pénible. Le plus pénible, c'était les questions sur son enfance. Amy regrettait beaucoup de ne plus pouvoir, jamais, revivre son enfance autrement. Revenir sur la séparation de ses parents lui donnait envie de pleurer. Et malgré tout, ça devait l'aider un peu car elle était relativement en paix après en avoir parlé. Mystère.

Elle se souvenait très bien d'une visite de Christina début février, où celle-ci lui avait demandé, l'air de ne pas y toucher, pourquoi elle s'était fait tatouer « Daddy's Girl » sur le bras. C'était une question vicieuse, Amy en était persuadée : quand on la lui posait, elle savait que les gens brûlaient d'envie qu'elle se mette à raconter de sombres histoires d'inceste qui expliqueraient du même coup ses addictions à la drogue et à l'alcool. Les gens étaient cons. C'était son père, quand même. Elle avait bien le droit de lui rendre hommage dans sa chair.

Heureusement, la plupart des psys qu'elle avait vus contrainte et forcée à l'hôpital ou en cure ne connaissaient pas l'existence de ce tatouage – mais Christina si : Christina s'était renseignée.

Elles étaient dans la pénombre. Stratégiquement, Amy n'avait pas allumé beaucoup de lampes chez elle, car elle s'était mis la tête à l'envers la veille, et elle pensait bien que Christina le verrait.

C'était une chose de dire « j'ai picolé hier » et une autre d'avoir la tête de quelqu'un qui a picolé la veille. Amy avait sa fierté, finalement.

Heureusement, donc, Christina n'avait pas vu Amy tiquer en entendant sa question sur le tatouage.

« Je me suis aussi fait tatouer ma grand-mère et son prénom, dit Amy. La pin-up, là. Et Cynthia. C'est son nom.

– Et celui de votre ex-mari.

– Ouais.

– Pourquoi pas de tatouage pour votre mère, alors ?

– Mais ma mère fait partie de moi, dit Amy. Je suis sa fille, et je lui ressemble comme deux gouttes d'eau. »

Christina avait ri légèrement – elle avait un super rire, un rire de clochette – et déclara : « Mais vous ne faites absolument pas partie du corps de votre mère, Amy.

– Allez lui dire. Et allez dire à mon père que je ne suis pas un bout du sien. Ils vous diront que c'est faux. »

Elles continuaient à s'opposer sur certaines questions. Amy pensait qu'il y avait de toute façon un vide dans l'être humain, qu'elle comblait comme elle pouvait, mais qui n'était pas le signe d'une maladie : il y avait un vide, c'est tout. Le monde était étrange, on allait tous crever, il était impossible de ne pas en souffrir. Elle se trouvait beaucoup moins dépressive qu'au temps de son mariage avec Blake et refusait qu'on lui parle médicaments.

Elle arrivait à le lui dire.

Elle n'arrivait pas en revanche à lui dire ceci : qu'elle jugeait plus intéressant de prendre de la drogue que d'être en bonne santé, de fumer que d'avoir les dents blanches et des poumons rutilants, d'être maigre plutôt qu'à son poids de forme, d'être un peu tapée plutôt que normale. Entre guillemets. Elle ne savait pas bien ce que « normal » voulait dire.

« Et Dionne, vous allez faire un tatouage pour elle ? »

Elle plaisantait. C'était une allusion à une visite précédente. Amy lui avait dit que la personne la plus importante dans sa vie actuellement, c'était Dionne. Que représentait-elle pour Amy ? « Ma fille, avait-elle répondu tout naturellement. Je voulais avoir des enfants noirs. Ne rigolez pas. Je voulais avoir des enfants noirs. »

Amy venait de monter son label pour Dionne. Pourquoi l'appeler Lioness ? « En hommage à ma grand-mère, qui m'a donné un pendentif en forme de lion. »

Elles parlaient beaucoup famille, finalement.

Et musique. Amy discutait de Gil Scott-Heron et de Nina Simone. Des disques qu'elle avait écoutés ou trouvés récemment.

Il était possible de lui parler de beaucoup de choses car elle ne jugeait pas comme les autres. Elle avait un point de vue pratique. Un point de vue un peu de traviole, tout de même, Christina rassurait, n'exigeait pas de trop gros efforts, disait « c'est normal » quand elle rechutait, et expliquait pourquoi, si bien qu'une rechute prenait quasiment des allures de pas supplémentaire vers la guérison. « Vous avez besoin de boire en ce moment parce que ceci ou cela ». Et miracle, ça tenait debout, et miracle, l'angoisse baissait, mais du coup, elle se laissait aller : son nouveau garde du corps, Andrew, la retrouvait allongée sur son lit, ivre morte à 16 heures, et le miracle de la guérison en laquelle elle avait cru n'avait pas lieu, toujours pas. Jusqu'à la séance suivante, ou peut-être celle d'après, où elle repartait d'un bon pied, alors même que rien ne s'était vraiment arrangé dans sa vie par rapport au moment de la rechute – Reg faisait encore la gueule, elle se sentait toujours honteuse, elle pleurait toujours énormément.

Christina n'arrivait pas à lui enlever ses idées noires mais personne n'en était capable. En revanche, elle lui donnait à voir un avenir prochain où celles-ci seraient moins fortes, puis disparaîtraient. Cependant, en fait, Amy et Christina n'en parlaient pas beaucoup. Elle ne la traitait pas pour dépression, après tout.

Amy aimait bien lui parler, et le fait qu'elle se déplace.

Elle n'avait pas été inquiétée dans cette sombre histoire de *Cendrillon*, mais depuis ne sortait plus guère. Elle était parano, ou on l'avait rendue parano. Elle pensait qu'elle allait fatalement faire n'importe quoi. Et surtout, Violetta lui en avait voulu. C'était comme si on lui avait gâché sa soirée de Noël. Elle avait eu un Noël de merde.

Tout le monde avait eu un Noël de merde, relativisait Amy. Elle aussi. Pas de neige, que du froid, avec la famille, mais seule comme une gamine. C'était avant qu'elle se mette avec Reg.

Avec lui, elle y allait tranquillement. Il fallait bien prendre son temps.

Les hommes la faisaient boire.

Mais lui l'aidait, plutôt.

« Vous ne pensez pas que c'est l'anxiété qui vous fait boire, l'anxiété liée à ce qu'on attend de vous ? »

Elle repensait à cette phrase en allant ouvrir à Christina. Parfois elle sortait des évidences, OK, mais elle parlait. C'était mieux qu'un psy. Les psys prennent des notes, voient dans votre tête, la lessivent, et vous rendent un truc à moitié vide. Pire que le crack. Elle non, elle parlait, et même les évidences comme celles-là avaient au moins le mérite de poser les problèmes clairement.

« Si, si, bien sûr. »

Ce que les autres attendaient d'elle... Elle pensa à la foule. Elle avait un concert bientôt. Elle n'y pensait pas souvent, heureusement. La perspective de remonter sur scène l'angoissait énormément. Ça faisait si longtemps... Elle ne voyait pas le public comme une assemblée bienveillante avide d'entendre ses chansons. Elle voyait surtout en eux un défi qu'elle ne se sentait plus capable de relever. « Vous allez bien ? »

Christina s'installait.

Amy n'allait pas bien, mais elle mentit, la vérité viendrait bien assez tôt.

« Ça va... » Puis : « J'ai bientôt un concert, ça va être difficile.

– Qu'est-ce qui vous aide ?

– Les choristes. La scénographie. Les petits lampadaires à abat-jour rouge… j'essaie de me sentir chez moi. D'avoir un espace que je reconnais. »

C'était ce qui lui était venu à l'esprit en premier : aujourd'hui encore était un jour éclairé par des petites lampes. Elle avait une tête de déterrée. Depuis quand se tapait-elle des cernes à rallonge les lendemains de cuite ? Peut-être quand elle avait commencé à se regarder dans le miroir le lendemain matin au lieu de se resservir un verre direct au réveil.

« La musique m'aide, bien sûr… »

Elle réfléchissait.

« La musique a toujours été à la fois une béquille et une raison de vivre. Mais elle est fuyante… excusez-moi, j'ai l'impression de parler comme un haïku, ce n'est pas voulu. Je voulais dire qu'une raison de vivre est aussi une raison de mourir. Le fait qu'elle soit une raison de vivre, une vraie raison de vivre, empêche qu'elle puisse vraiment fonctionner comme béquille, parce qu'en dessous d'un certain niveau c'est impossible d'être en paix. Et j'ai toujours l'impression d'être en dessous de ce niveau. Je prends mon métier très au sérieux. C'est aussi pour ça que je bois. »

La veille, elle s'était mis une cuite monumentale. Whisky, bière, vodka. Elle avait tout terminé, elle était allée lentement d'abord, puis très vite pour oublier, et elle s'était endormie la lumière allumée sur le canapé. En s'endormant, elle avait ressenti son soulagement habituel à l'arrivée du sommeil : enfin quelques heures de répit, et elle n'allait même pas trop mal, physiquement.

Elle parlait d'une voix plus blanche qu'à l'accoutumée, forcément, ça raclait dans sa gorge et il y avait aussi une certaine tristesse que Christina devait bien sentir.

Elle s'émerveillait souvent de voir comme parler longtemps, seule, à une thérapeute, la forçait à formuler des choses auxquelles elle n'aurait même pas pensé autrement. Peut-être réussirait-elle, du coup, à s'expliquer sa cuite d'hier autrement que comme une grande flemme ou une grande paranoïa.

Hier, elle devait sortir avec Reg. Elle avait prévu sa tenue, discuté avec lui de l'heure à laquelle il fallait arriver, il passerait la chercher, tout était prévu.

Elle avait réussi à passer trois jours sans boire. C'était un progrès. Et puis hier... Hier elle n'avait pas eu envie de sortir, ou pas pu, et elle avait commencé à beaucoup picoler pour ensuite avoir une raison légitime, factuelle, de refuser d'y aller. Non, je suis trop soûle, je ne peux pas. Reg était assez attaché aux apparences, et il se méfiait du scandale. C'était normal, quand on sortait avec Amy Winehouse. Il ne tenait pas à la soutenir parce que ses jambes ne pouvaient plus la porter, d'autant plus que c'était une soirée très formelle, dans le cinéma, où lui était convié, plus qu'elle. Il irait seul.

Il serait peiné mais n'insisterait pas.

Il y était allé seul.

Sortir lui était tout d'un coup paru impossible. Elle ne se l'expliquait pas. C'était récurrent. Tout lui posait problème, mais sortir était encore le plus difficile. Ça lui était venu en hiver, croyait-elle se souvenir, et c'était resté maintenant qu'il faisait plus chaud. Même quand une voiture l'attendait. Elle ne pouvait pas. Elle plantait souvent les gens et ne s'en sentait plus tellement coupable, sauf quand c'était Reg. Les rendez-vous business... avec ces gens obséquieux... Se retrouver dehors, à se les geler, en compagnie d'inconnus qui pensaient « elle est finie » et d'amis qui tremblaient pour elle, les pauvres. Franchement, vous iriez, vous ? Elle n'y arrivait pas, de toute façon, elle n'avait pas envie.

La plupart du temps, elle faisait même ses courses en ligne, et quand elle avait faim subitement elle allait acheter un sandwich au café Internet d'à côté. Il n'y avait pas de queue, pas d'emmerdeurs. Elle poussait loin la chose. Par exemple, elle avait demandé à son père d'aller rendre à sa place une nuisette achetée un mois plus tôt, sans le ticket de caisse. « Trop petite », avait dit Mitch, et les vendeuses l'avaient traité comme une merde jusqu'à ce qu'elles comprennent... « Mais bien sûr, pas de problème », etc. Elle n'arrivait plus à se coltiner ce genre de merde et elle avait envie de sadiser son père, sûrement. Elle l'imaginait en train d'expliquer aux vendeuses que « ah non, ses seins sont trop gros maintenant ».

Vous iriez, vous ?

« J'irais si c'était important pour moi, dit Christina.

– Ce n'était pas important. Il n'avait pas vraiment besoin d'une cavalière. Et moi, je n'ai pas besoin d'être avec lui tout le temps. Ça me fait peur, même... Blake, si j'avais pu le suivre partout, je l'aurais fait. Maintenant, rien que l'idée me révolte. À l'époque, ça me révoltait déjà. Mais c'était comme ça. On était proches. J'ai du mal à me sentir proche de quelqu'un maintenant.

– Donc vous avez bu.

– J'ai bu. J'ai eu des coups de fil. Je me suis marrée. J'ai écouté de la musique. J'étais beaucoup mieux que dehors avec lui. » Dehors...

Chez elle, bien sûr, elle était tentée de boire. Mais ailleurs aussi, plus encore : peut-être pour se donner une contenance et peut-être parce que c'était ce qu'elle avait toujours fait. J'arrive, je commande à boire, ça se passe bien, je ne m'ennuie pas parce que je suis un peu gaie. Amy réfléchit. De toute façon, la fête était finie. Ce qui était cool en 2006 était devenu dangereux et pitoyable. La scène avait changé, ceux qu'elle y connaissait étaient morts, en sale état, ou totalement désintoxiqués. Ces années-là étaient derrière elle.

C'est pourtant dans une fête qu'elle avait rencontré Reg. Elle s'astreignait encore à aller à des fêtes, à l'époque de leur rencontre, elle y allait même relativement souvent, en privilégiant les événements qui la sortaient un peu du monde de la musique et de ses toxicos. Ailleurs, la toxicomanie était plus light, en apparence du moins. On ne lui proposait jamais que de la cocaïne.

Elle l'avait rencontré dans une soirée pleine de gens de cinéma, cinéma underground de préférence, où l'avait traînée Peaches Geldof. Reg était ami avec une vague connaissance d'Amy, actrice de films d'horreur. Amy se souvenait bien d'elle. Elle était toujours à fond dans la coke, peut-être même autre chose. Joues creuses, robe affriolante, l'air triste. Encore très jolie. En les voyant ensemble, Amy avait cru qu'elle sortait avec Reg. Très bien. Amy s'en fichait. Reg ne l'attirait pas comme Blake, il n'y avait pas eu coup de foudre. Il y avait juste eu présentation. L'événement le plus intéressant de la soirée ? les retrouvailles entre Peaches Geldof et son ex-petit copain réalisateur.

Elle l'avait recroisé à une autre fête, des mois plus tard, et là, ils avaient eu une longue conversation.

Amy avait appris qu'il avait réalisé un film intitulé *Joy Division*, sur un espion pendant la guerre froide. Le sujet de la guerre était cher à son cœur, depuis toujours, elle se souvenait de ses racines juives. Et puis Joy Division lui évoquait évidemment Ian Curtis, et, comme tous les romantiques, le personnage l'intéressait. Le romantisme qui planait sur cette discussion lui avait sûrement donné des idées. Pendant qu'il parlait, elle pensait à *Closer*, le film sur Ian Curtis. Reg venait de terminer un film avec Justin Hawkins, un thriller, avec aussi Charisma Carpenter. Il lui proposa de l'inviter à la première projection privée. Elle accepta, espérant le revoir très vite. Il était indiscutablement brillant. Ils discutèrent musique, et c'était agréable d'en parler avec un homme qui avait meilleur goût que Blake – Blake n'y connaissait rien, et Blake n'aimait rien de très bon...

Elle avait adoré cette rencontre. Elle se méfiait tant des hommes maintenant, elle se demandait toujours pourquoi on voulait lui parler, ce qu'on voulait d'elle. « Après tout je suis une riche divorcée, se moquait-elle, un peu comme une veuve pétée de thunes. On a tous vu *La Nuit du chasseur.* » Et puis, bon, sa dernière relation amoureuse l'avait précipitée dans la dope avant de se terminer par un désolant divorce. Ça n'aidait pas.

Elle pensait bien que l'histoire avec Blake n'était pas terminée, de toute façon, mais ça, elle ne s'en vantait pas, elle en parlait même très rarement à Christina, qui était la seule personne avec qui elle aborde le sujet désormais.

Oui, la seule. Tout le monde en avait assez, tout le monde serait agacé d'entendre parler d'une nouvelle réconciliation, tout le monde trouverait ça idiot, et Amy la première. Elle avait encore replongé une fois, en avril. Les photos d'eux ensemble à Londres dans la nuit avaient beaucoup agacé Mitch.

Blake avait rompu avec Sarah. Ou plutôt elle avait rompu lorsque l'article que lui avait annoncé Tracey était sorti. Blake et Amy s'étaient alors brièvement retrouvés. Blake était venu à Londres, ils étaient sortis main dans la main à Soho, ils avaient dîné au Jazz After Dark. C'était fabuleux, et elle avait demandé à Sam et aux serveurs de l'appeler Mrs Civil. Mais le lendemain, il était reparti, n'est-ce pas. Il était dans l'héro, il s'était déjà remis avec cette Sarah... Alors à quoi bon ?

Blake... Blake, c'était impossible. Amy l'avait de temps en temps au téléphone, mais cette dernière rupture avait été trop pénible, elle était avec Reg et c'était sûrement très bien comme ça.

« C'est l'obligation qui m'a agacée, dit-elle enfin. J'étais obligée d'y aller, j'avais dit oui, j'ai été obligée de passer toute ma journée d'hier en sachant que j'allais devoir sortir, sans aucune envie d'y aller, ça m'a gâché la journée, ça m'a angoissée pour rien, et c'est pour ça que j'ai trop bu.

– N'aurait-il pas été plus simple d'appeler Reg pour lui dire que vous n'aviez pas envie de venir ?

– Si, mais je voulais me forcer, pour lui faire plaisir. Et je n'ai pas pu... Je ne fais pas beaucoup d'efforts pour lui. Je sais qu'il y a des périodes où un être humain n'est pas capable de faire beaucoup d'efforts. Mais c'est presque pire, je n'ai pas vraiment envie d'en faire. Je n'ai aucune envie de finir comme une petite vieille avec Misty et Blackie, mais je vois bien que ce qui me plaît, en ce moment, c'est d'être chez moi, seule. »

Blackie était à côté d'Amy sur le canapé, sur le coussin Patrick Swayze qui l'avait suivie dans ses déménagements successifs. Entendant son nom, il s'étira.

« Et vos projets musicaux ? Vous m'aviez parlé de quelque chose la semaine dernière.

– C'était la semaine dernière », répliqua Amy.

Elle avait compris d'un coup pourquoi elle avait picolé comme ça. Parce qu'elle doutait de ses projets et qu'elle ne supportait pas que ceux de Reg marchent bien mieux. Elle était mesquine.

« Pour l'instant, je n'arrive à rien, dit-elle. Mais ne vous en faites pas, quand mon pays me réclamera, je reviendrai, Excalibur au poing. »

Cette période noire était passagère, finalement. Le printemps avait eu raison d'elle, à force.

On était début juin, la fête pour la sortie de l'album de Mitch avait lieu ce soir, et elle comptait vraiment y aller. Il faisait chaud, ce serait facile de sortir, pas de différence de température entre l'intérieur et l'extérieur, pas de distinction. Les oiseaux qui chantaient l'appelaient dehors. Papa qui sortait un album. Elle était fière. Elle étouffa un sourire. C'était bien. Tout le monde sortirait un disque. Dionne aussi.

Putain.

Amy essayait de ne pas trop y penser. Elle se servit le premier verre de la journée. Une vodka, avec glaçons. Il était midi. Maintenant, elle commençait beaucoup plus tard dans la journée, il n'était plus question de vodka au réveil : au petit déjeuner, elle buvait du thé au lait comme tout le monde, avec des toasts, et si elle n'arrivait pas tout à fait à se fixer des règles (Christina lui avait dit que c'était une mauvaise idée, de toute façon), elle respectait au moins celle-là, la plupart du temps : commencer le plus tard possible.

Elle n'essayait plus d'arrêter brutalement. La dernière fois, elle avait recommencé de plus belle deux jours plus tard, ça avait fait tout un foin, il avait fallu la conduire à l'hôpital, en particulier à cause d'hallucinations. Elle voyait Blake, elle voyait des cafards, elle entendait des foules en délire l'applaudir, c'était honteux.

Mitch l'avait conduite à l'hôpital, comme d'habitude. Puis il avait failli s'engueuler avec Christina. Il avait le sang chaud. Les musiciens, que voulez-vous... Elle ricana en s'envoyant une petite gorgée de vodka.

C'était chaud et froid à la fois, un délicieux petit frisson.

Donc maintenant, elle étalait autant que possible sa consommation au cours de la journée : c'était plus facile, quoiqu'une vraie torture tout de même, parce que le prochain verre se faisait toujours attendre. Dans une heure, dans une demi-heure, dans dix minutes... Il fallait avoir le moral.

Elle l'avait. Elle écoutait de la musique et elle patientait en fumant de l'herbe. Elle se retenait moins sur les joints.

Ainsi ses journées étaient vivables. Si on ajoutait un peu de Valium. Plus d'hallucinations, elle était à peu près bien. Elle se levait tard, pour commencer le plus tard possible… elle mangeait ses toasts… elle écoutait sa musique… c'était pénible, pourtant elle aurait vraiment aimé continuer comme ça, un petit verre toutes les heures. C'était une vie, c'était plus supportable que l'alcool à plein tube dès 9 heures et l'oubli permanent.

Mais c'était encore de l'alcoolisme. Et elle devait vraiment lutter pour ne pas boire plus. Dans la journée, elle n'avait rien à faire, à part boire, répondre au téléphone et tripoter ses nouveaux seins – elle n'essayait pas d'écrire pour l'instant, une chose à la fois s'il vous plaît – ; elle s'ennuyait donc beaucoup. Son téléphone de boulot était en permanence sur silencieux et son téléphone privé ne sonnait que pour des invitations à aller au pub ou dans une fête. Rien que ce matin elle avait eu un SMS de Kate Moss, dont elle se méfiait un peu, de Pauline, de Tom, de Violetta… Elle ne répondait qu'à Violetta, en levant les yeux au ciel. Quand se rendrait-elle compte qu'Amy n'aimait plus sortir ? De surcroît, depuis qu'elle avait un nouveau mec, Amy la voyait moins. C'était Tim par-ci, Tim par-là, Tim partout, tout le temps, dans la cuisine, le jardin, sur la machine à laver, Amy en avait ras le bol. Tout en sachant qu'elle n'aurait pas fait autrement à sa place.

Et puis bien sûr elle parlait beaucoup à Reg. Mais elle ne pouvait pas l'appeler tout le temps.

Il fallait se rationner. Se rationner. Le concept même la dégoûtait. Devoir se limiter. Respecter les limites de la raison. Saloperie. Elle aurait voulu être libre. L'alcool n'était plus synonyme de liberté, mais de privation. Et bientôt elle ne boirait plus du tout. Elle serait libre, vraiment libre. Elle y arriverait. Le « binge drinking » n'était plus qu'un mauvais souvenir. Plus de crises atroces de panique, plus d'hallus, plus de ces moments où elle n'arrivait même plus à parler, où elle vomissait la moindre gorgée d'eau. Ça lui donnait de l'espoir, un certain espoir, du moins, parce que ses dévorantes envies de boire jusqu'à s'évanouir n'avaient pas disparu, ah ça non, de temps en temps elle se revoyait aller et venir ivre, dans son appartement, et ça la dégoûtait un peu, mais ça lui plaisait, aussi... elle chancelait comme un bateau qui sombre et paf, elle s'échouait sur son lit, la tête pleine d'étoiles. Mais sa guérison arrangerait tout dans sa vie, elle le savait bien. Tout allait déjà mieux. Les parents étaient contents, elle appelait moins Blake, avec Reg tout se passait bien. Elle faisait ce qu'on attendait d'elle, finalement, se dit-elle en ricanant. Elle n'était plus le *Titanic*. Et puis il y avait au moins un avantage à ses envies de boire : l'héroïne ne lui manquait plus du tout.

Elle ricana encore.

En fait, elle passait beaucoup de temps à se faire des blagues toute seule, ça faisait diminuer l'angoisse.

Heureusement, elle avait Reg. Reg était une crème. Il travaillait beaucoup, plus qu'elle, ce qui serait source de tension plus tard, mais pour l'instant ne posait pas de difficulté, à part qu'elle se sentait légèrement inférieure. Il la mettait sur un tel piédestal par ailleurs que ça n'était pas si important. Ah ça oui, il lui donnait une bonne image d'elle-même. Elle était sa petite chérie, il était beau, il était intelligent. La vie qu'elle menait avec lui était incomparablement plus enrichissante qu'avec Blake. Lui, c'était un créatif. Il lui enviait sa célébrité, mais si il savait... Elle l'enviait, elle aussi, elle l'enviait d'être en pleine période créative. Elle... Sa grande période était derrière elle. Mais un temps, elle avait eu une résonance parfaite avec son époque.

Elle ouvrit l'armoire. Bon. Cette robe irait parfaitement avec ses seins, ce serait formidable. Sûrement attirerait-elle un peu trop l'attention sur elle, c'était vraiment une robe pour faire son intéressante, mais comme elle avait prévu de rester seulement cinq minutes pour ne pas faire pâlir l'étoile de son père – elle gloussa, méchamment, et se traita intérieurement de pute –, ça irait. Elle n'annulerait pas la fête de papa. Jamais. Il ne lui pardonnerait pas.

Elle défit son peignoir – le peignoir Dior qu'elle venait de s'offrir. Elle aurait voulu le même modèle exactement que celui de la propriétaire de l'appartement de Sheffield où elle avait passé deux jours avec Blake, mais sur Internet, il était introuvable.

Elle alla se poster devant le miroir en pied de son nouveau salon.

Ses seins, ses tatouages...

C'était une de ses activités favorites, se regarder dans le miroir jusqu'à disparaître.

Il était 14 heures. Amy regardait son verre de vodka vide.

Elle s'en servit un deuxième et le but cul sec. Ensuite elle quitta la pièce pour mettre un disque de Richard Hawley, récupéré lors de sa dernière visite chez Universal. Il y a longtemps déjà. Elle n'y allait plus. Qu'y ferait-elle, à part s'excuser ? Et sérieusement, elle n'allait pas s'excuser auprès d'une attachée de presse. Ricanement. Elle savait très bien ce qui allait se passer. Elle faisait tout pour se démoraliser, comme ça elle n'aurait pas à se retenir de boire. Elle se connaissait par cœur.

Elle retourna devant le miroir, tomba de nouveau le peignoir, et se regarda dans le blanc des yeux en chantonnant avec Richard Hawley. Une superbe chanson d'amour. Il savait encore y faire, le vieux... Elle soupesa ses seins, caressa vaguement ses cuisses, fit rouler ses doigts sur son pubis. « Je t'aime », murmura-t-elle avec un rire jaune. Était-il possible de se détester encore plus ? D'avoir encore moins le sentiment de s'appartenir ? Plus elle regardait et plus elle se sentait étrangère à elle-même, c'était comme si elle caressait quelqu'un d'autre. Eh bien ça n'était ni captivant ni sympa, même si elle était une autre elle ne s'aimerait pas… cette gueule, ces seins énormes sur ce tout petit corps débile… Elle se donna une petite tape comme pour se gourmander, mais bien sûr ça ne suffirait pas, une petite tape de rien. Elle alla donc dans la salle de bains pour se donner un tout petit coup de rasoir sur le ventre, qui lui suffirait peut-être… à se sentir mieux ou à se punir ? Elle ne savait plus, mais la blague, c'est que c'était son dernier espoir. Si ça ne marchait pas, elle boirait, car finalement c'était ce qu'elle avait de mieux à faire… et une petite cuite à 14 heures passerait inaperçue à l'heure de la fête de son père (où tout le monde serait bourré de toute manière). Elle rebroussa chemin et se dirigea tout droit vers la bouteille de vodka.

Elle pensait à ses cures de désintoxication, aux longs couloirs blancs de l'hôpital, à l'horrible sensation de vide et de manque, aux intestins qui débloquent, aux nausées, elle pensait comme il était doux malgré tout d'être prise en charge, de ne pas se voir, de n'être pas en état de penser, mais de se savoir sur une bonne lancée, positive. Le plus grand espoir un tant soit peu réaliste qui lui restait, c'était d'arrêter de boire, le reste était foutu.

On sonna. Puis quelqu'un entra dans sa chambre.

« Tu ne décrochais pas ton téléphone. »

Amy se releva. Elle avait chaud, un peu la nausée, classique.

Reg était au pied de son lit, sourcils froncés.

« Qu'est-ce que tu fais là ?

– Je suis venu parce que tu ne décrochais pas quand j'appelais. »

Il n'avait pas pu louper le cadavre de bouteille au pied du lit.

« Tu fais chier », commença-t-elle.

Elle n'aurait jamais dû lui donner de clé. Maintenant, le voilà qui la trouvait sur son lit, déchirée, une bouteille à côté d'elle. Elle était encore soûle, donc désinhibée, elle le traita de « connard aux cheveux gominés qui tentait d'envahir sa vie privée ». Il n'avait pas le droit d'entrer chez elle comme ça, bordel. Elle lui avait donné ses clés comme une marque de confiance et il venait justement de trahir sa confiance.

Elle était si déçue d'avoir bu qu'elle en voulait à la terre entière.

Reg ne répondait rien. Il la regardait de son air buté, maussade, il ne répondait pas. Il ne tapait pas, il n'insultait pas, ne hurlait pas. Pas son genre, c'était un gentleman.

C'était comme parler à un mur.

« Tu vas rester à me regarder comme ça sans rien dire ?! », vociféra Amy.

Il tourna les talons et sortit de la chambre. Elle l'entendit descendre les escaliers et claquer la porte de l'entrée. Très bien. Qu'il dégage donc.

Deux minutes plus tard, elle regrettait déjà de s'être emportée. L'engueuler ne l'avait même pas soulagée. En plus, Reg n'était pas si en avance que ça, il devait venir à19 h 25 et il était 19 heures. Il s'inquiétait, c'est tout. Il était venu la chercher, comme prévu, il n'avait rien fait, il était juste gentil, et elle en revanche était complètement casse-couilles.

Ils allaient sûrement se séparer. Elle lui criait dessus pour un rien, ensuite elle le méprisait de se laisser faire, d'être de toute manière trop gentil, trop tafiole, quoi, on ne l'aurait pas cru en le voyant, comme ça, baraqué, dans son costume de gangster, mais c'était que de la gueule : ce type était un amour, un gentil garçon bien mis au pas par toutes les femmes de sa vie à commencer par sa maman.

Elle ouvrit son ordinateur.

Elle avait laissé sur pause un film dont elle n'avait pas dû voir plus de vingt minutes et que lui aurait sûrement déconseillé Reg. *Last Chance for Love*. Les histoires croisées d'un père qui mariait sa fille et d'une célibataire harcelée par sa mère. Il y avait un verre de blanc ou de champagne dans les trois quarts des scènes.

Elle avait laissé tomber.

Elle savait bien de toute façon que Dustin Hoffman allait se taper Emma Thompson et elle préférait ne pas assister à ça.

Elle ne s'habituait décidément pas à regarder les films sur le home cinéma qu'elle avait fait installer là-haut.

Elle ouvrit ses mails.

Reg lui avait dit qu'il avait été un adolescent parfait. C'était une blague, cet homme. Pas de crise d'adolescence, pas de « papa, je t'emmerde », et il n'avait jamais volé de sa vie. La perfection incarnée. Elle ne le méritait pas. Ils ne feraient sûrement plus jamais l'amour.

Un mail de Tracey, de Mitch... Il avait envoyé une newsletter humoristique à toute la famille pour annoncer la sortie de son album, « les Winehouse ont le bonheur de vous annoncer la naissance d'une nouvelle star », avec en pièce attachée la tête de Mitch collée sur le corps d'un bébé dans un berceau. Putain, il n'avait vraiment honte de rien.

Reg et elle, ça ne marcherait pas... elle allait sûrement recommencer à picoler, seule, et elle mourrait sûrement seule, soûle, avec des toiles d'araignées entre les cuisses.

Elle ferma la fenêtre et tapa l'URL d'une de ses vidéos préférées sur YouPorn, un massage japonais qui se concluait par un orgasme torride. La vidéo était d'une grande poésie, trouvait Amy. Les mains qui enduisaient lentement le corps d'huile, qui massaient les seins avec des gestes sûrs, et la femme qui se laissait faire béatement. Elle était belle et émouvante. Pas assez hardcore pour Blake, bien sûr, et puis la fille était brune, ce n'était décidément pas sa came, ricana-t-elle.

Elle se servit son verre de 19 heures. Elle avait décidé de faire comme si elle n'avait pas pris cette cuite, tout à l'heure, c'était la seule solution pour ne pas être trop perturbée, et encore. Elle se doucha, s'habilla. En cherchant des chaussures, elle se demandait ce qui aujourd'hui l'avait poussée à boire, comme à chaque fois qu'elle faisait une rechute. Ce n'était pas la peur de sortir, ce n'était pas, non plus – elle réprima un gloussement –, la jalousie envers son père. Elle ne savait pas pourquoi elle avait bu. Elle ne savait tout bonnement pas et elle ne le trouverait pas comme un vêtement dans une penderie. Elle avait peut-être tout simplement bu parce qu'elle avait envie de boire et pas envie d'attendre la soirée.

Il était 19 h 25 quand on sonna. Elle descendit ouvrir, pensant qu'il s'agissait du chauffeur, quoique trouvant étrange qu'il n'ait pas plutôt appelé. Le chevaleresque Reg se tenait devant elle dans la nuit, avec un bouquet de fleurs.

« Oh bon Dieu, dit-elle, entre. Excuse-moi pour tout à l'heure. Tu es adorable. Regarde, je suis prête, il ne me reste plus que mes boucles d'oreilles et mes cheveux à mettre. »

« *Rush of Love*, tu parles d'un titre.

– Si c'est ce qu'on entend en fond sonore, ce n'est pas si mal.

– Ça se laisse écouter, pas mieux. Le talent n'est pas également réparti dans la famille. Et par ailleurs... Je ne pensais pas qu'il aurait cette tête de médecin de campagne, le père d'Amy Winehouse.

– Tu n'as jamais vu sa tête ? Comment fais-tu ?

– J'ai peut-être simplement la mémoire sélective.

– Et tu espérais quoi ? Qu'il serait couvert de tatouages avec une perruque ?

– Il a l'air d'avoir assez d'humour pour tenter le chignon de sa fille... Mais je ne sais pas si ça irait avec ses petites lunettes. Il n'y a que des sex-symbols, dans la famille, hein ? Je ne crois pas qu'il y ait beaucoup de filles tentées...

– Il a quand même un costume Armani.

– Payé par sa fille !

– Comme tout le reste ! »

Ils riaient.

« Moi, c'est surtout elle que je viens voir.

– Comme tout le monde ici... on écoute poliment, on attend la mégastar. Va-t-elle se montrer ? Peut-elle éviter qu'on se fasse tous chier dans cette soirée ?

– Amy Winehouse ! Elle va quand même bien proférer deux-trois insanités et casser une bouteille sur le dos de quelqu'un, non ?

– Du moment que ce n'est pas le mien, je suis pour.

– Et moi, donc. »

Ils allèrent se faire resservir de champagne.

« Je ne sais même pas qui sont les musiciens, à part son père. Tu parles d'une chronique difficile à écrire !

– Attends l'arrivée de la tornade.

– La dernière fois que je devais écrire sur elle, elle a annulé. Je l'ai aussi suivie sur une émission de télé. Jusqu'au bout on se demandait si elle allait venir ou pas, si on n'allait pas avoir un communiqué évoquant un départ brutal à l'hosto, un pacte de suicide avec son pote Doherty, un accident nucléaire...

– Et elle est venue ?

– Non. Mais il n'y a pas eu de communiqué. Sans doute une overdose ?

– Tu sais, elle est quand même assez malade, à ce que j'ai lu. Un emphysème pulmonaire, pauvre femme... Moi, je l'ai vue une fois de près, à une cérémonie.

– Je sais comme tu aimes les cérémonies...

– Écoutez-le, ce sournois. Si je les aimais tant que ça, je l'aurais croisée plus souvent, la Winehouse, elle a eu des récompenses à la pelle en son temps...

– Une demi-douzaine de Grammys...

– Là, elle ne recevait aucun prix. Elle était juste venue tester les cocktails... Elle tremblait. Je l'ai croisée devant les toilettes, elle essayait d'aller fumer une clope en douce et sa main tremblait tellement qu'elle n'arrivait pas à faire marcher son briquet.

– Putain...

– Et elle se marmonnait des trucs à elle-même avec une voix tout enrouée... Une catastrophe ambulante... je ne serais pas surpris d'apprendre qu'elle se shoote entre les doigts de pied.

– Bien sûr qu'elle le fait... tu te souviens de la photo d'elle avec du sang sur ses chaussures, à ton avis, comment s'est-elle fait ça ?

– Un qui ne s'en fait pas, c'est son père. Regarde-le, il est tout frétillant, comme si ça intéressait quelqu'un, son album à la con, comme s'il aurait eu une chance de l'enregistrer si sa fille n'était pas une superstar... ça m'écœure, les gens qui profitent de la célébrité de leur progéniture. Les groupies m'écœurent, et lui qui se prend pour Dieu depuis qu'il a pondu cette merveille d'Amy Winehouse... »

Il y eut un silence. Elle arrivait.

Le temps ralentit.

Le père se tourna vers sa fille. Il ne serait pas exagéré de dire que tout le monde se tourna vers sa fille. Amy était là, dans sa robe outrageusement décolletée, elle marchait de façon un peu affectée sous les flashes. Dès qu'elle vit Mitch, elle abandonna Reg et alla se jeter dans les bras de son père comme s'ils ne s'étaient pas vus depuis deux mois.

« Quelle embrassade ! On se croirait à Hollywood !

– C'est pour la galerie... d'ailleurs, tu vois bien, les photographes n'en ont pas loupé une miette.

– Nichons somptueux. Et elle a meilleure mine que d'habitude.

– Combien on parie qu'elle va directement au bar histoire de se désaltérer ?

– Trop facile. À quoi bon parier quand on sait déjà qui gagne ? »

Ils rirent brièvement.

Amy revenait avec un cocktail. Autour d'elle, on l'observait, l'air hypnotisé. Quelques personnes faisaient semblant de ne pas l'avoir remarquée et essayaient péniblement de continuer leur vie comme si de rien n'était.

« Quels sont vos prochains projets musicaux ? » lui demanda quelqu'un.

Amy était en train de discuter avec Reg, adossée à une haie : très vite elle avait formé comme un petit cocon autour d'eux deux, tournant le dos aux autres afin de n'être pas dérangée par des importuns.

« La reformation des Libertines », répondit sèchement Amy.

Ils s'esclaffèrent dans leur coin.

« Pas mal. Rien de tel qu'une fille avec des gros nichons et de la repartie.

– Et un compte en banque bien rempli. »

Ils se tâtaient. Iraient-ils ou n'iraient-ils pas ?

« Pas besoin d'hésiter. Allons-lui dire bonjour, je connais son charmant accompagnateur. Si j'avais su...

– C'est vrai ? et c'est seulement maintenant que tu le dis ? Allons voir de quel bois cette Amy est faite…

– De quelle gueule de bois… »

Ils s'approchaient. Au début, Amy fit un peu la gueule – des journalistes ! –, puis elle se dit qu'elle avait tout intérêt, ne serait-ce que pour son père, à leur faire bon accueil, voire les yeux doux. Quand même, il fallait faire de la pub au paternel.

« Venez, je vais vous présenter Mitch. »

Ils étaient plutôt sympas, ces deux gratte-papiers. Presque un peu trop. L'un d'entre eux se fendait de compliments incessants, l'autre, celui qui connaissait Reg (où avaient-ils bien pu se rencontrer ?), n'arrêtait pas de lui jeter des petits coups d'œil à la dérobée. Ses seins impressionnaient, bien sûr. Par contre, ils dézinguaient le reste de l'assistance sans pitié, avec une certaine finesse tout de même, épargnant bien sûr la famille d'Amy, s'attaquant essentiellement aux autres journalistes et aux cadres d'un certain âge qui discutaillaient sur la terrasse. Ils ne les connaissaient pas. C'est donc qu'ils ne devaient pas être très importants. « Regardez-moi cette assemblée de costards… ça ne veut pas dire qu'ils ne rouleront pas tous par terre avant 23 heures, et ils n'arrêtent pas de te regarder. » Tandis qu'eux, bien sûr, ne faisaient pas leurs groupies… Mais Amy laissait dire. C'étaient, à coup sûr, des connards imbus d'eux-mêmes qui s'excusaient de toutes leurs saloperies en se disant qu'ils étaient « torturés » et faisaient passer leur épouvantable égoïsme pour un besoin très romantique de liberté. Mais ils avaient un certain sens de l'humour tordu qui n'était pas sans rappeler celui de ses amis londoniens sous crack. C'étaient des poseurs aussi, mais d'un tout autre genre, ceux-là, plutôt le genre qui tape plein de coke sur une cuvette de chiottes et ensuite se regarde dans le miroir en se disant « je suis drogué » avec un grand sourire de satisfaction. Le genre qui a lu Oscar Wilde et se la pète un tout petit peu.

Ses amis crackés n'étaient pas tous des poseurs, corrigea-t-elle mentalement.

« Je travaille aussi pour une revue de cinéma, lui précisa le brun, pote avec Reg.

– Super, fit Amy.

– C'est vrai que vous avez failli avoir un rôle au cinéma ?

– Si vous l'avez lu, c'est que c'est vrai. »

Ce n'était pas dit méchamment, mais c'est vrai qu'elle s'en fichait royalement et qu'au bout de deux verres sa patience avait des limites, donc au bout de quatre...

« Vous pensez quoi de l'album de votre père ?

– Je ne l'ai pas écouté en entier », répondit Amy.

Ils n'arrêtaient pas de lui servir à boire. Reg commençait à faire vaguement la gueule. Il n'aimait pas plus qu'un autre qu'on l'ignore.

« Il ne vous l'a pas passé au coin du feu en famille ?

– Ce n'est pas une tradition juive à ce que je sache, dit Amy. Vous savez qui me manque dans des moments pareils ? »

Elle regardait son affable père, tout sourires et plus qu'un peu pompette, distribuer des poignées de main et échanger des blagues avec les musiciens, les tantes, les oncles sur leur trente-et-un...

« Ma grand-mère. Elle aurait été tellement heureuse.

– Elle est morte, dit le journaliste, soudain déprimé. Vous savez, moi aussi, j'ai perdu ma grand-mère. »

Amy n'en avait rien à foutre.

Reg commençait à vraiment se renfrogner.

« Et si on achetait de la coke ? proposa l'autre journaliste, histoire de détendre l'atmosphère. Vous n'avez rien sur vous ? »

Reg le regarda d'un air excédé. « On va rentrer, plutôt, dit-il.

– Je dois être en studio tôt demain matin », inventa Amy, juste avant qu'il ne l'entraîne vers son père, son frère et la petite demi-douzaine de journalistes et d'oncles et tantes que Mitch distrayait dans son coin.

« Comme si on allait croire ça, se marra le journaliste une fois qu'elle fut hors de leur portée.

– Elle mène une petite vie rangée de grand-mère, maintenant ? Regarde-la, avec tout ce qu'elle a bu ce soir, elle n'a même pas l'air un tout petit peu soûle.

– L'habitude...

– Elle est tout de même assez gentille.

– Ça nous fera un joli souvenir », conclut le journaliste.

Rien d'inhabituel pour Amy. Sa vie était constellée d'inconnus qui la prenaient pour leur meilleure amie pendant le temps qu'elle voulait bien leur accorder, ou qui tentaient de l'impressionner. Tisser des liens profonds en un quart d'heure ? Tu parles. C'était comme les fans qui prenaient une photo avec elle, bras dessus, bras dessous, donnant l'illusion d'une extraordinaire complicité qui ne leurrait personne. Ils cherchaient juste à avoir de la signification pour elle, à ne pas être oubliés, comme eux ne pourraient pas oublier le passage d'une superstar millionnaire dans leur vie. Que ce soit Amy Winehouse, ou une autre, peu importait. Ils auraient fait la même chose avec le Premier ministre ou Mike Tyson, elle ne se faisait pas de souci pour ça. Elle les oubliait tous, bien sûr.

Elle rentra avec Reg, et s'arrêta pour acheter une bouteille de vin chez le Pakistanais en chemin.

Elle l'invita chez lui mais il déclina.

« Tu vas me laisser prendre ma cuite toute seule », dit-elle dans le taxi alors qu'ils approchaient de sa nouvelle résidence.

Elle ne savait pas ce qu'elle en pensait. C'était sûrement mieux de boire seule plutôt que d'imposer ce spectacle à un autre.

« Si tu fais ça devant moi, ce sera comme si j'approuvais », répondit Reg, pour la millième fois. Il avait l'air partagé et malheureux.

Le signe d'une histoire d'amour qui va bien.

« OK, dit Amy. Bonne nuit alors. Revoyons-nous sous de meilleurs cieux, dit-elle avec un rire alcoolisé.

Reg était sombre.

Elle se sentait encore assez alerte mentalement, sinon inspirée, quand elle avait bu (et qu'elle avait comme perspective de boire encore plus). En glissant la clé dans la serrure, alors que le taxi s'éloignait, emmenant Reg chez lui, elle réfléchissait que l'important était que son père ait passé une bonne soirée, qu'il soit heureux, et elle songea ensuite (mais de façon moins claire) qu'il existait une loi d'effondrement au sein de laquelle elle s'efforçait de faire exception (mais les autres soirs, pas ce soir). Drogue, alcool, relation amoureuse qui capote à cause de ces mêmes substances, perte d'inspiration, refuge dans la drogue, dans l'alcool, d'où nouvelle relation amoureuse qui capote, perte d'inspiration et d'espoir. C'était ça, l'élément clé, hein, le désespoir qui s'installait. Elle ne laisserait pas faire ça.

Elle se marrait tout de même beaucoup plus avec Blake. Il était cul serré ce Reg… un vrai bon garçon. Tandis que Blake, ah oui, Blake, ça c'était de l'amour pur et fiévreux comme pas permis… eh oui, c'était la bonne expression, car, non, ce n'était plus permis, mais elle avait encore le droit d'en rêver, là, le soir, seule chez elle, pathétique et soûle… Hein, si ce n'était pas du désespoir, ça. Elle ricana. Puis elle se calma. Elle se souvenait de leur échange de SMS juste avant qu'ils se retrouvent ici, à Londres, en avril. Eh bien désolée, rien que par SMS c'était plus rock'n'roll et plus sexy qu'avec Reg, d'ailleurs elle sentait le désir monter, et ce n'était pas du tout une façon d'insulter Reg ou de se consoler de leur quasi-engueulade, une de plus une de moins, quelle différence maintenant... elle voulait juste penser à de beaux souvenirs torrides, et franchement, seule chez elle et soûle, qu'avait-elle de mieux à faire... on aurait dit une pub pour webcam pourrie. Elle ricana. Blake. Si elle pouvait, là, maintenant, elle le ferait. Elle allumerait sa webcam et ensuite elle allumerait Blake.

Bien sûr, c'était une idée à la con. En avril, c'était lui qui avait repris contact. Amy ? Oh, elle savait déjà qu'il était à Londres. Tom s'était empressé de la prévenir, peut-être à sa demande et peut-être aussi pour réveiller la flamme, parce que Tom adorait les rebondissements même dans les histoires des autres. Et elle s'était bien attendue à un petit SMS. Et quel SMS elle reçut ! « Je peux passer ? On pourra faire un Monopoly ou quelque chose comme ça ? » Si ça n'était pas plein de sous-entendus, ça... même si elle savait qu'il n'en sortirait rien de bon, et qu'elle en souffrirait après, le lire lui avait donné des ailes, et puisque son niveau d'angoisse avait baissé vertigineusement d'un coup alors qu'il était habituellement remarquablement haut, c'était forcément qu'il y avait du bon là-dedans. « Si je suis sûre de gagner ! », avait répondu Amy. Elle trouvait quoi répondre tout de suite, maintenant qu'elle était ragaillardie. « Pour être sûr de gagner, il faut tricher », l'avait narguée Blake par retour de SMS. « C'est bien comme ça que je voyais les choses ! Je suis faite pour le crime. » Elle rigolait de bonheur en tapant cette phrase, pensant bien dans un coin de sa tête à son autre copine, Sarah, dont l'existence rendait toute cette affaire de retrouvailles et de Monopoly un minimum problématique, même s'ils étaient séparés pour le moment.

Mais ça n'était pas vraiment criminel. Et ça ne l'avait pas vraiment travaillée vu qu'elle était incapable de résister à Blake.

« Moi aussi », avait-il répondu deux minutes plus tard.

« Ou alors éventuellement pour organiser des paris sur le gagnant », avait-il ajouté, le salaud. Elle comprenait bien ce qu'il voulait dire. Qu'elle ne l'emporterait pas forcément sur l'autre... Eh bien elle s'en doutait, pas la première fois qu'il lui faisait le coup, n'est-ce pas... C'était une réponse de malappris, mais pourquoi se gêner, attendu qu'elle supportait très bien les remarques de malappris, qu'elles l'excitaient, même, se disait-elle... Elle était irrécupérable. Une merde. Ils se connaissaient par cœur, il savait que ça ne l'empêcherait pas de sauter sur l'occasion. Connard, avait-elle pleuré.

Il était effectivement retourné avec elle en deux secondes et demie. Mais avait-elle vraiment cru qu'il se passerait autre chose ? Il avait mis un coup d'arrêt à ses éventuelles illusions dès son retour à Sheffield. Plus de réponses à ses SMS, et il ne l'avait pas appelée comme promis. C'était simple comme bonjour, de lui dire au revoir. Bien sûr. Elle avait joué, elle avait perdu, et ça, pour payer, elle avait encore chèrement payé : en angoisses, en terreurs, en insomnies, la routine avec lui.

Elle l'avait toujours régulièrement au téléphone. Elle ne pouvait pas vraiment se passer de lui. Il fallait l'admettre. Il la comprenait mieux que quiconque. Elle l'appelait pour lui parler de tout et de rien, Plus rien n'était grave entre eux, ils en avaient tellement vu... Et de temps en temps ils parlaient de choses plus graves : la vie sans drogue, la vie sans alcool, il n'y avait que quelques sujets interdits : les enfants – ceux qu'ils n'auraient pas ensemble –, et les parents respectifs d'Amy et de Blake. Elle finit son verre, et comme il était fini elle se dit qu'il fallait faire quelque chose. Lui envoyer un SMS, par exemple. « Tu passes pour un Monopoly ? » écrivit-elle. Elle appuya sur « Envoi ». Elle se détestait. Elle attendit longtemps. Pas de réponse.

21.

Retourne d'où tu viens

Débris de fête : verres et bouteilles vides, morceaux de gâteau abandonnés sur des assiettes, une pipe, des billets roulés sur des miroirs, et au milieu de tout ça le *Guardian*, dont plusieurs pages avaient été méthodiquement déchirées en lambeaux. « Vous avez fait un atelier origami ? »

Tom ne releva pas. Il regardait ce qui restait d'un gros titre.

« Quand je pense à ces attentats en Norvège. C'est dingue. » Il s'est tourné vers moi. « Hier, on m'a demandé de qui c'était l'anniversaire. De personne, il y a encore des ingénues qui n'ont pas compris, c'est comme ça tous les soirs... Non, plus maintenant.

– Fais gaffe, ne réveille pas tes invités...

– Oh, Amy, tu es devenue un peu mamie. On monte ?

– OK. »

Nous avons regardé le jour se lever sur la terrasse en buvant du gin dans des mugs. « C'est tout ce qui reste de propre », avait dit Tom. Et puis « Tiens, prends la tasse avec l'inscription "I Love Hardcore". »

Il caillait, c'était rien de le dire. Ça n'avait pas le romantisme des couchers et levers de soleil à Miami ou à Sainte-Lucie. Il y avait bien un bout de soleil derrière d'épais nuages, mais pas assez pour mettre de bonne humeur, pas assez pour donner envie d'autre chose que d'aller se coucher. Et de rentrer à l'intérieur, déjà, car par ailleurs on se tapait la sinistre petite pluie froide des étés londoniens, qui vous file la chair de poule même quand la température extérieure est correcte. OK. Je savais déjà que je n'aimais pas ce mois de juillet, c'était le mois de ma rechute, je le voyais bien comme ça. « Quand les nuages s'écarteront, dit Tom, ton soleil paraîtra. Shakespeare. » J'ai fait de mon mieux pour sourire, intérieurement bien sûr je pensais « ils ne s'écarteront jamais ». J'ai demandé à Tom : « Tu es sûr que Blake n'est pas passé, tu ne me mentirais pas ? » Et Tom m'a regardée comme si j'étais dingue. Ce n'était pas la première fois que ça m'arrivait, j'ai plutôt l'habitude, mais de la part d'un ami ?

Sans doute suis-je dingue.

Et Reg alors ?

On était encore sur la terrasse. J'ai été très rapide dans mon analyse des choses. Reg et moi, c'était fini, et je voulais voir Blake.

J'ai dit : « Je comprends qu'on arrête avec Reg. J'ai trop de problèmes. Et je l'appelle trop souvent pour n'importe quoi. C'est ridicule. Je ne peux pas me retenir. Un coup de fil, comme ça, je me dis que ce n'est rien. Mais s'il ne décroche pas, je rappelle encore et encore, alors que je n'ai rien à lui dire. C'est usant. Je sais bien. À cause de Blake, je manque de confiance. À cause de lui, entre autres. Et puis j'appelle Blake, aussi, je l'appelle trop. »

Il a hoché la tête. Nous sommes rentrés dans la maison.

J'ai vérifié qui dormait chez Tom. Pièce par pièce. Corps affalés sur les lits, les canapés. Ça n'a pas pris longtemps. Je n'ai même pas eu besoin d'allumer : si je ne les reconnaissais pas tous – sans doute des petits nouveaux dans le circuit de la teuf londonienne, qui auraient été assez secoués de me voir –, du moins je savais qu'aucun d'entre eux n'était Blake. Tom m'observait. « Blake n'est pas là, tu vois bien. Blake est en prison. » Il rougit et balbutia : « Au fait, Amy, je te rembourse la semaine prochaine. »

Je ne sais plus combien il me doit.

Il a eu l'air tout piteux. Pas la peine... Mais je l'ai haï de m'en parler. Tom ne comprenait rien, il me rappelait vaguement le genre d'abrutis que je croisais dans le métro qui allait à la City, quand je prenais encore le métro. Je ne sais pas pourquoi j'ai pensé à ça. Ce qui se passe dans ma tête est de plus en plus mystérieux.

Blake venait de me larguer, j'entendais ces rats causer de « chaudes du cul mais gentilles, trop gentilles », et je pensais : un jour toi aussi une femme te piétinera le cœur, et là tu comprendras. Ce ne sera même pas parce que tu es moche – tu es beau – ou parce que tu es pauvre – tu es riche – mais parce que tu es un sale con qui ne pense qu'à sa gueule et à sa thune, trop con pour attirer autre chose que les psychopathes et les putes à footballeurs.

Tom m'a raccompagnée, on s'est dit au revoir normalement, mais en chuchotant.

« Ça va, Amy ? demande Ben. Ça fait longtemps, dis donc. Qu'est-ce que je te sers ? »

Il est toujours aussi cool. Il est heureux de me voir, flatté aussi peut-être : les gens sont flattés qu'Amy Winehouse distingue leur établissement entre tous, m'avait expliqué une fille au Hawley Arms. Toujours les photos de légumes et de mafieux au mur, la pizzeria est exactement pareille, à part un écriteau sur la porte condamnée : « Pour les imbéciles aussi, l'entrée s'effectue de l'autre côté ».

« Café. Un petit whisky avec si ça ne t'embête pas de sortir l'alcool.

– OK. »

Je bois le café allongé au whisky, ça va tout de suite un peu moins mal. Les deux types qui prennent leur café dans la pizzeria me regardent de façon un peu bizarre, bien sûr.

Je n'en reconnais aucun. J'étais une habituée… mais je n'en suis plus vraiment une.

« Il est marrant, ton panneau.

– J'en avais marre que tout le monde essaie d'entrer par la mauvaise porte. Et maintenant, j'en ai marre aussi car tout le monde me parle de cet écriteau. » Je demande des nouvelles d'Arnie.

« Reparti à New York, tu ne savais pas ? »

J'avais oublié. J'oublie tellement vite les projets des autres. Tête de linotte. Je ne m'en fous pas, pourtant. Je sais que c'est l'impression que ça donne, mais ce n'est pas vrai, j'oublie, c'est tout.

« Évidemment, c'est plus animé aux heures de repas. »

Si Blake avait été dans le coin, c'est là qu'il serait venu manger. Bien sûr qu'il ne peut pas être là, puisqu'il est en prison ; mais s'il avait été à Londres, il serait passé. C'est sûr. Et Ben me l'aurait forcément dit.

En cherchant un taxi, je me suis engueulée avec un passant qui voulait me forcer à faire une photo avec lui et m'a insultée quand j'ai répondu que je n'avais pas le temps. Il m'a apostrophé : « Qu'est-ce que tu as de si pressé à faire ? Ton dealer t'attend ? Laisse tomber, je ne veux plus de photo, tu ressembles à un travelo de toute manière ! » C'était un moustachu entre deux âges portant un tee-shirt des Clash, probablement alcoolo, au minimum. Je l'ai traité de loser et de pédé refoulé. Les passants se marraient. « Bravo Amy ! »

Il est parti en murmurant « Pauvre dingue ».

Et après, un type a voulu me payer un petit déjeuner… J'ai refusé, sur quoi il m'a confié : « Je connais un super médicament contre les dépendances, ça s'appelle l'ibogaïne. »

Je devais être en train de marcher très vite et tête baissée… Les gens croient que je suis sous coke, que j'essaie de cacher que je suis défoncée, mais non, j'essaie juste de me cacher tout court. Il y en a toujours un qui réussit à accrocher mon regard... Comme d'habitude, dans ces cas-là, je me suis maudite de ne jamais avoir passé le permis. J'aurais pu être tranquille dans ma voiture au lieu de me taper ce cirque encore et encore. Je pourrais être en train de chialer dans la rue, on viendrait quand même me demander des autographes... Mais là, en l'occurrence, ça m'a fait du bien de pouvoir insulter un inconnu, car j'étais en train d'envoyer des SMS à Blake, l'inconnu a pris pour lui. Remarquez, je l'ai insulté un bon coup lui aussi. Je l'ai insulté d'être père et en prison, et bien sûr jamais je ne lui ai dit que j'ai soudain eu la conviction qu'il était à Londres, car il m'aurait lui aussi traitée de pauvre folle.

Il ne répondait pas, de toute façon... Pourtant en taule on les réveille tôt. J'ai soupiré. Alors comme ça, j'ai des hallucinations, maintenant, quand je déconne un peu trop avec l'alcool. OK. Mais à ce point-là... Peut-être suis-je vraiment en train de devenir folle. Peut-être qu'ils ont tous raison.

J'arrive chez moi. Mon Dieu comme c'est calme. Comme c'est agréable.

Pas de paparazzis ; même si je ne les avais pas virés, ils ne seraient plus là, tout le monde trouve ma vie trop déprimante, maintenant. Et pas de Mindy non plus, ça fait longtemps que je ne l'ai pas vue, elle a dû partir en vacances ou se lasser. Il y a juste Andrew, qui m'attendait dans l'entrée, pile devant la porte. Il a l'air intensément soulagé. C'est comme s'il avait écrit sur le front : « Cool, ma maîtresse est rentrée à la maison ».

J'ai déjà envie de boire comme hier. D'ailleurs je n'ai pas vraiment arrêté de boire depuis.

J'aime beaucoup Andrew. Si, c'est vrai, je l'aime beaucoup, c'est juste qu'il se fait une haute idée de son travail, et depuis le temps qu'il bosse pour moi, il n'est pas parvenu à se relaxer. Je rentre toujours, pas la peine de s'affoler. Je reviens. C'est ma maison.

« On va se faire un café ? » propose-t-il. J'ai compris : il veut discuter un peu, pour étoffer son rapport à Raye (qui l'emploie officiellement) ou à mon père (je suis quasi sûre qu'il lui donne des nouvelles). C'est vicieux, mais je suis dix fois plus vicieuse. Normal. C'est moi qui vis avec un espion chez moi.

« Je vais me coucher. »

Je suis obligée de me cacher chez moi. C'est pas une vie.

Il m'accompagne en haut, plein de sollicitude, c'est presque comme si j'avais un mec... Et puis il demande : « Quand je me suis réveillé, tu n'étais pas là, qu'est-ce que tu as fait ? » Comme s'il était mon mec.

L'état de la chambre m'a accablée... Sens dessus dessous, style post-tremblement de terre. Comment était-ce possible ? Bien sûr, des bouteilles, vides et pleines, mais aussi tout plein de trucs par terre, des fringues, les baskets bien crades sur les robes, comme de bien entendu... un livre, le disque de Sam Cooke... Je ne me souvenais pas d'avoir fait une crise de nerfs ou quoi que ce soit qui justifierait ce désordre. Black-out donc, peut-être, ça me reviendrait peut-être plus tard.

J'ai rempli un sac-poubelle de bouteilles qu'Andrew est allé jeter. Ensuite il a de nouveau frappé à ma porte.

« Tu veux que je te débarrasse des bouteilles pleines aussi ? »

C'est le genre de questions que je hais.

« Laisse, ça va. Je vais les ranger quelque part. »

J'ai sûrement été très convaincante.

C'est sa faute, aussi. Ça fait deux jours que j'ai recommencé à boire, il le sait bien, inutile de me culpabiliser... Qui sème la culpabilité récolte la mauvaise foi, Andrew...

Ce n'était pas tout à fait de la mauvaise foi, j'ai effectivement allongé les bouteilles sur le dessus de l'armoire, pour les voir le moins possible. J'ai essayé de ne pas trop penser aux objets déjà rangés sur l'armoire, albums photos, photo de mariage, bague de fiançailles, et je me suis installée à l'ordi. Tom me parlait sur MSN. OK. « J'espère que ça va mieux. Shakespeare. » Je me suis dit « change ton avatar » en voyant l'image de Marge Simpson s'afficher devant mon nom – c'est vraiment trop ridicule –, et j'ai répondu : « Bonne pipe de crack, Russell Brand ». Je pensais qu'on allait s'arrêter là, mais évidemment, comme je lui fais pitié avec mes conneries, il continue. « Ça va ? » Je réponds : « Blake n'est pas chez moi non plus ! » avec un smiley « tordu de rire ».

Tom : Tu as regardé aux toilettes ?

Wino : Je ne vais jamais aux toilettes. Les filles ne vont pas aux toilettes.

Tom : Bien vu, Amy.

Wino : 10 sur 10 à chaque œil. 10/10 de QI aussi comme tu peux le constater.

Tom : Sans doute plus. Tu vas au moins jusqu'à 11.

Allusion, bien sûr, au film culte *This Is Spinal Tap*.

Et il s'est déconnecté. Sans doute parti dormir.

J'ai mis le disque de Sam Cooke. Ah, si, hier soir j'ai écouté son fameux titre, « Cupid », bien que je n'en aie aucun souvenir, ça expliquerait que j'aie appelé Blake : nous avons tellement de souvenirs communs sur cette chanson – que j'ai d'ailleurs reprise pour lui, en hommage à ces souvenirs – que j'allais forcément faire une crise de nostalgie. Un amoureux délaissé qui prie Cupidon d'envoyer une flèche dans le cœur de sa maîtresse pour la faire revenir, ah ! on peut dire que ça me parle de façon spectaculaire en ce moment.

Voilà, j'ai au moins trouvé un des maillons manquants...

En écoutant « Only Sixteen », je me dis que j'ai vingt-sept ans maintenant, alors que j'ai à la fois l'impression d'en avoir douze et cinquante.

Je me souviens d'avoir parlé avec Blake au téléphone, mais je ne sais plus ce qu'on s'est dit... Je ne sais plus très bien ce que j'ai fait après avoir commencé à boire. Pour l'instant, je revois juste des images de moi à l'ordinateur, j'ai parlé à Tom sur MSN, dormi un peu, sûrement... Quoi d'autre ? Je suis restée seule, ça, OK, personne n'est passé. Et c'est probablement moi qui ai appelé Blake. Mais pourquoi avoir cru qu'il était à Londres ? Voyons. Je suis allée rejoindre Tom à 5 heures et demie au plus tard, sinon je n'aurais pas pu voir le lever du soleil. Ça, d'accord. Mettons que j'aie dormi quatre heures et commencé à boire sérieusement à 17 heures. Je n'ai pas pu commencer plus tôt, vu que Christina est venue à 16 heures. Qu'est-ce que j'ai fait entre les deux, à part sortir pour acheter de l'alcool ? Et en me réveillant ? Qu'est-ce qui s'est passé ?

Je regarde mon portable. Je n'ai pas appelé Tom, nous avons donc juste parlé sur MSN. Par contre, Blake... trois fois, cinq minutes, quarante-trois minutes, douze minutes, à un quart d'heure d'intervalle à chaque fois. Et c'est tout. Ni Reg, ni Violetta, ni maman, ni personne d'autre.

Je me reconnecte, mais Tom n'est pas là. J'envoie un SMS, la mort dans l'âme : « Tom, pourquoi suis-je venue te voir ? On s'est dit quoi sur MSN ? »

Je me tiens la tête dans les mains. J'ai honte, honte... En plus, Raye appelle. Je ne décroche pas. Ce doit être à propos du titre avec Tony Bennett. Mais qu'ils s'arrangent donc sans moi. Je m'en fous de mes droits dessus, qu'il sorte sur son album à lui, c'est très bien, je serais très honorée, pourquoi faut-il toujours qu'il y ait des histoires pour tout ? Personne ne m'emmerderait comme ça à propos du duo avec Peter, ça, c'est certain. Eh, je devrais l'appeler, le voyou... Mais pas maintenant. Il est trop dans la dope.

Tom ne répond pas.

Je me demande ce que j'ai fait, ce que j'ai dit, pourquoi j'ai soudain pensé, Blake est à Londres. Tout ça est ridicule. Ridicule.

Pas envie d'appeler Christina. « Vous avez besoin de boire en ce moment parce que... ». Parce que ma vie est une succession d'épisodes désastreux, peut-être. À Belgrade, ils m'auraient balancé des tomates à la gueule s'ils en avaient eues ; au concert de Dionne, je n'ai pas été capable d'autre chose que d'exécuter des petits pas de danse style jogging, alors que Dionne s'en sortait comme une chef. Je lui ai mis la honte. Et parce que Blake est père, père bon Dieu ! Je n'arrive pas à l'avaler. Que dire ? Exactement ce que je lui ai dit quand il m'a appris que Sarah était enceinte.

« Ce n'est pas tout à fait le même niveau de contrariété qu'on éprouve devant, disons, une bouteille de lait percée qui coule dans votre sac de courses.

– Tu as toujours des images tellement triviales », a soupiré Blake.

Ça fait plaisir. Sous-entendu : n'essaie même plus d'écrire une chanson, avec tes comparaisons merdiques...

Elle était merdique, c'est vrai. Pourtant je l'ai cherchée, celle-là. Je me suis creusé la tête pour trouver un truc légèrement contrariant, que tout le monde pourrait comprendre, qui ne soit pas lié à mon statut de superstar de mes deux, ou à la drogue, ou à l'alcool – quoique j'aurais dû plutôt faire une blague sur l'alcool. Et je n'ai trouvé que ça. Eh oui, que ça.

J'ai appelé la mère de Blake et dit qu'il n'arrêterait pas la drogue tant qu'il serait avec Sarah (et donc, CQFD, qu'il aurait toujours des problèmes avec la police, surtout s'il continuait à aller chercher l'argent qui lui manquait de façon illégale). Ça, je ne l'ai pas dit, mais ex-belle-mère était assez futée pour faire 2+2, et peut-être que les lecteurs des tabloïds à qui elle répéterait le tout en bloc aussi. Bien sûr qu'il était impossible d'être père dans ces conditions. À moi, on avait dit ah non, malheureuse toxico, pas de bébé – c'était une évidence. Et on était d'accord, on le ferait plus tard, bien plus tard. Et finalement, il n'a pas arrêté la dope et il en a fait un maintenant, avec une autre. Je pense qu'on pourrait devenir cinglé pour moins que ça.

Je me dis toujours que je n'arrive pas à supporter les calculateurs – et je devrai toujours en supporter car je serai toujours Amy Winehouse, et Amy Winehouse attire les vautours –, or moi aussi je suis calculatrice et méchante... Mais devant l'adversité seulement. J'espère que le bébé écoutera mes chansons – Blake y veillera –, et les comparera aux berceuses que lui chante sa mère, je vous assure que j'y ai pensé. Inutile de dire que j'ai naturellement non pas souhaité mais disons joué avec l'idée qu'elle pouvait faire une fausse couche.

Normal. C'est moi qui aurais dû porter cet enfant.

Je devrais vraiment appeler Christina.

Sauf que je l'ai vue hier, que je tiens à ma dignité, que je n'ai pas envie d'avouer que j'ai menti. Elle va encore m'expliquer que le « binge drinking », c'est mal, alors que je me suis démolie à la vodka hier soir... et avant-hier soir aussi... donc j'ai la flemme.

Tôt ou tard, je lui dirai que j'ai replongé, ou elle le découvrira toute seule. Elle doit s'en douter, déjà. Je lui ai raconté le déjeuner avec ma mère hier – il faut bien faire la conversation – et j'ai beaucoup parlé d'alcool, attention, sans dire que j'avais recommencé à boire, mais en sous-entendant que c'était une possibilité à ne pas exclure. Je l'ai embourbée, quoi. Voir ma mère ne m'aide pas, ne t'étonne pas Christina si je rechute, alors que notre déjeuner – des hamburgers au soleil, bordel – n'a eu d'anxiogène qu'une demande d'autographe un tout petit peu inopportune. Après bien sûr, il y a toujours nos interrogations respectives sur l'état de santé de l'une et de l'autre. J'ai fait beaucoup de mal à ma mère, elle n'est jamais vraiment rassurée – à elle non plus je ne lui ai pas dit, bien sûr, que j'avais recommencé, pourquoi faire ? Et puis il y a sa maladie à elle, dont elle parle à peine, en dehors des crises. Elle n'en a pas parlé hier. Elle va bien en ce moment, elle est en rémission, elle, mais c'est tout de même très grave, la sclérose en plaques, il faut vivre avec, avec la menace d'une poussée, et puis elle est seule, avec à terme la menace d'invalidité qui lui pend au nez. Oui... dit comme ça, c'est un peu les sueurs froides de voir ma mère. Mais elle n'est pas responsable, j'ai recommencé à boire avant de la voir, et ce n'est pas parce que je pensais à elle, sûrement pas. Je ne pense pas assez à elle, jamais assez à elle. Je suis égoïste, moi. Et je ne suis pas bien. Sclérose, black-out, Blake absent, Blake papa, Reg absent. J'imagine que je mérite bien un petit Valium. 11 heures du matin, c'est l'heure de votre médicament, Amy. Et je me sers un verre.

Je vais retourner en désintox, ça ne fait pas un pli.

Hier, après avoir vu Christina, je suis allée chercher à boire. Je suis passée devant le magasin où j'ai dit il y a deux semaines à une vendeuse, pour rire : « Refusez de me servir si je vous demande de l'alcool fort. » Je me sentais presque inébranlable alors, deux semaines que je n'avais pas bu... Hier, je suis allée me fournir plus loin, par honte. J'ai fait un détour alors que vingt mètres, pour moi, c'est une épreuve quand je suis de sale humeur et que j'ai envie de boire tout de suite. Ça veut dire plus de possibilités d'être dérangée.

Je suis allé chercher mon téléphone pour ouvrir la photo, en espérant à moitié l'avoir supprimée hier dans un accès de rage. J'ai trouvé la réponse de Tom, assez laconique. « Tu as demandé où était Blake, j'ai dit pas chez moi mais passe quand même. Ça va ? Tu m'inquiètes. » Je me suis abstenue de répondre histoire de ne pas aggraver encore mon cas, et j'ai ouvert la photo, qui n'avait jamais quitté mon téléphone. Mes différents téléphones. Hier je crois que j'en aurais chialé, aujourd'hui, ça me passe assez au-dessus. Ce ne sont jamais que d'adorables petites joues roses, et de grands yeux étonnés à se damner, pas de quoi en faire un fromage.

Il était beau quand il était petit, mon Blake.

Son fils lui ressemblera sûrement et ce ne sera pas mon fils. C'est la misère. Je ne m'y fais pas.

Évidemment, il ne m'a pas envoyé de photo du bébé, ç'aurait été un peu bizarre.

J'essaie de me raisonner en pensant que les âmes sœurs ne procréent pas forcément, et ne sont pas toujours les âmes sœurs qu'elles s'imaginent être. Le film *La Fièvre dans le sang*, tiens, quand Natalie Wood retrouve son ex-grand amour Warren Beatty en salopette avec une pioche, des mioches et une mama enceinte jusqu'aux yeux. Elle est sous le choc. Paysan, va. Regarde ce qu'il est devenu. Il n'est plus comme toi. C'est terminé. Tu t'es trompée. Ton âme sœur n'aurait pas fait un coup pareil. Moi et Blake, bien sûr, c'est différent. Sans la drogue, tout aurait été différent. On aurait pu rester ensemble. Il n'aurait pas forcément tourné braqueur. Et si les parents de Natalie et de Warren ne les avaient pas séparés, il n'aurait pas épousé une serveuse italienne et n'aurait pas ouvert une ferme dans la cambrousse, il serait auprès de Natalie, ils élèveraient leurs enfants dans la joie, le bonheur, et sans doute l'ennui. Avec des si… Notre mariage était fondé sur la drogue ; enlevons la drogue, il ne reste rien. Sans la drogue, nous ne nous serions peut-être même pas aimés, nous avions le même appétit de vide et c'était notre grand point commun.

Sans l'alcool, tout sera peut-être différent avec un autre. Mais je n'y crois plus trop. Je garderai l'appétit de vide, il me semble. Il sera simplement frustré, et je m'installerai dans une vie plus calme, une vie de vieux, pleine de regrets… Ça ne marchera pas avec Reg, parce que lui n'a pas cet appétit de vide, il est simplement fasciné par ceux qui l'ont, et c'est pour ça qu'il me veut, intimement il veut comprendre, en faire un film un jour, sûrement, mais nous n'irons nulle part ensemble car il ne fera jamais que comprendre l'appétit de vide, il ne le partagera pas avec moi, et il finira par se sentir impuissant devant une telle force, car c'en est une, comme la gravité, une loi qui vous entraîne inexorablement. Il n'y a pas de solution, n'est-ce pas ? Je crois plutôt que sans alcool j'irai très mal, toute seule, et que je ne ferai plus de musique, parce que je serai trop frustrée. Autant reprendre l'alcool même si c'est une sale perspective…

Mais les gens m'ont déjà laissée tomber.

Ils m'aiment encore un peu parce que je suis connue. Parce que je ne suis pas un numéro comme eux, ou parce que j'en suis un, qui vit les mêmes souffrances… Oh, je ne sais plus bien. Les mêmes souffrances, mais j'en faisais quelque chose qui sortait du lot. Là, c'est devenu beaucoup de souffrances pour rien du tout. Bref. Il faut bien que je vive d'espoir puisque je n'ai rien d'autre.

Chercher une robe pour le mariage. J'ai pris le Post-it, je l'ai froissé et reposé en boule sur la table. Ouvert la penderie de la chambre. Alors… parmi la trentaine de robes qui s'offrent à moi, peut-être en choisir une pas trop colorée –

donc pas la zébrée, pas l'imprimée fleurs hawaïennes, je l'ai dessinée moi-même, ça ferait bizarre… celle-ci. Roses rouges, pour un mariage, c'est parfait. D'ici là, Reg et moi serons réconciliés, je serai sortie de clinique – si j'y vais, si j'y vais… et ce sera un beau mariage, voilà, je ferai attention, je ne boirai pas, tout se passera bien. Charlotte qui se marie. Et si jamais Reg et moi ne sommes pas réconciliés, j'irai quand même. Mais nous serons réconciliés.

J'appelle Andrew pour avoir un avis masculin. Je suis en train de boire, mais il ne dira rien, ce n'est pas son boulot.

Quand il ouvre la porte, j'ai deux robes au bout des bras.

« Je mets laquelle ? Celle avec les roses rouges ou celle à pois blancs ? Attends.

Je repars dans la penderie.

« Ou celle-ci, mais ce serait peut-être une mauvaise idée. »

C'est ma propre robe de mariage, blanche imprimée d'ancres.

Andrew se force à rigoler.

Il ne peut pas ignorer que je me suis mariée dans cette robe. La photo de mariage a passé des mois à des places variables, elle n'a fait son retour en haut de l'armoire qu'à la demande bien compréhensible de Reg.

« Tu recherches quel style ? ironise Andrew, a priori mal à l'aise.

– James Bond girl. Laquelle alors ? J'essaie ?

– Les roses rouges. À un mariage, ça appelle la romance. »

Il sait bien que je suis seule. Et il reste dans l'embrasure de la porte les bras ballants, content de lui.

« Merci pour tes bons vœux. » J'essaie de plaisanter. « Encore faut-il que Pippa Middleton ne soit pas invitée, sinon elle va me gâcher toutes mes chances.

– C'est possible qu'elle le soit ? demande-t-il, très sérieusement…

– Je n'ai pas été invitée au mariage princier, alors pas question… Je blague, Andrew. Je ne connais pas de têtes couronnées, qu'est-ce que tu vas imaginer ? C'est le mariage de ma copine Charlotte. Tu veux une vodka ? »

Il ne peut pas boire avec moi, c'est quasi contractuel. Et je ne l'ai pas fait venir dans ma chambre pour coucher avec lui, il n'est pas possible que j'aie eu cette intention-là quelque part dans un recoin de mon cerveau. Pourtant, je vois bien que je le drague un peu et que je suis en culotte et soutien-gorge, avec de la soul en fond sonore. La situation est a priori gênante, et après ? Je n'ai qu'à faire la fille archibourrée, dans une heure on aura oublié tous les deux.

Il dit qu'il n'a pas très envie d'une vodka.

Son regard embarrassé me dit qu'il a très bien compris où j'aurais possiblement voulu en venir. Forcément, maintenant je fais celle que l'idée n'a même pas effleurée. Sourcils levés, l'air de dire dans tes rêves, coco.

« Tu dis que les roses rouges attirent la romance, alors peut-être devrais-je mettre cette robe et appeler Reg », dis-je totalement hors de propos. Ensuite je vais me coucher. « J'ai besoin de dormir un peu. Excuse-moi.

– Pas de problème, répond-il. Dors bien. »

Je me suis encore un peu ridiculisée, j'en ai peur.

Mon sport préféré !

Je me ressers un verre, j'allume une clope, je remets mon jean et mon polo blanc, je n'appelle pas Reg (bien entendu). Je vais à la fenêtre, regarder ce qui se passe dehors. Les travaux des voisins avancent, il va pleuvoir, on s'emmerde. C'est samedi matin, un quartier résidentiel, évidemment qu'il ne se passe rien. Une fille en dépose une autre en voiture. Sa copine klaxonne et démarre ensuite en trombe, la clope au bec, un sourire ironique sur ses lèvres rouges. C'est sympa, on dirait une scène de *Twin Peaks*.

En fait, je serais plutôt de bonne humeur si de temps en temps l'angoisse ne me reprenait pas littéralement à la gorge au sujet de l'épisode de cette nuit... voir mon esprit fabriquer ses propres histoires, à partir de rien... La peur de devenir folle... Mon cerveau m'échappe, bientôt mes mots, ensuite ce sera permanent, je finirai en institution, ça dégénérera sans doute très vite... Et c'est vraisemblable. On est faible dans la famille, au niveau neurologique. Les black-out, je m'en fous, j'ai appris à m'en foutre, mais l'histoire de Blake à Londres... Une chose de plus à oublier. J'en ai beaucoup, des choses à oublier en ce moment, beaucoup de choses beaucoup plus graves que la petite séance de drague minable que je viens d'offrir à ce pauvre Andrew pourtant si cool et si réglo.

Alerte téléphonique. C'est Tom, qui me parle par SMS de la tuerie d'hier en Norvège et du tueur présumé, Breivik. Il écrit « Le Norvégien tueur de gauchistes était déguisé en flic ». Je réponds : « Je me suis toujours méfiée des flics. Va te coucher » et je commence à angoisser encore un peu plus. Comme le temps est long.

J'envoie un SMS à Blake : « Tu as vu que le tueur norvégien était déguisé en flic ? »

Il ne répond pas. Il ne doit même pas savoir de quoi je parle, sauf si on en a causé hier soir (ce que je serais bien en peine de dire). Le monde extérieur ne l'intéresse tout bonnement pas. Pas seulement parce qu'il est en prison, mais en général.

J'envisage d'envoyer un SMS à Reg aussi, mais on ne s'est pas parlé depuis quatre jours, on n'est pas en bons termes, quel sens aurait ce SMS surgi de nulle part ? Je ne peux pas faire comme si on s'était quittés avec un baiser après le petit déjeuner. Je ne sais pas où il est. Il a peut-être déjà trouvé une autre copine. Une copine pâle et intéressante, avec de vagues tendances autodestructrices.

SMS de Tom : « Où étais-tu le jour des attentats à Londres ? »

Il se sent seul et n'arrive pas à dormir, hein ? 7 juillet 2005. J'étais à Londres, ma relation avec Blake se terminait, la catastrophe était imminente, je pleurais toute la journée. Je ne risquais pas d'aller prendre un bus piégé avec les gens qui vivent leur vie, font des choses. Moi, j'étais en train de pleurer par terre dans la cuisine, chez mes parents. Alex devait m'enjamber le matin quand il voulait aller se chercher son lait dans le frigo. Donc, quand j'ai su que les attentats avaient eu lieu, j'étais ivre morte mais pas spécialement plus terrifiée qu'avant par l'avenir.

J'appelle Tom, autant par sympathie que pour le questionner, surtout pour le questionner. « Qu'est-ce que tu m'emmerdes avec ces histoires d'attentat ? J'ai des trous de mémoire atroces, je te propose de m'aider. » Tom est d'accord. Il flippe, il ferait n'importe quoi pour parler à quelqu'un. On est tous les deux gagnants. Il tousse. « Je ne me souviens plus très bien non plus de ce que tu m'as dit, c'était ce matin, par MSN, je ne sais plus trop, mais tu parlais de Blake, tu disais qu'il était à l'armurerie de je ne sais plus quelle rue.

– Tu es défoncé.

– Je suis défoncé maintenant et j'étais défoncé quand tu m'en as parlé. Je n'ai plus beaucoup de certitudes. Mais je crois bien que tu m'as dit ça. » Il tousse. « Mais tu ne m'en as pas reparlé ce matin quand on s'est vus, tu m'as juste dit Blake est ici, Blake est ici. »

Comment voulez-vous que je fasse ? Un mec défoncé qui essaie de se rappeler ce que je lui ai dit hier alors qu'il était défoncé et moi soûle. Blake n'était pas à l'armurerie de je ne sais quelle rue. J'aurais mieux fait de ne pas appeler Tom, je me sens encore plus dingue qu'avant.

« Mais tu ne m'as jamais dit que Blake était chez toi ?

– Jamais de la vie, dit-il. Pourquoi aurais-je dit ça ? Je me tue à te le dire depuis ce matin. Je ne suis pas si défoncé que ça. »

Je raccroche.

J'essaie de me souvenir de ce que j'ai dit à Blake. Aucune idée, et ça me fait peur, mais en picolant l'angoisse diminue, et en me concentrant très fort, j'arrive petit à petit à retrouver des images et des sensations de la veille. Je soupire. Je ne retrouve pas grand-chose, tout compte fait. Ma vie est terrible et je ne pourrai jamais arrêter l'alcool, je n'aurai pas la force. « D'où tenez-vous cette voix extraordinaire ? » n'était pas la bonne question, Cynthia, c'est surtout : qu'en ferez-vous ? Personne ne m'avait dit que tout ça se transformerait en prison.

Que les gens continuent à m'aimer ou non, je ne pourrai plus jamais, mettons, m'asseoir sur la Jetée à Brighton, regarder les mouettes faire des vols planés, fumer une clope sur la plage en silence. Il n'y a plus de silence dès que je sors. À Camden, à la rigueur, je suis l'originale du coin… mais on me demandera toujours ma photo.

Je leur ai promis de la tragédie, voilà, ils l'ont. Ma dégringolade. Sinon ils m'auraient traitée de bluffeuse, de *sellout*, de poseuse, de bouffonne, de Duffy. Et maintenant ils me traitent d'alcoolo, de junkie, d'incapable, je ne fais plus rien, je le sais, merci. Et je n'arrive plus à chanter. « D'où tenez-vous cette voix extraordinaire ? ». La bonne question est : « Où l'emmenez-vous ? » Et j'ai un élément de réponse, mais il n'est pas très agréable. Nulle part, bien sûr.

Cet ouvrage a été composé par IGS-CP
à L'Isle-d'Espagnac (16)

Achevé d'imprimer en mai 2012
par Normandie Roto Impression s.a.s., à Lonrai
N° d'imprimeur : 121945
Imprimé en France